本书为国家社科基金项目"他性理论与文学他性研究"（12CZW007）的结项成果，同时受江西省高水平大学"江右人文与中国哲学"一流学科建设经费资助。特此鸣谢！

致远学术文丛

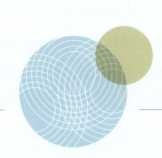

他性理论
与文学他性研究

THEORY OF OTHERNESS
AND STUDIES OF LITERARY OTHERNESS

江马益 著

社会科学文献出版社
SOCIAL SCIENCES ACADEMIC PRESS (CHINA)

目 录

Contents

导　论
他性理论引入文学研究的意义

　　"主体与他者不可分离"的观念，经由黑格尔、皮亚杰、拉康、列维纳斯以及德里达等理论家的多向阐述，逐步生成了"主体属性的他性维度"等新的学术论域。主体研究的学术重点，也开始由"主体自足独立"向"主体离不开他者"、由"主体即人"向"主体或人或非人"、由"主体属性等于主体性"向"主体具有主体性和他性的二重属性"转变。具体到文学研究中，则表现为：作为主体的文学，其属性由主体性的层面走向他性的层面；其范围由创作主体、对象主体以及接受主体走向文本主体、语言主体、结构主体，甚至历史主体、文化主体、社会主体、宗教主体、种族主体以及性别主体等；其功能则由建构走向解构，由认知走向道德。

　　文学主体具有主体性与他性的二重性。主体性与他性的张力互动，不仅是推动文学主体话语生成、确立和更新的内在动力，而且是解读当下文论话语面临困境的学理缘由，还是后现代语境下文学主体研究的基本内容。

一　困境与出路

　　当下对文学意义的挖掘，正陷入"主体性唯一"、"认知性终极"以及"方法性排他"的思维困境，并出现"理论失范""实践失语""创新乏力"的现实尴尬。

　　文学主体研究一直注重主体性的建构，严重忽视文学他性的理论阐释，由此导致了文学主体问题的"畸形开发"，也带来主体性文论话语的现实困境。世纪之交，受解构主义理论思潮的影响，同一性的文论话语遭遇了前所未有的巨大挑战，文学本质被消融到地域、性别、民族、种族、宗教等广阔多样的社会历史和文化之中，文学本质研究似乎失去了存在的必要性。

在传统的文学研究中，几乎所有理论话语都尝试界定文学的同一性本质，由此，也形成了多样化的文学本质论话语，如审美本质论、意识形态本质论、生活本质论、社会本质论、实践本质论、关系本质论等。通常而言，同一性的文学本质研究，所追求的理论目标是构建认知性的、科学化的文艺学体系。由此，认知性的本质研究占据文论话语中心地位和主导地位的话语格局也逐步形成了。此外，认知性的本质研究，还凭借它在力量对比上的优势，不断地对非认知性的文学研究进行排斥或同化，甚至还具有不断巩固和加深自身地位的主体性倾向。就认知性的研究而言，认识文学的本质是文学研究活动的最高目标，它在观念上信奉有一个终极的文学本质先天自足地存在，认为只要研究方法得当，认识活动就可以抵达本质认识的终极目标。然而，当这一观念受到强烈质疑时，也预示了认知性文学研究危机的来临。于是，此时的文学研究便成为反思和调整的对象。

倘若本质研究仅仅是作为一种方法论，则实在无可厚非，因为它有着自身的效用范围，以及以本质论方法切入认识对象的有效性和合理性（当然也有自身的局限性）；然而，当本质论方法开始对其他研究方法排斥时，则它的理论目标也就走向了反面，这种情况使"研究他性"出场。具体而言，非本质论研究方法长期以来所处的地位一直是边缘化的、次要性的；然而，当这种沉默的、边缘化的、次要性的他者受到来自本质论研究方法的强力排斥时，这种他者之性便会骤然显现，① 从而形成对本质论研究方法这一主导性的、中心化的研究方法的强烈反拨。也正是在这一意义上，认知性的文学本质论研究引发了文学研究中"研究他性"的显现，从而终止或悬置了文学本质论研究的理论目标。

造成终止或悬置文学本质论研究之理论目标的原因，除了研究方法层面的"研究他性"的出场外，还有一个"内容他性"的问题。何谓"内容他性"？在文学研究中，作为研究对象的文学自身有着复杂的认识构成，即

---

① 在这里，"他者"是指存在于事物或对象之中的一种潜在性，或者说是一种隐性的、缺场的存在；而"他性"则是指由潜在性转变为现实性、由隐性走向显性的存在状态，是作为他者的属性，两者既有联系又有区别。

认识对象呈现给认识活动的内涵结构。不同认识对象在一定程度上为文学研究活动提供了不同的内容视域，从而间接地影响理论话语的形成。然而，在文学本质论研究的视野中，它仅专注于揭示本质性的、可供认知的内容对象，忽视了那些非本质性的、非认知性的内容对象，由此便造成认识构成中的"畸形开发"，从而促生了内容构成中他性的显现。再加上这些"内容他者"受到居于中心和主导地位的本质内容之强力排斥，于是，"内容他者"之他性便凸显出来，这就是所谓的"内容他性"。

导致"内容他性"的出场，除了力量对比的原因外，还有文学本质论研究的内在原因。它主要表现在：认知性的文学本质论研究无视作为研究对象的文学自身复杂的认识构成，简单化地将认知性的研究方式和方法套用在所有内涵对象上，从而引起非认知性的内涵对象（即内容他者）对认知性研究的强烈反抗，导致"内容他性"的显现。在这里，"内容他性"的显现有"排斥性"与"套用性"之分。其中，"排斥性"主要是借助对自身地位的确认和巩固而得以显现；而"套用性"则主要是忽视或无视"内容他者"的存在，从而导致"内容他性"的显现。总之，"研究他性"是就研究方法而言的，而"内容他性"则是就作为研究对象的内容而言的，它们既相互区别，又紧密联系。

通过对传统文学研究的上述反思和检讨，本文认为，传统的文学研究无论在方法上还是在内容上，不仅潜在地制造了多样的他者，而且带来文学他性的显现。文学他性研究能深层地揭示文学自身的结构状态和生存境遇，无论是在深化文学基本理论认识层面，还是对把握当下文学研究的现状和趋势来说，都有着重大的理论价值和现实意义。

基于此，本文将从他者与文学他性的视角，全面梳理和阐释他者的内涵以及文学他性的作用机制，旨在为进一步推进当下文艺学研究提供新的理论视角和方法启示。

二　必要与可能

他者与他性研究，无论在西方还是中国，无论在大众媒介还是学术研究中，无论在一般性的学术论文还是专题性的硕博士学位论文中，都非常普遍，甚至形成一股热潮。而文学他性研究却显得非常薄弱，刚刚起步。

其中，既有广泛的现实原因，更有深层的学理原因，至少应包括以下几点。

第一，他者思想的超语言、超理性、超学科的理论品格，在一定程度上对具有潜在学科色彩的文学他性研究必然产生学理上的怀疑。从理论发生的角度而言，他者理论源于思想界对西方形而上学哲学传统的批判，理论思路主要是颠覆二元对立的思维模式，以达到解构形而上学哲学传统的目的。具体做法是：从意识、思维、理性、语言、学科乃至性别、种族、地域、宗教、权力、历史、文化等社会生活的方方面面，挖掘和阐释主客二元的思维结构，并加以毫不留情地解构，从而逐步形成超语言、超理性、超学科的理论品格。换个角度看，他者理论似乎本身就含有消解学科、超越学科的理论成分，它构成对文学他性研究之合理性的怀疑，以及文学他性鲜为人所用的现实。显然，这并不难理解。①

第二，他者理论强烈的反本体论倾向，与文学他性研究的本质论建构在理论旨趣上并不一致。尽管他者理论反思和批判了西方传统的本质论思维，但是在具体的理论操作中又不免陷入另一种本质论，即他者本质论。②然而，这种理论归宿并没有妨碍他者理论对传统本质论的批判与解构，它的反本质主义的特点仍然非常鲜明。基于此，他者理论势必会对潜在地具有本质论倾向的文学他性研究构成某种程度的排斥或拒绝。

---

① 在这里，他者研究之发展以及他者思想（或他者话语）的形成，在某种情况下反映出研究方法和研究内容之间的悖论：一方面，他者研究追求他者内涵的理论化和系统化，并最终形成他者理论话语，而这种话语实践实际上体现了他者研究的本质论取向；另一方面，他者思想或他者话语的核心内涵又具有强烈的反本质论色彩，也就是说，他者话语的形成是以鲜明的反本质论姿态出现的。于是，追求本质论的他者研究与具有反本质论特点的他者内容之间，在他者研究这项活动中便形成了悖论。但是，在笔者看来，构成上述悖论的双方，并不是处于同一层面的一个问题，而是处于同一活动中不同层面的两个问题，其中一个是就研究方法而言的，另一个是就研究内容而言的。基于此，笔者认为，他者研究内部所存有的上述悖论并不构成反他者研究的充分理由，我们不仅可以进行追求本质论的他者研究，而且可以在他者话语中建构反本质论的理论内涵，两者并不矛盾。

② 德里达认为，尼采和海德格尔试图破坏形而上学，但他们自身却掉进了循环的陷阱，在解构形而上学史的同时又建构形而上学史。而破坏与解构的区别在于：解构具有从那些所解构的事物中寻求解构资源的意识。德里达说："解构主义，在一定程度上是很有趣的。它首先必须随处提醒自己，不要成为一种方法或一个学派……假如解构主义真的很有趣的话，那我最断定的是，它对于教学的影响必定是多方面的。"参见 Salusinszky, Imre Salusinszky, *Criticism in Society: Interviews with Jacques Derrida, Northrop Frye, Harold Bloom, Geoffrey Hartman, Frank Kermode, Edward Said, Barbara Johnson, Frank Lentricchia and J. Hillis Miller* (New York and London: Methuen, 1987), p. 11。

第三，在西方的观念传统中，文学长期以来都是作为哲学（或神学）的"婢女"而卑微地存在。在哲学研究面前，文学研究往往充当哲学观念的注脚，其理论地位的低下不言而喻。可以说，西方的文学和文学研究在强大的哲学和哲学研究面前，扮演的是边缘性的、受排斥的他者角色。不仅如此，文学他性和文学他性研究，在哲学和哲学研究以及业已形成学术热潮的他者和他者研究面前，似乎具有来自文学和文学研究以及他者和他者研究的双重他者身份。显然，如果文学他性研究之他者身份没有得到根本性的摆脱，文学他性研究就难以走到前台。①

第四，文学研究自身所面临的发展困境，在一定程度上悬置了文学他性研究的出场。在西方后现代文化转向的理论冲击下，跨学科研究、消解学科边界的现象比比皆是，而以固守学科边界为准则的文学研究，在现实面前必然面临被边缘化的风险，乃至其生存受到巨大威胁。如果说文学他性研究是文学研究之一部分的话，那么，人们不禁要追问，既然母层面的文学研究都面临威胁，那么子层面的文学他性研究还有存在和发展的必要吗？显然，当下文学研究的现实困境，在客观上制约了文学他性研究的发生和发展。

尽管导致文学他性研究迟迟不出场的原因多种多样，但是，笔者仍然认为，在当下文学他性研究不仅必要而且可能，理由如下。

从学科意识来讲，在西方当代学术中，超学科、跨学科、后学科的呼声异常高涨，对学科意识范型内的文学构成严峻的挑战，文学学科面临前所未有的危机，文学研究也面临自身的反思和调整，然而，文学学科存在的合理性依据并没有因此而消失，② 现实中，它仍然以自身特有的方式存在着，尽管存在的方式不断地调整，内容也发生了或正在发生着巨大的变化。目前，文学学科依旧存在，现实中的文学以及文学研究也用事实确证了文学和文学研究存在的必要性，这必将为文学他性研究提供现实的条件和发

---

① 在这里，"文学他性研究"是作为一个整体而言的，不关涉文学他性研究的具体对象和内容。

② 实际上，文学是人的一种生存方式，且人的多样化生存方式离不开文学的参与。换句话说，只要人仍然存在，作为人的生存方式之一的文学就不会消失。尽管这种方式在具体的个人身上或群体中会有差异，且会随着时代的变化而具有不同的内涵。本文就是在这种意义上说文学学科没有丧失其存在的依据。

展的可能。

从本质论追求来讲，他者理论的反本质主义倾向并不是彻底的、完全的，它"打着学科的旗号反学科"的实际运作，在理论建构和批评实践中随处可见。譬如，作为他者理论话语之一的"道德他者"，在理论阐释的具体过程中仍旧贯穿着学科化的追求。其中，学科既充当了新的理论话语（即"道德他者"的理论话语）的对象范围，在道德学科的范围内探讨他者问题，又切实地贯穿了道德学科的基本内容，如"为他人"思想等。此外，该理论话语的形成以及理论内涵的演绎，同样也遵从了本质化、学科化的言说思路。因此，他者理论的反学科化、反本质主义的理论追求，并不妨碍他者理论本身所进行的学科化、本质化的努力，拿他者理论之反本质、反学科的理论立场去否定文学他性和文学他性研究存在的合理性，理由是不充分的，也是危险的。

从研究身份①来讲，正如前文所述，处于边缘化、受排斥地位的文学研究，在强势的哲学研究面前，在包含哲学和文学等多种形态的研究家族中，其身份或地位是"他者"。进而言之，文学他性研究的身份则更为特别，它甚至具有双重的他者身份：一方面，它是文学研究家族中的他者；另一方面，又是他者研究家族中的他者。然而，形形色色的他者身份不应该成为制约文学他性研究的现实障碍。相反，如果我们要对文学和文学研究进行深层反思的话，文学他性研究必不可少，因为它能深层地揭示文学自身的生存境况，对于深化文学认识以及把握文学研究的现状都有着重大的现实意义。

从现实境况来说，当下中国的文学研究正面临"合法性危机"，② 包括文艺学边界的游离，文学研究对象的泛化，文学学科的边缘化，文学理论应对现实问题的"失语"，文化研究和日常生活审美化的大行其道，等等。这一系列重大的理论和实践问题，已经构成当下文学研究的现实语境，不能回避，只能面对。因此，从理论阐释和学术生成力的双重要求出发，引入新的理论视角，以整合当下文学研究的现实资源，推动文学研究走出困

---

① 在这里，"研究身份"指的是一种准主体，具有主体的属性，不是指具体的研究活动。
② 钱中文：《文艺学的合法性危机》，《暨南学报》（人文科学与社会科学版）2004 年第 2 期。

境、谋求学术新发展，已经成为当前文学研究的主要任务。实际上，文学研究的当下困境，在一定程度上就是忽视和排斥文学他性研究的现实结果。因为在文学自身的复杂认识构成中，本来就存有文学他性的内涵对象，诉诸文学他性本来就是文学研究的应有之义。只不过现实的研究严重忽视或主动排斥文学他性的研究内容，所以才导致"研究他性"和"内容他性"的出场，并引发文学研究危机。基于此，文学他性研究是在研究内容方面实现对现时文学研究的纠偏、深化和拓展。

从理论整合力来讲，文学他性理论不仅具有强大的现实阐释力，即能够从他性理论的高度回应当下文学现实中所存有的许多重大理论和实践问题，如文学的"越界""扩容""转向"问题，对文化研究取代文学研究的担忧问题，日常生活审美化问题，生态存在论美学的出场问题，文化诗学的调和问题，文艺社会学的发展问题等；而且在某种程度上，它还可以整合当下文艺学的诸多理论资源，包括文化研究、日常生活审美化、文化批评、文化诗学、文艺社会学、生态存在论美学、文艺美学等。实际上，文学他性是文学主体性追求以及文学本质论努力①过程中的一个重大的基础理论问题。其中，文学主体性主要涉及文学自身不断认同的问题，文学本质论主要涉及文学学科走向独立的问题。然而，无论是自我认同还是学科独立，都贯穿着一个"他者与他性"的问题，即文学对文学之外的一切"他者与他性"、文学研究对文学研究之外的一切"他者与他性"不断进行排斥或同化，不断走向下定义、确定边界和学科的视野或论域，且这种倾向始终存在于文学主体性追求以及文学本质论努力的过程之中。基于此，从他者和他性的角度而言，从来就没有过所谓的确切的文学定义、文学边界和文艺学学科。当下文论话语的建构，包括文化研究、日常生活审美化、文化批评、文化诗学、文艺社会学、生态存在论美学、文艺美学等，其独特的理论追求，归根到底还是文学他性的凸现或隐没问题，或者说，确定文学的定义和边界以及文艺学学科的解构或建构问题。文学存在于文学主体

---

① 在这里，无论"文学主体性追求"还是"文学本质论努力"，其中的"文学"都是作为一种准主体而言的，均具有某种主体属性，而不是指涉"文学"这个论述范围。关于"准主体"，请见本文第三章第二节"对话主体中的他性内涵"部分的相关论述。

性与文学他性的交互运动中，① 任何只强调其中一面的理论话语，在一定程度上都会导致另一面的骤起，从而引起他性的显现。基于此，作为学科的文学研究，既要有学科意识，又要有超学科意识，既要注重文学主体性的研究，又要注重文学他性的研究，两者不可偏废。

从学术生成力来讲，文学他性是文艺学的一个基本理论问题，它对于比较文学研究、文学史研究和文学批评研究等都具有强大的理论渗透力。从比较文学来讲，无论中西比较还是古今比较，无论观念比较还是方法比较，都无法回避思想观念、文化样式、表达习惯、文化内涵等方面的差异所带来的他性问题。在比较文学研究过程中，研究者不仅要解决研究者自身的身份认同问题，而且必须处理研究对象的身份问题；而一涉及有身份问题的研究对象，实际上就无法回避关于他者和他性问题的言说。在比较文学研究中，甚至还有学者认为，比较文学的根本问题就是他性问题。长期以来，文学史的撰写只注重文学主体性这一维度，学者总试图对文学史加以整一化、系统化的描述，而对于渗透其中的文学他性维度，缺乏应有的重视，造成文学史研究理论上的困境。如果将文学他性的维度引入文学史研究，那么不仅可以缓解文学史理论的主体性困境，还可以为文学史研究开拓更为广阔的研究空间——文学主体发展史之外的文学他性发展史，文学本质研究史之外的文学他性研究史。从文学批评角度来讲，传统的批评理论在主体性这一问题上发展得较为充分，对于文学主体性的建构贡献巨大。然而，当文学主体性理论面临现实困境和发展危机时，也正是主体性批评进行反思和调整之时，在这一情况下，走向他性批评似乎成为批评理论的现实选择和学理必然。

从理论资源和批评实践来说，国内外对他者和他性问题的长期探索和实践，为文学他性研究的出场提供了必要的理论基础和实践可能。西方的他者和他性理论，包括伊曼纽尔·列维纳斯的"道德他者"、雅克·拉康的"镜像他者"、雅克·德里达的"整体性他者"、爱德华·赛义德的

---

① 在这里，我们论及"文学主体性"是以将文学也视为一种准主体为前提的，它指文学主体区别于其他意识形式而表现出来的独特性，不仅包括文学语言上的独特性（如英美新批评所言的"文学性"），而且延及社会、历史和文化等更为广阔范围内的文学独特性。也正是在这一意义上，本书将"文学主体性"与"文学他性"对举。

"东方他者"、朱丽娅·克里斯蒂娃（Juliar Kristeva）的"女性他者"、盖布里埃乐·斯瓦布（Gabriele Schwab）的"人种志的他者"、J. 希利斯·米勒（J. Hillis Miller）的"全然他者""文本他性""语言他性""文学他性"，还有米歇尔·德·赛透（Michel de Certeau）的"上帝他者"、安莱特·穆易（Annet Mooij）的"性病他者"等。可以说，丰富的他者和他性理论，在一定程度上为文学他性理论的建构提供了现实基础。与此同时，后结构主义批评、解构主义批评、女性主义批评、东方主义批评、黑人批评、酷儿理论、精神分析批评等各种批评理论，在阐释和挖掘他性意义上所做的探索，在一定程度上也为文学他性批评模式的建构提供了实践的参照。

三　现状与趋势

国内外学界，目前尚未见到关于文学他性问题的直接和系统的研究，但可见到一些相关的研究成果。如米勒的《他者》一书，[①] 主要从对文学作品的解读中间接地体味文学他性的意义内涵，很有启发性。但米勒并没有正面切入文学他性问题，更没有对文学他性的理论问题做系统的研究。尚·莱兰切的《他性论集》一书，[②] 主要从心理分析角度阐释他性问题，对梳理文学他性的内涵很有借鉴意义，但其中往往是对个别问题或个案的探讨，尚不能形成理论系统。斯瓦布的《镜子与杀手皇后：文学语言中的他性》一书，[③] 主要从文化接触的视角切入到对文学语言的分析，间接地表现了他性的文化内涵。同时，作者还借助对文学作品的解读，分析了妇女的他性形象，这种探索同样很有启发性，但所涉及的范围过于庞大而显得较为零乱，感性成分较多，理性提炼较少。此外，弗朗西斯·基巴尔在《追溯德里达》一文中，[④] 解读了德里达"整体性他者"的思想内涵；列维纳斯

---

① J. Hillis Miller, *Others* (Princeton and Oxford：Princeton University Press, 2001).

② Jean Laplanche, *Essays on Otherness* (London and New York：Routledge, 1999).

③ Gabriele Schwab, *The Mirror and the Killer-Queeen：Otherness in Literary Language* (Bloomington Indianapolis：Indiana University Press, 1996).

④ Francis Guibal, "The Otherness of the Other-Otherwise：Tracing Jacques Derrida," *Parallax* (2004)：17 - 41.

在《时间与他者》中，让－保罗·萨特在《他人就是地狱——萨特自由选择论集》①中，还阐释了"道德他者"的哲学内涵。上述著作从哲学上阐释他者内涵的做法，对于梳理和阐释文学他性的学理渊源，具有很大的借鉴意义和方法启示。国内的他者研究至今尚处于起步阶段，但也有一些重要的研究成果值得关注，如杨乃乔先生的《比较文学与他者视域》、金惠敏先生的《无限的他者——对列维纳斯一个核心概念的阅读》、张一兵先生的《拉康：从主体际到大写的他者》、杨慧林先生的《从"差异"到"他者"——对海德格尔与德里达的神学读解》等，②本书将这些文献都纳入研究视野，并进行全方位的观照、梳理、辨析和系统深入的研究，以便在此基础上继续向前探索。

从研究内容的分类来说，当下国内外的他者研究主要关注"他者思想研究"、"他者视角运用"、"他性形象分析"和"他者身份建构"四个方面。

其中，"他者思想研究"主要是从哲学或其他学科中寻找他者理论的立论依据。从研究内容而言，大致可以分为基本理论研究和理论家个人思想研究两大类。前者主要关注"自我与他者""主体与他性""主体性与他性""主体间性""整体性他者""他者意识""他者与他性"等问题；后者主要关注索伦·阿拜·克尔凯郭尔、西蒙娜·德·波伏娃、拉康、列维纳斯、莫里斯·梅洛－庞蒂、德里达、米歇尔·福柯、马丁·布伯、赛透等人，其中，拉康、列维纳斯、梅洛－庞蒂和德里达的他者思想研究较为普遍。在宗教神学中，他者也是一个非常重要的问题，主要关注"他者内涵的神学解读""上帝他者""教会他者""自然宗教""奥斯丁传统""他者的污名"等。在心理学研究中，他性问题与无意识理论和精神分析学密切相关，其中莱兰切的《他性论集》为代表性成果。此外，拉康的"镜像他

---

① Emmanuel Levinas, "Time and the Other," In Sean Hand（ed.）*The Levinas Reader*,（Basil Blackwell, 1989）；〔法〕萨特：《他人就是地狱——萨特自由选择论集》，周煦良等译，陕西师范大学出版社，2003。

② 杨乃乔：《比较诗学与他者视域》，学苑出版社，2002；金惠敏：《无限的他者——对列维纳斯一个核心概念的阅读》，《外国文学》2003年第3期；张一兵：《拉康：从主体际到大写的他者》，《江苏社会科学》2004年第3期；杨慧林：《从"差异"到"他者"——对海德格尔与德里达的神学读解》，《中国人民大学学报》2004年第4期；等等。

者"理论也是心理学研究的重要成果。在人类学研究中，麻国庆先生的《走进他者的世界》一书，从方法论角度引入他者问题，着力探讨了文化人类学意义上的他者问题。① 章立明先生的《他者的人类学及其本土化探讨》一文也很有代表性。② 此外，电影、广告、音乐、美术、戏剧、传播、图书发行等许多领域都广泛涉及他性问题。最值得一提的是，学界对中国古代的他者思想也有专门探讨。例如，法国著名汉学家弗朗索瓦·于连，在《圣人无意——或哲学的他者》一书中认为，中国古代典籍《易经》中的"见群龙无首，吉"，体现了"什么也不提出"，"没有优先的观念，没有个别的自我"这一"圣人无意"的内涵，是"哲学他者"的具体体现。③ 黄玉顺先生考察了中国古代汉语的人称代词。他认为，中国古代汉语中的"他"和"它"、"你""尔""汝"，以及"吾""我"等都有着丰富的他者意识，且这种他者意识同自我与异族的认定紧密相关。他认为，"他"是指缺席的他者，"你"是指在场的他者，而"我"则是指内在的他者。④

"他者视角运用"主要是在具体的研究中引入他者理论的研究方法，主要借助对文学作品中人物形象的分析，以揭示他性形象的文化内涵。他者视角代表的是一种理论方法。在比较文学和比较诗学中，文学他性的内涵主要表现为，在比较的视野中寻求他者的本质，阐释他性的内涵，其中，有代表性的两部著作是孙景尧先生的《简明比较文学——"自我"和"他者"的认知之道》和杨乃乔先生的《比较诗学与他者视域》。在女性主义研究中，几乎所有的女性主义理论话语都会自觉地运用他者视角阐释女性形象的他性内涵。李新灿先生的《女性主义观照下的他者世界》⑤ 一书很有代表性。胡大平先生的《他者：意识形态批判理论的一个新的支点?》、刘建华先生的《文本与他者：福克纳解读》（英文版）和尤尔根·哈贝马斯的

---

① 麻国庆：《走进他者的世界》，学苑出版社，2001。
② 章立明：《他者的人类学及其本土化探讨》，《学术探索》2003 年第 8 期。
③ 〔法〕弗朗索瓦·于连：《圣人无意——或哲学的他者》，闫素伟译，商务印书馆，2004，第 5～22 页。
④ 黄玉顺：《中国传统的"他者"意识——古代汉语人称代词的分析》，《中国哲学史》2003 年第 2 期。
⑤ 李新灿：《女性主义观照下的他者世界》，中国社会科学出版社，2001。

《包容他者》,① 均从他者的独特视角切入对象，显示了理论言说的独特性。此外，翻译中也存在他性问题，主要指在比较文学背景下，由文化差异带来的文化间的某些不可通约性和不可替代性，它们反映到翻译实践中就表现为翻译的他性问题。② 除了在比较文学和比较诗学中有他者视角的运用外，文化批评和文化研究中他者视角也非常普遍。关于这部分内容，后文将详加叙述。

"他性形象分析"这部分，当下研究的主要内容包括作品内在的他者思想之文化解读、跨文化背景下文学形象之他性阐释、文学创作中的他性取向、他性文学现象概评等四个方面。其中，作品内在的他者思想之文化解读主要是指，在单个作品中阐释和挖掘他性形象的文化内涵，所涉及的作家和作品有：托尼·莫里森的《最蓝的眼睛》、赫尔曼·梅尔维尔（Herman Melville）的《贝尼托·切雷诺》（Benito Cereno）、约瑟夫·康拉德（Joseph Conrad）的《黑暗之心》（Heart of Darkness）、约翰·福克纳的《喧哗与骚动》、尤多拉·韦尔蒂（Eudora Welty）的《金苹果》（The Golden Apples）、林白的《妇女闲聊录》以及《一千零一夜》等。跨文化背景下文学形象的他性解读，主要涉及文化对比语境下的他性形象内涵、文学接触过程中的他性形象，包括文学阅读、文化解读、文学形象比较等问题，譬如：西方文学中的中国形象，中国文化语境下的西方作品解读；文学创作中的他性取向，主要涉及作家的创作倾向、题材选择、主题表现等方面的内容；在他性文学现象概评部分，涉及美国文学的他性想象问题等。③

"他者身份建构"主要是从身份的自我认同和社会认同两个层面，阐述不同的他者身份问题。身份问题是文化研究背景下文学他性研究的重要内容，既包括身份的自我认同，也包括他者身份的社会认同，具体而言，涵

---

① 胡大平：《他者：意识形态批判理论的一个新的支点？》，《江苏社会科学》2004 年第 3 期；刘建华：《文本与他者：福克纳解读》（英文版），北京大学出版社，2002；〔德〕尤尔根·哈贝马斯：《包容他者》，曹卫东译，上海人民出版社，2002。

② 刘军平：《超越后现代的"他者"：翻译研究的张力与活力》，《中国翻译》2004 年第 1 期；杨青：《翻译理论中的自我和他者——全球化语境中的翻译理论本土性思考》，《外语研究》2003 年第 5 期；等等。

③ 例如，Giles Gunn, "American Literature and the Imagination of Otherness," *Journal of Religious Ethics* 3（1975）：193 – 215.

括了女性他者身份、黑人他者身份、东方他者身份、同性恋他者身份、后殖民他者身份等几乎所有社会、历史和文化领域中的他者身份问题。在女性他者身份研究中，主要有女性他者身份之哲学追寻和女性他者形象之作品解读两部分内容，除了探讨"哲学与女性"和"女性主体与主体性哲学"等理论问题外，还考察了黑人妇女的他者身份、男权社会的女性他者身份、非裔加勒比妇女的他者身份、康拉德作品中的女性他者身份等，其中，黑人妇女具有黑人和妇女双重的他者身份。在黑人他者身份研究中，除了一些作家的黑人他者身份外，部分作品中的人物形象也带有强烈的他者身份内涵，这种情况可以从对黑人作家之作品解读中认识。还有地域原因所导致的他者身份问题，主要涉及非洲、东南欧、东欧以及印度次大陆、中国、俄罗斯等许多地区和国家的他者身份问题。在后殖民研究中，有的探讨葡萄牙和巴西的民族性与主体性而引出他者身份问题，有的探讨葡萄牙语描述下的非洲人形象而引出他者想象问题，有的探讨后殖民理论中的他者身份问题，等等。还有少数族裔的他者身份问题，如世界华文文学中的他者身份问题，主要是指华裔作家特殊的身份、特殊的生活方式以及特殊的文化体验，在文学创作、形象塑造、主题选择等方面的具体表现，主要包括：作家自身的他者身份认同、作家他者身份的社会文化建构、作品他者形象的塑造，以及对他者形象的文化解读等。此外，还有文化接触所带来的他者身份问题。文化接触是多元共生、对话交流时代的一个普遍主题。众所周知，比较文学中的文化接触问题非常突出。在文学/文化接触的过程中，无论就接触主体来说，还是就接触对象来说，都存有一个他者身份的建构问题。在当代西方学术中，论述文化接触的专著很多，涉及文化接触中他者问题的专著也很多，美国加州大学厄湾分校斯瓦布教授的《镜子与杀手皇后：文学语言中的他性》一书就很有代表性。

综上所述，当下的文学他性研究具有以下两方面特点。其一，从研究进展而言，尚处于感性材料积累和批评实践探索的初级阶段。尽管有着对"自我与他者""主体性""主体间性""整体性他者""他者意识""他者与他性"等哲学基本问题的理论思考，有着对拉康、列维纳斯、梅洛－庞蒂和德里达等人他者思想的阐释，但总体而言，系统的文学他性理论尚未形成。其二，从研究内容和学科属性来讲，当前的文学他性研究具有跨学科文化批评的理论色彩。就跨学科研究而言，当前的文学他性研究，不仅关涉文学主体的他性问题、作品内在的他性形象和他性内涵问题，而且涉及哲学、宗教学、伦理学、社会学、人类学、心理学等多学科领域的他性问题，甚至牵涉到电影、电视、广告、旅游、服饰等诸多社会生活领域。就文化批评来说，在西方，尽管文学他性研究也诉诸对文学文本的细读，有些理论家甚至本身就是文学理论家或文学批评家，但它的理论指向以及文本细读的话语目标均已发生了巨大的转变，即由传统的对文学文本的审美解读转向对社会文本的文化解读，并在泛化的文本世界中寻求他性的内涵，为理论家参与政治、批判社会提供言说的场域或言说的依据。可见，当下的文学他性研究，正越来越远离对文学内部机制的关注，走向广阔的社会、历史和文化领域。

就发展趋势而言，走向理论综合是文学他性研究的必然。从学理发展的角度来说，感性丰富之后的话语积聚到一定程度的时候，理论综合的内驱力便会自然生成，以推动话语主体实现更高层次的提升。可以说，话语自身在感性层面的积累必然催生理论综合的现实需要。具体来说，当前的文学他性研究，不仅具有丰富的感性批评材料，而且储备了多样的研究方法，还有一定量的基本理论阐释，这一切均为文学他性研究走向理论综合提供了丰厚的现实基础。也正是在上述意义上，文学他性研究具备了走向理论综合的前提或可能。

鉴于文学他性研究的跨学科属性，本书对文学他性研究的学科定位是：一方面，沿用传统意义上的学科范围，即从文学文本的分析中挖掘文学学科的内涵；另一方面，突破传统意义上的审美性研究范围，走向对历史文化内涵的理论阐释，从内涵的阐释中深化对文学学科的研究意识。

第一章

他性理论的学术考察

据考察，在《牛津高阶英汉双解词典》（第 4 版增补本，商务印书馆／牛津大学出版社，2002 年第 1 版）中，otherness 这一词条是以"新词补编"的形式进入的（见第 1976 页）。也就是说，在 2002 年之前（即 1997 年及之前的各版本），otherness 尚未被纳入该词典的条目范围。然而，在西方主流词典《牛津英语词典》（*The Oxford English Dictionary*）[①] 中，otherness 一词的用法最早可以追溯到 1587 年，何故？

造成上述情况的原因当然非常复杂，但它至少反映出 1997 年之前的汉语学术界对于他者问题的关注，尚未引起词典编撰者的足够注意。那么，这是否意味着词典编撰者对他者问题的关注，始于 1997 年至 2002 年间？[②] 在借助中国期刊全文数据库作文献调查时，上述推断得到了证实。在文史哲类目中，笔者发现，以"他者"为检索词，无论是篇名检索、关键词检索，还是全文检索，得出的数据都显示出，1999～2000 年有关他者研究的学术论文数量都骤然增加，它们分别是 3 篇和 8 篇、5 篇和 15 篇，以及 493 篇和 642 篇，2000 年之后数量增长更加明显。据此，笔者认为，汉语学术界的他者研究，直到进入 21 世纪才逐渐盛行起来。

在考察概念内涵之前，有必要先交代一下"他者"和"他性"的翻译问题。

据不完全统计，otherness 的中译词有 25 种之多，包括他、他者、他性、

---

① *The Oxford English Dictionary*，Second Edition，by J. A. Simpson and E. S. C. Weiner（Oxford：Clarendon Press，1989）.

② 该词典的修订周期为五年，也就是说，每次修订所收入的新词都是最近五年内出现的。据此，笔者把汉语学术界对"他者"一词的关注时间推断为在 1997 年至 2002 年间。

他类、他异、她者、她体、它者、它性、另类、异己、他者化、他者性、他在性、他异性、另他性、其它性、异己者、异己性、异质性、另一性、不同性、另一世界、另一个真实、异己的特性等，其中，被普遍使用的是"他者"和"他性"。金惠敏先生曾在《孔子思想与后现代主义——以主体性和他者性而论》一文中说："Other（法文为 autre）一般译为'另类'或'他者'。在后结构主义的语汇中，该词包含有两层意思：一是认识论中的客体，二是被主体所排斥和压抑的异质。'另类'不能表达第一层意思，故不采用；'他者'兼有两层意思，但用'他者性'译 Otherness，即'他者'作为他者的性质显得有些生硬，故根据语境有时称 Otherness 为'他异'。"①无疑，金先生把握了 other 一词的要义，即在认识论视野中界定主体与他者的关系，同时，在主体视域中认识他者的地位和作用，两者兼顾。本书也完全同意将 other 译为"他者"。然而，笔者并不赞成将 otherness 译为"他异"。因为"他异"的语义重心落在"差异"上，这可能会导致在语义理解上忽视"差异"与他者内涵之间的逻辑联系，从而难以充分揭示 otherness 背后深层的哲学内涵。实际上，otherness 是 other 加后缀－ness 所构成的复合词，－ness 本身就含有"某某属性"的意思；故，将 otherness 译为"他性"，即"他者的属性"，一方面既能体现"他者"与"他性"之间的逻辑联系，另一方面还能赋予它们不同的语法功能和语义内涵。即："他者"是名词性的，作为一种认识对象，而"他性"则是形容词性的，是对象的一种属性。基于此，本书采用"他性"的译法。

此外，本书除了将 other 译为"他者"外，还将 alterity 和 altarity 也译为"他者"。

第一节　词源考究

据黄玉顺先生考察，在古代汉语的人称代词中，"他""它"、"你""尔""汝"，以及"吾""我"等，都蕴含着丰富的"他者"意识，且同"自我与异族的认同"紧密相关。其中，"他"是指缺席的他者，"你"是

---

① http://www.confuchina.com/07% 20xifangzhexue/kongzi% 20yu% 20houxiandai.htm。

指在场的他者，而"我"则是指内在的他者。① 黄玉顺先生详细考察了"他"和"它"的本义、引申义和假借义，从词源学的角度全面进行梳理，这对我们进一步认识和把握"他者"的内涵无疑有很大的帮助。基于此，本节不再就汉字"他"或"它"作赘述，而主要选取英文词 other（他者）和 otherness（他性）作语源学的考察，并主要借助《牛津英语词典》所提供的词义和例句，进行内涵上的分析和梳理，以增强对"他者"和"他性"概念的理解。

英语中的 other 一词，不仅词性复杂（即语法功能复杂），词尾屈折变化（即词语形态多样），而且构词能力非常强；再加上受发展过程中旧词义不断"脱落"、新词义不断生成等多种因素影响，其复杂性更不言而喻了。基于此，此处仅尝试性地列举 other 一词的某些含义及其变化，从侧面凸显 other 一词的复杂性和多变性，为探测"他者"和"他性"的含义提供词源学上的参照，而不是要彻底反映 other 一词的准确含义和语义发展。

根据《牛津英语词典》的解释，other 的词形变化有 óðer, óþer, óþre, óþur, óþeer, óþeir, óþair, óþier, óþir, óþere, óþure, óþar, oiþer, ooþer, othur, othyr, othere, other, othir, oother, oothir, othre, oyer, oper, wother, uthyre, wthire, wthyre, wyther, ouþer, uthir, uther, uthere, vyer, vyir, wther, wither, oderr, oder, odir, odur, odyr, woder, wodur, uder, udir, udder, óðar, ander, alter, atepo, ather 等 50 余种；涉及古条顿语、古荷兰语、古萨克森语、中古低地德语、中古荷兰语、低地德语、荷兰语、中古高地德语、哥特语、德语、古希腊语、古拉丁语、古英格兰语等十几种古今语言。其中，other 的古希腊语形式为 atepo，古拉丁语为 alter，古英格兰语为 ather，德语为 ander，法语为 autre。此外，other 的具体用法达 56 种之多，其中 14 种用法已经"脱落"，目前尚存 42 种。

在考察 other 词义变化的过程中，笔者发现，遭淘汰的词义主要集中在中性词义，且现在尚存的 42 种用法，大多带有贬义色彩。例如，作为名词，the other 的表述就明显带有贬义色彩，意指"性行为""性交"，有时还指

---

① 黄玉顺：《中国传统的"他者"意识——古代汉语人称代词的分析》，《中国哲学史》2003年第 2 期。

"同性恋"，此种用法，最早出现于 1922 年詹姆斯·乔伊斯的小说《尤利西斯》，以及 1928 年大卫·赫伯特·劳伦斯的小说《查泰莱夫人的情人》等相关篇章的描述中。在一些复合型词组中，other 的用法也带有很明显的贬义色彩，有时还表现为由较为中性的词义向带贬义色彩的词义转化。例如，在 1532 年的 the other half 中，含义较为中性，甚至还有点儿褒义色彩，指"世界的另一半"、"那些与自己处于不同阶层的人"或者"那些与自己有着不同生活方式（且这种生活方式通常是指比较富裕的或富足的）的人"。可是，后来在 the other side（"地狱"或"鬼魂灵生活的地方"；"反对派"或"反对方"，此种用法出现在 1684 年）、the other place（"阴间"或"地狱"，此种用法出现在 1841 年）、the other thing（口语词，可指"相反者"、"反对派"或"逆反者"，"异样的东西，如性交和阳具"。在词组 to do the other thing 中，是对解雇行为的轻蔑式表达，此种用法出现在 1846 年）、the other man/woman（"与异性有染的男人或女人"；"婚外情人"或"姘妇"，此种用法出现在 1855 年）、the other end（"仅仅通过电话才能与之联系的人或地方"，此种用法出现在 1941 年）等词组中，other 均带有明显的贬义色彩。

除上述用法外，other 还有作为哲学术语方面的含义，指那些同已经提及过的某物相关的东西，这些东西构成了宇宙存在的另一个部分，因此它们也是那些已经提及事物的对应物（counterpart）或相似物（double）。例如，"非我"（non-ego）就是"自我"（ego）的"他者"（other），即上帝的创造物（creation of the creator）。[①] 可见，other 具有哲学思考的本体论意义，且反映到认识论上，它与作为主体的"自我"密切相关。

《牛津英语词典》为 otherness 的本义提供了四个例句。第一个例句是 1587 年的："人总需要存有两种东西，即自我同一性和另一性……自我同一性是就本质或存在而言的……而他性是就存在物或人而言的。"（There must needs be alwaies both a selfesamenesse and also an anothernesse…the selfesameness in the Essence or being；…and the otherness is in the In beings or Per-

---

① *The Oxford English Dictionary*, Second Edition, v10, Oxford：Clarendon Press, 1989, p. 982.

sons.) ①从这一例句来看，他性是自我所不可或缺的要素之一，它与自我相伴相随，不能分开。此外，自我同一性具有本体或本质的意味，而他性则是本体的显现，即现象界的存在物或人。第二个例句是 1625 年的："（假如）没有他性或变化……（那将）是绝妙的。"（Absolute perfection…without otherness or change. ）② 这一例句所揭示的他性内涵带有明显的贬义色彩，即他性是人们所厌弃或排斥的对象，它与令人头疼的、变化着的事物很相近。第三个例句是 1885 年的："否定……不是绝对的，而仅仅是相对的，它仅对存在的他性予以确认。"（Negation…not absolute, but only relative, simply affirming otherness of being. ）③ 第三个例句显示，他性具有否定性或颠覆性内涵，但并不是绝对的否定或颠覆，而只是在一定程度上相对的否定或颠覆。可以说，确认他性自身的存在，是他性之否定或颠覆的最终目标。第四个例句是 1893 年的："同结果之间的关联，其所涉及的是与'他性'的关系。"（The relation of consequence involves the relation of 'otherness'. ）④ 这一例句表明，他性呈现为一种关系状态，是在关系场域中的呈现。

此外，Otherness 还有引申义。为此，《牛津英语词典》也提供了四个例句。第一个例句是诗人萨缪尔·泰勒·柯勒律治于 1821 年发表在杂志 *Blackw* 上的文章中的一句话，即："外在性即借由直觉或他者的视像再现而达到的对他性的感知。"（Outness is but the feeling of otherness（alterity）, rendered intuitive, or alterity visually represented. ）⑤ 在这里，他性与外在性、直觉相关联，与浪漫主义的主体感受相关联，是主体感受的对象物。第二个例句是 1868 年的："现在，他所意识到的不仅是他自己，而且还有某种在他体内涌动着的他性。"（He is now conscious not of himself only, but of a certain otherness moving in him. ）⑥ 在这句话中，他性是作为非自我的主体而与自我相对，且有着某种难以言状的神秘性，即本体的神秘性。第三个例句是 1888 年的："他所创造的他性独立于所有的现象。"（That otherness which

---

① *The Oxford English Dictionary*, Second Edition, v10, Oxford: Clarendon Press, 1989, p. 983.
② *The Oxford English Dictionary*, Second Edition, v10, Oxford: Clarendon Press, 1989, p. 983.
③ *The Oxford English Dictionary*, Second Edition, v10, Oxford: Clarendon Press, 1989, p. 983.
④ *The Oxford English Dictionary*, Second Edition, v10, Oxford: Clarendon Press, 1989, p. 983.
⑤ *The Oxford English Dictionary*, Second Edition, v10, Oxford: Clarendon Press, 1989, p. 983 – 984.
⑥ *The Oxford English Dictionary*, Second Edition, v10, Oxford: Clarendon Press, 1989, p. 984.

He calls into existence is independent of all phenomena.)① 这句话中的他性是作为现象界中无法被认识的对象而出现的，同时它又为现象界的主体所创造。在这里，他性与创造主体间充满了现象与本体的张力。第四个例句是1892 年的："我直接意识到，那是他性，一个非我。"（I am directly conscious of it as an otherness；a non-self. ）② 在这一句中，他性是非我的主体。

综上所述，从词源学角度看，"他者"和"他性"的内涵具有如下特征：第一，与自我不可分离；第二，本体的神秘性；第三，是一种关系状态；第四，具有强烈的否定性和颠覆性；第五，普遍带贬义色彩。

第二节　当代运用

"他者"和"他性"的内涵，不仅具有词源学上的丰富性，还表现出当代阐释的丰富性。接下来，笔者将借助《后现代主义百科全书》《女性主义文学理论百科全书》以及部分当代论者的理论阐释，采用以小见大的方式，简要梳理"他者"和"他性"的当代内涵。

为《后现代主义百科全书》（英文版）撰写 altarity 词条的汤姆·卡尔森（Tom Carlson）认为，altarity 最早出现于1987 年美国当代哲学家马克·泰勒（Mark C. Taylor）的《他者》（Altarity）一书。泰勒创造 altarity 一词的目的在于：唤起人们对宗教性他者之重要性（the religious significance of the otherness or altarity）的关注。他认为，他者长期以来被人类主体的现代概念（modern conceptions of the human subject）所压迫或排斥，③ 它所带来的问题已非常严重。为了唤起人们对上述压迫的关注，他倡导一种宗教性他者，旨在针砭现代主体观念存有的不足。可见，泰勒所说的他者，主要是指那些受压迫或排斥的主体，它具有精神性、宗教性的社会功能。

而撰写 alterity 词条的杰芙瑞·考斯基（Jeffrey Kosky）则认为，"他者"

---

① *The Oxford English Dictionary*, Second Edition, v10, Oxford：Clarendon Press, 1989, p. 984.
② *The Oxford English Dictionary*, Second Edition, v10, Oxford：Clarendon Press, 1989, p. 984.
③ Victor E. Taylor and Charles E. Winquist（eds.）, *Encyclopedia of Postmodernism*（London and New York：Routledge, 2001）, p. 8.

是指在某一闭合系统内，要么被反对和隔离，要么被支配的那些东西。① 后现代思想家对他者或他性（alterity or otherness）的理解，可以追溯到黑格尔的逻辑学和辩证法。他说，"在黑格尔的思想中，他者（the other）是作为自我（the self）或'我'（the I）的反对物，是对自我的否定，且这种自我的否定反过来又为自我实现（self-realization）的过程所再次否定，因而，自我再次在他者中回复到自我。换句话说，'我'处于并通过否定他性的他者而在外在的自我中认出了自身，继而成为自身充分的在。"② 考斯基从对黑格尔他者思想的解读中，发现了他者思想所蕴含的巨大颠覆性。他认为，重新思考他者问题已成为后现代思想家们的共同任务。

考斯基认为，在后现代思想家中，他者思想有着两大不同方向。其中，法国哲学家列维纳斯、吉尔·德勒兹以及部分女性主义思想家、种族思想家和部分神学家，从"他者的概念并不是作为自我的对立面或否定者而出现的"这一基点出发，阐发了各自的他者理论。而法国哲学家德里达和福柯等人，则从西格蒙德·弗洛伊德的"压抑"和"无意识"概念，以及马丁·海德格尔的"忘却"概念（notions of forgetfulness）或"存在的忘却"（the oblivion of Being）等思想出发，认为他者是"整体性的缺失"（a lack within the whole），他者的在场是整体或同一缺场的结果，假如同一的自我认同被确认，则他者将为总体性所排斥或控制。③ 显然，考斯基为我们理解他者的当代内涵指出了两条思路，即"他者的概念并不是作为自我的对立面或否定者而出现的"和"他者是整体性的缺失"。考斯基从闭合系统内主体的权力地位这一角度出发，指出自我实现过程中他者受排斥或同化的现实状况，可谓从认识论的角度展示了他者的社会功能。需要注意的是，考斯基与泰勒在社会功能的分析上有着不同的侧重，考斯基强调颠覆性，而泰勒侧重精神性或宗教性，即建构性。

考斯基与泰勒从社会功用性的视角切入到对他者的界定，揭示了他者

---

① Victor E. Taylor and Charles E. Winquist, eds., *Encyclopedia of Postmodernism* (London and New York: Routledge, 2001), p. 8.

② Victor E. Taylor and Charles E. Winquist, eds., *Encyclopedia of Postmodernism* (London and New York: Routledge, 2001), p. 9.

③ Victor E. Taylor and Charles E. Winquist, eds., *Encyclopedia of Postmodernism* (London and New York: Routledge, 2001), p. 9.

内涵的一个重要方面。然而，在女性主义理论家那里，又是另一番景象。

苏兹·卡皮拉为《女性主义文学理论百科全书》（英文版）撰写了"他者"（other）词条，她认为，"'他者'这一术语，从系谱学的角度来说，可以追溯到多种不同的学科，如哲学、人类学和心理分析，以及女性主义和后殖民主义批评等。通常它都被喻为思维二元结构中性别和种族的差异"①。卡皮拉将性别差异和种族差异引入对他者内涵的阐释，为他者理论的阐发开拓了新境界，其切入角度显然与考斯基与泰勒有别。

卡皮拉的他者理论得益于德里达对二元思维结构的批判。德里达的思想在一定意义上为建基于性别差异和种族差异之上的女性主义的他者理论（后殖民的他者理论、东方主义的他者理论等也是如此）提供了哲学基础。德里达通过对二元思维结构的批判界定他者，这一理论思路我们还可以从芭芭拉·约翰逊《书写》一文的相关表述中进一步理解。约翰逊强调："对德里达而言，阅读遵循了一种指涉结构的'他者'逻辑。在书写中，这种逻辑同传统逻辑的含义、同一性、意识或意图或许一致。因为它涵括了普遍阅读所忽视、略过或剔除了的诸多因素……同样，德里达在文本的空白、边缘、比喻、摹声、离题、不连贯、相互矛盾以及含混中，暗示了潜力。读者的任务就是解读文本中所写的东西，而不是单纯地探求文本中所可能包含的东西……假如每一个文本都被视为表达了一种这样的立场：寻求控制、清除或扭曲多样的'他者'（它的痕迹可以为反控制的读者所发现），那么，宽泛意义上的'阅读'便与权力和权威的问题关联了起来。"② 可见，德里达从指涉结构的分析中发现了阅读中与传统逻辑不同的"他者"逻辑——它专注于传统逻辑所忽视、略过或剔除了的因素，具有独特的价值取向。可以说，德里达在"整体性的缺失"的他者观上又迈进了一步，即从语言学和符号学的能指与所指的关系切入到对他者问题的分析，走出了一条独特的"整体性他者"之路。

西蒙·马尔帕斯在《后现代》一书中认为，"在殖民的语境下，我们在

---

① Shuchi Kapila, "Other," In Elizabeth Kowaleski-Wallace (ed.), *Encyclopedia of Feminist Literary Theory* (New York & London: Garland Publishing Inc. , 1997), pp. 296 – 97.

② Barbara Johnson, "Writing," in Julie Rivkin and Michael Ryan (eds.), *Literary Theory: An Anthology*, (Malden: Blackwell Publishing , 2004), pp. 346 – 47.

或隐或显的种族主义中见到了他者的欲望，它将主体转变成众多他者对象中的一个对象，同时破坏了认同……在文化象征论者看来，他者不是某一人文主义的个体，而是附着在黑性（blackness）之上的'传奇、故事、历史'"。① 在马尔帕斯看来，他者的内涵与殖民语境下的种族主义倾向密切相关，它往往通过主体的对象化而具有文化象征的含义。不仅如此，此种文化身份还会牢固地附着于主体，并以文化无意识的方式不断地困扰主体，有时甚至还会以暴力行为或越代创伤的极端方式呈现。②

霍米·芭芭在《视为奇异的符号》一文中所持的观点，正好验证了马尔帕斯和施瓦布的看法。霍米·芭芭认为："对自我/他者的区分、对殖民权利的质问、对殖民者/被殖民者的区隔，这种殖民定位，在情感上是矛盾的，它使得殖民定位的界限不同于黑格尔式的主人/奴仆的辩证法或他者现象……例如，文化殖民主义的歧视效果，不仅指在自我和他者间某个'人'或某种逻辑权利的斗争，而且指母体文化与外来文化间的歧视。"③

美国解构主义批评家 J. 希利斯·米勒认为，在当前的文学和文化研究中，"他者"概念的使用，大多数暗示了某种种族的、性别的或异教徒的含义。甚至这个术语还被用来作为某种命名方式，即，某一霸权文化或性别群体，视相异的和弱势文化或群体为奇异的或劣等的，或通常的外来民，继而将它看作通过某种公然暴力或非暴力的手段，抹去或同化异教徒的好方法。④ 在米勒看来，"他者"被表述为"我者"所清除或同化的对象，具有鲜明的"身份他者"的色彩。在这里，米勒从身份视角切入对他者内涵的阐释，探求其背后更为广阔的社会、历史和文化，从而进一步开拓了新领域。实际上，对"身份他者"的界定非常普遍，不仅体现在身份烦恼层面（即厌弃层面），而且体现在自我认同层面（积极体认层面）。例如，迪

---

① Simon Malpas, *The Postmodern* (London and New York: Routledge, 2005), p. 70.

② 关于身份烦恼会引起暴力行为和越代创伤的问题，主要参考了美国加州大学厄湾分校盖布里埃乐·斯瓦布教授在中国人民大学所作的《身份烦恼：暴力史与政治无意识》专场演讲的内容，特此感谢。

③ Homi K. Bhabha, "Signs Taken for Wonders," in Julie Rivkin and Michael Ryan (eds.), *Literary Theory: An Anthology* (Malden: Blackwell Publishing, 2004), pp. 1171 – 74.

④ J. Hillis Miller, *Others* (Princeton and Oxford: Princeton University Press, 2001), p. 1.

克·海布迪基在《亚文化：风格的含义》一文中谈到"蓬克人炫耀他者，他们充当异族人、神秘者而在世界中即兴表演"，[①] 这种他者就是积极体认层面的身份他者。

综上所述，他者内涵的当代阐释非常丰富，不仅体现在深层的哲学本体论和认识论的追问之中，如对自我与他者之不可分离的追问、对他者本体之神秘性的考察、对自我与他者之相遇的关系认证等，还体现在广阔的社会、历史和文化的现实诉求之上，如女性主义批评、后殖民批评、东方主义批评等许多批评理论中的他者问题；不仅体现在哲学学科中，还体现在神学、心理学、社会学、人类学、文学等学科中，此外，它还广泛地存在于旅游、电影、电视、广告、服装、时尚等文化领域，并且具有跨学科、超学科的"大文化"倾向。

第三节　理论阐释

正如语源学考察和当代阐释所展现的那样，他者和他性在内涵上的丰富性，一方面昭示了巨大的学术潜力，另一方面也带来了理论阐述上的混乱。基于此，本书尝试对他者的内涵进行层面的划分，并在此基础上进一步界定他性，为他者和他性研究提供学术资源和方法借鉴。

笔者认为，他者具有以下三个层面的内涵。第一，作为他者的他者，即不以主体活动为转移的存在，是无法用主体的意识、思维、理性、语言、学科等范式所描述和影响的存在，是相当于伊曼努尔·康德的"物自体"般的存在，是处于彼岸世界的存在。有些理论家也称其为"全然他者""绝对他者""大写他者""整体性他者"等。第二，作为非我的他者，即与主体完全不同的另一个存在物，它已经进入主体的视域，且能够为主体所切切实实地感受到；但是，主体的意识、思维、理性、语言、学科等范式，却难以对它的存在进行描述和影响。此外，这种他者能够以某种间接的方式影响主体，主体却无法以直接的方式描述和作用于它。有些

---

① Dick Hebdige, "Subculture: The Meaning of style," in Julie Rivkin and Michael Ryan (eds.), *Literary Theory: An Anthology* (Malden: Blackwell Publishing, 2004), p.1265.

理论家也称其为"小写他者"。第三，作为主体的他者，即"他性"。它是指他者进入主体后，转变为主体属性时的存在状态，属于现象世界中的对象属性，是能够为主体范畴所描述的主体状态。换句话说，作为他者属性的他性，是以主体属性的方式呈现的；他性的呈现也就是他者在主体中的呈现。

在《任何一种能够作为科学出现的未来形而上学导论》一书中，康德论及了"物自体"观念。实际上，这种观念在存在状态以及与现象界的关系上，相当于本文所阐述的"作为他者的他者"。康德说：

> 无论如何，我承认在我们之外有物体存在，也就是说，有这样的一些物存在，这些物本身可能是什么样子我们固然完全不知道，但是由于它们的影响作用于我们的感性而得到的表象使我们知道它们，我们把这些东西称之为"物体"，这个名称所指的虽然仅仅是我们所不知道的东西的现象，然而无论如何，它意味着实在的对象的存在。能够把这个叫做唯心主义吗？恰恰与此相反。①

在笔者看来，康德所说包含如下几点。

第一，这句话是针对有人斥责他为唯心主义者而说出的。在康德看来，自己不是有些人所认为的唯心主义者，因为自己承认"在我们之外有物体存在"；同样，康德也没有反向地肯定他是唯物主义者。实际上，康德既不是唯心主义者，也不是唯物主义者，更不是二元主义者，他的观念甚至难以用"唯×主义者"来概括。因为无论唯心主义者还是唯物主义者，都将自我（或主体，或精神）与外在于他们之物（或存在、物质）建构为二元对立的两种范畴，即在它们之中确定何为第一性的、何为第二性的，以及它们之间是否存有同一性，并且将这种构架作为衡量事物和观点的标准。对于康德而言，"物自体"概念并没有摇摆于上述二元之间，而只是在二元构架之外另行开辟了一个"物自体"场域，从而为超越主客二元对立及二

---

① 〔德〕康德：《任何一种能够作为科学出现的未来形而上学导论》，庞景仁译，商务印书馆，1995，第50~51页。

元摇摆提供了思辨的可能。而这一点，对于我们认识作为本体存在的他者（即"作为他者的他者"）的内涵，有着重大的启示意义。

第二，在属于本体界的"物自体"与属于现象界的"我们"之间，既不是完全隔绝的状态，也不是非常紧密的理性状态，而是必须借助于某种中介才可能实现的联系状态或关系状态。同时，这种联系状态的取得，主动性不在于"我们"，而在于"物自体"本身。也就是说，并不是"我们"想同"物自体"建立关系就能建立关系，与"物自体"的相遇并不以"我们"的意志为转移。尽管有时"我们"与"物自体"建立了联系，但它仍然不是作为主体的"我们"之活动或意识的结果。这一观念，还可以从康德有关"由于它们的影响作用于我们的感性而得到的表象使我们知道它们"的论述中进一步理解。在康德看来，"物自体"是一种存在，它与作为认识主体的"我们"并不发生直接的联系，即使发生联系，也是借由作用于"我们"的感性而得以实现。换句话说，"物自体"本身并不可为"我们"所知，但"我们"可以借助感性而了解片段。同时，这种所知并不是"我们"想知道就能知道的（这又与唯物主义的物质第一、精神第二有着根本的区别，因为为"我们"所知的"物自体"与"我们"并不处于二元对立的思维框架之内，同时，"物自体"与"我们"并没有必然的同一性或整体性）。

第三，康德的"物自体"并不是单数形式的，而是复数形式的，并不存在单个的"上帝式"的"物自体"，而是由无数个"物自体"所组成。据此，有人将康德的哲学观定位为"主观唯心主义"，当然，这种哲学观是相对于黑格尔所信奉的单数形式的"绝对理念"（或上帝、神）的"客观唯心主义"而言的。作为复数形式的"物自体"，在一定程度上表明了其神秘性和复杂性，甚至不可言说性，因为对复数形式的求解和表述，在一定程度上远比对单数形式的求解和表述挑战性更大，且这种挑战性归根到底还是指向作为主体的"我们"。基于此，从存在的状态而言，他者所具有的存在特性与以复数形式存在的"物自体"甚为相当：主体之外的他者，不仅不与主体构成二元对立关系，而且外在于主体的存在状态，相当于康德所说的复数形式的"物自体"。康德说："把经验的可能性的原则视为自在之物的普遍条件，那就更荒谬了……不要超出经验的界限，不要想对经验的界限以外的、作为自在之物本身的东西去进行判断。"[①] 康德做出上述判定的原因在于：他以前的哲学，无论经验论还是唯理论，都混淆了本体与现象的界限，从而难以获得科学的知识。而康德从科学知识存在之可能条件的哲学追问中区分了本体界和现象界，这一点为本书对他者哲学意义的阐释提供了理论上的参照和方法上的启示。

接下来，本节主要以德里达的"整体性他者"[②] 和列维纳斯的"道德他者"为例，分别阐述"作为他者的他者"和"作为非我的他者"的理论内涵。

一　德里达：整体性他者

读者可能会疑惑：这两种他者理论，在理论演绎的方式和自身内涵的旨趣上并不一致，甚至存有矛盾。而实际上，理论的演绎与内涵的旨趣并不是处于同一理论层面的二元对立，它们之间既不是矛盾关系，也不是统一关系，只是存有某种关系，仅此而已。基于此，无论德里达的"整体性他者"理论，还是列维纳斯的"道德他者"理论，都可以借助于现象世界的内涵或范畴来具体演绎本体世界或意志领域的抽象观念。事实上，德里达和列维纳斯的他者理论就是以这种方式而具体展开的。

德里达的整体性他者，历经如下内在理路：始于对当时法国哲学教育体制的批判，经由对学界语音中心主义的批判，借道"延异"思想的独特阐发，逐步延展而成。

（一）对法国哲学教育体制的批判

德里达对法国哲学教育体制的批判，在一定程度上拉开了他哲学行动

---

① 〔德〕康德：《任何一种能够作为科学出现的未来形而上学导论》，庞景仁译，商务印书馆，1995，第139、148页。
② 本书有关"整体性他者"的说法，主要是根据美国批评家 J. 希利斯·米勒在《他者》以及《论文学》等著作中对德里达思想的概括。"整体性他者"在德里达法文原著中的语言形式为 le tout autre，英译者 Thomas Dutoit 将它译成 completely other，而米勒将它译为 wholly other，此外，还有 entirely other、total alterity、the Other 等不同译法，中译中也有"整体性他者""彻底的他者""纯然他者""绝对他者""全然他者""大写他者"等不同说法。实际上，在笔者看来，这些译法都表达同一个意思，它的内涵所指请见本节"整体性他者的出场"部分的具体阐释。

的序幕，也成为他"整体性他者"思想形成的引子，并最终服务于全面批判西方形而上的哲学传统。我们先从德里达等人所创建的"国际哲学学院"（法文为 the Collège International de Philosophie，英文为 International College of Philosophy）入手。

据澳大利亚学者伊姆雷·萨鲁辛斯基对德里达的访谈录，① 国际哲学学院的前身是由德里达等人于 1975 年 1 月 15 日所创建的一个私人团体"哲学教学研究小组"（The Groupe de Recherches sur l' Enseignement Philosophique）。该组织试图改变当时法国高中阶段（17 岁或 18 岁）才学习哲学的教育状况，倡导对 10～11 岁的学生实施哲学教育。自柏拉图以来，人们出于社会或性别的考虑，而认定 17 岁或 18 岁以前开展哲学教育是不可能的甚至是危险的，而该组织认为这是一种普遍的偏见。在他们看来，在学生中尽早开展哲学教育，不是由政治决定的问题，而是观念转变的问题。他们的上述主张受到政府的强烈反对。在这种情况下，该组织一方面与政府展开周旋，另一方面开设试验班，对 10～11 岁的学生讲授哲学，并取得了成功。直到 1983 年 10 月 10 日，国际哲学学院才正式由政府批准为合法组织。该组织一度被视为私人协会，而实际上它是一个公众机构，一个不在大学体制内的学术机构，一个享有完全自治又由政府资助的学术机构；它对任何人开放，而不考虑学术头衔，每个人都可以申请成为该学会的学生，或在其中从事科研活动，只要自行拟定一个研究计划或学习计划发送过去即可。德里达还说，国际哲学学院不同于历史上的柏拉图学园，因为"学园"观念暗示了哲学与国家间的某种联系，而他们并不想使国际哲学学院成为学园的复制品。

可见，国际哲学学院自成立之初就带有解构传统哲学教育体制的鲜明特色。在他们看来，现行的哲学教育体制，无论就教育对象而言，还是就运作方式而言，都体现了政治决定的影响，并未真正从哲学启蒙这一目标

---

① Imre Salusinszky, *Criticism in Society: Interviews with Jacques Derrida, Northrop Frye, Harold Bloom, Geoffrey Hartman, Frank Kermode, Edward Said, Barbara Johnson, Frank Lentricchia and J. Hillis Miller* (New York and London: Methuen, 1987), pp. 9 – 22. 同时，还可见 Jacques Derrida, *Who's Afraid of Philosophy? Right to Philosophy*, edited by Werner Hamacher & David E. Wellbery (Stanford California: Stanford University Press, 2002), pp. ix – x, pp. 92 – 98.

出发而制订哲学教育的实施计划。可以说，德里达等人从哲学教育的现行机制中发掘出政治权力运作的本质，而这与法国哲学家米歇尔·福柯所论述的权力本质甚为相似。当然，福柯借助知识考古学的探源而揭示权力本质，在理论演绎的方式和路径上与德里达是有区别的。尽管如此，二人在对传统的解构与颠覆这一点上殊途同归。

此外，国际哲学学院在研究任务的设定上表现出强烈的反哲学传统色彩。他们声称，国际哲学学院主要是为那些被当前的机构所禁止或边缘化了的"哲学"研究提供伸展的场域。具体而言，除了从事哲学教育外，他们特别关注那些尚未被国家或机构所接受或合法化的问题、主题和研究，包括文化差异问题、翻译问题、机构问题、新学科问题、跨学科问题，以及不为现有学科或门类所限制的研究对象问题等。可见，国际哲学学院所倡导的新型哲学体制和观念，主要是针对传统哲学的教育体制和研究内容而言的，这种哲学体制和观念鲜明地体现了"边缘化"和"去政治化"的理论特色和实践倾向。可以说，国际哲学学院以"不与之配合"的独特方式，以及"另类"的研究内容，全面解构了传统的哲学教育观念和运作体制。

德里达在《哲学及其阶层》一文中认为：

> 在今天看来，哲学的延展（an extension of philosophy）将明显地呈现出"乌托邦"色彩。也就是说，那些支持当局之人甚至也相信这种延展的原则，但显然已经没有机会了，因为无论如何，他们仍旧意识不到上述哲学的延展已经处在进行之中。那些试图借助新近的"合法的教育大纲"而抵制哲学消融（the liquidation of philosophy）之人，将不得不既参与到批判当前的哲学教育体制，又参与到详细阐述新的哲学项目、内容和实践之中。再说，他们能做的仅仅是在教育系统内外，尤其是哲学教育系统内外进行斗争。①

---

① Jacques Derrida, *Who's Afraid of Philosophy? Right to Philosophy*, edited by Werner Hamacher & David E. Wellbery (Stanford California: Stanford University Press, 2002), 163.

在德里达看来，支持当局之人难以实现哲学以及哲学教育观念的巨大变革，因而哲学的发展呈现出无法实现的"乌托邦"特色，即处于理想化中，追求令人向往的彼岸。而要想哲学的发展真正变为现实，就应该像国际哲学学院那样，彻底抛开传统哲学的教育机制和运作方式，从根本上颠覆或解构传统哲学的教育观念和运作模式。在《荣誉学位：这也太有趣了》一文中，德里达说：

> 在那些所谓的发达工业社会里面，教哲学与做哲学正受到国家或某种市场自由逻辑的威胁（我们"哲学教学研究小组"和"国际哲学学院"的活动是对这种趋势的一个回应——可参阅《论哲学的权利》中的介绍）。悖论的是，与以前相比，很多职业哲学家更倾向于采取守势和变成保守主义者。在对哲学的每一次新的质疑中（发生在他们不能、不想或不再愿意阅读的领域），他们看到的都是对他们的学科或他们的团体独特性的威胁。所以，他们建造了一个关于特性的幻想，宣称它不可触摸。他们把来自国家或市场的威胁和彻底怀疑看作同样的东西，实际上，恰恰是来自于国家或市场的彻底怀疑，才保证了哲学的生命和生存。[①]

可见，他为推进哲学发展所列的药方是：只有"彻底怀疑"现有的观念和模式，才能实现哲学生命的长久。换个角度来说，德里达从哲学存在方式的时代变化这一理论视角重新界定了哲学的当代发展，这在一定程度上宣告了传统哲学的衰亡。

此外，德里达还对传统观念中存在的欧洲中心主义哲学观进行了清算，这一点，我们可以从他与哈贝马斯联合署名的《论欧洲的复兴》一文中找到。德里达说："不管过去有多大的分歧，德国思想家和法国思想家现在都有必要共同发出声音……从超越欧洲中心主义的角度重新定位欧洲在国际社会中的角色；从康德哲学传统出发，重新确定和改进国际法及其相关制

---

① 〔法〕德里达：《荣誉学位：这也太有趣了》，单继刚节译，《世界哲学》2005 年第 2 期。

度，特别是联合国，以便建立一种新的国际权力分配机制。"①

总之，我们可以借助德里达等人创建国际哲学学院以及他在其间的重要影响，从侧面了解德里达的哲学观念。

（二）对语音中心主义的哲学批判

在德里达看来，西方传统的语音中心主义和人种中心主义，是导致文字长期以来处于被支配地位的形而上学根源。他在《论文字学·题记》中说："文字的拼音化自它产生之日起就必然会掩盖其自身的历史……形而上学的历史……始终认定一般的真理源于逻各斯：真理的历史、真理的真理的历史，一直是文字的堕落以及文字在'充分'言说之外的压抑。"② 显然，德里达将西方形而上学的哲学传统归结为语言文化上的"语音中心主义"（或者叫"逻各斯中心主义"）的本质。

那么，语音中心主义的本质是如何系统化地得以体现的呢？

> 我们已经有了一种预感，感到语音中心主义与把普遍的存在意义确定为在场的历史决定论的融合，与所有依赖于这一普遍形式，并在这一形式内部组织其系统及其历史连续性的亚确定性之间的融合。（历史连续性指的是事物被视为文化表象的在场，作为实体、本质、存在的在场，作为现在或此刻的一个时间点的时间在场，主观、意识、主体性的自我在场，他者与自身以及作为自我意图现象的互主性的共同在场，等等。）据此，逻各斯中心主义便支持将实体的存在确定为在场。③

在这里，德里达将语音中心主义与"普遍的存在意义"、"在场"、"历史决定论"、"系统化的融合"、"历史连续性"、"主体"、"意识"、"主体性"以及"自我在场"等概念联系起来，而这些概念，在西方形而上哲学传统中都是核心的范畴或者理论的焦点。由此可见，德里达对语音中心主

---

① 〔法〕德里达、〔德〕哈贝马斯：《论欧洲的复兴》，曹卫东译，《读书》2003 年第 7 期。
② 〔法〕雅克·德里达：《论文字学》，王堂家译，上海译文出版社，2005，第 3 ~ 4 页。
③ 〔法〕雅克·德里达：《论书写学》，载〔英〕拉曼·塞尔登编《文学批评理论——从柏拉图到现在》，刘象愚、陈永国等译，北京大学出版社，2000，第 416 页。

义的哲学批判，最终指向的是西方形而上的哲学传统。

那么，代表了西方形而上哲学传统的语音中心主义，其理论内涵（或者说核心理念）是什么呢？德里达说：

> "听－说"系统，通过语音成分——表现为非外在的、非世俗的、非经验的或非偶然的能指——必定支配着整个世界历史的进程，甚至产生了世界概念、世界起源概念，而这一概念源于世界与非世界、内与外、理想性与非理想性、普遍与非普遍、先验与经验的区分等等……它与近三千年来将技术和逻各斯中心主义的形而上学结合起来的历史融合在一起。它现在正接近筋疲力尽的地步。它处于书本文明行将消亡之际，并且这不过是习以为常的事情，对书本文明我们已谈得很多，图书馆的暴增尤其体现了这一点。尽管有各种各样的假象，书本的死亡无疑仅仅宣告了（在某种程度上早已宣告）言语（所谓的完整言语）的死亡，以及文字史和作为文字的历史的崭新变革……"言语的死亡"自然只是一个比喻：在谈论它的消失之前，我们必须考虑言语的新情况，考虑它在自己再也无法支配的结构中所处的从属地位。①

在笔者看来，建立在"听－说"系统之上的语音中心主义，在社会生活中处于内在的、理想的、先验的和必然的支配地位，且这种支配地位的取得，主要是以二元对立的思维结构为基础。而"书本的死亡"，在德里达那里是相对于语音成分的活动而言的。因为语音成分指向的是在场的支配；而作为文字载体的书本，只处于缺场的被支配地位，且图书馆大量增加，在一定程度上表明文字内容的增加。于是，处于"死亡"状态的书本便逐渐取得了相对于语音的兴起地位。正是基于语音中心主义对文字的支配和压抑，德里达才认为有必要建立一种文字学，以"标志着人类经过决定性的努力而获得了解放"。②

在谈及如何建立起该文字学时，德里达说："科学的概念和文字的概

---

① 〔法〕雅克·德里达：《论文字学》，王堂家译，上海译文出版社，2005，第9~10页。
② 〔法〕雅克·德里达：《论文字学》，王堂家译，上海译文出版社，2005，第5页。

念——因而也包括文字学的概念——只有在上溯到词源时，只有在已经具备某种符号概念（我们以后称之为符号概念）以及有关言语与文字关系的某种概念的世界中才有意义。"① 在这里，德里达所要建立的"科学的文字学"以及所运用的"上溯到词源"的运作方法，在一定程度上受到胡塞尔《哲学作为严格的科学》、《欧洲科学的危机与先验现象学》以及《几何学的起源》等文章的影响，② 具体表现为为反语音中心主义而提出建构文字学的"延异"思想。

　　萨鲁辛斯基认为，借助于瑞士语言学家、结构主义者费迪南·德·索绪尔（Ferdinand de Saussure）的能指和所指理论，德里达界定了能指与所指间的矛盾。德里达认为，要维持上述矛盾的稳定性，人们就必须向先验的、理论化的或哲学化的所指让步；同时，每一个能指也处于所指的位置上。因此，不要寄希望于通过控制符号而把握语言之外的现实。符号系统不仅相互间有区别，自身内部也各不相同。符号的本质构成，既不在于属性的差异，也不在于关系的差异，而在于置换或"追溯"（trace）——一种永无休止的、不稳定的、不断指涉的链条。追溯的概念表明，符号的在场与缺场是以内部的差异或推延——任何最终含义都依靠无限的推延——形式出现的，这就是德里达著名的"延异"（différence）概念。③ 在笔者看来，德里达借助索绪尔能指与所指的不一致性，解构了传统语言观的同一性，其具体的运作方式为：先将符号的在场与缺场问题引入符号系统内部的差异之上，再从符号系统内部能指与所指的差异性出发解构语言内部的"认同"，进而解构同一性的语言观。可见，萨鲁辛斯基从无限指涉链的视角，阐述了德里达的"延异"理论内涵。实际上，理解德里达的"延异"思想还有一条重要的认识途径——颠覆或解构二元对立的思维结构。

---

① 〔法〕雅克·德里达：《论文字学》，王堂家译，上海译文出版社，2005，第5～6页。

② 胡塞尔的《哲学作为严格的科学》和《欧洲科学的危机与先验现象学》两篇文章分别载于《胡塞尔选集》（倪梁康选编，上海三联书店，1997）上卷第83～143页和下卷第979～1083页；《几何学的起源》见于胡塞尔《几何学的起源》（方向红译，南京大学出版社，2005，第126～149页）引论部分。

③ Imre Salusinszky, *Criticism in Society: Interviews with Jacques Derrida, Northrop Frye, Harold Bloom, Geoffrey Hartman, Frank Kermode, Edward Said, Barbara Johnson, Frank Lentricchia and J. Hillis Miller* (New York and London: Methuen, 1987), pp. 9–11.

德里达在《位置》一书中说:"作为'延异'的书写,不再是在在场/不在场的二元对立基础上所构想的结构和运动。延异是差异和差异之踪迹的系统游戏,也是'空间性'的系统游戏。各要素因空间性而相互连接起来。这种'空间性'的活动是主动的,同时也是被动的时间间隔的生成。没有间隔的生成,'完满'的术语就不能进行指意活动,也不能发生作用。空间性也是话语链(被称为时间性的或线性的链)向空间的生成,生成空间促使书写以及言说与书写之间的每种一致性成为可能,也促使此项与彼项的交流成为可能。"① 在这里,德里达将他的"延异"思想界定为对在场与缺场的二元对立的反拨。具体来讲,他所谓的"延异"是一种多维的空间性分布,即不是简单意义上的时间先后问题、前因后果问题或者必然性问题,而是非常复杂的、不稳定的、多变的、偶然性的符号游戏。它在一定程度上超越了诸如时间样式的线性的二元对立模式。在这里,德里达通过阐释"延异"思想中的"符号游戏"的本质内涵,极大地消解了以语音中心主义面目出现的西方形而上学的哲学传统。

不仅如此,德里达还将"延异"思想延及"主体""主体性"范畴。

主体性同客体性一样是延异的结果,是刻写于延异系统中的结果……差异原则认为,一个要素只有通过在踪迹的经济活动中指涉另一过去的或未来的要素,才能发生作用,进行表意活动,承载意义并传达意义。延异的经济活动方面在力场中把某种非自觉的预算调动起来,这与延异较为狭窄的符号活动是分不开的。它进一步证实了,主体,首先在与自身的分离中,在生成空间中,在拖延中,在延宕中,才能被构成;它还证实了,正如索绪尔所说的,"语言(仅由差异构成)不是言说主体的功能"。在延异的概念以及依附于它的符号链介入的地方,所有形而上概念的对立(能指/所指,感性/知性,书写/言说,被动/主动,等等),在其最终指涉某现存物之在场性的程度上,都变得不恰当了。所有形而上学的概念,时刻表明延异运动从属于价

---

① 〔法〕雅克·德里达:《位置》,载〔英〕拉曼·塞尔登编《文学批评理论——从柏拉图到现在》,刘象愚、陈永国等译,北京大学出版社,2000,第418页。

值或意义的在场，而该价值与意义被假定先于延异而存在，比延异更具本原性，并在最终的分析中超越了延异，支配了延异。①

在这里，德里达从差异性角度重新界定了"主体"的概念。在德里达看来，主体确认自身的过程就是不断地差异化的过程，即不断地构建起能指与所指、感性与知性、书写与言说、被动与主动等二元对立的范型，并最终确认自身。然而，上述二元对立的建构过程，不断受到符号游戏的"延异"之干扰和破坏，因而，主体建构过程也就表现为永远难以实现的游戏过程。在这一过程中，主体或他者皆已丧失了自身的意义，无限的、不稳定的、多样化的过程本身便成为意义本身。

可见，德里达对语音中心主义的解构以及对"延异"思想的阐释，归根到底还是为了解构西方形而上的哲学传统，在客观上将游离不定的后现代哲学观抛入哲学研究的视野，进而为他的"整体性他者"哲学思想的出场打下了理论基础。

（三）整体性他者的出场

在笔者看来，"整体性他者"思想是德里达全部哲学思想的起点和归宿。无论对哲学教育观念的批判，还是哲学体制的变革；无论反语音中心主义的主张，还是对"延异"思想的阐述；无论对西方形而上哲学传统的解构，还是对解构主义理论的建构：从根本来说，都是从对"整体性他者"的哲学关怀开始的，最终又回归到"整体性他者"。可以说，德里达在反传统形而上哲学本体论的同时，又建构了一种新的哲学本体论——他者本体论，尽管他本人不断声称反对哲学本体论的建构。他也没有跳出尼采和海德格尔等人"试图破坏形而上学，但又掉进了一方面解构一切形而上学史，另一方面又建构形而上学史的循环式理论陷阱"。②

---

① 〔法〕雅克·德里达：《位置》，载〔英〕拉曼·塞尔登编《文学批评理论——从柏拉图到现在》，刘象愚、陈永国等译，北京大学出版社，2000，第419～420页。

② Imre Salusinszky, *Criticism in Society*：*Interviews with Jacques Derrida, Northrop Frye, Harold Bloom, Geoffrey Hartman, Frank Kermode, Edward Said, Barbara Johnson, Frank Lentricchia and J. Hillis Miller* (New York and London：Methuen, 1987), p.11.

　　那么，德里达的"整体性他者"的具体内涵有哪些？

　　美国当代批评理论家 J. 希利斯·米勒，在《从主权与无条件性看德里达的"整体性他者"》一文中说："德里达对整体性他者是这样定义的：这种定义方式将其等同于某种上帝之观念，作为'缺席的、隐藏的、静默的、分离的和秘密的'，等同于普遍意义上的秘密、死亡、死亡之礼物，总是作为我自己的孤独死亡的死亡，以及作为对我的知识而言的整体性他者……'整体性他者'就是我要对其负责的那个'谁或者什么'，而我就是以它的名义提出我对无条件性的要求的。"① 德里达说："不知道那东西来自何处，也不清楚等待我们的是什么，我们被交托给绝对孤独。没有人与我们说话，也没有人为我们说话；我们必须自己来承担，我们中的每一个都得自己来承担（正如海德格尔所说的关于死亡，我们的死亡，关于总是'我的死亡'之物以及没有人可以代我担当的'自我承担'）。"② 综合米勒的描述以及德里达自己的表述，"整体性他者"具有三层含义。第一，相对于作为主体的我们而言，或者说，相对于处于此岸世界的我们而言，"整体性他者"是处于彼岸世界的、上帝般的本体，但同时又不等同于上帝，因为上帝最终难以逃脱被作为主体的人所建构的命运，而"整体性他者"却不是主体所能建构或主体化的对象。第二，倘若真的要将"整体性他者"纳入主体的认识范围而为主体所言说或思辨的话，那么，它在呈现方式或内容结构上有些类似于死亡和神秘。换句话说，"整体性他者"似乎天然地与主体的认识或主体化有着不解之缘，它总是作为颠覆或解构主体认识或主体化的姿态而呈现在主体面前，且这种颠覆或解构，在现实中能够为主体切切实实地感受到，或者说与主体密切相关。第三，"整体性他者"对于主体而言，具有绝对性或无条件性，即主体在"整体性他者"面前具有绝对的、无条件服从的道德责任，"整体性他者"不断地唤起主体对超越死亡的沉思，不断地将主体带入绝对孤独的境界，从而使主体完成自我的超越或反思。

────────────────

① 〔美〕J. 希利斯·米勒：《从主权与无条件性看德里达的"整体性他者"》，生安锋译，《清华大学学报》（哲学社会科学版）2005 年第 2 期。

② 〔美〕J. 希利斯·米勒：《从主权与无条件性看德里达的"整体性他者"》，生安锋译，《清华大学学报》（哲学社会科学版）2005 年第 2 期。

如果他者只处在某一无限遥远处，则这种情况下的他者就是他者，它不仅不能接触我或影响我，而且它甚至不能改变任何东西。同全然他者（the entirely other）的这种联系将最终使一切都不能改变。同时，纯然他者（pure alterity）与转换的逻辑是不可兼容的，这是一条无可辩驳的原则。[①]

在这里，德里达所言的"全然他者"实际上就是"整体性他者"，主要指那种处于本体界且不为现象界中的主体所认识、言说或描述的他者，它具有自身的绝对性或无条件性，[②] 即完满自足，不受外在左右或作用。在笔者看来，德里达的"整体性他者"是作为本体存在的他者，它处于彼岸世界，而与处于此岸世界的主体不发生任何直接的联系。

据笔者考察，德里达不仅阐述了处于本体世界中的"整体性他者"，也阐述了介于本体与现象之间的"作为非我的他者"，即能够为位于现象界的主体所认识、言说或描述的他者。

德里达在《死亡的礼物》一书中说："每一个他者都是每一个他者（tout autre est tout autre），每一个别人都完全是或全部是他者。他者性（alterity）以及特性之简单概念构成了义务的概念，就像责任的概念那样。因此，责任的概念、决定的概念或者义务的概念等都一概被指责为悖论、丑闻和疑难困境的先验性……我一进入与他者的关系之中，与他者的凝视、观看、要求、爱、命令或者召唤的关系之中，我就知道我只能通过牺牲伦理来作出回应，亦即牺牲迫使我也以同样的方式、在同一时刻对所有他者作出回应的任何事物。"[③] 在这里，德里达将"整体性他者"纳入主体所思的范畴而进行观照。在笔者看来，被纳入主体所思范畴的他者（为了叙述的方便，以下将这种意义上的他者称为"小写他者"），同原先意义上的、

---

① Francis Guibal, "The Otherness of the Other-Otherwise: Tracing Jacques Derrida," *Parallax* 10 (2004): 33.

② 关于德里达所言的绝对性或无条件性的具体内涵，参见〔美〕J. 希利斯·米勒《从主权与无条件性看德里达的"整体性他者"》，生安锋译，《清华大学学报》（哲学社会科学版）2005 年第 2 期。

③ 转引自〔美〕J. 希利斯·米勒《从主权与无条件性看德里达的"整体性他者"》，生安锋译，《清华大学学报》（哲学社会科学版）2005 年第 2 期。

处于彼岸世界的"整体性他者"已经有了很大的区别，也就是说，他者开始由本体界向现象界转换，即"整体性他者"向"小写他者"转换，这在某种程度上为"整体性他者"能够被主体所认识、言说、描述提供了前提。当然，即便"小写他者"能够为主体所认识、言说和描述，但这种认识、言说和描述，与主体对现象界中的事物或对象所进行的认识、言说和描述也有很大的不同。具体来讲，主体对"小写他者"的认识、言说和描述，在很大程度上仍然隐约地受到来自本体世界的"整体性他者"的间接影响，因而也会呈现出"整体性他者"的某些特点，这是其一。其二，在运作方式和运作效果上也有很大的不同。主体对"小写他者"的运作，在某种意义上以间接的、隐喻的、象征的，甚至模糊的、不稳定的、事件性的方式进行，而对于现象世界的对象，主体运作的方式和效果往往呈现出直接的、准确的、明晰的、确定的、事实性的等特点。在以上表述中德里达所言及的他者，实际上就是"小写他者"，也正是在这种意义上，他将伦理道德的绝对性或无条件性赋予了主体，使其成为主体不断反思和超越的原动力。①

在一次有关德里达思想的学术研讨会上，有一个名叫弗朗西斯·基巴尔的学者向德里达问及"解读的真理性"（the truth of a reading）这一问题。德里达回应说："假如没有他者率先出来拯救，那么，任何文本都难以自我保全。没有文本是独立的、连贯的、安全的，或者像符合要求般的具有系统性，除非他者以打断来回应它；同时，借助于打断的方式而致使它走向共鸣。因此，正如有人说，没有文本是'我的'，没有文本能试图展示或证明任何东西，除非他者的运动不会来临，而让文本自行地说它想说的东西。"② 在这里，德里达借助"小写他者"的出场，解构了传统意

---

① 尽管德里达的他者思想中也有类似于列维纳斯他者思想中的道德性内涵，但是笔者认为，德里达的他者思想更加注重形而上的观照，理论所指向的目标更倾向于本体。如果说列维纳斯的他者思想是"为道德"的话，那么德里达的他者思想就是"为思维"或"为本体"的。这一点，我们可以从德里达颠覆和解构语音中心主义、阐发"延异"以及"整体性他者"和"小写他者"等哲学观念和思想中而得以知晓。此外，关于他者作为推动主体反思和超越的原动力的问题，后文有详细的论述。

② Francis Guibal, "The Otherness of the Other-Otherwise: Tracing Jacques Derrida," *Parallax*10 (2004): 32.

义上的文本解读的真理性。在德里达看来，根本就没有所谓独立的、连贯的、安全的、系统性的文本存在，文本自身并不展现或证明任何东西，它只是符号的游戏而已，而文本的系统性实际上就是一种主体的神话。显然，"小写他者"在文本解读过程中成为阻断意义真理性的破坏性力量。也就是说，"小写他者"的出场宣告了解读文本真理性神话的彻底破灭。

1981 年，德里达接受了一个名叫理查德·齐尔尼（Richard Kearney）的学者的采访。当被问及解构主义与他者的关系时，德里达声称，解构主义一直深切地关注语言的"他者"（指"小写他者"——笔者注）。德里达曾因有些批评家将他的作品视为"没有任何东西超越语言"以及"人们皆囚禁于语言的牢笼"之宣言而感到大为吃惊。他认为，这些批评家的解读恰恰违背了他的原意。在他看来，解构主义不是排斥语言的指涉（reference），而是展现语言的复杂性，且这种复杂性比传统语言理论所认定的复杂性还要复杂，反映出更多的问题。德里达认为，在"他者"面前，语言的指涉显得很不充分。他者既超越语言，又召唤语言，它不是语言术语上常用的某一"能指"（referent）。德里达反对将虚无主义的标签贴在他和他的美国同事身上。他认为，解构主义不是在虚无中封闭自身，而是朝向他者开放。[①] 由此可见，德里达诉诸语言阐述他者问题，或者说阐述"小写他者"问题，在某种程度上还是一种理论言说的策略。换句话说，在语言中所体现出来的"小写他者"思想，实际上难以达到他所要求的那种彻底的、完全的"整体性他者"程度，而只是借其间接地展现"整体性他者"的理论目标和理论内涵。与此同时，德里达借助解构主义方式而展现出的语言的复杂性并不等于虚无主义，实际上旨在促使语言不断向"小写他者"开放。可见，德里达的解构主义归根到底还是要回复到他的"整体性他者"哲学思想，只不过其间经历了对语音中心主义的解构、对延异思想的阐发、对"小写他者"的揭示等不同阶段而已。

---

① 参见 J. Hillis Miller, *Others* (Princeton and Oxford: Princeton University Press, 2001), pp. 260 - 61。

二 列维纳斯：道德他者

笔者的文献调查显示，德裔法籍伦理哲学家伊曼纽尔·列维纳斯 1948 年的《时间与他者》一书，是迄今所发现的最早的他者理论专著。① 笔者还发现，在列维纳斯的一系列著作中，对他者理论的阐释与道德哲学的内涵紧密相连。关于这一点，我们可以通过他 1946 年的《生存与生存者》，② 1963 年在《塔木德四讲》中论述的"面向他人"问题，③ 1975 年在《上帝·死亡和时间》中论述的"他人之死与我之死"问题，④ 以及 1984 年论述的"作为第一哲学的伦理道德"⑤ 等问题而加以认识。也因此，本书将列维纳斯的他者思想称为"道德他者"。在笔者看来，列维纳斯的他者理论，无论理论起点、价值立场，还是理论目标，都指向道德。如果结合主体的自我反思以及主体超越自身的理论观念来说，则他的"道德他者"理论从主体之"为道德"角度超越了主体独语的局限，深化了对话主义的主体内涵，在一定意义上还显示了主体自我反思的深入。从另一个角度来说，列维纳斯借助"道德他者"理论切入对生存以及生存者的思考，在一定程度上也超越了自我与他者的二元对立，把伦理道德带向"第一哲学"的理论

---

① 列维纳斯的《时间与他者》，原书为法文版，首次出版于 1948 年。据英译者 Richard A. Cohen 的译注，《时间与他者》一书源自列维纳斯应 Jean Wahl 所创立的巴黎哲学学会的邀请在 1946～1947 年间所做的系列演讲，1948 年结集出版，1979 年又重版（见 1987 年英译全本）。目前国内尚未有中译本，英译本除了全本〔Emmanuel Levinas, *Time and the Other*, trans. by Richard A. Cohen（Pennsylvania: Duquesne University Press, 1987）.〕之外，还有节选本，见 Emmanuel Levinas, "Time and the Other," in Sean Hand（ed.）, *The Levinas Reader*（Cambridge, MA: Basil Blackwell, 1989）, pp. 37 – 58. 此外，关于 Emmanuel Levinas 的译名以及国籍的认定，有很多不同的说法。就译名而言，有伊曼纽尔·列维纳斯、伊曼纽尔·里维纳斯、埃玛纽埃尔·勒维纳斯、艾玛纽埃尔·勒维纳斯、伊曼纽尔·利维纳斯、伊曼纽尔·莱维纳斯等，本书采用"伊曼纽尔·列维纳斯"的译法。就国籍而言，有人说是德国人，有人说是法国人，实际上，他是德裔法籍人，于二战期间犹太人大逃亡时来到法国，并加入法国籍。本书采用"德裔法籍"的说法。

② 〔德〕伊曼纽尔·里维纳斯：《生存与生存者》，顾建光、张乐天译，浙江人民出版社，1987。

③ 〔法〕埃马纽埃尔·勒维纳斯：《塔木德四讲》，关宝艳译，栾栋校，商务印书馆，2002。该书是列维纳斯于 1963～1966 年在巴黎的犹太学者研究会年会上宣讲的论文。

④ 〔法〕艾玛纽埃尔·勒维纳斯：《上帝·死亡和时间》，余中先译，三联书店，1997，第 12～19 页。

⑤ Emmanuel Levinas, "Ethics as First Philosophy," in Sean Hand（ed.）, *The Levinas Reader*（Cambridge, MA: Basil Blackwell, 1989）, pp. 75 – 87.

境界。

那么，列维纳斯是通过怎样的方式去否定自我与他者非此即彼的二元对立关系的呢？他又是如何阐释"道德他者"的理论内涵？接下来，我们将从列维纳斯对马丁·布伯之"我－你"关系的深度解读、对生存与死亡问题的思考，以及道德他者的凸显等三个层面具体阐述。

（一）对马丁·布伯哲学的深度解读

德国宗教哲学家马丁·布伯有关原初词"我－你"关系的论述，在某种意义上体现了主体反思的深入，即主体的思维由原来的主体本位走向关系本位。[①] 布伯的上述观念，在列维纳斯的理论视野下，不仅具有主体反思之深入的理论内涵，还成为"道德他者"的理论要素。

在《马丁·布伯和知识理论》一文中，列维纳斯说道：

> "我－你"关系拓展了自性的疆域，尽管布伯从未对"我"进行过区分和限定……"我－你"关系不是心理学的，而是本体论的，这也并不意味着它是一种本质联系。……"我－你"关系是一种真知的关系，因为它保持了"你"之他者的整体性，而不是对匿名之"它"而提出"你"。[②]

在列维纳斯看来，布伯的"我－你"关系拓展了主体性的领域，即将自性的范围由单纯的主体独语拓展成双向的对话交流，[③] 这显示了主体反思

---

① 相关论述详见第三章第二节中的"从主体本位转向关系本位"。

② Emmanuel Levinas, "Marlin Buber and the Theory of Knowledge," in Sean Hand (ed.), *The Levinas Reader* (Basil Blackwell, 1989), pp. 64, 66.

③ 这里所谓的双向的对话交流，无论在布伯还是在列维纳斯看来，都不是一种现实性和必然性，而只是一种理论设想或话语策略，其最终实现还涉及途径、内容和方式方法的问题。为此，布伯和列维纳斯开出了"道德"这剂良药。在布伯看来，"关系"体现的就是一种道德；而列维纳斯则更推进了一步，认为道德是第一哲学。列维纳斯认为，科学知识的真理本质是一种主体化作用下的现实效果，在现实中存有它所无法解决的许多问题，而这些问题的解决归根到底还是要道德出场。列维纳斯关于"作为第一哲学的道德"的论述，在一定程度上是建立在如康德所谓的本体界和现象界的划分之上。因为有了上述划分，科学、道德、艺术等就有了各自的领域和任务，"作为第一哲学的道德"也是在这一前提下才得以实现的。

的理论成果，这是其一；其二，他将布伯"我－你"关系中的"你之国度"① 描画为一种包容了"你"的他者状态，即作为他者的"你"并不以"我"之存在为转移，"你"的存在状态与"我"是相面对的。换句话说，"我－你"关系代表的是"我"与他者的面对。

列维纳斯认为："思索'你'是不可能的，因为'你'之实存，依赖于对我称述的'人言'。同时，还必须强调，对另一存在担负起责任，则能进入到与之对话。责任（responsibility），从术语的词源学意义来讲，不仅仅是言语的交流，还有'对话'的含义，它仅仅是前述例证意义上的相遇（meeting）。"② 在笔者看来，列维纳斯对布伯的解读，不仅继承了布伯的"我"与他者面对的观点，还将"我－你"关系拓展到"面对"之实现方式的语言表述层面上。而这为列维纳斯从布伯的"我－你"关系论述中引出道德问题提供了前提和基础。

真理并不是那些对现实进行思考且毫不动情的主体所能把握的东西，而是借助于允诺（commitment）的方式才能把握的东西。在允诺中，他者保持在主体的他性中……对于布伯而言，允诺就是接近他性（gain access to otherness），因为，只有他性才能探出责任的行为（an act of responsibility）。布伯试图在"你"的关系中维持"你"之本质的他者，而"我"不是误将客体视为"你"，也不是欣喜若狂地将自身认同为"你"，因为"你"一直保持独立，尽管我们进入了与之的关系。③

---

① 关于布伯的"你之国度"的阐述，详见〔德〕马丁·布伯《我与你》，陈维纲译，三联书店，1986，第17～19页。在笔者看来，布伯所说的"你之国度"是相对于"它之国度"而言的，"它"相当于本书所说的"他者"状态，即与主体相对却又不为主体所同化或整体化的"全然他者"状态。其中，主体相遇意义上的他者，则是借助"关系"这个中介，具体过程则表现为：布伯"我－你"原初词的提出，构建了一种列维纳斯所谓的"情势"（Situation），借助情势，最终得以言说自我，并相遇他者。而"它之国度"则表现为"主体独语"状态，"他者"经由主体同化而成为主体的对象，成为主体的另一个版本。在这种情况下，"他者"被主体剪除或排斥。

② Emmanuel Levinas, "Marlin Buber and the Theory of Knowledge," In *The Levinas Reader*, ed. Sean Hand (Basil Blackwell, 1989), 66 - 67.

③ Emmanuel Levinas, "Marlin Buber and the Theory of Knowledge," In *The Levinas Reader*, ed. Sean Hand (Basil Blackwell, 1989), 67.

在这里，列维纳斯进一步将真理也纳入主体间的关系范围，即他把真理的实现方式视为"我－你"关系基础上的"允诺"。而这种关系型的"允诺"，为主体接近他者提供了条件或可能。列维纳斯说："允诺是严格意义上的个人关系。真理并不是由对上述允诺的反映而构成，而是其本身就是允诺……知识通过允诺而与存在契合。为了知晓痛苦（pain），心灵（mind）必须将自身投入对痛苦的深层体验中去，而不是像思辨者那样进行沉思；同样，一切灵魂（soul）的事件会同于神秘而不是思辨……但是，痛苦有着一种特权的地位，它预设了一种与存在的契合（coincidence）。对于痛苦，布伯要求有一种不同的关系，基本的对话关系，与'世界中的痛苦'进行沟通交流的关系。"① 在这里，列维纳斯所言的真理的"允诺"，造就的是与存在的相遇或契合。而灵魂借助痛苦所实现的与存在的相遇或契合，与真理借助"允诺"所实现的与他者的相遇或契合，在本质上是一致的。可见，通过考察真理的"允诺"问题，列维纳斯链接了真理与道德的相遇或契合，而这一点为他进一步阐释"道德他者"的内涵提供了前提。

那么，作为主体的"我"，在列维纳斯那里是如何与他者相遇而实现道德内涵的呢？

为了解决这个问题，列维纳斯引入了"责任感""内括性""忘却"等概念。

　　对话或者与存在的原初关系，借助于责任感而被暗示为互惠互利的，对话的最终本质表现为布伯所谓的内括性，它是布伯哲学的一种最基本的概念。在"我－你"关系中，互惠互利能直接地被体验到，且不仅仅是处于"我"与"你"的关系之中，它借助于"你"而与自身更进一步关联，如同"我"同反过来关联"我"的那些人相关联一样，即通过"你"之外表而与自身紧密关联。因此，通过"你"的方式，它返回自身。这种关系应该与心理现象学的 Einfühlung（内括性）区别开来。在心理现象学的内括性之中，主体完全将自身置于他者的

---

① Emmanuel Levinas, "Marlin Buber and the Theory of Knowledge," In *The Levinas Reader*, ed. Sean Hand (Basil Blackwell, 1989), 67.

位置，由此而忘却自身。①

在这里，列维纳斯主要阐述了主体与他者相遇的作用机制。在他看来，责任感对于实现"我－你"关系基础上的道德内涵不可或缺。因为对话状态下的"我－你"关系，是一种责任感作用下的彼此都能体会到的互惠互利关系，它不是心理现象学中自我忘却的心理效果，而是一种与他者相遇或与存在契合的原初关系。

总之，列维纳斯在阐释布伯的"我－你"关系中，不仅发现了他者的成分，还在对他者的分析中找到了蕴藏在他者背后的道德根源。

（二）对生存与死亡的沉思

在谈及为什么写作《生存与生存者》一书时，列维纳斯写道："这些研究从战争以前开始的，就是在监禁中也继续进行，并且写下了绝大部分的内容。在集中营里之所以有兴趣写这些东西，并非为了表现自己的深奥和沉湎于学术以保护自己，而是想对一九四零年到一九四五年间发表的那些具有很大影响的著作不被人们注意这一点作一解释。"②

那么，在列维纳斯那里，那些已经发表但未能被人们所注意的内容是什么呢？他重新阐释它们的意图或目的又是什么呢？

列维纳斯说："把生存者引向善的那种运动并非生存者把自己提升到较高的生存的那种超越，而只是从存在以及描述这种存在的范畴那里启程：'一种离开存在'（an ex-cendence）。但是，离开存在以及善在存在者（being）那里必定有一个立足点，这就是存在比非存在者（non-being）要好一些的原因……生存这个动词只有在其分词形式下才变得可以理解，也就是说，只是在那生存着的生存者那里才变得可以理解。"③ 原来，列维纳斯之所以要重新阐述"生存"与"生存者"问题，原因在于现实中存有"存在"与

---

① Emmanuel Levinas, "Marlin Buber and the Theory of Knowledge," In *The Levinas Reader*, ed. Sean Hand (Basil Blackwell, 1989), 67–68.

② 〔德〕伊曼纽尔·里维纳斯：《生存与生存者》，顾建光、张乐天译，浙江人民出版社，1987，前言。

③ 〔德〕伊曼纽尔·里维纳斯：《生存与生存者》，顾建光、张乐天译，浙江人民出版社，1987，第1页。

"存在者"相混淆的现象，误认为向善运动的动力源是存在者。而他所要做的就是澄清生存与生存者的界限，并找出向善运动的起点或立足点。实际上，列维纳斯所谓的向善运动，其动力源自存在，而不是存在者，且这种源自存在的向善冲动，本身就具有诸如责任感的道德内涵。而倘若向善运动的原动力来自存在者，则会引起向善行为的摇摆不定。在列维纳斯那里，向善运动本质地存在或先天地存在，这是不可动摇的信念，由此，他肯定不会将向善运动的动力源归结为存在者，而是将它限定在存在这一本体层面。实际上，正是将向善行为归结为存在的本性，才为他的"道德他者"理论设定了牢固的逻辑起点。

此外，第二次世界大战的残酷以及自身作为犹太人的悲惨遭遇，在一定意义上也促使列维纳斯思考诸如生存与生存者、死亡、时间和上帝等问题。[①] 显然，对这些问题形而上的拷问，归根到底还是要复归于他的"道德他者"哲学理想。

在《时间与他者》一书中，列维纳斯说："对死亡的无知，并不是直接的虚无（nothingness），而是与体验虚无的不可能性相关联。它并不表明死亡是无人自那返回之域（region），因而作为一种事实而被保持不可知；对死亡的无知表明，同死亡的关系不能在光亮下发生；还表明，主体是处于那种并非来自自身的关系之中。我们能说，它是一种神秘的关系。"[②] 在这里，列维纳斯之所以引入死亡问题，是为了进一步考察主体的局限性。在列维纳斯看来，死亡问题不仅是主体自身难以解决的认识问题，而且对死亡问题的追问在一定程度上可以催生出一种崭新的与主体之间的关系。这种关系不是来自主体自身，而是来自对于主体而言的某种神秘性。

列维纳斯说："我甚至惊奇，我们同死亡间关系的基本特征是如何被哲学家的眼光所回避的。同死亡的关系并不是同虚无的关系，因为在死亡状

---

① 根据《塔木德四讲》的中译者关宝艳介绍，列维纳斯是一名犹太人，二战中曾加入法军而被俘，在纳粹集中营里艰难地度过了五年时光，除妻子被法国的朋友收留而幸免于难之外，其他亲属全被纳粹杀害。关宝艳《伦理哲学的丰碑——写在〈塔木德四讲〉汉译本付梓之际》，见〔法〕埃马纽埃尔·勒维纳斯《塔木德四讲》，关宝艳译，栾栋校，商务印书馆，2002，第2页。

② Emmanuel Levinas, "Time and the Other," in Sean Hand（ed.）, *The Levinas Reader*（Cambridge, MA: Basil Blackwell, 1989）, p. 40.

态下我们一无所知，它主要借助于情景（situation）而让绝对不可知的事物（absolutely unknowable）呈现。绝对不可知性意味着，它远离一切光亮，它展示一切不可能的可能性之假设，但是，在这种情景中，我们自身又被牢牢地捕获……这就是死亡为什么不在场的原因，它也是不言而喻的。"① 在列维纳斯看来，死亡并不等同于虚无，也不是与虚无之间所发生的关系，因为死亡具有超越主体感知或认识的特性。死亡问题的提出，在一定意义上是借助死亡的情景，进一步考察某些绝对不可知的事物，而这种考察，在本质上又是对主体极限的挑战，或者说对主体局限的超越。列维纳斯借助对死亡问题的追问，实现了对超越主体问题的思考，并最终借助对超越主体而全面阐述了"道德他者"的哲学理想。

在具体阐述主体与死亡的关系时，尤其是阐述死亡的功能表现时，列维纳斯说：

> 死亡远离一切在场……它标志主体性机能和英雄主义的终结。现时（the now）是一种这样的事实：我是主人，可能性的主人，把握可能性的主人。死亡从来就不是现时。死亡在处则我将不在，这不是因为我是虚无，而是由于我不能把握虚无。作为主体的我的主人地位，我的性机能，我的英雄主义，既不能成为与死亡相关的性机能，也不能成为与死亡相关的英雄主义……死亡永恒地无处不在。②

可见，列维纳斯所论述的死亡主题，是相对于主体而言的。他从死亡的功能表现角度论述了死亡与主体的本质区别。在列维纳斯那里，主体与性机能、英雄主义、在场的现时以及主人地位等，形成一定的隐喻关系；而死亡则被隐喻为性机能与英雄主义的终结、无法把握的虚无以及永恒的无处不在等。借助上述双向隐喻，列维纳斯在主体与死亡主题之间建立了相应的逻辑联系，从而为他借助对死亡问题的考察实现超越主体的哲学理想打下了基础。

---

① Emmanuel Levinas, "Time and the Other," In *The Levinas Reader*, ed. Sean Hand (Basil Blackwell, 1989), 41.

② Emmanuel Levinas, "Time and the Other," In *The Levinas Reader*, ed. Sean Hand (Basil Blackwell, 1989), 41 – 42.

在阐述死亡的基本特征时，列维纳斯说："在死亡事件的可能性中，主体不再是事件的主人，而在对象的可能性中，主体总是主人，并且它总是唯一的主人。我视这种死亡事件的特征是神秘的，更确切地说，因为它是不可预测的，即无可把握的，它如同那些不能驶入的事件一样，不能驶入或进入在场。"① 可见，列维纳斯所谓的死亡之特征，主要包括神秘性、不可预测性、无法把握性以及缺场性。这些特征，在笔者看来，都是相对于主体意识中的真实性（或真理性）、必然性、整体性（或同一性）以及现实性（或在场性）而言的。当然，这里并不是要在死亡特征与主体特征之间建立某种二元对立的思维模式，而是出于叙述方便而采取的言说策略，并不意味着死亡与主体之间是某种二元对立的存在状态。

（三）道德他者的凸显

《列维纳斯读本》的英文编者西恩·汉德说："他者的优先性构成了列维纳斯哲学的基础。"② 在汉德看来，列维纳斯哲学的最终理论目标是指向他者的。接下来，我们将从列维纳斯为主体与他者相遇而设置情景出发，进一步阐释"道德他者"的理论内涵。

在解决了死亡问题与主体的逻辑联系以及内在差异之后，列维纳斯进一步阐述了主体与他者之间的联系。他说：

> 接近死亡暗示了我们与被视为绝对他者之物的关系……同他者之间的关系不是那种田园诗般的、充满和谐的、圣餐仪式般的、慈祥的关系。借助这些关系，我们能将自身置于其他地方；而他者则会同于我们，外在于我们；同他者间的关系就是同神秘间的关系。他者的彻底存在是由他者的外在性或他异性所构成的，因为外在性是一种空间属性，它通过光将主体折回自身。③

---

① Emmanuel Levinas, "Time and the Other," In *The Levinas Reader*, ed. Sean Hand (Basil Blackwell, 1989), 45.

② Sean Hand (ed.), *The Levinas Reader* (Cambridge, MA: Basil Blackwell, 1989), p. 38.

③ Emmanuel Levinas, "Time and the Other," in Sean Hand (ed.), *The Levinas Reader* (Cambridge, MA: Basil Blackwell, 1989), p. 43.

在这里，列维纳斯借助于对"我们"（即主体）与他者关系的阐述，进一步论述了死亡与主体的关系，从而揭示了主体与他者之面对的道德含义和超越主体的哲学内涵。在列维纳斯看来，主体与死亡的关系，并不是我们在主体意识下的那种主体间的关系，它实际上是指主体与绝对他者之间的关系。① 而对这种关系，我们不能凭借主体间的某种关系去揣测或演绎，甚至这种揣测或演绎本身就是一种误区。因为列维纳斯之所以提出主体与死亡、主体与绝对他者之间的关系，其最终目标不在于让我们认识或演绎这些关系中的具体理论内涵，而在于凸显通过上述关系提出的理论策略的重要性。笔者认为，列维纳斯的目的在于借助对死亡和他者问题的形而上的考察，揭示死亡或他者对主体之超越；同时在这种超越之下，保持对死亡神秘性的尊重和对他者道德性的强调。

> 同他者之关系，与他者面面相对，相遇一张面孔，且这张面孔能立即给予或隐藏他者，以上都是那种情景。在该情境中，事件发生在主体身上，而主体又不能设想事件，最终，没有任何东西能以确切的方式呈现在主体面前。他者仅能被设想为他者……在同他者的关系中，主体趋向于认同他者，通过一种集体性的表象去吞并他者，这是一种非常普遍的观念。②

在这里，列维纳斯提出了一种"情景说"理论，即主体借助于"情景"这个中介而实现与他者的相遇，或者构成发生在主体身上的"事件"。在笔者看来，他者的神秘性、不可预测性以及缺场性等特征，尽管为主体与他者的相遇设置了种种障碍，或者说，他者不可能直接地为主体所认识、描述或理论化；但是，他者可以借助某种"情景"而实现与主体相遇，从而间接地影响主体，或者说为主体超越自身而提供内在动力。

---

① 在这里，"绝对他者"与"大写他者""彻底的他者"在内涵上是一致的。关于"大写他者"的内涵，第三章第一节中"拉康：心物镜像中的他性"部分已有涉及，详细论述请见孔明安《"他者"的境界与"对抗"的世界——从拉康的"他者"到拉克劳和墨菲的"社会对抗"》，《哲学动态》2005 年第 1 期。

② Emmanuel Levinas, "Time and the Other," In *The Levinas Reader*, ed. Sean Hand（Basil Blackwell, 1989), 45, 53.

不仅如此，在列维纳斯那里，上述情景的建构还表现为"事件"，即由主体、他者和情景共同构成的一种运动着的、变化着的事件。它不同于主体话语所建构的具有同一性、必然性、真理性的历史事实或历史发展过程。在上述情景中，主体与他者纯然相遇，他者在主体面前并不是为某种主体所意识化了的确切的存在，而仅仅是他者，即他者就是他者。在这里，借助于情景而实现与主体相遇的他者已经不同于形而上意义上的"绝对他者"。在某种意义上，它有点儿类似于拉康所言的"小写他者"，即处于潜意识阶段、与话语或语言无涉的镜像阶段的他者，与感性的他人形象相关的他者。① 在笔者看来，列维纳斯在这里所阐述的他者，在某种程度上发挥了桥梁或纽带的作用，即在本体世界的"绝对他者"与现象世界的主体之间建立了桥梁或纽带。也就是说，没有上述意义上的"小写他者"，就根本谈不上主体的自我超越，因为如果没有作为超越参照的"小写他者"，就没有主体自身，更谈不上主体的自我超越问题。而"小写他者"也不是直接地与主体发生联系，要借助"情景"这个中介，或者说借助"事件"的营构而得以实现。这样一来，"绝对他者"经由"小写他者"和"情景"的双重中介实现与主体的相遇，并最终服务于主体的自我超越。

或许有人会问：主体与他者相遇有什么现实意义吗？为了回答这个问题，列维纳斯引入了"未来"等概念，通过对死亡与未来的论述，推演出他者的道德内涵，并进一步彰显了主体与他者相面对的道德内涵。

列维纳斯说："我不是借助未来而界定他者，而是用他者去界定未来，因为死亡之未来构成了死亡之整体他者（total alterity）……同死亡的关系，从文明层面来讲，它是一种原初性的复杂关系，它决不是一种偶然的复杂，而是它本身就被发现与他者的关系是一种内在的辩证。"② 在他看来，用他者界定未来，体现的是一种文明的原初性关系，换句话说，他者的本体意义可以在一定程度上揭示文明的原初性含义，而这似乎显示了列维纳斯的观点回归到马丁·布伯的"原初词"学说。实际上，列维纳斯所阐述的

---

① 参见孔明安《"他者"的境界与"对抗"的世界——从拉康的"他者"到拉克劳和墨菲的"社会对抗"》，《哲学动态》2005 年第 1 期。

② Emmanuel Levinas, "Time and the Other," In *The Levinas Reader*, ed. Sean Hand（Basil Blackwell, 1989）, 47.

"以他者界定未来"观点已经超越了马丁·布伯的学说，因为在指向未来的道德关怀的理论旨趣中，已显示出观点的独创性和论证的独特性。

列维纳斯说："他者仅为其自身，其间没有为主体预留额外的存身之处。他者借助同情感而为人所熟知，正如又一个自我和变化了的自我一样……假如某人能拥有、把握和知晓他者，则它将不是他者。拥有、知晓和把握是权力的同义词。"① 在列维纳斯看来，他者自身的"纯然性"不为主体所"玷污"，他者就是他者，而不是主体的另一版本，他者的纯然状态是借助"同情感"而为人们所熟知的。显然，所谓的他者内涵，最终指向的还是道德伦理，即上面所说的"同情感"。不仅如此，列维纳斯之所以竭力倡导"同情感"，在一定程度上还与他反权力、反权威的理论主张密切相关，即对主体之权力或权威的颠覆，对道德之"同情感"的追求，在一定意义上也就是回归他者，回归他者的纯然状态。

最后，列维纳斯发出了"爱一切人"② 的呼声。

借助对西方形而上哲学传统的批判，德里达和列维纳斯均阐释了他者的理论内涵，但他们的理论却有很大的差异。德里达主要从"他者是整体性的缺失"这一视角出发，借助对语音中心主义（或者说逻各斯中心主义）的批判，阐述了"整体性他者"的理论内涵；而列维纳斯则是从"他者不是作为主体的对立面而出现"这一视角出发，借助于对马丁·布伯学说的深度解读，阐述了"道德他者"的理论内涵。本文认为，德里达的"整体性他者"理论较为接近"作为他者的他者"，因为该理论最终指向哲学本体论问题，在某种程度上远离主体视域，且近乎探讨他者之存在；而列维纳斯的"道德他者"理论，则较为接近"作为非我的他者"，更加注重与主体面对，主要阐释进入主体视域中的他者问题。

---

① Emmanuel Levinas, "Time and the Other," In *The Levinas Reader*, ed. Sean Hand (Basil Blackwell, 1989), 47, 51.

② 〔德〕马丁·布伯：《我与你》，陈维纲译，三联书店，1986，第 31 页。

第二章
文学他性的理论渊源

前文从德里达的"整体性他者"和列维纳斯的"道德他者",分别论述了"作为他者的他者"和"作为非我的他者"的理论内涵,揭示了他者内涵的两个层面。接下来,将进一步论述他者内涵的第三个层面,即"作为主体的他者",或者说"他性"层面。具体来说,就是从主体建构和主体二重性的理论视角,阐释他者进入主体并成为主体属性的具体过程和表现形式,阐释作为他者属性之他性的理论内涵。

在进入主体问题讨论之前,先对主体和主体性的哲学内涵以及主体建构的历史作一番简要的论述。

第一节　主体建构

根据维基百科全书的词条解释,作为哲学术语的"主体"(subject)一词,主要是指具有主观经验的存在物或与不同实体(或客体)发生关联的存在物,其中,主体就是指观测者,而客体则是指被观测的事物。[In philosophy, a subject is a being which has subjective experiences or a relationship with another entity (or 'object'). A subject is an observer and an object is a thing observed.]① 从维基百科全书的解释来看,主体的含义包括以下几方面内容:首先,它是一种具体的存在物,而不是抽象的虚无;其次,它有着自身的主观经验,在一定程度上不受来自主体之外的其他存在物之规约;

_____

① http://en. wikipedia. org/wiki/Metaphysical_ subject, 2018 年 8 月 21 日。

再次，主体经验的对象，主要指向除却自身之外的其他实体或客体；最后，主体与客体会发生广泛的联系，并相互作用。显然，维基百科全书中所谓的主体，主要是指具有主观经验的、能自由活动的人。实际上，在笔者看来，主体除了主要指人外，在某种情况下还可以指非人的事物或行为。譬如，在阅读理论中，阅读活动的具体展开，就被视为读者与文本间的对话和交流，其中的文本实际上就充当了一种非人的主体，即可以与读者（主体即）进行对话交流的、独立自足的准主体，是被赋予了人的某种属性，且可以像人那样自由活动、灵活决断的准主体。当然，这种非人的准主体是主体人所建构的产物，或者说是思维运行过程中拟人化所带来的结果，它最终指向的还是人自身，即复归到作为活动主体的人自身。基于此，主体不仅可以指人或观测者，还可以指被赋予了人之属性的某些事物。

作为哲学术语的主体性（subjectivity），维基百科全书是这样解释的：主体性是指对经验的任何方面均具有特别富有洞悉力的解释。（In philosophy, subjectivity refers to the specific discerning interpretations of any aspect of experiences.）① 此外，维基百科全书还提到：在批评理论和心理学中，主体性是指产生个体或"我"的行为或话语，其中的"我"就是主体，即观测者。（subjectivity is also the actions or discourses that produce individuals or 'I'; the 'I' is the subject—the observer.）② 由此可见，主体性的内涵包括如下几个方面：首先，主体性是指一种对经验的有效解释，是一种对主体进行解释的活动；其次，主体性囊括了主体经验的一切方面；再次，主体性对主体经验的解释是深刻的、触及本质的；最后，主体性是指一种本质化的行为过程或话语过程，即揭示主体之所以为主体、"我"之所以为"我"的本质化过程，换句话说，主体在主体性的过程中建构自身，并体现自我的本质。可见，主体性是一种主体本质化的过程。

张世英先生在《康德的〈纯粹理性批判〉》一书中认为，主体和主体性的内涵包括以下几个方面：主观性；主观能动性；自我决定。衡量一个人不应根据他的外在因素（诸如家庭出身、社会关系等），而是要凭他的主观

① http://en. wikipedia. org/wiki/Subjectivity, 2006 年 10 月 21 日。
② http://en. wikipedia. org/wiki/Metaphysical_subject, 2006 年 10 月 21 日。

才能。"主体性"还指要独立思考，不迷信某个权威，不人云亦云。最后，"主体性"要求尊重个性、尊重个人的特殊性。① 在笔者看来，张先生从四个方面阐述了主体与主体性的具体内涵。第一个方面是主观性与主观能动性，其中，主观性是相对于客观性而言的，它是指与情绪、情感、体验、意志、道德、理想等主观因素相关的人的属性。而主观能动性是与客观必然性或因果必然性相对而言的，在具体的行为活动中，主观能动性的发挥，意味着作为主体的人能充分自由地发挥自身的积极性、主动性和创造性，而不是完全依从于外界的客观条件，受因果必然性的任意摆布。第二个方面是自我决定，具有自我决定和决定自我的双重含义。就自我决定来说，它是指主体在行为过程中是独立的、自由的，主体行为的标准在于主体自身，而不是主体之外；就决定自我来说，它是指外在的非我主体② 在对"我"进行判断时所凭借的依据来自"我"自身，而不是"我"之外的其他。第三个方面是独立思考，是指主体的思维活动不受外在主客体的控制，不迷信权威。第四个方面是尊重个性，指尊重个人的独特性，而不以普遍性的概念进行套用。

张先生认为，从总体来说，"主体性"一词就是指人的独立自由，人有不受外在束缚、完全由自己来决定的方面，人就是这样的"主体"。此外，据张先生考证，康德、费希特、谢林、黑格尔等德国古典主义哲学家一般都爱用"自我决定"一词，其中的"自我"可以说就是"主体"，而"自我"的特点就是自己做出决定，不受别人或外在事物支配，也就是说，"我"的决定完全出自自我的意志。其中，康德所说的"主体性"，就是讲人有自由意志，有自己的独立自主性。③ 简言之，主体与主体性中包含着自我、自由、自足、自立等多重含义。

一　古代哲学主体思想的萌芽

通常而言，主体较之于主体性具有逻辑的先在性，即先有主体而后才

---

① 张世英：《康德的〈纯粹理性批判〉》，北京大学出版社，1987，第 3 页。
② 在这里，"非我主体"是指除了"我"这个主体之外其他具有人之属性的主体，它不包括本书中所言的作为非人的准主体。
③ 张世英：《康德的〈纯粹理性批判〉》，北京大学出版社，1987，第 1～2 页。

有主体性，主体性并不是主体存在的现时结果，而是主体思想长期发展、逐步积淀的结果。同样，主体性的形成是主体性理论建构的前提，没有主体性就没有哲学的主体性建构，就没有主体性哲学。因此，本节先从主体思想的萌芽入手，继而考察主体性的形成，进而讨论主体性的建构，① 乃至主体性哲学的形成，从主体建构角度阐述主体中的他性内涵。此外，主客分离在主体建构乃至他性显现等方面具有重大的理论意义。在哲学史研究中，主客分离长期以来一直被认为是主体形成或自我产生的基本前提，也是主体性哲学发展的起点和标志。实际上，主客分离的过程，还暗含了主体性内涵不断扩张和客体性成分不断削减的运动趋势，不仅导致二元思维结构的建立以及非二元思维结构的隐没，而且导致他者的出场和他性的凸显。

就总体倾向而言，古希腊哲学是本体论哲学而不是认识论哲学，中心问题在于探讨人之外的世界及其本质，追问世界的本原。例如，泰勒斯的"水原质说"，阿那克西美尼的"气基质说"，毕达哥拉斯的"万物都是数"，赫拉克利特的"火是根本的实质"，恩培多克勒的土、气、火和水"四种原质说"，巴门尼德的"唯一的实存是一"，留基波和德谟克利特的"原子论"等。② 在这里，无论具象的"土"、"气"、"水"和"火"，还是抽象的"数"和"一"，都只是对世界本质的朴素解说。其间，思维与存在、主体与客体尚未分开，哲学意识中还没有"我"与外部世界的对立，而只是朴素地去研究客体，去研究外部世界。换句话说，当时的哲学家尚未将自我当成哲学意识的基础，在他们眼里，主体与客体是浑然一体的，主体或人尚未进入哲学问题的基本论域。缺少主体或人参与的哲学，显然不是认识论哲学。

尽管如此，古希腊哲学中仍然存有丰富的主体思想的萌芽。

据亚里士多德的记载，泰勒斯曾说过，磁石体具有灵魂，因为它可以

---

① 这里所谓的主体性的建构仅仅是指：有关主体的思想或观念成为系统化、理论化的观念和方法，即主体性哲学的形成，而在这之前的一切有关主体的观念仅为主体思想的萌芽。

② 〔英〕B. 罗素：《西方哲学史及其与从古代到现代的政治、社会情况的联系》（上册），何兆武、李约瑟译，商务印书馆，2002，第 51、54、62、69～73、86、97 页。

使铁移动。① 这实际上反映了古希腊早期自然哲学中的"物活论"思想,是朴素的主体思想,即"非人"的主体思想。"物活论"思想并没有进入主体性思想的发展阶段,因为"物活论"思想中的主体与客体仍然是混沌一体的,尚未分离开来,思维与存在、精神与物质、主体与客体均未形成二元对立。简言之,"物活论"思想尚未具备主体性形成的基本条件——二元划分且相互对立。同样,尽管柏拉图把理智世界和感觉世界划分开来;但是这个两重世界,均属于对人以外的客观世界的划分,而不能理解为一方为主体——人,而另一方为客体——世界,即主客二元的思维结构尚未形成。在柏拉图的哲学中,人的独立自主性、人的本质自由以及自我决定等主体性内涵尚未呈现出来。

智者普罗泰戈拉的"人是万物的尺度"的思想,也反映了古希腊哲学中主体思想的萌芽。据柏拉图的《普罗泰戈拉篇》和《泰阿泰德篇》记载,普罗泰戈拉成名于他的"人是万物的尺度"的学说。在普罗泰戈拉看来,人是万物的尺度,是存在的事物之所以存在的尺度,也是不存在的事物之所以不存在的尺度。罗素认为,普罗泰戈拉的这一学说在本质上是怀疑主义的,根据的是感觉的"欺骗性"。② 但无论如何,普罗泰戈拉充分肯定了主体的地位。

此外,苏格拉底"认识自己无知"的命题,以及怀疑论者的许多哲学观点,也在一定程度上反映了古希腊主体思想的萌芽。

在中世纪,哲学的中心问题是神或上帝。尽管作为哲学中心话语的宗教神学将人的自然属性与精神属性予以分离,但这并未宣告主体独立和主体性建构的开始。因为在中世纪的宗教神学中,禁欲主义和神人合一的教义,对人性解放构成了严重的压制,人在肉体和精神方面的基本需求均被剥夺,主体并未走向独立和自由,且与主体构成哲学对立的不是客体,而是神或上帝。换个角度而言,中世纪哲学形成的是神与人的对立、思维与存在的对立、精神与肉体的对立,但不是主体与客体的对立。由此,主体

---

① 〔英〕B. 罗素:《西方哲学史及其与从古代到现代的政治、社会情况的联系》(上册),何兆武、李约瑟译,商务印书馆,2002,第51页。

② 〔英〕B. 罗素:《西方哲学史及其与从古代到现代的政治、社会情况的联系》(上册),何兆武、李约瑟译,商务印书馆,2002,第111页。

从神性和神权的双重束缚下解放出来，成为文艺复兴时期哲学问题的主题，从而真正开主体性学说的先河。当然，中世纪哲学对人性的压制并不意味着中世纪哲学中没有主体思想的萌芽。实际上，基督教所宣扬的"上帝面前人人平等"思想，已散发出主体思想的光芒，而且，这种思想为启蒙主义思想家所提出的自由、平等、博爱思想提供了前提和基础。

二 近代哲学主体性的建构

通常来说，文艺复兴对宗教神学的反拨取得了两大成果：使人和自然从神学、神权中解放出来，并且使主体与客体两者对立起来。一方面，它推动了自然科学研究的巨大发展；另一方面，也带来人的解放。可以说，文艺复兴实现了"客体"和"主体"的双重发现。从另一个角度而言，文艺复兴是自我觉醒的时代，是个性解放的时代，是主体独立的时代，也是主体性哲学开始建构的时代。正如詹姆逊在《单纯的现代性：论当下的本体论》一书中所认为的，"借助笛卡尔，我们目睹了西方文化之主体的出现，也就是说，现代主体、现代性的主体"。[1] 以下先从笛卡尔的"我思故我在"（英文为"I think therefore I am"，拉丁文为"cogito ergo sum"）说起。

笛卡尔在《科学思考〈方法论〉》一文中写道："正当我做如此思想，一切皆伪之时，我立刻理会到那思想这一切的我，必须为一事实。由于我注意到'我思故我在'这个真理，是如此确实，连一切最荒唐的假定都不能动摇它。于是，我判定，我能毫不疑惑地接受真理，视它为我所寻找的哲学的第一原则。"[2] 在笛卡尔看来，"我思"的不可反驳性确证了"我在"的哲学真理，反过来说，"我在"是"我思"的必然前提。显然，在"我思故我在"的哲学命题中，"我思"和"我在"是同一的，即"我思"确证"我在"，"我在"预设"我思"。笛卡尔借助排除一切错误认识、寻找确定性的基础这一途径发展了主体理论，将主体性的根源确立在主体意识的自我认同中。换句话说，笛卡尔通过清算已有的观念和偏见而发现了思维的

---

① Fredric Jameson, *A Singular Modernity*: *Essay on the Ontology of the Present* (London: Verso, 2002), 43. 转引自 Simon Malpas, *The Postmodern* (London and New York: Routledge, 2005), 58。

② 〔法〕笛卡尔：《笛卡尔思辨哲学》，尚新建等译，九州出版社，2004，第30～31页。

新根基，即从神权中解放自我主体，为新认识观的形成奠定了基础。可以说，笛卡尔打破了传统的世界观，为对思维和行为的基础进行新的理解和阐释创造了条件。当然，笛卡尔所提出的"我思故我在"命题，其现实针对性在于神学和神权对人的欺骗和蒙蔽，以及对人的压迫。在《方法与沉思的论述》中，笛卡尔说：

> 我深深地相信，世界毫无一物，没有天空、没有大地、没有灵验或肉体，因此，是否我也不相信我存在？不是这样，我的存在是毫无疑问的，借助于我被信服，或者借助于我那思维着的行为……因此，在我仔细思考和认真核对过一切之后，我得出结论，人们必须确信一个前提：我思故我在，这是准确的，在任何时候，我表述它，或相信它在我的观念中。①

显然，笛卡尔找到了认识世界的基础。在笔者看来，笛卡尔的"我思故我在"暗示了主体标准的确立，在一定程度上它也是对神性权威和神权标准的反叛，是对自我或主体的肯定，是主客对立的初步显现。同时，这一主张也标志着哲学的主题开始由客体而转向主体。笛卡尔的贡献可谓开西方近代哲学"主体性研究"的先河。

在主客二分问题解决了之后，哲学研究在"主体如何把握客体"这一问题上产生了争议。经验论者认为，主体对客体予以把握的途径是通过主体的感觉、知觉来实现的，是感觉和知觉把主体与客体连接起来，从而实现主体对客体的把握。然而，在唯理论者看来，主体把握客体的途径是借助思想、概念而得以实现的，思想和概念才是主客联结的桥梁。实际上，无论经验论者还是唯理论者，都陷入了对"主体"问题的机械性理解，即从力学的尺度、用机械的观念来衡量人的一切。同时，从认识论的角度而言，主客二元对立对思维结构形成的影响必然导致机械论。当然，造成这种情况的原因还有：自然科学研究的巨大进步及其广泛应用。在意识领域

---

① Rene Descartes, *Discourse on Method and Meditations*, ed. and trans. by F. E. Sutcliffe. (Harmondsworth: Penguin, 1968), p. 103. 转引自 Simon Malpas, *The Postmodern* (London and New York: Routledge, 2005), p. 59。

中，自然科学赢得的尊重对社会科学和人文科学的研究构成了力量对比下的压制或威胁。① 此外，自然科学的研究思路常常是把研究对象从复杂的事物中抽象出来，从普遍的联系中隔离出来，并加以静止化处理。这种思路随着自然科学的空前发展而逐渐深入人们的思维结构，从而影响了人们的认识域。实际上，当自然科学的归纳法和演绎法被引到哲学研究中时，问题也就随即出现。例如，笛卡尔说"动物是机器"，法国唯物主义者拉美特利甚至说"人是机器"，动物和人的区别就在于人比动物多了几个齿轮或几个弹簧。②

显然，上述机械论的主体观，虽然较之于中世纪的主体缺失有了一定的历史进步，但是，它机械力学般地界定主体或人，在一定程度上窒息了主体性的发挥，主体或人被力量强大的因果律制约，主体或人的能动性和创造性被淹没。在这种哲学背景下，从因果必然性的桎梏下解放出来，便成了主体性建构的中心话题，康德的主体性哲学就代表了这种努力。

从认识方法来说，《后现代》一书的作者西蒙·马尔帕斯认为，康德哲学通过分离"我在"（"I am"）与"我思"（"I think"）而颠覆了笛卡尔信徒们的主体观，拒绝了追问"我是谁"这一问题最终答案的逻辑可能性。③正如前文所说，在笛卡尔那里，"我思"和"我在"是同一的，它们互为条件而不可分离。但是，康德对笛卡尔的上述同一性提出了怀疑和追问，并以之作为其主体性哲学建构的起点。康德还认为，无论唯理论、经验论还是怀疑论，都陷入了一种误区，即没有区分客观知识和主观意志，忽略了主体的二重性，而只片面强调其中的一个方面。基于此，在《纯粹理性批判》一书中，康德着力于"客观知识的可能性"的哲学追问，从客观知识应具备怎样的条件入手，区分客观知识和主观意志，即必然世界（现象界）和自由世界（本体界）。康德认为，主体具有自然和自由意志两方面的属性，前者受因果必然性的限制，可以借助先验范畴的工具而整理成客

---

① 为什么自然科学会对社会科学以及人文科学构成方法论上的影响？关于这一问题，可参见美国当代科学社会学家伯纳德·巴伯（Bernard Barber）在《科学与社会秩序》一书（顾昕、郑斌祥、赵雷进译，三联书店，1991，第286页）中的相关论述。

② 参见张世英《康德的〈纯粹理性批判〉》，北京大学出版社，1987，第14页。

③ Simon Malpas, *The Postmodern* (London and New York: Routledge, 2005), pp. 62 – 63.

观的知识；而后者则属自我决定的部分，属于主体自由的领域。必然世界
中的范畴工具在自由世界面前是无效的。康德在《纯粹理性批判》一书
中还提出了现象界的知识论原则。奥地利哲学家维特根斯坦在《逻辑哲学
论》一书序言所提出的"凡是能够说的事情，都能够说清楚，而凡是不
能说的事情，就应该沉默"①，在一定程度上是康德知识论原则影响下的哲
学产物。

除了知识论原则下的方法论启示之外，康德对自由意志和自由世界的
肯定和重视，实际上是把人的主体性从因果必然性的桎梏下解放了出来，
在一定程度上推进了哲学的主体性建构。在康德的主体性哲学中，人的独
立自主和尊严是其追求的理论目标。在康德那里，限制现象的范围是为本
体留地盘，限制知性的范围是为理性留地盘，限制知识的范围是为信仰留
地盘，总括起来说，限制必然性的范围是为自由留地盘。②可见，康德哲学
中的现象与本体、知性与理性、知识与信仰、必然与自由是相互对立的。
由于康德的主体性哲学是建立在自由世界和必然世界的二元划分之上，尽
管主体可以通过信仰等方式间接地体验或观照彼岸世界，但是，彼岸世界
与此岸世界的分立或绝对对立的观点，在一定程度上消解了主客体的同一
性，甚至陷入了不可知论的深渊。上述缺陷，后来成为费希特、谢林和黑
格尔等哲学家主体性理论建构的新起点。他们一方面批判了康德的必然与
自由相互对立的哲学思想，另一方面又从人的二重性的相互依赖关系中论
证了人的主体性，即自由与必然的辩证关系问题，尽管他们具体的哲学观
点各有不同。

费希特认为，康德的"物自体"概念尽管存在，但它与主体相对立，
况且，主体无法真正认识物自体，物自体成了阻碍主体获得充分自由的障
碍。基于此，费希特干脆取消了物自体，并将世界的发展最终归结于绝对
主体或绝对自我。他说，"自我是主体与客体的统一"，③"绝对的自我不为
任何更高的东西所决定，相反地，它们是绝对以自身为基础、为自身所决

---

① 〔奥地利〕维特根斯坦：《逻辑哲学论》，郭英译．商务印书馆，1985，第 20 页。
② 参见张世英等《康德的〈纯粹理性批判〉》，北京大学出版社，1987，第 22 页。
③ 〔德〕费希特：《人的使命》，梁志学、沈真译，商务印书馆，1982，第 79 页。

59

定的"。① 在此，费希特所言的"自我"是一种普遍的自我、必然性的"我"、先验的"我"，而不是具象的自我，即我们身边的张三、李四等。此外，在费希特看来，"自我"指向道德的主体，是道德行为的自我。他说："我的意志是我自己而不是别人安排到那个世界的秩序里的，它是真正的生命和永恒的这种源泉。"② 费希特的"道德主体说"在一定程度上也沿袭了康德的自由意志主体的道德内涵，这种视主体为道德主体的哲学观念，对后来的马丁·布伯、伊曼纽尔·列维纳斯和让－保尔·萨特等人的"道德他者"的哲学观念均产生了重要的影响。

谢林与费希特有着不同的看法。谢林认为，只凭道德行为的自我难以给人以充分的自由。只有美的欣赏才是最高的。人的主体是艺术直观的我，只有在艺术直观里、在审美意识里，人才是最自由的，这是人的意识的最高境界。他说："具有绝对客观性的那个顶端是艺术……艺术则按照人的本来面貌引导全部的人到达这一境界，即认识最崇高的事物。"③ 艺术达到"自由与必然的最高统一"。④ 显然，谢林通过引进艺术、审美、崇高等范畴，克服了康德自由与必然严重割裂或对立的缺陷。

黑格尔借助辩证主体观的哲学建构，超越了康德的二元分立的主体观，从而将主体性哲学的理论建构推向了最高峰。具体而言，黑格尔的辩证主体观，实际上就是在批判斯宾诺莎、康德、费希特以及谢林主体观的基础上建立起来的。黑格尔认为，斯宾诺莎所提出的"上帝是唯一的实体"这个概念，完全泯灭了自我意识；与之相反，康德和费希特主张"思维就是思维"，"普遍性本身就是这个单一性或这个无差别的不运动的实体性"；而谢林则坚持"思维在其自身中就是与实体的存在合为一体的并且把直接性或直观视为思维"。⑤ 黑格尔认为，在斯宾诺莎的主体观中，自我意识完全泯灭；在康德和费希特那里，主体与实体相互分立而无法同一，并且主体和实体均处于静止的不运动状态；而在谢林那里，虽然主体与实体同一了，

---

① 北京大学哲学系外国哲学史研教室编译《十八世纪末—十九世纪初德国哲学》，商务印书馆，1960，第137页。

② 〔德〕费希特：《人的使命》，梁志学、沈真译，商务印书馆，1982，第115页。

③ 〔德〕谢林：《先验唯心论体系》，梁志学、石泉译，商务印书馆，1981，第278页。

④ 〔德〕谢林：《先验唯心论体系》，梁志学、石泉译，商务印书馆，1981，第282页。

⑤ 〔德〕黑格尔：《精神现象学》（上卷），贺麟、王玖兴译，商务印书馆，1983，第10～11页。

但是抽象的同一，即主体仅仅是概念的主体。基于此，黑格尔提出了自己的主体观。不仅要把真实的东西或真理理解和表述为实体，而且同样理解和表述为主体。同时还必须注意到，实体性自身既包含着共相（或普遍性）或知识自身的直接性，也包含着存在或作为知识之对象的那种直接性。①

> 活的实体，只当它是建立自身的运动时，或者说，只当它是自身转化与其自己之间的中介时，它才真正是个现实的存在，或换个说法也一样，它这个存在才真正是主体。②

显然，黑格尔的主体观是一种实体与主体同一的主体观，主体的内涵以及主体性的发展均掺入了黑格尔辩证法的内容。黑格尔是这样演绎辩证主体观的：

> 实体作为主体是纯粹的简单的否定性，唯其如此，它是单一的东西的分裂为二的过程或树立对立面的双重化过程，而这种过程则又是这种漠不相干的区别及其对立的否定。所以唯有这种正在重建其自身的同一性或在他物中的自身反映，才是绝对的真理，而原始的或直接的统一性，就其本身而言，则不是绝对的真理。真理就是它自己的完成过程，就是这样一个圆圈，预悬它的终点为目的并以它的终点为起点，而且只当它实现了并达到了它的终点才是现实的。③

从黑格尔的辩证主体观来看，存有一个整体性的言说前提。换句话说，只有在整体性的前提下，作为主体的人才能获致最高的自由。而这种整体性，不是康德所谓的物自体的整体性，不是费希特所谓的抽象自我的整体性，也不是谢林所谓的艺术境界的整体性，而是"绝对精神"的整体性。黑格尔认为，主体只有具备"绝对精神"的整体性，才能获致最高的自由，

---

① 〔德〕黑格尔：《精神现象学》（上卷），贺麟、王玖兴译，商务印书馆，1983，第10页。
② 〔德〕黑格尔：《精神现象学》（上卷），贺麟、王玖兴译，商务印书馆，1983，第11页。
③ 〔德〕黑格尔：《精神现象学》（上卷），贺麟、王玖兴译，商务印书馆，1983，第11页。
　　注：引文中的"圆圈"在原文中为"园圈"，可能是印刷错误，故笔者予以改动。

抵达主体性的最高境界。

同时，我们也必须看到，康德的道德主体观，即人通过自由意志或信仰而抵达最高自由，在一定程度上可以引导人们不断奋发，激起人们不断努力的热情。但黑格尔的辩证主体观，不仅把人引入哲学思辨的怪圈，甚至使人陷入诡辩的境地，有时还会使人信奉宿命论而放弃努力、随波逐流。

从上述西方古代、近代哲学史的回顾中我们可以得知，主体性的发展或主体的独立，从蒙昧的"物活论"到智者普罗泰戈拉的"人是万物的尺度"、苏格拉底的"认识自己无知"和怀疑论，再到中世纪经院哲学的"上帝面前人人平等"，以至近代哲学中笛卡尔的"我思故我在"，经验论和唯理论的争辩，康德的主体性哲学的建构，以及费希特、谢林的主体性哲学的推进，最后在黑格尔的辩证哲学中抵达了主体性哲学建构的最高峰。

第二节　主体分裂

哲学中主体他性的显现是从主体分裂开始的。主体他性显现的作用机制为：他性对主体性过度张扬进行反拨，并促使主体建构回复到主体性与他性张力互动的存在格局。主体他性显现的表现形态为：主体从过度张扬下所形成的主体独语走向主体性与他性的双向对话。本节将从主体分裂、后现代主体观的形成以及对话哲学的出场等角度，全面论述主体他性显现的作用机制和表现形态。

同一性在笛卡尔那里是以"我是"① 为前提的，换句话说，"我是"与"我思"是同一的、不可分的，它们相互验证。然而，康德通过对客观知识可能性之追问，质疑了笛卡尔"我是"与"我思"的同一性。在康德看来，"我思"的真理性只限于现象界，在本体界或意志领域，"我思"的哲学内涵并不适用。康德为"我思"的真理性划界，实际上是从一个侧面消解了"我是"的真理性。然而，在精神分析理论，尤其是弗洛伊德和拉康那里，主体的同一性（即"我是"的同一性）在意识和无意识的划分中受到了消

---

① 笔者认为，"我是"与"我在"的英文形式都是"I am"，在哲学内涵上是相同的，其差异是翻译造成的。

解，即：笛卡尔意义上的"我是"，在弗洛伊德和拉康那里出现了意识层面的"我是"与无意识层面的"我是"之分。不仅如此，无意识层面的"我是"，还具有更为根本性的重要地位。后现代理论家，在一定程度上就是承接和发展了弗洛伊德和拉康的主体观，并切实地颠覆了笛卡尔以来以"我是"为前提的同一性的主体观，主体成了碎片化、拼贴性的、精神分裂症式的主体，成了永无休止的、即刻多变的流动过程。可以说，笛卡尔以"我思故我在"而建立起来的主体性神话，自康德开始便出现了松动，在精神分析学派那里发生了摇摆，而在后现代主义理论家那里更受到彻底的消解。

笔者认为，从主体同一性的建构到主体的分裂，乃至主体的消亡，其间不仅揭示了主体性理论发展的历时过程，而且也从另一侧面反观了他性的历时出场。因为主体建构的过程在一定程度上就是主体性对他性不断同化或不断排斥的过程，而当主体走向分裂和消亡之际，也即他性出场之际。

《后现代主义读本》的编者、当代英国学者斯图亚特·西姆认为，后现代主义拒斥了那个曾经统治西方思想几个世纪的个体或主体概念。对于西方思想传统而言，主体在文化过程中享有特权，权力和特权均归因于主体，主体的发展和自我的实现是西方文化的中心目标。然而，在后现代主义理论家看来，主体是一种碎片化的存在，它不是身份（identity）的本质内容，不是固定的同一性或恒久不变的自我，而是一种持续分裂的过程。[①] 在西姆看来，后现代主义颠覆和解构了传统的主体观，从而将哲学对主体的认识和建构带入碎片化的、无休止的过程之中。

在对待传统主体观的态度上，当代美国文学理论家和文化批评家弗·詹姆逊的观点更为激进。他在《晚期资本主义的文化逻辑》一书中干脆宣称了主体的灭亡。

> 主体的灭亡——也就是指不假外求、自信自足的资产阶级独立个体的结束。这也意味着"自我"作为单元体的灭亡。在主体解体以

---

① Stuart Sim（ed.）, *The Routledge Companion to Postmodernism*（London：Routledge，2001），pp. 366 – 67. 参见 Simon Malpas, *The Postmodern*（London and New York：Routledge，2005），p. 57。

后，再不能成为万事的中心；个人的心灵也不再处于生命中当然的重点。①

在过去、在古典资本主义及传统核心家庭的社会文化统制下，人的"主体"曾经一度被置于万事的中心；但一旦身处今日世界，在官僚架构雄霸社会的情况下，"主体"已无法支持下去，而必然会在全球性的社会经济网络中瓦解、消失。②

此外，詹姆逊将后现代主义视为一种意识形态，即在社会、文化或生产方式的深层结构的变换中理解后现代主义及主体观。③ 他认为，"主体性是一种客观的东西，只要改变场景和背景，重新布置房间，或在一次空袭中摧毁它们，就足以使一个新的主体、一种新的身份在旧的废墟上神奇般地出现"④。这一观点，意味着主体已不具有恒定的属性，而转变为一种不稳定的、无休止的碎片化过程，呈现出"拼贴和精神分裂症"的显著特征。⑤

后现代主义碎片化、拼贴性、精神分裂症式的主体观，其发生的哲学起点就在于弗洛伊德和拉康对主体分裂的哲学阐释。

一　弗洛伊德的无意识理论

笛卡尔的"我是"与"我思"的同一性，以及康德的现象界的"我思"与本体界的"不可思"之分，在弗洛伊德那里加入了无意识的内涵而得以发展。

弗洛伊德认为，无意识并不是简单的"第二意识"，即一切为我们在时

---

① 〔美〕詹明信：《晚期资本主义的文化逻辑》，张旭东编，陈清侨等译，三联书店/牛津大学出版社，1997，第447页。Fredric Jameson 的中译有"詹明信""詹姆逊""杰姆逊"等多种，本书在正文中采用"詹姆逊"的译法。

② 〔美〕詹明信：《晚期资本主义的文化逻辑》，张旭东编，陈清侨等译，三联书店/牛津大学出版社，1997，第448页。

③ 〔美〕弗雷德里克·詹姆逊：《文化转向》，胡亚敏等译，中国社会科学出版社，2000，第49页。

④ 〔美〕弗雷德里克·詹姆逊：《文化转向》，胡亚敏等译，中国社会科学出版社，2000，第51页。

⑤ 〔美〕弗雷德里克·詹姆逊：《文化转向》，胡亚敏等译，中国社会科学出版社，2000，第3页。

间中所无法思考之物，而是一种完全不同的秩序。它对欲望、动机和交感均产生重要的影响，是我们所能体会到的日常存在，尽管这种体会不是直接的。在弗洛伊德看来，无意识过程应被理解为陌生化的甚至不可置信的特征和特殊性，它与我们所熟知的意识属性直接相对。①

> 无意识在构建我们的心理活动的过程中，是一个正常的、不可或缺的阶段；每一心理活动均开始于无意识活动，同时，它或保持原状，或发展为意识活动，同样，它以抵制或不抵制的方式与意识活动相遇。②

在笔者看来，弗洛伊德的无意识，其内涵至少包括以下几个方面。首先，无意识是心理活动的重要组成部分，它不仅是心理活动的起点，还是一切思想和冲动的仓库；其次，无意识可以充当防御机制，即当意识中出现了意识所无法对付的印象、体验和欲望时，无意识可以保护我们免受伤害；再次，无意识常常为观念或意识所压抑，因为无意识时常扰乱意识的反应功能，阻碍意识活动的同一性；复次，无意识会借助梦、欲望和日常的口误而进入意识领域，对意识产生影响；最后，无意识本身就是主体行为的一个组成部分。

在弗洛伊德看来，主体的建构从来就不是充分的或彻底的，因为在思想和行为的背后，理性原则只有补充了无意识的动机和欲望等内容之后才能实现。可见，作为"我思"或"我是"之核心的理性原则，在弗洛伊德那里由于无意识概念的引入而被赋予了许多理性无法把握的内涵，这从另一个角度也反映了无意识理论对主体同一性的消解和颠覆，从而预示了主体走向分裂的开始。

---

① Sigmund Freud, *On Melapsychology*: *The Theory Psychology*, *ed.* edited by Angela Fukuyama, trans. by James Strachey（Harmondsworth：Penguin, 1984）, p. 172. 转引自 Simon Malpas, *The Postmodern*（London and New York：Routledge, 2005）, pp. 66 – 67。

② Sigmund Freud, *On Melapsychology*: *The Theory Psychology*, *ed.* edited by Angela Fukuyama, trans. by James Strachey（Harmondsworth：Penguin, 1984）, p. 172. 转引自 Simon Malpas, *The Postmodern*（London and New York：Routledge, 2005）, pp. 66 – 67。

二 拉康的文化欲望说

拉康通过阐释"我思"与"我在"的关系，进一步发展了弗洛伊德的无意识理论，从而在理论上加速了主体的分裂。

拉康认为："我不在则我思，故我在我不思……我无在于我思之玩物；我在不思之思中思我。"① 在拉康看来，"我不在"（是相对于笛卡尔的"我思故我在"而言的）意味着"我"处于无意识阶段，会对意识层面的我思构成排斥，如此方可回复到真正的"我思"，即排斥了意识的"我思"。因此，拉康认为，意识到"我在"之时则"我不思"，因为那时的"在"已经充满了意识，是为意识所浸染过的"在"，甚至是作为"我思"之掌上玩物之"在"，因而不是真正的"我思"。拉康从意识和潜意识的划分中将主体分裂开来，不仅否定了"我思"之前提"我在"，而且将"我思"与潜意识关联起来，从而为进一步颠覆主体同一性作了铺垫。

拉康对弗洛伊德无意识理论的解读是：无意识是主体的现代概念，它关注同一性问题，但方式上不是着力于"我思"的自我确定性，而是集中在自我建构中的欲望的主体间性。拉康所提出的"欲望的主体间性"具有两方面的意义：一方面，它发展了弗洛伊德的无意识理论，将弗洛伊德的个人无意识推进到文化欲望的无意识；另一方面，主体间性问题的提出，从哲学的深层意义上揭示了主体中的他性内涵。

拉康认为，"欲望是他者的欲望"②。在拉康的精神分析中，欲望是文化主体的欲望，而不是具体个人的欲望，也不是弗洛伊德所说的个人无意识般的欲望。在拉康看来，欲望是文化的欲望，存在于语言和文化的"符号秩序"中，具体表现在习俗和价值观念上。此外，欲望常常被文化表现为不近情理的或不健康的，具有鲜明的他者属性。不仅如此，拉康还认为，欲望塑造了我们的自我感，同时又驱动着我们与世界互动。然而，由于自我与他者间的相互认同不可能出现，所以，自我与世界间的互动也无法实

---

① Jacques Lacan, *Ecrits: A Selection*, trans. by Alan Sheridan (London: Routledge, 1977), p. 166. 转引自 Simon Malpas, *The Postmodern* (London and New York: Routledge, 2005), p. 66。

② Jacques Lacan, *Ecrits: A Selection*, trans. by Alan Sheridan (London: Routledge, 1977), p. 166. 转引自 Simon Malpas, *The Postmodern* (London and New York: Routledge, 2005), p. 68。

现。基于此，拉康进一步提出了"主体间性"概念，即将自我与他者置放到某种关系（即主体间性）中，以唤起自我与他者间的某种联结和沟通。

在拉康看来，"欲望是他者的欲望"的说法本身就唤起双重关系：欲望不仅是欲望的他者，也成为他者欲望的对象或客体。换句话说，拉康所说的欲望，不仅是拥有的欲望，反过来又被拥有者所欲望。恰恰正是这种双重关系，促生了自我与他者之间一系列交感的出现，预示了主体间性的可能。

基于欲望的双重关系和主体间性的存在，拉康还提出了"存有无性关系"（there is no sexual relation）的命题，并进一步强调"真爱的不可能性"，即恋爱双方无法抵达真正的相互认同。拉康认为，任何同他者的关系都可以表述为："我爱你，但我无法清楚地解释爱你一些而不是你……我损毁了你。"[①] 这句话强调的是个人主体之间完全认同的不可能性，而主体间性则表现为群体主体与他者之间的间性，成为"文化建构主体"的理论前提。拉康认为，在文化建构主体的过程中，欲望的参与，或者说无意识的参与，消解了现代主体同一性观念的理论基础，消解的过程和结果实际上就是他性的出场或呈现。可以说，他性的出场在一定程度上使主体同一性成了现实的神话。

可见，无意识和欲望的概念对自我同一性观念提出了严峻挑战，主体同一性不断地被来自他性的破坏性力量所消解和颠覆。自此，充分认识自我的可能性被永远地搁置。

三　后现代破碎的主体观

从弗洛伊德和拉康的论述看来，精神分析理论所主张的主体有两大分野，即意识和无意识的区分以及理性与欲望的分离。这在一定程度上也预示了主体分裂之后（即后现代主体观的形成）的文化内涵和政治内涵。阿尔及利亚的政治思想家和精神分析学者弗朗茨·法农（Frantz Fanon）以及法国女性主义理论家艾琳娜·西克苏（Hélène Cixous）的后现代理论实践，

---

① Jacques Lacan, *The Four Fundamental Concepts of Psycho-Analysis*, trans. by Alan Sheridan (Harmondsworth：Penguin, 1977), p. 263. 转引自 Simon Malpas, *The Postmodern* (London and New York：Routledge, 2005), p. 68。

代表了后现代主体观的文化和政治发展方向。

法农认为，殖民主体的同一性为殖民者所建构。美国哈佛大学英美语文学系讲座教授、后殖民文学批评家霍米·芭芭在为法农的《黑皮肤，白面具》一书作的序言中认为，对法农而言，诸如大写的人和大写的社会的神话，从根本上破坏了殖民语境。在殖民语境中，日常生活被展现为"群体的精神错乱"（constellation of delirium）。在种族主义世界中，上述自相矛盾的同一性将大写的人的观念转变为异族的形象，使其不是自我或他性的形象，而是"自我的他性"（otherness of the self）形象。在殖民语境下，他性的欲望将主体转变成处于诸多客体中的一个客体，碾碎了主体的同一性神话。他性深陷于他性之文化符号中，不是被视为人本主义的个体，而是被认为与黑人种族属性相关的"传奇、故事和历史"。显然，殖民语境下的主体同一性已经深陷于文化符号的观念之中，主体已经不是人本主义意义上的主体，而变成供人们欣赏、描述、谈论的对象，殖民主体的异化已尽在不言中了。当然，导致殖民主体异化的原因在于殖民文化的强大力量，还有其背后强大的政治力量等。可见，殖民主体是文化和政治建构的产物，其具体内涵已突破了主体同一性意义上的统一的、自我确证的论域，而体现为具有浓郁他性色彩的甚至带有精神错乱式的后现代主体。自此，传统意义上的主体神话被无限地搁置。而在女性主义理论家西克苏那里，后现代主体的具体内涵又与法农有所不同。

在西克苏看来，性别差异产生身份立场，不仅仅体现在身体上，更多地反映在历史文化的生产上。西克苏认为，男性与女性的二元分立直接地表明了权力关系。它剥夺了女性的发音、身份以及行为能力。西克苏通过列举主动性/被动性、头脑/心脏、男人/女人等二元对立进一步追问："她在那儿？"从而最终揭示出：在逻各斯中心主义的主体思想中，一切概念、符号和价值均被导向二元系统，即"这一对"男人/女人。① 西克苏认为，组成文化价值的各种分类和对立都是构成观念的前提条件；而在构成的观念中，对女性的描述被男性分类中的秩序（order）、对立（opposition）和阶

---

① Helène Helène Cixous and Catherine Clement, *The Newly Born Woman*, trans. by Betsy Wing (Minneapolis: University of Minnesota Press, 1986), pp. 63 - 64. 参见 Simon Malpas, *The Postmodern* (London and New York: Routledge, 2005), pp. 71 - 72。

层（hierarchy）所决定。这对主体性的生产必将产生重要的影响。

在西克苏等女性主义理论家看来，在西方的社会文化中，妇女的身份是隶属性的，女性的独立性也被剥夺，女性被认为是被动的、多愁善感的、富有同情心的；而男性则被认为是主动的、好斗的、果断的。与其他女性主义理论家所不同的是，西克苏并没有为女性安上男性化的身份，即接受男性文化的结构安排，而是提出了"雌雄同体"的身份概念。[①] 西克苏认为，雌雄同体并不排斥性别的差异，它不是仅仅描述性别实践，而更多的是呼吁承认任何主体内部动机和欲望的多样性，承认简单二元逻辑的不可通约性。它不仅仅指向女性或男性，甚至对一切文化符号都是如此。西克苏认为，女性主义批评的重要出路在于：挖掘主体内部的差异，确认差异的存在，进而抵制男性导向的逻辑，将主体视为一种持续的谈判过程，从而借助于与父权制的谈判而最终实现父权逻辑的理论转型。西克苏从女性主义理论的视角预示了后现代主体观的发展，尽管其本身还停留于传统女性立场的主体观之上。

与法农和西克苏不同，马尔帕斯从与后现代性的生产方式所关联的技术创新这一角度论述了身份（即主体）问题，认为后现代背景下的技术创新对现代主体的建构构成了基本挑战。[②] 马尔帕斯认为，很多后现代理论家和艺术家将身份观念视为一种无限易变的行为（performance），而不是某种本质的特性（some essential nature）。人与技术的关系正发生巨大的变化，技术以及技术的能量使人本主义自我认同的主体观陷入混乱。当代科技的去人性化倾向正变得越来越明显，其负面的影响也正日益凸显。

在技术创新的后现代语境下，女性主义理论思想家堂娜·哈拉维（Donna Haraway）引入了电子人（Cyborg）概念[③]，并以之作为挑战性别原

---

① Simon Malpas, *The Postmodern* (London and New York: Routledge, 2005), p. 72.

② Simon Malpas, *The Postmodern* (London and New York: Routledge, 2005), pp. 73 – 74.

③ Cyborg（电子人，也有人音译为"赛博格"），是一个由 cybernetics（控制论）和 organism（生物体）结合而成的单词，在 1960 年由 Manfred Clynes 创造，用来描述人工提高人类的生物学能力，以在恶劣的环境中存活。刚开始，电子人指的是依靠机械装置，如氧气罐、人工心脏或胰岛素维持生命的人。随后几年，此术语含义渐广，用以描述依靠技术的人类，多指依靠电脑完成他们日常工作的人。见 http://searchwhatis. techtarget. com. cn/searchwhatis/73/1947573. shtml, 2018 年 9 月 9 日。

型理论的介入方式，从而彻底地消解和颠覆了同一性的现代主体观。哈拉维认为，在技术创新的后现代语境中，现实与幻象、人与机器的界限正逐渐模糊，电子人迎合了后现代的时代要求而成为现实选择的必然，为此，持续的重新谈判成为必然选项。有些后现代理论家还认为，上述界限的混淆不清，并不仅仅是科幻小说的场景，甚至已经成为我们今天所面对的现实。

在技术创新对主体身份的影响方面，法国哲学家利奥塔和哈拉维持有不同的观点。利奥塔在《非人：对时间的反思》一书中认为，人本主义思想所产生的主体概念，已经无法抵制当代资本主义和技术对它的侵占，其正处于被剪除的危险边缘。这种观点在《后现代状况》一书中也有具体的论述。① 利奥塔认为，相对于技术的非人性，后现代思想能够认同另一种形式的非人性，即无法被理性系统所预测、解释和把握的潜在可能性，而这种可能性常常是令人吃惊的、超常规的、变形的。其中，利奥塔所谓的非人性感，是指一种观念的痛苦。在这种观念之上，到处充斥着一些熟悉而又陌生的来客，它使人激动，使人精神错乱，但又令人深思。② 对利奥塔而言，人性在两种非人性间的冲突中产生：技术和资本主义的非人性系统，它以无法评价的方式毁灭一切人性，在同样的人性中，另一种非人性的超常的陌生性也是一种潜在的抵制。通过对崇高的分析，利奥塔提出了"存有一些事物无法被表象"的命题。

与利奥塔不同，哈拉维积极倡导后现代主义的主体观。她认为，对后现代主义理论的肯定，意味着从现代文化的性别主义中解放出来，女性主义者尤其如此。哈拉维认为，20 世纪晚期的我们已经成为电子人，电子人是我们的本体（ontology），它给予我们以政治。电子人是一种由想象和物质现实浓缩而成的形象，两者的组合架构了历史变化的任何可

---

① Jean-Francois Lyotard, *The Postmodern Condition: A Report on Knowledge*, trans. by Geoffrey Bennington and Brian Massumi (Manchester: Manchester University Press, 1984), p. 63. 参见 Simon Malpas, *The Postmodern* (London and New York: Routledge, 2005), p. 76。

② Jean-Francois Lyotard, *The Postmodern Condition: A Report on Knowledge*, trans. by Geoffrey Bennington and Brian Massumi (Manchester: Manchester University Press, 1984), p. 63. 参见 Simon Malpas, *The Postmodern* (London and New York: Routledge, 2005), p. 76。

能性。① 对哈拉维而言，区分人与机器已不再有意义，我们已经全部变成电子人，一种社会现实的生物，一种虚幻的生物。医疗技术、医疗器械、器官移植充斥人间。此外，当代文化的想象也对人的电子化起了推动作用。人与机器的对立，在一定程度上也为政治制度的转变提供了可能。②

总之，现代与后现代都是以不断背叛和阻挠主体的同一性为主线，其中，后现代的主体观体现的是如利奥塔所言的一种过程。在后现代的主体观之下，自我意识的主体、自足的主体不断被阻断；与此同时，在社会、文化和技术的语境下，身份或主体不断被产生。因此，主体的同一性已经变为一种易变的结构，其对未来的重新定义以及时代转型均保持着开放性。为了考察上述历史过程，质问历史将是一种明智而有益的选择。

第三节　文学他性的显现

文学他性的显现，在一定程度上表现为文学主体理论的破灭。在这里，"文学主体理论的破灭"具有以下几层含义。

第一，20 世纪 60 年代以前的西方文论，无论社会历史批评还是传记式批评，无论俄国形式主义批评还是英美新批评，无论接受美学还是读者反应批评，等等，在本质上均表现为主体文论。在这里，文论和批评自身也被视为一种主体对象，即它们会与其他主体一样进行主体的自我确认活动，只不过这种以文论和批评为主体的自我确证活动，形态上呈现为体现主体文论本质的话语或范式的建构。当然，这里所谓的文论和批评的主体建构，是理论话语或理论范式的建构，与作为文论和批评之对象（如社会、历史、作家、读者、文本、语言等）的主体建构有很大的区别，前者具有"元理论"的性质。在这里，或许有人要问，作如此复杂的理论区分，其理论价值和理论目标是什么？实际上，对文论和批评及其话语或范式的主体本质

---

① Donna Haraway, *Simians*, *Cyborgs*, *and Women*: *The Reinvention of Nature* (London: Free Association Books, 1991), p. 150. 转引自 Simon Malpas, *The Postmodern* (London and New York: Routledge, 2005), p. 77.

② 关于哈拉维的电子人观点，可参见李建会、苏湛的《哈拉维及其"赛博格"神话》（载于《自然辩证法研究》2005 年第 3 期）一文。

的框定，为后文从主体的他性建构这一理论基点进一步阐释他性以及文学他性的重要作用而提供理论前提。在笔者看来，传统的文学研究，在一定程度上没有跳出文论或批评的主体范式，因而难以从根本上揭示他性以及文学他性的重要意义。本书的理论立足点和创新点就是建立在这一判断基础上的，即从主体的他性本质这一理论视角全面肯定他性以及文学他性的理论地位，为进一步的文学他性研究提供学术资源和理论方法。

第二，20世纪60年代以前的西方文论形态，有主体范式和准主体范式的区分。西方哲学在长期的发展中，已经形成了主体与准主体的理论区分：一方面，它在某种程度上体现了主体理论的深化；另一方面，它为文学和文论中主体与准主体的区分提供了理论基础和现实可能。关于文学与文论中主体与准主体的划分问题，具有不同表现形式：如传记式批评、渊源批评、接受美学以及读者反应批评等，主要表现为主体话语或范式的建构；而社会历史批评、俄国形式主义批评、英美"新批评"、法国结构主义、叙事学、符号学等，则表现为准主体的文论话语或范式的建构。

第三，在文论的主体建构中，本书还将话语形态的建构与范式形态的建构做了区分。为什么要做如此区分呢？因为话语作为一般性理论形态，与作为集中性的范式理论相比，理论结构力较弱，因而作为动力源的他者的反作用力也就相对较小；而范式理论所表现出来的理论结构力相对而言要强烈得多，因而作为动力源的他性的反作用力也就更强烈。因此，从理论结构力的强弱以及他性动力之大小的角度引入话语理论与范式理论的区分，其理论目标是服务于作为动力源的他者力量的呈现，为他性以及文学他性的出场提供理论依据。

第四，作为动力源的他性力量，不仅表现为推动文论话语或范式的更替，而且它还作为最终颠覆文论主体形态的根本力量而在上述更替中不断地积蓄力量，并最终破坏文论的主体形态，为后主体形态（即文学他性理论）的到来提供前提和基础。本文认为，他性作为文论话语或文论范式历史变更的内在动力，导致旧的话语或范式的理论困境的出现，以及新的话语或范式的逐渐形成。在这个过程中，他性是以显性的、在场的方式呈现的。当新的话语或范式渐渐地建立起来，他性的呈现状态又开始由显性的在场状态转变为隐性的缺场状态，并在新的话语或范式中积聚新的颠覆力量，为新的话语或范式新一轮的变更置下颠覆性的力量基础，这是其一。其二，他性对于话语或范式的颠覆，或者说他性推动话语或范式的变更，仍然停留在主体话语或范式的域限之内，即并未真正超越主体自身的局限。可是，对作为动力源的他性而言，它的作用方式不限于主体话语或范式之内的变更问题，还会超越主体话语或范式的域限，即在某种层面上推动主体话语或范式向非主体话语或范式发展。换句话说，作为同一性的主体话语或范式，在他性动力源的作用下逐渐向非同一性的话语或范式变化。基于此，本书将这种非同一性的话语或范式视为他性话语或他性范式。

实际上，尼采在《悲剧的诞生》一书中曾说："艺术的连续发展是与日神（Apollo）和酒神（Dionysus）的二元性分不开的：正如生育之有赖于性的二元性一样，其中包含永远的斗争，只是间或有些暂时的和解……日神和酒神……无论在根源和目标上都存有尖锐的对立：这两种截然不同的本能彼此平行发展着，而多半又是公然彼此的矛盾；它们彼此不断地刺激，引向更有力的新生，这种新生永远保持着冲突，只有因'艺术'这一普通术语才使矛盾在表面上统一起来。"① 在这里，尼采主要阐述了古希腊悲剧产生的根源。在尼采看来，古希腊的日神精神与酒神精神的二元互动，在古希腊形而上学的巨大成就的影响下，完成了形式和内容的结合，并最终形成了雅典悲剧这样的艺术形式。

在笔者看来，尼采从认识的二元划分中发现了事物发展的动力系统及其作用效果，而这与他性动力源的表现方式颇为相似。在本节的论述中，他性之所以会成为动力源，是由于二元划分的认识结构在理论话语或范式的形成中产生了一定的结构力，而这种结构力实际上为他性动力系统走到前台提供了基点。而且他性动力作用的呈现，实际上反映了主体与他者之间斗争与和解的张力互动。斗争时即表现为主体理论困境的出现，也就是他性的显性出场；而和解则只是新的主体理论的建构以及作为动力系统的他性的隐性缺场。实际上，我们所谓的他性的显性出场，即相当于尼采所谓的日神精神与酒神精神的斗争；而他性的隐性缺场，则相当于日神精神与酒神精神的和解。在

---

① 〔德〕尼采：《悲剧的诞生》，伍蠡甫、胡经之主编《西方文艺理论名著选编》（中卷），北京大学出版社，2002，第443页。

尼采那里，日神精神与酒神精神的斗争和和解，不仅是整个希腊艺术发展的基础，而且是雅典悲剧产生的根源。基于此，尼采有关悲剧诞生的原因分析，在一定意义上为本书阐释他性动力源和动力机制提供了现成的例证。

接下来，本节将通过对主体神话的破灭以及文学主体理论的破灭等现象的梳理和分析，进一步阐释作为动力源的他性力量如何呈现。

一　哲学主体的死亡：尼采的"上帝死了"

毋庸置疑，尼采的"上帝死了"命题具有非常丰富的哲学内涵和巨大的理论生成力。但是，此处笔者并不想对这一命题作全面的梳理和分析，而只是从主体的他性本质这一基本理论立足点出发阐发该命题的内涵，为揭示作为动力源的他性之理论内涵提供理论上的参照。

尼采在自己的著作中曾多次提到"上帝死了"，我们将以《快乐的科学》以及《查拉图斯特拉如是说》两著中所言及的"上帝死了"为例，具体分析其中的含义。

在《快乐的科学》一书第三卷中，尼采通过一个白天打着灯笼的疯子的口说出了"上帝死了"。这个疯子大白天打着灯笼在市场上不停地叫喊："我找上帝！我找上帝！"市场中聚集着许多不信上帝的人，于是，这个疯子闯入人群，嚷道：

> 上帝哪儿去了？让我们告诉你们吧！是我们把他杀死了！是你们和我杀的！咱们大伙儿全是凶手！我们是怎么杀的呢？我们怎能把海水喝干呢？谁给我们海绵，把整个世界擦掉呢？我们把地球从太阳的锁链下解放出来，再怎么办呢？……我们难道没有闻到上帝的腐臭吗？上帝也会腐臭啊！上帝死了！永远死了！是咱们把他杀死的！我们，最残忍的凶手，如何自慰呢？那个至今拥有整个世界的至圣至强者竟在我们的刀下流血！谁能揩掉我们身上的血迹？用什么水才可以清洗我们自身？①

---

① 〔德〕F. 尼采：《快乐的科学》，黄明嘉译，漓江出版社，2000，第151页。笔者之所以能够查找到尼采原著中"上帝死了"的原文，得益于俞吾金的《究竟如何理解尼采的话"上帝死了"》（《哲学研究》2006年第9期）一文，特此声明，并以致谢。

后来，尼采又在《查拉图斯特拉的序言》中说道：

> 查拉图斯特拉离开老人后，就在心里问自己："这是真的吗？智者待在森林里，尚不曾听说上帝已经死了！"……
>
> 从前亵渎上帝是最严重的罪恶；现在上帝死了，亵渎上帝的人也就不复存在了。①

俞吾金先生在《究竟如何理解尼采的话"上帝死了"》一文中认为，在《快乐的科学》一书中尼采借疯子的口说出了事实的真相，即上帝是我们共同杀死的。而较之于青年尼采所说的"一切神必定会死亡"这一判断，似乎"上帝死了"的命题内涵除了被我们所杀死的维度外，还有自然死亡的维度。② 俞先生还通过对德文原文语法结构和叙述方式的分析，认为上帝之自然死亡是源于上帝对人类的同情，而上帝之所以被谋杀，其原因在于：一方面，"上帝洞察一切，也洞察人类：这个上帝必须死去！人类是无法忍受这样一个见证人的"；另一方面，上帝扮演了"最残酷的人""嫉妒者""贼""刑讯者""刽子手""隐藏在云后的强盗"等可怕的角色，因而难逃被谋杀的命运。此外，俞先生还将自然死亡与被谋杀分别归结为上帝死亡的内在原因和外在原因，认为它们是同一事件的两个不同方面。最后，俞先生认为，尼采在自己的著作中揭露出导致上帝死亡的真正原因在于"上帝之无能、救赎之无效和人类之绝望"，而归根到底是"内蕴于西方基督教文化中的根本性悖论，即人性本恶与上帝救赎人类的行为之间的悖论"。③ 俞先生得出的上述结论无疑是很有道理的，但是，在笔者看来，理解尼采"上帝死了"命题的内涵，除了要梳理和分析德文原著的有关论述外，还需要结合这一命题提出之时的哲学语境进行分析，才能更为全面。

在有关尼采的研究中，解读"上帝死了"这一命题主要有两种思路：其一是从基督教文化的视角解读，如俞先生将"上帝之死"的根本原因解读为："内蕴于西方基督教文化中的根本性悖论，即人性本恶与上帝救赎人

---

① 〔德〕F. 尼采：《查拉图斯特拉如是说》，巫静译，湖南文艺出版社，2006，第 26～27 页。
② 俞吾金：《究竟如何理解尼采的话"上帝死了"》，《哲学研究》2006 年第 9 期。
③ 俞吾金：《究竟如何理解尼采的话"上帝死了"》，《哲学研究》2006 年第 9 期。

类的行为之间的悖论";其二是从形而上学的角度解读,海德格尔是其中的代表,即从尼采颠覆西方形而上学的理论视角,揭示"上帝死了"的命题内涵。

海德格尔在《尼采的话"上帝死了"》一文中说道:

> 它也许是形而上学的最终阶段,因为就形而上学通过尼采而在某种程度上自行丧失了它本己的本质可能性而言,我们不再能够看到形而上学的其他什么可能性了。形而上学由于尼采所完成的颠倒还只不过是倒转为它的非本质了。超感性领域成了感性领域的一种不牢靠的产品。而随着这样一种对它的对立面的贬降,感性领域却背弃了它自己的本质。对超感性领域的废黜同样也消除了纯粹感性领域,从而也消除了感性与超感性之区分。这种废黜超感性领域的过程终止于一种与感性和非感性之区分相联系的"既非-又非"。这种废黜终结于无意义状态……尼采把对虚无主义的解释综括在一个短句中:"上帝死了!"①

在海德格尔看来,"上帝死了"概括了尼采所主张的虚无主义的哲学观念,而这种虚无主义的哲学观,从根本上来说是作为颠覆西方形而上学的哲学力量而出现的。这里所谓的"形而上学",据海德格尔的解释,是指"存在者之为存在者整体的真理"。② 海德格尔进一步认为:"尼采本人以形而上学的方式解说了西方历史的进程,并且把这种进程解说为虚无主义的兴起和展开……而思想对尼采来说也就是:把存在者作为存在者表象出来。一切形而上学的思想都是存在-论(Onto-logie),或者,它压根儿什么都不是。"③

---

① 〔德〕马丁·海德格尔:《尼采的话"上帝死了"》,孙周兴译,孙周兴选编《海德格尔选集》(下卷),上海三联书店,1996,第763、767页。上述引文中的"废黜超感性领域的过程"和"与感性和非感性之区分相联系",在译文中是"废黜超感生领域的过程"和"与感性和非感性之区发相联系",笔者认为存在错误,在此予以纠正。
② 〔德〕马丁·海德格尔:《尼采的话"上帝死了"》,孙周兴译,孙周兴选编《海德格尔选集》(下卷),上海三联书店,1996,第764页。
③ 〔德〕马丁·海德格尔:《尼采的话"上帝死了"》,孙周兴译,孙周兴选编《海德格尔选集》(下卷),上海三联书店,1996,第764页。

在笔者看来，海德格尔所谓的西方传统的形而上学，本质上是理性（海德格尔称为"超感性"）与感性的二元对立，并且这种二元对立的思维结构最终导向的还是"理性至上"。可以说，西方传统的形而上学是二元结构思维下的理性至上主义，而尼采对西方形而上学的颠覆所借助的手段，不仅消解二元对立的结构，即以"既非－又非"的思维结构颠覆"非此即彼"的思维结构，而且从根本上将理性本质论倒转过来，即赋予感性以更为强大的力量，以消解理性本质论。而"既非－又非"的思维结构以及"感性膨胀"，在一定意义上就代表了尼采虚无主义哲学观的主要内容，将西方传统形而上学中的"意义恒定先在"观念转变为"无意义的"虚无主义观念。而上述虚无主义的哲学观念，如果具体到对"上帝死了"这一命题的解释来说，就表现为以二元对立思维结构为核心的西方形而上学的死亡、理性至上主义的死亡和理性本质论的死亡。

由此，"上帝死了"不仅具有俞吾金先生所解读的基督教文化的内涵，而且有海德格尔所解读的形而上学的内涵，还有作为主体建构的基督教文化和哲学形而上学的死亡这一含义。对此如何理解呢？

笔者认为，基督教文化和哲学形而上学在宗教家和哲学思想家等主体推动下，在理论形态的建构上也表现出主体建构的本质，即它们也可以被视为一种"准主体"而在理论形态的百花园中自我怒放，以显示出自身的独特性，从而完成理论的自我确认。当然，这种表现为主体建构理论形态上的自我确证不仅具有横向维度，即与同时代的其他宗教理论和形而上学思想相对而言，而且具有纵向维度，即在宗教理论和形而上学发展史上与其他历时理论形态相对而言。无论横向维度还是纵向维度，上述基督教文化和哲学形而上学的理论形态都具有"准主体"意义上的主体建构特性。

如果上述"准主体"意义上的主体建构不会受到根本质疑的话，那么上述基督教文化形态和哲学形而上学形态意义上的"死亡"，在一定程度上就表现为作为动力源的他者力量的呈现。换句话说，包含传统基督教文化和形而上学死亡的"上帝死了"，在根本上还是他性力量呈现的理论结果，即传统的基督教文化以及哲学形而上学的理论建构。当其理论的结构力足够强大时，便会唤起他性力量的呈现，从而最终导致上述理论形态的"终结"或"死亡"。

基于此，我们认为，尼采的"上帝死了"，在一定意义上是他性力量呈现的现实结果，它能够从哲学或宗教学的理论建构层面揭示他性动力系统的巨大作用。与此同时，法国哲学家米歇尔·福柯的"人死了"，在某种意义上也是尼采的"上帝死了"这一命题的延续。

二 语言主体的死亡：福柯的"人死了"

王岩先生在《论福柯后人道主义对尼采人学思想的超越——从"上帝之死"到"人之死"》一文中认为，"假如我们能够摘除戴在现代人头上的'现代性'光环，摒弃作为一个现代人所具有的所谓种种特征，真正进行后现代意义上的脱胎换骨，那么，这就意味着'人之死'，确切地说是'现代人之死'"。① 王先生通过对"人类中心论"的哲学史分析，一方面指出了尼采"上帝死了"的人学思想的内涵，另一方面阐述了福柯后人道主义思想的理论内涵，二人都从反理性至上论的视角推动了非理性主义哲学思潮的涌起。

在笔者看来，福柯所谓的"人"，实际上是指"大写的人"，而不是我们日常生活中所谓的人——"小写的人"，是被神化了的具有普遍理性的人。在这一点上，福柯所谓的"人"与尼采所谓的"上帝"（即人造的"上帝"）有所对接。不同的是：尼采所谓的"上帝死了"，是在基督教文化和哲学形而上学之主体建构意义上的"上帝死了"；而福柯则通过对知识考古、知识谱系学以及"有效的"历史的考察，认为居于现代知识形态之核心地位的"人"死了。那么，可以说，福柯在人学思想上推进了尼采的观点，为后人道主义思想的发展打下了基础。

在《知识考古学》② 一书中，福柯详细考察了知识形态的历史变化，即从无人的知识状态，经由人占据中心地位的知识状态，到后现代的"人之死"的知识状态的发展历程。其中，在现代性建构的知识形态中人占有绝对的地位，人承担着构建现代知识的一切任务，即人借助于现代知识的建构而将自身建构成"人的神话"。而后现代情境下的知识状态则表现为"人

---

① 王岩：《论福柯后人道主义对尼采人学思想的超越——从"上帝之死"到"人之死"》，《江海学刊》2002 年第 3 期。

② 〔法〕米歇尔·福柯：《知识考古学》，谢强、马月译，三联书店，2003。

的神话"破灭，即消解知识本质论、颠覆主体中心成为后现代知识状态的主要特征。后现代知识状态主要是围绕着语言问题展开的，福柯后结构主义的转向在一定程度上就表现出上述特征。可见，福柯的知识考古学或知识谱系学研究，最终服务于对传统哲学之主体本质论的颠覆，的确为后现代主义无定的、游离的、协商的哲学历史观念立打下了基础。

福柯在《尼采·谱系学·历史》一书中强调："全部历史传统（神学的或理性至上的历史传统）目的在于把单一的事件化解为一种理想的连续性——作为一场目的论运动或一个自然的过程。然而'有效的'历史却从事件的最独特特征、它们最敏锐的表现形式入手来处理事件。结果一个事件不是一种决定、一项协定、一种王权或一场战役，而是对各种力量关系的颠倒、权力的篡夺，是对一种转身反对使用者的词汇的占有，是一种在衰弱时毒害自身的微弱的支配关系，是一个戴面具的'他者'的进入。"①在这里，福柯对传统历史观的颠覆，主要指向神学至上或理性至上的历史传统，目标是建立起无主体的、非本质的历史观。福柯说："在历史中起作用的力量不是由命运或调节机制来控制的，而是对应于偶然的冲突。它们并不显现一个基本意图的连续形式，它们的吸引力不是一个结论的吸引力，因为它们总是通过事件特有的偶然性来出现的……它是大量的纠缠在一起的事件的集合……真正的历史感却证实了我们在无数的、没有标记或缺乏参照点的事件中的存在。"②

实际上，福柯对传统知识的颠覆以及对"人之死"的判断，在一定程度上是借助语言问题展开的，这一点我们可以从福柯的后结构主义的理论主张中知晓。

三　作者主体的死亡：巴尔特的"作者死了"

法国文学批评家罗兰·巴尔特的《作者之死》一文，可谓从语言视角深入文学活动，从而宣告了主体理论的破灭以及语言中他性的凸显。

---

① 〔法〕米歇尔·福柯：《尼采·谱系学·历史》，载〔英〕拉曼·塞尔登编《文学批评理论——从柏拉图到现在》，刘象愚、陈永国等译，北京大学出版社，2000，第472页。

② 〔法〕米歇尔·福柯：《尼采·谱系学·历史》，载〔英〕拉曼·塞尔登编《文学批评理论——从柏拉图到现在》，刘象愚、陈永国等译，北京大学出版社，2000，第472～473页。

最近，语言学利用有价值的分析工具通过证明整个阐述是一个空洞的过程而毁掉了作者……废除作者，不仅仅是一个历史事实或者写作行为，还彻底改变了现代文本（换言之，此后的文本写作和阅读以这样的方式进行：作者从各个层次来看都是缺场的）……现代作家埋葬了作者……一旦废除了作者，破译文本的要求就变得相当徒劳了。①

在巴尔特看来，作者之死是文学阐释专注于语言分析的现实结果，他视文学为历史事件或文本事件，即作者缺场下写作和阅读的文本事件或历史事件。

不仅如此，巴尔特还认为，"作者死了"在一定程度上宣告了建立在作者原意说基础上的传统文学意义观和批评观的破灭。

赋予文本以作者，等于是强加限制于文本之上、配给文本最后的所指、封闭写作。这样的观念非常适合文学批评，接着，文学批评便分给自己一项重要的任务，就是在作品之下发现作者（或者作者的本质：社会、历史、精神、自由）：一旦找到了作者，也就解释了文本——批评家便大功告成了。此后，这一事实便毫无惊人之处了：从历史上说，作者的权威也就是批评家的权威；另一事实也是如此，当代文学批评（哪怕是新的）与作者一道受到削弱。②

巴尔特认为，"文本不是传达单一的'神学'意义（作者－上帝的'信息'）的一行词句，而是一个多维空间，在这个空间里各种各样的著述相互混合、相互冲突，却无一是本源。文本是从不计其数的文化中心抽取的一套引文"。③ 在笔者看来，巴尔特将文本予以历史化、事件化，从而完成对作者中心的颠覆；同时，他的理论观念又与文本中心的意义观和批评观有

---

① 〔法〕罗兰·巴尔特：《作者之死》，载〔英〕拉曼·塞尔登编《文学批评理论——从柏拉图到现在》，刘象愚、陈永国等译，北京大学出版社，2000，第 341~343 页。

② 〔法〕罗兰·巴尔特：《作者之死》，载〔英〕拉曼·塞尔登编《文学批评理论——从柏拉图到现在》，刘象愚、陈永国等译，北京大学出版社，2000，第 343 页。

③ 〔法〕罗兰·巴尔特：《作者之死》，载〔英〕拉曼·塞尔登编《文学批评理论——从柏拉图到现在》，刘象愚、陈永国等译，北京大学出版社，2000，第 342 页。

着很大的区别。在巴尔特那里，文本的历史化和事件化已经进入到后结构主义的理论范式，主体的同一性、主体理论的整体性等主体神话或主体理论已经受到强烈的颠覆和挑战。具体来讲，巴尔特的"作者死了"，针对的是作者中心，同时又具有后文本时代的理论特色。换句话说，"作者死了"是指"作者"在文学理论与批评中支配性中心地位的丧失，或者说，理论话语的中心已经远离作者，而进入历史化、事件化的文本中。在这里，历史化、事件化的文本，是相对于现象学上的文本而言的，它要求文本的阐释必须进入广阔的历史语境，从事件之运动发展的角度加以把握。历史化、事件化的文本观，相对于20世纪初到60年代的文本观而言，具有更为浓郁的后现代、后文本的色彩，即文本意义已经进入不稳定、多变的状态。主体地位的溶解、主体作用的消弭以及主体神话的破灭等，都是从主体视角反向观照而得出后现代、后文本时代的文本特点。

在《互文性》一书的作者格拉姆·艾伦看来，巴尔特的"作者死了"在某种程度上发展了互文性理论。[1]艾伦认为，巴尔特使用互文性概念，意在挑战作者在意义生成中的中心地位，挑战文学意义的本质论原则。巴尔特认为，文学意义在读者那里从来就不是一成不变的，因为作品的交互文本的特性常常将读者引入一些崭新的文本关系中；同时，作者并不为读者意义上的多重含义而承担责任，这在一定程度上也是读者的解放，即从传统的作者权威和力量中解放出来。也正是基于此，巴尔特提出了"作者死了"的命题。[2]

在笔者看来，无论巴尔特的历史化、事件化的文本观，还是艾伦所谓的互文性的文本观，都是对传统的同一性文本观的颠覆和解构，是对文本主体理论的一种后现代式的开拓。在传统的同一性文本观中，作者主体理论的建构一直贯穿其间，文本作为作者原意的承载物，是解读作者原意的工具和凭借，它最终服务于作者中心话语的生成与确立。而对于历史化、事件化的文本观而言，文本被纳入广阔的文本海洋之中，且各文本之间还会相互影响，共同作用于对文本的解读，由此，文本由原本意义的恒定先在开始走向意义的游离不在，这是其一。其二，文本的事件化使文本与广

---

[1] Graham Allen, *Intertextuality* (London and New York: Routledge, 2002), pp. 3–7, 70–76.
[2] Graham Allen, *Intertextuality* (London and New York: Routledge, 2002), pp. 3–4.

阔的社会历史文化语境相关联：一方面，事件所涉及的域限得到扩大；另一方面，作为事件发生的文本也进入到运动之中，并最终导致文本特性的游离不在。其三，互文性从文本间的相互关系以及相互作用这一视角审视文本，促使文本由单一性的存在状态向关系性的存在状态转化。显然，互文性理论着力于横向的关系层面，而历史化和事件化的文本观则着力于纵向的运动层面，两者既有联系又有区别。

上述两种文本观，从主体理论的角度来说，都颠覆了同一性的主体观；从文学文本角度来说，都形成了一种新的文学文本观——后结构主义的文学文本观。然而，无论哪一种文本观，在它们生成与确立的过程中，都既显示了作为他性的颠覆力量，又显示了他性力量退隐后的主体建构。

四 文本主体的死亡：米勒的"文学终结论"

如果说巴尔特宣告"作者死了"是对文学主体理论的严重警告的话，那么J. 希利斯·米勒的"文学终结论"则全面预示了文学主体理论的危机。

米勒在《论文学》一书的第一章"什么是文学"中，以"别了，文学？"作为开篇的扣问，可谓语出惊人，发人深思。他说："文学终结在手。文学时代几乎总属于过去。"① 米勒的上述判断在国内学界曾引起很大的反响，并引发了一场"文学终结论"的学术大讨论。② 米勒认为，"文学与时

---

① J. Hillis Miller, *On Literature* (London and New York: Routledge, 2002), p. 1.
② 参与讨论的学术论文主要有：〔美〕J. 希利斯·米勒：《全球化对文学研究的影响》，《文学评论》1997 年第 4 期；〔美〕J. 希利斯·米勒：《全球化时代文学研究还会继续存在吗？》，《文学评论》2001 年第 1 期；童庆炳：《全球化时代的文学和文学批评会消失吗？——与米勒先生对话》，《社会科学辑刊》2002 年第 1 期；童庆炳：《文学独特审美场域与文学人口——与文学终结论者对话》，《文艺争鸣》2005 年第 3 期；李衍柱：《文学理论：面对信息时代的幽灵——兼与 J. 希利斯·米勒先生商榷》，《文学评论》2002 年第 1 期；赖大仁：《我们今天应该如何研究文学？——关于米勒近期的"文学研究"观念》，《文艺理论研究》2004 年第 5 期；赖大仁：《文学研究：终结还是再生？——米勒文学研究"终结论"解读》，《学习与探索》2005 年第 3 期；赖大仁：《文学"终结论"与"距离说"——兼谈当前文学的危机》，《学术月刊》2005 年第 5 期；罗宏：《"文学终结"论的中国解读》，《学术研究》2004 年第 10 期；盖生：《"文学终结论"疑析——兼论经典的文学写作价值的永恒性》，《文艺理论研究》2006 年第 2 期；肖锦龙：《米勒文学根基论的盲区和中国文论的世界意义》，《文艺理论研究》2006 年第 5 期；卫岭：《从文学载体的变化看文学终结论》，《文艺争鸣》2006 年第 1 期；高磊：《应该终结的"文学终结论"》，《文艺争鸣》2006 年第 1 期；等等。

代相关,即与不同时代的不同媒质相关。尽管文学走向终结,但是它仍将长期而普遍地存在。它将幸存于一切历史和技术的变化之中。文学是任何时代任何地域的一切人类文化的特征。"① 在米勒看来,现时的文学,一方面正随着媒质的变化而走向终结;另一方面,文学作为普遍的文化特征还将长期存在。可见,米勒对"文学终结"的判断并不是绝对意义上的文学消亡以及文学研究的终结,实际上,该命题具有时代的特定所指。

在笔者看来,米勒所谓的"文学终结论"主要是指由传统纸张媒质所承载的文学正走向终结,文学媒质的变化促使文学存在方式发生变化。若以传统的纸质文学观为衡量标准的话,则当今的文学载体由纸质媒质向电子媒质的变化就意味着"文学走向终结";若从文学存在方式会发生变化这一观念来看,则文学不仅没有终结,而且在电子时代获得了新生。

作为研究对象的文学的存在方式发生了变化,也必将导致文学研究方式发生一些变化。然而,无论文学的存在方式发生何种变化,以文学为研究对象的文学研究将始终存在,正如米勒所言,文学是人类一切文化的重要特征。因此,只要人类存在,我们就可以坚信文学研究存在,至于文学研究随着变化了的文学这个研究对象应该做出哪些相应的变化,那又是另一回事。

从米勒对"文学终结论"的界说可知,他从文学存在方式之变化的视角消解了传统的文学存在观,在一定意义上可谓将文学存在方式置入了历史和事件的广阔领域,显示了文学观念的更新。

米勒认为,在当前的"论文学"中反映出两个相互抵牾的假设。而造成这一矛盾情势的原因就在于:文学有它自己的历史。基于此,米勒从语源学的角度,对西方世界所使用的"文学"一词进行了词源学上的梳理。他说,现代意义上的文学最早出现在 17 世纪晚期的西欧,那时的文学同现在使用的文学含义并不相同。根据《牛津英语词典》(1989 年版)的解释,当时的"文学"一词,除了包括诗歌、剧本、小说外,甚至还包括回忆录、书信集、契约等,而将文学界定为诗歌、戏剧、小说却是近来的事。起初,文学是在某一特定时代或特定地区产生的具有普遍性的书写物,而后来却

---

① J. Hillis Miller, *On Literature* (London and New York: Routledge, 2002), p. 1.

更为严格地被限定为形式美或情感效应。米勒认为，文学的现代含义，同浪漫主义的兴起密切相关。后者在一定意义上打破了当时"文学"含义的界限，宣告了那个时代"文学"的终结。同时，它又开拓出新的含义，显示出革命性的进步。而当前，新媒介逐步地取代印刷书本，如同浪漫主义对当时文学的反抗一样，使"文学"走向终结。①

雷·韦勒克、奥·沃伦在《文学理论》一书中认为，"有人反对应用'文学'这一术语的理由之一就在于它的语源（litera——文字）暗示着'文学'（literature）仅仅限指手写的或印行的文献，而任何完整的文学概念都应该包括'口头文学'。从这方面来说，德文中相应的术语 wortkunst（词的艺术）和俄文中的 slovesnost（即俄语 слоъесность，意为用文字表现的创作）就比英文 literature 这一词好得多。"②

在论及文学的本质时，韦勒克和沃伦认为，"事实上，一切与文明的历史有关的研究，都排挤掉在严格意义上的文学研究……将文学与文明的历史混同，等于否定文学研究具有它特定的领域和特定的方法"。③ 显然，他们始终坚持文学研究与文化/文明研究之间的区别，反对文学研究的文化泛化倾向。

在笔者看来，韦勒克、沃伦的上述观念，主要出发点是现代意义上的学科自律，并以学科自律为前提，对文学研究和文化/文明研究进行理论的横切面分析，这种思路在一定意义上显示出有效性。但是，从另一个侧面来看，它又忽视了"文学"概念内涵的历史发展维度。实际上，正如米勒所言，文学有它自身的历史，即它的内涵也是不断变化的。倘若我们仅从某一时间或某一地点对文学进行界定，那必然会屏蔽"文学"的丰富内涵，即忽视其历史内涵。由此可见，在文学研究中，必须对核心术语"文学"作一番历时性的梳理，同时，又要做出某种层面的限定，否则，将会出现文学的历时概念与共时概念在具体内涵上的混淆或矛盾。这一点对于当前

---

① J. Hillis Miller, *On Literature* (London and New York: Routledge, 2002), p. 2.

② 〔美〕雷·韦勒克、奥·沃伦：《文学理论》，刘象愚、邢培明、陈圣生、李哲明译，三联书店，1984，第 9～10 页。

③ 〔美〕雷·韦勒克、奥·沃伦：《文学理论》，刘象愚、邢培明、陈圣生、李哲明译，三联书店，1984，第 7～8 页。

的文学研究者来说至关重要。也正是在这种意义上，笔者认为，米勒一方面说"文学终结在手"，另一方面又说"文学仍将长期而普遍地存在下去"，这两个判断并不矛盾。因为时代的变化，尤其是媒介的变化，给文学带来了巨大的影响。

　　实际上，"文学"存在方式的变化带来传统意义上"文学"的消亡，而作为人类生存方式之一的文学，并不会就此消亡。它反而会在传统式的消亡中发生新的"蜕变"，在新的层面上实现"再生"。

第三章

文学他性的学理基础

本章从"自我（主体）与他者的不可分离"入手，着重阐述自我意识的他性本质、认识发生的他性本质以及心物镜像的他性本质等问题，即从理论的横向层面阐述"主体中的他性"的具体内涵。

自我和他者的不可分离，[①]意指自我在自身形成过程中与他者的不可分离。换句话说，他者是自我认同所不可或缺的前提条件，没有他者就没有自我。然而，这并不等于说他者与自我不可分离，原因有二。其一，作为本体存在的他者，不以自我的存在为转移，在某种意义上，它是自足的存在，完全可以脱离自我，甚至与自我的存在毫无关系。其二，他者与自我有时会相遇，但这种相遇又不是自我所能把握或预测的，而一旦相遇，他者便会进入自我所认识或观照的对象范畴，即能够为自我的意识、思维、语言、理性、学科等主体性要素所触及和描述。本章所阐述的他者是指后一种意义上的他者，即进入主体之中且成为主体之一部分的他者。

美国当代哲学史家米尔顿·穆尼茨在《当代分析哲学》一书中认为："我们不但觉察到某些事物，而且我们也觉察到我们在觉察这些事物……这种亲知可以称为自我意识，它是我们关于精神现象的一切知识的源泉。"[②]穆尼茨的上述观点具有两层含义：其一，精神现象中的一切知识归根到底

---

① 在这里，"自我与他者的不可分离"主要是指：主体在自我建构过程中离不开他者；而在自我建构过程中，他者也开始由"作为非我的他者"逐步进入主体，并以"主体中的他性"的方式呈现。

② 〔美〕M. K. 穆尼茨：《当代分析哲学》，吴牟人、张汝伦、黄勇译，李步楼、贺绍甲校，复旦大学出版社，1986，第160页。

都来源于自我意识，自我意识不仅是一切知识的前提条件，而且它本身就是人类一切精神知识的核心内涵；其二，自我意识包括两方面内容，即它不仅要意识外在对象，还要意识自身。

德国哲学家、解释学的主要创始人之一伽达默尔曾说："自笛卡尔以来，意识是自我意识这一主题在近代哲学中一向是一种核心理论，因而黑格尔的现象学观念就植根于笛卡尔的传统之中。"① 伽达默尔从近代哲学发展史的视角论述了黑格尔精神现象学的理论渊源，可谓从一个侧面揭示了意识与自我意识间的关系。在伽达默尔看来，意识归根到底还是自我意识，它是意识的基础，进而言之，自我意识的形成（即主体的建构）在一定程度上宣告了意识的产生。显然，对意识的起源进行探究，必然绕不开自我意识的形成。此外，在自我意识的形成过程中，自我与他者的不可分离也得到充分的展现。

综上所述，无论就穆尼茨来说，还是就伽达默尔来说，自我意识在人类精神知识的生成与确立过程中均起着非常重要的作用。基于此，本文将从考察自我意识的形成过程入手，进一步揭示自我意识的内在本质，为论述自我与他者的不可分离以及自我与他者的本质联系打下理论基础。

第一节　主体中的他性

一　黑格尔：自我意识中的他性

黑格尔在《精神现象学》一书中强调："自我意识是自在自为的，这由于、并且也就因为它是为另一个自在自为的自我意识而存在的；这就是说，它所以存在只是由于被对方承认。"② 在这里，黑格尔阐述了自我意识的双重性：一方面，自我意识表现为自足、完满和独立（即所谓的"自在自为"）；另一方面，一个自我意识又依赖于另一个自在自为的自我意识。注意：这里所言的"另一个自在自为的自我意识"，实际上就是本书所言的

---

① 〔德〕H－G. 伽达默尔：《伽达默尔论黑格尔》，张志伟译，光明日报出版社，1992，第45页。

② 〔德〕黑格尔：《精神现象学》（上卷），贺麟、王玖兴译，商务印书馆，1983，第122页。

"作为非我的他者",即存在于自我意识背后隐性的、缺场的他者,它暗中为显性的、在场的自我意识之形成(即自我认同或自我确认)提供参照。黑格尔通过阐释自我意识的双重性而展现自我(即主体)与他者的同一性。黑格尔说:"对自我意识在这种双重性中的精神统一性概念的发挥,就在于阐明这种承认的过程。"① 这里所谓的"承认",实际上就是指自我意识的认同,即自我身份的确认问题。而这种确认,一方面表现为主体身份的建构,另一方面表明主体建构需要借助他者这个参照物才能实现。

黑格尔说:"自我意识之前还有另一个自我意识;它来自于自我意识的自身之外。这有着双重的重要性。首先,由于它发现自身是作为一个他者的存在物,所以它丧失了它自己的自我;其次,由于它在根本上不是把他者视为现实的,而是在他者中视为自我。"② 在黑格尔看来,自我意识中想象的统一性掩盖了自我之中的他者,从而使自我辨认不出自身实为他者的事实或真相。为此,他者在形式上不以他者的面目出现,而以统一性的代表形象出场。此时,以统一性面目出现的自我,不知自己的存在在根本上依赖于他者,反而想象着如何把他者统一或整合进其自身之内,即自我总把他者视为对象或物。黑格尔从主体形成的角度揭示了自我与他者的不可分离。实际上,自我意识就是主体认同,即主体身份的自我认同,关键在于:主体身份自我认同的过程就是主体的统一性努力的过程,它始终伴随着主体对他者的排斥和同化。如果缺乏主体对他者的排斥和同化,则主体难以完成对自我的体认。也正是在这一意义上,我们说自我与他者不可分离。

黑格尔哲学中,"扬弃"和"辩证法"贯穿始终。

---

① 〔德〕黑格尔:《精神现象学》(上卷),贺麟、王玖兴译,商务印书馆,1983,第123页。

② Georg Wilhelm Friedrich Hegel, "The Phenomenology of Mind: Independence and Dependence of Self-Consciousness: Lordship and Bondage," in Hazard Adams and Leroy Searle(eds.), *Critical Theory since Plato* (Thomson Wadsworth, 2005), p. 562. 此处的引文是笔者自译,与贺麟、王玖兴的中译本有差异。中译本中是:"自我意识有另一个自我意识和它对立;它走到它自身之外。这有双重的意义,第一,它丧失了它自身,因为它发现它自身是另外一个东西;第二,它因而扬弃了那另外的东西,因为它也看见对方没有真实的存在,反而在对方中看见它自己本身。"见〔德〕黑格尔《精神现象学》(上卷),贺麟、王玖兴译,商务印书馆,1983,第123页。

它必定要扬弃它的这个对方；这个过程是对于第一个双重意义的扬弃，因而它自身就是第二个双重意义；第一，它必须进行扬弃那另外一个独立的存在，以便确立和确信它自己的存在；第二，由此它便进而扬弃它自己本身，因为这个对方就是它本身。①

在黑格尔看来，自我意识的生成与确立是内部自我不断扬弃的过程，即先行扬弃对方，继而扬弃自身的双重扬弃过程。换句话说，一方面，自我意识否定外在于自身的另一个自我意识（即他者）；另一方面，自我意识在否定另一个自我意识的同时又否定自身，从而完成了一个完整的否定之否定的辩证发展过程。

在论及"对立的自我意识的斗争"时，黑格尔说："自我意识最初是单纯的自为存在，通过排斥一切对方于自身之外而自己与自己相等同；它的本质和绝对的对象对它说来是自我；并且在这种直接性里或在它的这种自为的存在里，它是一个个别的存在。"② 在这里，黑格尔借助自我意识所追求的"自我认同"这一方式而排斥他者，从而确证自身。实际上，这种"自我认同"方式是一种假象，即误将他者或故意将他者确认为自身。

在笔者看来，黑格尔建构了自我意识与他者的整体性和同一性，也就是说，他将外在于自我意识的他者予以思辨意义上（也是认识意义上）的对象化或主体化，这种做法使他者难以摆脱自我意识的限制，难以逃脱主体思辨或认识的框架，从而最终导致主体视域下"作为非我的他者"丧失了远离主体的本性，进入主体的范式之中，并以主体之另一属性的"他性"方式（也是以"作为主体的他者"的方式）呈现。

对黑格尔论及的自我意识与他者的关系，还可以通过他对"主人与奴隶"关系的论述而进一步了解。"主人是自为存在着的意识，但已不复仅是自为存在的概念，而是自为存在着的意识，这个意识是通过另一个意识而自己与自己相结合，亦即通过这样一个意识，其本质即在于隶属于一个独立的存在，或者说，它的本质即属于一般的物。"③ 黑格尔认为，主人对物

---

① 〔德〕黑格尔：《精神现象学》（上卷），贺麟、王玖兴译，商务印书馆，1983，第 123 页。
② 〔德〕黑格尔：《精神现象学》（上卷），贺麟、王玖兴译，商务印书馆，1983，第 125 页。
③ 〔德〕黑格尔：《精神现象学》（上卷），贺麟、王玖兴译，商务印书馆，1983，第 127 页。

的依赖，在一定意义上反映出对奴隶的依赖。他说："主人通过独立存在间接地使自身与奴隶相关联，因为正是在这种关系里，奴隶才成为奴隶。这就是他在斗争所未能挣脱的锁链，并且因而证明了他自己不是独立的，只有在物的形式下他才有独立性。但是主人有力量支配他的这种存在，因为在斗争中他证明了这种存在对于他只是一种否定的东西。主人既然有力量支配他的存在，而这种存在又有力量支配它的对方〔奴隶〕，所以在这个推移过程中，主人就把他的对方放在自己的权力支配之下。同样主人通过奴隶间接地与物发生关系。"① 在笔者看来，黑格尔不仅从形而上的思辨角度论述了自我意识与他者的不可分离的关系，而且从"主人与奴隶"的形而下视角对它们进行了深入的阐释。在上述两种视角的运用中，始终贯穿着辩证法大师黑格尔"逻辑与历史相统一"的研究方法，其理论论证显得很有力度。同时，黑格尔在论述自我意识的过程中所涉及的"他者"问题，在本体论的观照下也有着完全不同的内涵。在笔者看来，黑格尔所说的他者与自我意识（或自我，或主体）构成二元对立，而且，这种对立几乎具备了黑格尔客观唯心主义哲学的一切理论特征，即作为世界本体的精神第一与物质第二，以及作为方法论上的精神与物质具有同一性等。

黑格尔从排斥或同化的角度诠释了自我与他者间的不可分离，这与瑞士心理学家和哲学家让·皮亚杰的发生认识论角度有着很大的不同。

二　皮亚杰：认识发生中的他性

皮亚杰的发生认识论原理，揭示了认识活动从无意识自我到意识自我（即自我意识）的发生发展历程。

皮亚杰认为，如同胚胎学揭示了动物界在结构上类似一样，对儿童发展的研究有助于弄清成人的思维结构。他相信，仔细研究最初级水平的智力活动（儿童的智力活动），可以使我们对成人的思维结构有更好的了解。②

---

① 〔德〕黑格尔：《精神现象学》（上卷），贺麟、王玖兴译，商务印书馆，1983，第128页。
② 〔英〕梅斯（W. Mays）的英译序，见〔瑞士〕让·皮亚杰《发生认识论原理》，王宪钿等译，商务印书馆，1987，第3页。

关于感知运动活动的问题，鲍德温（J. M. Baldwin）很早以前就证明：幼儿没有显示出任何自我意识，也不能在内部给与的东西和外部给与的东西之间做出固定不变的划分；这种"非二分主义"一直持续到儿童有可能在与建构非我概念又对应又对立的情况下建构自我概念的时候。我们也观察到，在儿童的原始宇宙里是没有永久客体的，这种情况一直持续到儿童对作为非我的别人开始发生兴趣之时为止，而最早被认为是永久客体的就是作为非我的别人。儿童最早的活动既显示出在主体和客体之间完全没有分化，也显示出一种根本的自身中心化，可是这种自身中心化又由于同缺乏分化相联系，因而基本上是无意识的。①

在此，皮亚杰的表述包括三层含义：第一，幼儿具有无意识自我和自我中心主义两大特征；第二，内部与外部、主体与客体的分化是自我意识形成的基本标志；第三，处于外部的客体，在主体幼儿看来都是"非我的别人"，即"他者"。因此，在自我意识尚未形成之前，幼儿的世界里充满了他者，此时，幼儿与他者的关系是一种纯然的状态，他者也表现为"作为他者的他者"。

从认识发生的角度而言，人类在儿童早期就具有"自我中心主义"的特点，且它并不为儿童自身所意识，是一种潜意识的自我中心主义。这时的儿童不仅没有"自我"的概念，而且不能将"自我"同外在的事物——"他者"区分开来。在这种状态下，儿童之外的一切东西都是"他者"，且并不因儿童的把握或思维的变化而呈现出不同的形态，也不会因为外人强加于它、作用于它而发生相应的变化。可以说，这种类型的"他者"是一种自足的存在，也就是列维纳斯、拉康、德里达、米勒等人所认为的"大写他者""全然他者""绝对他者""彻底的他者""整体性他者"，是不以主体的认识和意志为转移的"纯然他者"，是主体无法言说的"他者"。这种"全然他者"状态，是儿童自我无意识阶段出现的"他者"状态。

皮亚杰认为，到2~3岁时，儿童的认识水平发生了哥白尼式的巨大提

① 〔瑞士〕让·皮亚杰：《发生认识论原理》，王宪钿等译，商务印书馆，1987，第22~23页。

升，即渐渐地有了自我意识，能够认识到"我"的存在，出现了意识中的"我"。相对于无意识阶段，"我"与"他者"之间的关系也发生了很大的变化。进入这一阶段，"他者"也开始由"作为他者的他者"（或"全然他者"）向"作为非我的他者"（即"非我"，此时的"他者"是作为"我"的另一个版本而出现的，它被赋予了"我"的主体性内涵）的状态发生转化。由于这一阶段的"他者"逐步成为"我"的外部投射而沦为"非我"，所以，它已不再是"全然他者"意义上自足的存在，而转变为"我之影像"的"非我"。

在自我的无意识阶段，儿童自身与"大写他者"的联系是单一互动的、无意识的。假设"他者"是 X 的话，那么，在儿童自我之外就存有无数个 X（这些 X 都是"大写他者"），我们可以用 X_1，X_2，X_3，X_4，…，X_n 来表示。其中，X_1 与 X_2、X_3 与 X_4 之间并不存在任何联系，它们只是同那个处于自我无意识阶段的儿童发生单一的互动联系。此时，儿童只能接受某一 X 的某一刺激，并对这一 X 做出某种反应，而并不能同时对多个 X，如 X_1、X_2 和 X_3 等做出综合性的反应，难以在自我意识中建立起 X_1 与 X_2、X_2 与 X_3 之间的主观联系。例如，"天上下雨"与"地面湿了"，在自我无意识阶段的儿童并不会认为，由于"天上下雨"，所以"地面湿了"。实际上，对于他（她）而言，"天上下雨"与"地面湿了"这两者之间毫无联系，都是作为"全然他者"而自足地存在着。但是，进入自我意识阶段，儿童就能自觉地构建出这种认识，即在"天上下雨"与"地面湿了"之间有某种联系，并成为"自我意识"的基础。

为什么说 X_1 与 X_2 之间联系的建构是"自我意识"的基础，宣告了自我意识中"自我"的存在？

无论 X_1 还是 X_2，它们都是"我"的外部投射，是作为"我"的"幻象"而出现的"非我"或"小写他者"。一旦"非我"的"幻象"地位得以确立，并被"我"视为客观性的存在，那么它便合法地屏蔽了自身中已有的"我"的内涵，而变成纯客体性的存在，这就是"小写他者"的客体化的过程（在这一过程中，推动客体化进程的动力来自"我"）。与此同时，"我"也在这一过程中获得了"自我"客体化的回报。于是，认识"自我"便成为可能，亦即"自我意识"出现。显然，自我意识是通过构建"他者"之间的联系才出现的，或者说，"他者"是"自我意识"产生的一个不可或缺的要件。

可见，进入自我意识阶段，"他者"变成了自我的投射。从本质来讲，这时的"自我"是作为"认同者"的另一个版本而出现的，或者说，它是一种"非我"。在这里，"非我"与"全然他者"并不一样。"全然他者"不以"我"之存在或把握而作为存在之理由；而"非我"在这里是作为一种对象，且这种对象又是从"我"这个主体中产生出来的。所以说，这里的"非我"或"对象"如果也用"他者"这一术语来表述的话，是作为"我"或"主体"的另一个版本而存在的。而这种意义上的"他者"，只是"我"或"主体"的外在投射。

在这一阶段，儿童发现 X_1 和 X_2 之间存在联系，一方面表明"主体意识"或"自我意识"出现了，另一方面这也是自我意识客体化的进程，这一步非常关键。这种联系是如何产生的？是围绕"自我"这个根源而形成的。因此，一旦确认了这个根源，也就承认这个根源、这种自我、这种主体是一种客观性的存在，这就是反向自我的客体化效应。这种自我对自我的客观化认同，常常在我们认识事物的时候进入我们的无意识，即总认为自己的认识是纯客观的，其结果再现了事物自身的客观性存在；而作为认识主体的自我，则退隐到无意识状态，而不为意识中的自我所觉察到。

可见，皮亚杰借助对主客分化的阐释，揭示了自我与他者的不可分离。然而，皮亚杰的主客分化的过程，在拉康看来便是主体分裂的过程，即作为主体的自我在自身认同的过程中见出了"非我"的本质，这就是拉康所谓的"镜像他者"。

三　拉康：心物镜像中的他性

学界通常将法国哲学家雅克·拉康的学说主要分为"想象界"、"象征界"和"实在界"等三个阶段，其中的"想象界"与本书所讨论的"他者"密切相关。本书将拉康的他者理论称为"镜像他者"理论。据孔明安先生考察，拉康早在 20 世纪 30 年代就开始使用"他者"一词，[1] 到了 50

---

① 除了孔明安先生外，张一兵先生在《拉康：从主体际到大写的他者》（《江苏社会科学》2004 年第 3 期）一文中也谈到拉康早在 20 世纪 30 年代使用"他者"这一术语的情况。

年代，又有意识地区分"大写他者"和"小写他者"。① "小写他者主要是针对'想象界'而言的，它主要是指处于镜像阶段的儿童在自我认同对象中的非我的个体，是儿童进入话语境界之前所遭遇到的情形。"②

1949 年 7 月 17 日，在苏黎世召开的第十六届国际精神分析学会上，拉康做了题为《助成"我"的功能形成的镜子阶段——精神分析经验所揭示的一个阶段》的报告，这是继他 1936 年首提"镜子阶段"（也有人译为"镜像阶段"）以来的又一次重要发言。在发言中拉康指出："一个尚处于婴儿阶段的孩子，举步趔趄，仰倚母怀，却兴奋地将镜中影像归属于己，这在我们看来是一种典型的情景中表现的象征性模式。在这个模式中，我突进成一种首要的形式。以后，在与他人的认同过程的辩证关系中，我才客观化；以后，语言才给我重建起在普遍性中的主体功能。"③ 这里所言的"我突进成一种首要的形式"，在一定程度上，揭示了"自我"作为婴儿心理之首要形式的重要性。换句话说，自我意识的形成在拉康看来是婴儿心理发展的产物，实质上代表了镜像阶段的婴儿心理特征。而在我看来，拉康的上述观点与皮亚杰在《儿童心理学》中提到的"未经分化的无意识的自我中心"思想，在心理学意义上应该是一致的，④ 尽管它们服务于不同的理论目标。与此同时，在拉康那里婴儿的"镜像认同"还具有象征性的重大意义，因为基于此实现心理突破的婴儿，将会进一步实现自我客观化，使自我与外在的他者分离开来，从而确认自身。这种自我客观化的进程，不仅仅限于自我意识的认同，还普遍地延及体现了主体功能的语言。

在进一步解释婴儿与黑猩猩在镜子面前有不同反应的原因时，拉康说："在一个短短的时期内，小孩子虽然在工具智慧上比不上黑猩猩，但已能在镜子中辨认出自己的模样。颇能说明问题的学样'啊哈，真奇妙（Aha-Er-lehnis）'表明了此辨认的存在。在科勒（W. Kohler）看来，这种学样表示了情景认识，是智力行为的关键一步。对于一个猴子，一旦明了了镜子形

---

① 孔明安：《"他者"的境界与"对抗"的世界——从拉康的"他者"到拉克劳和墨菲的"社会对抗"》，《哲学动态》2005 年第 1 期。

② 孔明安：《"他者"的境界与"对抗"的世界——从拉康的"他者"到拉克劳和墨菲的"社会对抗"》，《哲学动态》2005 年第 1 期。

③ 〔法〕拉康：《拉康选集》，褚孝泉译，上海三联书店，2001，第 90 页。

④ 〔瑞士〕J. 皮亚杰、B. 英海尔德：《儿童心理学》，吴福元译，商务印书馆，1986，第 19 页。

象的空洞无用，这个行为也就到头了。而在孩子身上则大不同，立即会由此生发出一连串的动作，他要在玩耍中证明镜中形象的种种动作与反应的环境的关系以及这复杂潜象与它重现的现实的关系，也就是说与他的身体，与其他人，甚至与周围物件的关系。"① 在这里，拉康通过实验观察，认定人类早期阶段的婴儿与黑猩猩之间存在区别。在解释上述现象发生的原因时，拉康诉诸弗洛伊德的"利比多"理论假设。

拉康说："在我们看来，一直到 18 个月，婴儿的这个行为都含有着我们所赋予的那种意义。它表现为一种迄今还有争议的'利比多活力'，也体现了一种人类世界的本体论结构。这种本体论结构与我们对妄想症认识的思考是吻合的。为此，我们只需将镜子阶段理解成分析所给予以完全意义的那种认同过程即可，也就是说主体在认定一个影像之后自身所起的变化。理论中使用的一个古老术语'意象'足以提示了他注定要受到这种阶段效果的天性。"② 在拉康看来，造成婴儿在镜子前做出上述反应的是一种"利比多活力"，或者说一种"人类世界的本体结构"。在笔者看来，拉康的心理学解释，将婴儿的镜像反应归因于早已存在于人类之中的某些先天因素或者潜在可能性，而这种心理解释的"先天论"，在一定意义上又为拉康学说的"象征界"阶段开辟了理论道路。③

在拉康看来，主体自我认同的努力从本质上来讲追求的是一种"镜子的幻象"，实际上是一种误认，一种将他者视为自身的误认，而主体自身的存在始终是没有着落的未知数。

在我们看来，镜子阶段的功能就是意象功能的一个殊例。这个功能在于建立起机体与它的实在之间的关系，或者如人们所说的，建立内在世界（Innenwelt）与外在世界（Umwelt）之间的关系……镜子阶段是场悲剧，它的内在冲劲从不足匮缺奔向预见先定——对于受空间确认诱惑的主体来说，它策动了从身体的残缺形象到我们称之为整体的矫形形式的种种狂想——一直到建立起异化着的个体的强固框架，

① 〔法〕拉康：《拉康选集》，褚孝泉译，上海三联书店，2001，第 89 ~ 90 页。
② 〔法〕拉康：《拉康选集》，褚孝泉译，上海三联书店，2001，第 90 页。
③ 鉴于篇幅的限制，不再对拉康学说由"想象界"向"象征界"发展的过程作出追述。

这个框架以其僵硬的结构将影响整个精神发展。由此，从内在世界（Innenwelt）到外在世界（Umwelt）的循环的打破，导致了对自我的验证的无穷化解。①

实际上，所谓的镜子阶段的意象功能，相当于我们所谈论的主体的自我心理认同，即在内在世界与外在世界之间建立联系以确认自身。然而，在拉康看来，主体从匮缺到整体的构形过程，实际上是一种无法实现的狂想，且这种狂想的执拗，深深地影响了整个人类的精神发展。拉康眼中的自我认同是一场悲剧，一场永难实现的主体的悲剧，原因在于：在自我认同的过程中，自我无视他者的存在而一味地建构自身，并有意无意地排斥或同化他者。

综上所述，自我与他者的关系，在黑格尔看来，是排斥与被排斥、同化与被同化的关系；在皮亚杰看来，是主体与客体、意识与潜意识之间的关系；而在拉康看来，则是主体分裂后的镜像与真实之间的关系。这些关系在一定程度上都体现了二元对立语境下他性哲学的出场，即自我排斥他者与他者反拨自我的张力运动导致他性哲学的出场。

第二节　他性显现

一　对话主体中的他性内涵

从理论本身来说，对话哲学的理论起点在于修改主体的能指范围，即由主体性哲学时代专指人的主体观拓展到不仅指人而且指物的主体观。换个角度而言，对话哲学不仅拓展了人际主体的空间，还将论域延伸到人与物、物与物的层面，这一切均显示出主体自我反思的深化。在对话哲学看来，主体性哲学的痼疾在于问题的论域仅限于"我思"主体自身，即将主体之外的一切事物均视为"我思"的对象，可以任由我思主体加以支配、利用和控制。在这一哲学观念下，"我思"主体的地位是独一无二的、排他

① 〔法〕拉康：《拉康选集》，褚孝泉译，上海三联书店，2001，第93页。

性的或权威化的，在此基础上主体性哲学便逐步形成了主体中心主义或主体独语。

对话哲学将主体的能指范围拓展到非人主体，即事件主体或准主体，这本身就是对主体观的一种发展。同时，借助于事件主体或准主体的设立，从而在主体活动中建构起"我思"主体与"我思"主体、"我思"主体与准主体、准主体与准主体之间广阔的中间地带或中介环节。这种中间地带或中介的设立，较之于主体性哲学自我确证的无间性（即"我思"主体与对象的同一性）而言，显示出对话哲学对主体性哲学的超越。

此外，更为重要的是，对话哲学没有局限于主体间的对话，它还深入到主体内部，并在主体性与主体他性之间搭建起对话的平台。可以说，对话哲学不仅超越了主体独语的困境，而且拓展并延伸了主体研究的范围，将主体中的他性内涵也纳入对话哲学中。

不仅如此，对话哲学的出现在理论上还表现为对主体性哲学的二元对立思维结构（或普遍主义，或逻各斯中心主义）的反拨。正如前文所说，主体的本质化过程不仅是主体不断确证自身，并逐步建构起二元对立思维结构的过程，而且是追求同一性的普遍主义认识结果的过程。对于主体性哲学的建构而言，普遍主义的哲学追求在一定程度上是忽视或排斥丰富性、个体性、特殊性理论的产物，最终导致主体的过度张扬，或主体中心主义、逻各斯中心主义的盛行。在这种意义上，对主体中心主义和逻各斯中心主义的反拨，不仅是对主体性哲学的消解和颠覆，而且从根本上来说也表明了作为主体属性之一的他性的呈现。

主体性哲学的消解和颠覆是主体过度张扬的必然结果，它在根本上不仅没有给人类带来更多的自由，反而为人类的自由套上了重重的枷锁，价值和信仰危机出现，人与人、人与自然的关系极度紧张，暴力、战争、种族主义、恐怖主义、环境污染、疾病等严重地威胁着人类自身的生存。总之，主体的过度张扬，工具理性的大行其道，难以从根本上解决人的终极价值和终极追求问题——人类的完全自由。当普遍主义的理论追求受到来自丰富性、个体性、特殊性以及怀疑论、人本主义、审美主义、后现代主义的巨大挑战时，主体性哲学的普遍主义神话便破灭了。在主体性哲学面临危机的同时，哲学的自我反思便将对话哲学（即"你"之哲学）推到前台。

对话哲学出场的哲学背景及其理论内涵可谓非常复杂，限于篇幅，本节仅选取部分哲学家的部分观点加以阐释。笔者认为，主体对主体性哲学的反思，反映到对话哲学上主要表现为三个方面的转变：从主体本位转向关系本位，从权威下的单向服从转向对话下的互动理解，以及从我思主体的同一性转向交往主体的约定性。

二　从主体本位转向关系本位

在主体性哲学中，主体在不断确证自身的同时，地位也得到不断提升，并且在哲学实践中逐步形成了主体中心主义倾向，或主体独语的话语格局。而主体中心主义或主体独语，在现实中不仅未能给人类带来更多的自由，反而造就了人类的极端异化，人与人、人与自然的关系变得极度紧张，人在精神方面的价值关怀以及道德上的个人提升等出现了严重的缺失，主体性哲学面临反思和调整的现实。在这种情况下，为了超越主体本位或主体中心主义等主体性哲学的局限，有些理论家提出了关系本位的对话哲学，即通过对关系本位的本体阐释疗治主体本位的上述不足。德国神学家马丁·布伯所提出的"我-你"和"我-它"的原初词理论，在一定程度上就代表了关系本位对主体本位的反思和超越。

> 人持双重的态度，因之世界于他呈现为双重世界。人言说双重的原初词，因之他必持双重态度。原初词是双词而非单字。其一是"我-你"。其二是"我-它"。在后者中，无需改变此原初词本身，便可用"他"和"她"这两者之一来替换"它"。由此，人之"我"也是双重性的。因为，原初词"我-你"中之"我"与原初词"我-它"中之"我"迥乎不同。①

在布伯看来，"我"具有双重性，表现为"我-你"和"我-它"的双重态度，而这一双重态度势必萌生出双重世界。具体而言，在原初词"我-它"中，以"我"为中心去推导"我"之外的一切事物，并将外在

① 〔德〕马丁·布伯：《我与你》，陈维纲译，三联书店，1986，第17页。

的一切事物（即"它"）同化为"我"自身。在这种关系中，"它"呈现为"我"之另一版本，是主体化的"我"。不仅如此，"我－它"关系还会渗透进"我"的行为、思维、道德、文学艺术等诸多领域，并最终导向主体性的过度张扬和人之自以为"无所不能"的主体本位。而在原初词"我－你"中，"你"作为另于"我"的自足存在，与"我"面面相对。同时，"你"又不为"我"所推导、所同化、所把握，甚至只是作为某种"神秘"而与"我"相遇。在布伯看来，由"我－它"关系所反映出的主体态度和主体世界（即主体中心主义和主体独语的话语格局）是长期以来主体性哲学发展的必然结果，而在主体性哲学自我反思的过程中，关系本位成了其中一条反思途径。

在框定作为关系本位的原初词的含义和作用机制时，布伯说："这并不是说：在原初词之外有独立存在物，前者只是指云后者；原初词一旦流溢而出便玉成一种存在。诵出原初词也就诵出了在。"① 这里所谓的"原初词"，是作为一种关系而存在的，它不仅与"我"密不可分，而且这种关系还有某种本体论色彩。此外，布伯所谓的"我"，在"我－它"和"我－你"这两种关系中并不是作为关系原初词的起因而出现的。原初词的作用是提及一种言说，并由这一言说而创生出一种存在，即可以进入言说的存在，而正是在这一关系的存在中"我"自然流溢。同样，"我"也并不是独立的存在（实际上，在布伯看来，根本就没有独立存在之"我"），因为原初词的提出是"我"之存在的前提，而"我"只是存在于上述原初词的关系之中。可见，原初词之称述功能引发了"我"，也引发了"我"之双重性（处于不同原初词中的"我"的内涵完全不同）以及世界的双重性（即以原初词"我－它"为代表的经验世界和以"我－你"为代表的关系世界）。

在布伯看来，体现为原初词的关系，不仅具有哲学的本体论意义，还是人生意义的重要体现。布伯说："人生不是及物动词的囚徒。那总需事物为对象的活动并非人生之全部内容。我感觉某物，我知觉某物，我想象某物，我意欲某物，我体味某物，我思想某物——凡此种种绝对不构成人生。凡此种种皆是'它'之国度的根基。然则'你'之国度却有迥异的根

---

① 〔德〕马丁·布伯：《我与你》，陈维纲译，三联书店，1986，第17页。

基。"① 这是说，人之感觉、知觉、想象、意欲、体味、思想等对象化的活动并非人生之全部内容，因为这些仅停留于"它"之国度，而尚未拓进到"你"之国度。在"你"之国度中，"我"还存在于原初词"我－你"关系中，这种关系也体现了"我"之人生的重要内容，即作为完整人生不可或缺的重要内容，是人生意义拓展的重要领域。布伯说："被称述'你'之人可能因蔽于经验而无从领会此圣洁关系。即使如此，关系依然存在。因为，'你'超越了'它'所能认知的范围，'它'远不能理喻'你'之伟力、人之不可穷天地。关系并非太虚幻境，它是真实人生惟一的摇篮。"② 显然，关系范畴的引入，为言说他者或者主体相遇他者提供了一个言说的平台，或者说言说的情势。在布伯看来，关系世界中的人生才是真实的人生。

在美学发展史上，有人提出过"美在关系"的命题，但该命题的内涵仅停留于"它"之国度，属于经验世界的存在物，因而，它与布伯所言的"关系世界"的内涵并不相同。此外，也有人反对"关系"之界说，认为"关系"使言说无从落实，因而流于不稳定而彰显空泛。但是，从布伯的观点看来，那些持"关系空泛说"之人似乎并未真正理解"关系"的内涵。实际上，在布伯那里，"关系"作为情势观照了"他者"与"我者"这两大互不相通的世界，并且在"我"的人生中真正体现了真实人生的内涵。如此，为我们疗治"它"之国度之不足提供了新的切入点，从而为走向"你"之国度、实现完整人生而创造条件。

三　从权威下的单向服从转向对话下的互动理解

在主体性哲学中，主体中心主义或主体独语的形成，从根本上使主体权威地位得以确立。主体不仅在行事中确立自己的权威地位，而且这种权威地位还充分渗透到人们的思维、行为方式中，成为结构化、形式化的哲学理论和方法。美国哲学家弗莱德·R. 多尔迈在《主体性的黄昏》一书中强调说："事实上，依我之见，再没有什么比全盘否定主体性的设想更为糟糕的了，因为……我们无法采取一种有意宣布它无效的形式，来开辟超越

---

① 〔德〕马丁·布伯：《我与你》，陈维纲译，三联书店，1986，第18～19页。
② 〔德〕马丁·布伯：《我与你》，陈维纲译，三联书店，1986，第24页。

现代性的通道。"① 多尔迈还引用西班牙思想家奥特加·伊·加塞特的话进一步说明："假如这个作为现代性根基的主体性的观念应该予以取代的话；假如有一种更深刻更确实的观念使它成为无效的话；那么这将意味着一种新的气候、一个新的时代的开始。"② 在多尔迈看来，"西方的历史可以看成是一部解放的历史（即从各种外在的监护和虚构的压抑下逐步解放的历史），但解放的历史充满了一种统治的冲动，通过关于统治自然的理论，个体理性和我思主体成为人类中心说的组成部分。其目的在于追求人类的至高无上或类的解放"。③ 可见，主体解放的历史在一定程度上代表着西方文明的发展史。其间，主体的解放是借助主体统治自然而得以实现的，在此基础上，个体理性和"我思"主体最终形成了人类中心主义的倾向。多尔迈认为，"至少是自现代初期以来，人们就把个体的人假定为社会生活和政治生活所赖以建立的基石"。④ 实际上，主体对自然的绝对统治以及人类中心主义的形成，在一定程度上就是"我思"主体权威性的确立，权力的天平完全向"我思"主体一方倾斜。

法国哲学家米歇尔·福柯通过知识系谱学和效果历史等问题的提出，全面颠覆了曾广泛地存在于诸如思想史、知识史、哲学史、文学史中的权力话语，从另一个侧面反映了主体性哲学观念下的主体中心主义或主体独语的哲学现实。在对主体独语或主体中心主义的态度上，福柯选择"人之死"，即"主体之死，大写的主体之死，作为知识、自由、语言和历史的源头和基础的主体之死"⑤ 的方式颠覆和消解主体性哲学。然而，在德国哲学家尤尔根·哈贝马斯那里，是用对话哲学的建构姿态来超越主体中心主义或主体独语的哲学现实。

---

① 〔美〕弗莱德·R. 多尔迈：《主体性的黄昏》，万俊人等译，上海人民出版社，1992，第1~2页。
② 〔美〕弗莱德·R. 多尔迈：《主体性的黄昏》，万俊人等译，上海人民出版社，1992，第1页。
③ 〔美〕弗莱德·R. 多尔迈：《主体性的黄昏》，万俊人等译，上海人民出版社，1992，第15页。
④ 〔美〕弗莱德·R. 多尔迈：《主体性的黄昏》，万俊人等译，上海人民出版社，1992，第52页。
⑤ 转引自莫伟民《人文科学的考古学》，见〔法〕米歇尔·福柯《词与物——人文科学考古学》，莫伟民译，上海三联书店，2001，译者引语第13页。

哈贝马斯曾为"他者的道德"极力辩护。这种道德要求平等地尊重每一个人，要求所有人都团结起来，共同为对方承担责任。为此，人际交往行为中生活关系的建立以及对差异性的敏感等，都在一定程度上超越了"共同体"与"社会"之间的二元选择。这便是哈贝马斯《交往行为理论》一书的主题。其中，对差异性的关注体现了哈贝马斯"道德共同体"建构的中心话题，也是他的"道德他者"的主要内容。

哈贝马斯对"道德他者"的关注，不仅体现了其价值立场的坚定，而且"道德他者"的立场追求也反映了他的普遍主义的哲学理想。这种理想与后现代主义背景下的哲学话语，有着鲜明的理论特色。哈贝马斯认为，"后现代主义者对主张彻底同化的普遍主义表示怀疑，但后现代主义者误解了这种道德的意义，并在匆忙之中就消灭了正确的普遍主义所要表达的关于他性和差异性的相对结构"。① 在《包容他者》一书中，哈贝马斯特别强调了建构道德共同体的重要性。他说：

> 携起手来，对作为我们中间一员的他者负责，这样做涉及到共同体中变化不定的"我们"范畴。而这个共同体没有任何本质的规定，处于透明和开放的状态，并且还在不断扩大。这种道德共同体的结构原则就是要消除一切歧视和苦难，包容一切边缘群体，并且相互尊重。这样建构起来的共同体不是一个迫使一切成员用各自的方式都彻底趋于同化的集体。这里所谓的包容（Einbeziehung），不是把他者囊括（Einschließen）到自身当中，也不是把他者拒绝到自身之外。所谓"包容他者"，实际上是说：共同体对所有的人都是开放的，包括那些陌生的人或想保持陌生的人。②

显然，强调道德共同体建构的重要性，目的在于"平等地尊重每一个人，并非仅仅针对同类，而且也包括他者的人格或他者的他性"。③ 由此可见，哈贝马斯的对话哲学是以主体平等、交流和理解为前提的，他的哲学

---

① 〔德〕尤尔根·哈贝马斯：《包容他者》，曹卫东译，上海人民出版社，2002，第1页。
② 〔德〕尤尔根·哈贝马斯：《包容他者》，曹卫东译，上海人民出版社，2002，第1~2页。
③ 〔德〕尤尔根·哈贝马斯：《包容他者》，曹卫东译，上海人民出版社，2002，第1页。

观念具有强烈的道德意识。可以说，哈贝马斯的对话交往哲学是对主体中心主义或主体独语观念下单向服从的超越，在客观上还推进了对话语境下的互动理解，为哲学主体观的进步做出了理论贡献。

四　从我思主体的同一性转向交往主体的约定性

正如前文所言，无论自我意识的产生，还是"我思"主体的自我认同，抑或是主体性哲学的建构，都贯穿了一个"我思"主体的同一性问题。在主体性哲学那里，"我思"主体的同一性既表现为主体的本质主义追求，又表现为主体独语的形成，还表现为主体的整体性（或认识的真理性）的产生。就主体的整体性或认识的真理性而言，主体以及主体的活动存有两大基本的逻辑前提：主体与世界可以同一，并且一定会同一，区别仅在于主体努力程度和努力方式的差异，而只要主体不断地努力并且努力得当，在主体那里同一性目标就一定可以达到，这是其一；其二，世界的意义客观恒定地存在，主体与世界的交互过程就是主体不断挖掘世界之客观恒定意义的过程，认识的真理性也即主体对世界意义的挖掘与世界本身的客观意义同一或吻合。由此可见，"我思"主体的同一性从根本上揭示了主体性哲学的核心。

苏联著名哲学家巴赫金从伦理哲学角度确证了自我主体的独一无二性，并以之为基础，进一步提出了对话交流的哲学问题。然而，巴赫金所谓的"我思"主体的独一无二性，与主体性哲学所谓的"我思"主体的自我认同或确证有着根本的不同，已经摆脱了主体中心主义或主体独语的理论困境。他所倡导的独一无二性是借助伦理学意义的起点而提出的，在主体的存在、主体的行为乃至主体的价值追求等方面均有着不同的含义。巴赫金说："我的的确确存在着……我以惟一而不可重复的方式参与存在，我在惟一的存在中占据着惟一的、不可重复的、不可替代的、他人无法进入的位置……确认自己独一无二地参与存在这一事实，意味着自己是当存在不囿于自身的情况下进入存在的，意味着自己进入了存在的事件之中。"[1] 巴赫金既确证了"我"之存在的唯一性，又将"我"之存在置于事件的存在中。他说，

---

[1] 〔俄〕巴赫金：《论行为哲学》，载《巴赫金全集》（第 1 卷），河北教育出版社，1998，第 41、43 页。

"参与性思维，也就是在具体的惟一性中、在存在之在场的基础上，对存在即事件所作的情感意志方面的理解，换言之，它是一种行动着的思维"。① 在巴赫金看来，参与到事件的存在中去，不仅是"我"之存在的独一无二性的本质要求，而且这种参与性还体现了作为事件存在物的"我"的伦理要求。参与性理论的提出表明，巴赫金已经构建了作为关系存在的"我"之本质，这为对话哲学的出场打下了理论基础。

巴赫金对对话哲学的具体运用，主要体现在语言学理论和文学理论中。在巴赫金那里，由事件存在转向关系存在从本质上为"我"与他人（即他者）的对话交流提供了言说平台。

那么，巴赫金所说的对话交流，其理论目标是什么呢？

这一点我们可以从巴赫金哲学思考的起点了解。在《论行为哲学》一文中，巴赫金阐述了他对当时文化和哲学思潮的不满。他说："现代危机从根本上说就是现代行为的危机……理论把行为丢到了愚钝的存在之中，从中榨取所有的理想成分，纳入了自己的独立而封闭的领域，导致了行为的贫乏。"② 为了医治这种贫乏，"克服文化与生活之间恼人的互不融合、互不渗透的关系"，③ 行为的同一性是非常必要的。

在论及对话哲学的重要概念——"间性"时，金元浦先生认为，间性"不同于那种撷取合理要素后的'整合'或'融合'为一，找出统贯一切的本质，构造涵盖一切的宏大体系，也不同于前期解构主义的完全消解、拆除，间性的研究是要探寻不同民族、不同文化、不同理论范式和不同批评话语之间在历史语境中的约定性、相关性和相互理解性，找出联系和认同的可能性与合法性（客观性）。间性秉持一种建构的姿态。"④ 实际上，金先生"间性"概念的提出，主要是针对当下主体性过度扩张的时代语境而言的，它的理论目标最终指向的是对话交流。

---

① 〔俄〕巴赫金：《论行为哲学》，载《巴赫金全集》（第 1 卷），河北教育出版社，1998，第 45 页。

② 〔俄〕巴赫金：《论行为哲学》，载《巴赫金全集》（第 1 卷），河北教育出版社，1998，第 55 页。

③ 〔俄〕巴赫金：《论行为哲学》，载《巴赫金全集》（第 1 卷），河北教育出版社，1998，第 4 页。

④ 金元浦：《"间性"的凸现》，中国大百科全书出版社，2002，第 8 页。

第四章

文学他性的理论系统

从总体情况看，无论西方还是中国，学术界对于"文学他性"（literary otherness）的使用并不普遍。在英语世界中，literary otherness 只偶尔出现在学术文章中。接下来，笔者将简要分析五个带有 literary otherness 的英文例句。

第一个例句："假如有一些，那么什么东西可以被忽略呢？如果批评在特定的文学他性（审美趣味的陌生化力量，文学乌托邦之一度可能的源泉）面前有所放弃的话，那么它将越来越经常地与媒介相遇，并跟随所选择的主题和安排而不断前行。"（What, if anything, could have been left out? Having given up on a specifically literary otherness-the defamiliarizing force of aesthetic interest, literature's onetime source of utopian possibility-criticism more and more often meets the media system on its terms, following topics and agendas that it selects.）① 在这个句子中，文学他性的内涵包括三个层面：其一，它被明确为"审美趣味的陌生化力量"；其二，它与审美乌托邦理想的形成密切相关，甚至直接就是其理论源泉；其三，它的出现与媒介批评相向而行，批评的媒体化趋向是批评放弃文学他性的现实结果。

第二个例句是 The Edwin Mellen Press Ltd（埃德温·梅伦出版社）对《莎士比亚与西班牙》一书做的介绍："文化已经成为理解莎士比亚因何在西班牙成为热潮的一条线索，在西班牙，莎士比亚代表了文学他性，它威

---

① Joseph Tabbi, "The Cybernetic Turn: Literary into Cultural Criticism," *Electronic Book Review* 1 (2001). *http://electronicbookreview.com/essay/the-cybernetic-turn-literary-into-cultural-criticism/* Accessed DD MM.

胁着西班牙本国文化的精髓，一如莎士比亚持续地对英国国民性所起的重大作用一样。"（Culture has become a clue to understand the rise and growth of Shakespeare in Spain where he represented a literary otherness which threatened the essence of Spanish culture, as he 'merely continues to signify Englishness'.）① 在这个句子中，"文学他性"具有两层含义：其一，它是一股异质性的、为人所排斥或厌弃的破坏性力量，具有强烈的贬义色彩；其二，它具有深层的文化身份内涵，是文化力量对比的产物，在西班牙，莎士比亚就代表了这种他性的文化身份。

　　第三个例句："现在我们已经很少能够找到翻译成英语的拉脱维亚、智利或越南的小说了。当外国小说的翻译已萎缩成装点式的耽于幻想或任意性的异国情调的时候，弗兰茨·卡夫卡和约瑟夫·罗斯的小说翻译者，则在健康的写作文化与丰富的文学他性实践之间建立了联系紧密的纽带。"（It is rare to find the latest Latvian, Chilean or Vietnamese novels made into English. As the translation of foreign novels withers into decorative star-gazing or random exoticism, a translator of Franz Kafka and Joseph Roth registers the intimate bond between a healthy writing culture and the enlarging experience of literary otherness.）② 这个句子中的"文学他性"指文学活动中的异质性力量，它对于健康的创作文化的形成具有积极的推动作用。显然，这与第二个例句中被排斥或被厌弃的"文学他者"有很大的不同。在这一例句中，"文学他性"是作为一种被主动接受的异质性力量，因而在语义色彩上具有积极体认的成分。与前文中谈到的"蓬克人炫耀他者，他们充当异族人、神秘者而在世界中即兴表演"③ 一样，作为身份的他者还具有为人所体认和自豪的一面，而不仅仅是难以启齿的、为人所厌弃的。

　　第四个例句："在本文语境中，它意味着对文化他性和文学他性负起责任，而这种'他性'就来自德系犹太人的希伯来语发音，及其所反映出的风土人情。"（In the context of this paper, this implies taking responsibility for

① http://www.reviewscout.com/0773469818。

② Michael Hofmann, *Animadversions on Translation* (30 July 2003), p. 1.

③ Dick Hebdige, "Subculture: The Meaning of style," in Julie Rivkin and Michael Ryan (eds.), *Literary Theory: An Anthology* (Malden: Blackwell Publishing, 2004), p. 1265.

the cultural and literary 'otherness' of the Ashkenazi pronunciation of Hebrew, along with the climate it reflects.)① 在这个句子中，"文学他性"与"文化他性"被并列提出，也是作为被排斥的文学身份或文化身份而出现的。

第五个例句："在第一章，我考察了'局外人'式的解读对不同女性叙事的种族他性和文学他性的探求方式。这些女性叙事包括：主文化对'外来户'的书写；'外来户'对新家园的体认；以及那种经常被当作次文本而隐匿的叙事——女作家在这些叙事中表达了自身在面对新家园时所产生的挫败感和幻灭感。"（Chapter I explains how my outsider-focused readings explore ethnic and literary 'otherness' that results in different types of female narrative: one written for the newcomer by the host culture, one presented by the newcomer to her new country, and one that often has to be hidden as a subtext, in which the woman writer describes her frustration and her disillusionment with her new home.)② 在这个句子中，"文学他性"与女性、叙事、书写等联系起来，表现出广泛的文化他者内涵。

在国内，至今仍没有"文学他性"的说法，就连"文学他者"的说法也非常罕见。通过大众网络以及学术数据库搜索，目前笔者只发现一例"文学他者"的用法："我想问的其實也就是由後者所建構的「傳統」，是一個「共時性」（前理解）的存在價值？還只是一個規範的詩學，其「法則的自我維護者」（必然切割出去不符合善良風俗溫柔敦厚的文學他者，在文學史的操作尤其明顯）？"③ 这出现于一家私人博客网站，网页文字是繁体中文的。显然，"文学他者"在汉语学术界仍然是一个新的学术名词。

综上所述，"文学他性"的内涵非常广泛，概括来说主要包括五个方面：其一，它是一种审美趣味的陌生化力量；其二，它是为人们所排斥或厌弃的破坏性力量，在某种情况下，还是具有一定建构意味的颠覆性力量，

① Rachel Albeck-Gidron, *Exiled and Suppressed Voices: On the Ashkenazi Pronunciation of Hebrew as a Postmodern Question* (Jerusalem Studies in Hebrew Literature, p. 65 - 90). 见 http://www.jstor.org/stable/23362055。

② 书评：Magdalena J. Zaborowska, *The Alien within: The East European as a State of Mind and Body in Modern American Culture* (Eugene, Dregon: University of Oregon Press, 1992)。

③ http://blog.yam.com/sling/archives/401444.html。可见，"文学他者"在传统诗学看来是不符合传统伦理价值观标准的，是必须被排斥或厌弃的异质性存在。

或者说具有免疫性的破坏性力量；其三，它所反映的是边缘对中心、弱小对强大、解构对建构的话语格局；其四，它不仅指向文学的审美领域，而且指向超越于文学的广阔的社会、历史和文化领域；其五，它代表着一种终极的乌托邦式的审美理想。

由于篇幅的限制，本书中的"文学他性"主要是指与文学主体相关的，并与审美趣味相连的文学他性。换句话说，其论域集中于文学和美学的学科范围，即主要在审美领域探讨文学他性问题，而对于其他领域的他性问题，尽管会有所涉及，但并不作专门论述。

第一节　文学他性

一　历史语境

在《美国研究之斯堪的纳维亚人季刊》2001 年秋季号上，刊登了美国伊利诺伊大学芝加哥分校英文系教授约瑟夫·塔比（Joseph Tabbi）[①] 为《影像化的美国：美国与大众媒介》一书写的一篇书评，名为《控制论转向：文学批评走向文化批评》（The Cybernetic Turn：Literary into Cultural Criticism）。在书评中，塔比先生提及了"文学他性"，并将它界定为"审美趣味的陌生化力量"，还将它与"审美乌托邦"以及"媒介批评"关联起来。那么，塔比先生所言及的"文学他性"的具体内涵有哪些呢？又对我们有何启示？下面对塔比先生使用"文学他性"的上下文语境进行分析。

（一）文学批评所面临的媒介化现实及其对文学批评的影响

在《控制论转向：文学批评走向文化批评》一文中，塔比说："一年前（指 2000 年——笔者注），英国小说家劳伦斯·洛夫科（Lawrence Norfolk）盛赞过美国新一代作家抵制媒介文化的诱惑，说他们为读者提供了一幅新

---

① 约瑟夫·塔比主要从事"当代文学"以及"文学与技术"的研究，代表性著作有《认知小说》Joseph Tabbi, *Cognitive Fictions*（Minneapolis：University of Minnesota Press, 2002）. 和《后现代的崇高》*Postmodern Sublime：Technology and American Writing from Mailer to Cyberpunk*（Ithaca：Cornell University Press, 1995），曾获 2000 年威比奖提名。

奇而又现实的美国文学图景；但是，在今天，他却可能会强烈地抵制美国文学，因为今天的美国文学创作已到处呈现为完整的可操作性、彻底的可控制性、符号与能指之间完全的可交换性、超现实性以及对文学自身的极度解构等多种特点。"① 在这里，塔比引用洛夫科的话道出文学批评所面临的媒介化现实。在塔比看来，世纪之交的美国文学，已经由情节新颖独特且反映美国现实状况的文学转变为技术化的、虚拟性的、解构性的文学。具体而言，2001 年时的文学创作，在创作手法的运用上倾向于技术化、程序化，追求创作的可控性；在意义的存在状态上呈现为符号与能指之间的无限可交换性，即意义的不稳定性；在文学与现实的关系上呈现为超现实性，即一改过去文学反映现实的特点，而转变为消解虚构与现实界限的超现实性；在文学社会功用上呈现为对现实和传统的颠覆与解构。显然，在塔比看来，媒介化的现实已经成为文学创作和批评的现实语境，不能回避，只能面对。

那么，媒介是如何实现对文学创作的"挤压"或"威胁"的呢？

塔比说："的确存有一种无规则的、不可信息化的情况，且它是现实的，能为我们所体验到的，甚至还是真实的，但是，这种现实最终将从媒介系统中消失，除非它能被处理成媒介所唯一认同的有价值的信息，才有可能逃脱被消失的命运。"在这里，塔比一方面承认媒介化的对象具有普遍性，即可供媒介处理成信息的事物非常之多，随处可见；另一方面，他也肯定了难以被媒介化的对象的存在，并且认为这些对象是能够为我们所真切地感受到的。但是，在塔比看来，这类事物最终还是会在媒介系统的"强大力量"下逐渐消失，原因在于：它们不能被媒介系统处理成媒介所认可的那种有价值的信息。可见，是否能被处理成媒介所认可的有价值的信息，成为媒介时代事物能否生存和发展的一个重要尺度。如果我们承认已经进入了所谓的媒介时代，且认同媒介对社会状况的巨大影响力的话，这种情况将难以改变。

进一步而言，上述媒介化的信息标准是如何呈现的呢？

---

① 本节中约瑟夫·塔比的观点均来自该文，纸质版请见 Scandinavian Review of American Studies，Fall 2001，电子版请见《电子图书评论·批评生态学·超现实》，http://www.electronicbookreview.com/thread/criticalecologies/hyperreal。

为此，塔比引入了"自反性"（self-reflexivity）这一概念。自反性是指，媒介为确认自身以及建构自身的理论而对现实所进行的同化或排斥活动。这实际上相当于本书所论述的主体建构，即媒体自身的主体建构，其中包括媒介理论的建构等。塔比引用德国社会理论家尼克拉斯·鲁曼（Niklas Luhmann）的话说道："假如没有自反性的独立价值系统的话，那么，媒介将难以确证自身，因为媒介只有对非信息化的现实进行排斥，以及对环境复杂性进行有意的削减，才能将自身从环境中区分开来，才能完成自身的确证。"塔比还说："这种活动不是填补现实的空缺，而是通过削减文化环境的复杂性来建构出信息与非信息之间的单一区别……当前的信息对于建构'真理'具有优先性。"可见，媒介化过程实质上是媒介主体确认自身以及建构媒介理论的过程。这一过程将复杂的文化现象建构为单一的符合媒介价值标准的信息；同时，排斥那些媒介所不能信息化的非信息，以最终确认自身。信息是检验媒介"真理性"的唯一标准。

那么，媒介化对社会现实产生了哪些影响呢？

塔比认为，媒介化对社会现实的直接影响是：事实与虚构之间距离的日益消失。或者说，社会现实的媒介化导致事实与虚构间的差异消失，人们甚至难以分清哪些是真实的、哪些是虚构的。而这种事实与虚构之差异的消失，对文学创作和批评的影响尤其巨大。

他问道："在控制论媒介的超现实和虚拟现实的背景下，批评理论的任务将剩下什么呢？"实际上，在塔比看来，当前现实与虚构差异的日益消弭，必然导致长期以来一直以反映现实为己任的文学批评丧失传统意义上的施展空间或工作对象，而这种丧失必然会给文学批评的未来发展带来迷茫。进而言之，媒介化语境中的文学批评正面临自我调整的现实紧迫性，只有对自身进行重新的界定和定位，才可能不被当下的现实淘汰。

他认为，媒介化的现实在一定程度上也消解了传统文学批评的"批判性"。他说："当前，甚至连罗兰·巴尔特（Roland Barthes）意义上的'符号帝国'也都被'数字化'了，欧洲大陆的批评理论也由此而变得更具有叙述性，同时也更缺乏煽动性。"显然，媒介化的现实对文学创作和批评的影响是全方位的，也是根本性的。

在塔比看来，媒介化现实对文学批评的影响在批评实践上取得了实绩。

他所评论的《影像化的美国：美国与大众媒介》一书，在某种程度上反映了媒介化现实对文学批评影响的实绩。据塔比介绍，该书是一部批评文集，它所涉及的主题不仅包括具有浓郁文学学科色彩的科幻小说和先锋－流行文学，还包括交互式媒介、文化病理学、非洲在线网站（Africa Online）、帝国电子游戏（the simulated realities of empire）、性别认同、电影再现、社会报道等多种不同文化现象。在塔比看来，这部文集在编辑思路上具有与主流文学批评不同的内容特色，即它不仅囊括了文学学科的批评文章，还包括了具有鲜明文化批评色彩的批评文章。可见，该书的编辑已经意识到当代媒介的技术化进程对文学批评的巨大影响。不仅如此，塔比通过对17篇文章的主题和引论的分析得出结论："新近的文学批评正在向文化批评发生迁移。"

那么，塔比是在哪种意义上说文学批评走向文化批评的呢？文学批评的上述转向又与"文学他者"概念的提出有怎样的关系呢？

（二）媒介化语境中文学批评的文化转向

正如前文所述，媒介化现实对文学批评的影响是现实的、不言而喻的，但是，媒介化的现实是否必然促成文学批评的文化转向呢？

塔比认为，《影像化的美国：美国与大众媒介》一书在内容选择和编排体例上体现了文学批评之文化转向的现实状况。那么，这种文化转向后的文学批评又具有哪些特征呢？塔比认为，该书所呈现的文学批评之文化转向这一事实，从理论上还暗示出一种新的自反性原则，具体来说就是批评理论从此更为接近媒介的技术化、叙述性。而这一点，在塔比看来反映出面临挑战和威胁的文学批评应对媒介化现实的理论策略。

塔比认为，传统文学训练下的批评家们可能不喜欢媒介系统，但媒介生产的持续性至今仍清晰可见，倒是批评在区分文学与承载文学自身的媒介时显得日益模糊。于是，文学批评只能对媒介系统所派发的符号实施投射性的回应。基于此他提出，假如批评不想失去人们的关注的话，那么就需要更为清晰地表述自身的投射原则，即进一步界定批评自身与媒介系统的差别。作为认识对象的文学与用来承载文学的媒介之间的差异日益模糊，导致文学批评仅能被动地对媒介系统产生的符号做出投射性的回应。可见，文学批评的内容对象在媒介化现实面前正发生巨大的变化，文学批评的传统个性似乎也日渐消失。在这种情况下，他提出文学批评需要将自身从媒介系统中区分出来的理论出路。

在塔比看来，在媒介技术充分发展的今天，现实与虚构之间的界限正日益模糊，传统意义上文学批评对现实进行干预的社会功能在此情况下也发生了相应的变化，文学批评开始转向对科幻小说和乌托邦的关注。

他认为，当文学虚构的理论特色已经放弃了"事实/想象的二元观念"时，当大众媒介的想象已经使"真正表象的概念"成为疑问时，把文学批评视为虚构小说与现实之间的中介或桥梁变得毫无意义。当媒介的氛围被封闭于感知体验的狭小领域时，文本的细读似乎成了多余。声称自己是马克思主义者的弗·詹姆逊，曾经为文学批评缺乏强烈的政治理念和乌托邦理想而感到痛心。在这种情况下，很多作家诉诸科幻小说。然而，这些人并未找到非常适宜的科幻小说或乌托邦理想的现实化可能。

在这里，塔比的观点可以归纳为以下几点。

第一，从理论观念来说，文学批评所面临的事实与虚构界限的消失，在一定程度上也是事实与想象之二元对立状态的消失。它还是对以"表象"为手段的"真理性"、"真实性"、"整体性"或"同一性"等概念的破坏和消解，而这一点对于文学批评之文化转向的现实影响是非常巨大的。

第二，从批评实践的社会功用来说，在虚构与现实关系发生巨大变化的今天，文学批评充当现实与虚构间桥梁的传统观念已经不再适用，文学批评的社会功用需要新的调整。

第三，从文学批评的具体内容来说，媒介化影响下的文学批评由于仅专注于媒介氛围中狭隘的感知体验，使曾居于传统文学批评中心地位的文本细读也变得日渐边缘化，在一定程度上改变了文学批评的工作对象。

第四，从文学批评的理论立场来说，需要有一定的终极追求，即詹姆逊所言的"理念"或"乌托邦"，在这方面，科幻小说做出了可贵的探索，尽管至今仍未找到最为理想的"理念"或"乌托邦"。

此外，在媒介化现实不断侵蚀和破坏文学批评之传统观念的语境下，那些既直面媒介化现实又不放弃传统文学观念的批评家和理论家提出了不同的应对策略，其中电脑朋客写手们的做法似乎值得重视。

　　塔比引用帕维尔·弗里克（Pavel Frelik）观点而说道："长期以来，文学传统被认为是有意创建认知的不和谐，但是，他（指弗里克——笔者注）反对这种观念，而主张借助电脑朋客小说从而在和谐与不和谐的区分之间架设桥梁。"弗里克认为，代替追求建立某种拒媒介系统于门外的操作平台，电脑朋客写手们将自我封闭起来，以身为了解现实世界但又不了解未来的那种人而自居。塔比认为，弗里克在朋客小说中所描绘的正是这样一种认识，它较之于不和谐或隔绝，而更具有流动性和语境化，因而更接近电信媒介自身。在塔比看来，朋客小说中应对媒介现实的方式，在一定程度上与传统小说追求"不和谐"的认知方式形成了鲜明的对照。①

　　他认为，对电脑朋客写手们来讲，对某一专有的现实信息做出回应，就是要生产出更多类似的现实信息来，即创造出更多的口头信息和可视信息，也就是说，要在生产中不断地更新信息。因此，当小说面临来自非文学模式的叙述与表象的不断增生扩散之威胁时，为留住日渐缩小的文学观众群，电脑朋客写手们的"最后防线"就是使叙述性小说更加"数字化"，以此与数码媒介抗衡。在塔比看来，电脑朋客写手们应对媒介系统的手段仍然没有跳出媒介系统的域限，也就是说，他们运用的手段或方法仍然来自媒介，即以生产出大量信息来应对媒介信息的大量生产。因此，电脑朋客写手们的上述应对性文学策略，在许多观察家看来仍是一种消极的抵制方法，从长远来说终难奏效。

　　还有一种观点认为，可以通过关注文学传播的中间环节——销售的稳定性、更长的生产和接受周期等，形成有别于大众媒介的高速率，最终形成文学批评自身的理论个性。多卷本的文学作品在一定程度上有助于维持文学读者对另一世界的幻想，而这种幻想或沉思也昭示了文学的深刻性，因而从另一个侧面区别于大众媒介的肤浅化和平面化。然而，这种专注于文学传播之中间环节的观点，在内容对象的选择上同样也没能跳出媒介的范围，仍旧在媒介问题上做文章。

　　塔比说："当实验文学（experimental literature）远离那种表象的美学

---

① 　在笔者看来，所谓传统小说在认知方式上追求"不和谐"，实际上相当于什克洛夫斯基所阐述的"陌生化"，详情请见本章第三节中的相关论述。

和哲学，而不再假装为现实提供可理解的中介时，文化人类学或许正撇开如下观念，即记者的作用仅仅是再现主体的利益。然而，那种远离中介或表象的运动，并不能抹去世纪之交社会报道所充当的改良社会之工具的功用性。"在笔者看来，塔比从文学及其批评的社会功用性视角揭示了实验文学应对媒介化现实的理论策略。远离表象式中介的功用性，在一定程度上就是实验文学的应对策略；与此同时，文学及其批评充当改良社会之工具的功用性仍然得以保持。可见，这种应对策略归根到底还是没有放弃文学批评之批判性的理论本性，尽管在媒介化的现实下会做出某些相应的调整。

他接着说："假如我们让调停的理想向建构的事实做出让步的话，那么我们已经失去的批评立场以及对叙述真实性的怀疑，将不再以问题的形式呈现。"所谓"调停的理想"是指转向文化批评的文学批评在社会功用性上的现实表现，即一改过去充当"表象式的中介"而转变为"调停式的中介"。所谓的"建构的事实"是指，传统文学批评的主体建构本质，在传统文学批评之主体建构的视域下转向文化批评的文学批评，失去原有的具有批判性的理论立场和理论个性，被怀疑叙述真实性的理论个性所取代。倘若文学批评放弃文化批评的话，则上述问题就会消失。换句话说，如果文学批评放弃这种理论转向，那么文学批评将失去上述问题域。

塔比认为，对于后现代主义作家而言，忽视媒介形象是不明智的。媒介形象是在公开化的、易接受的、发散式的认识背景下，反对任何集中化的、个人式的、意向性的理解。与此同时，媒介形象的这些特点有助于诠释当下媒介的巨大力量，创造了所有的现实效应。无论媒介还是发散式的认知都不能担负起储存记忆的重任，它们的任务不是为了回忆和思索而不加分别地存储过去的事件材料，而是为了撤除对过去的追踪，释放新的能量。那些被保存下来的文件材料，仅仅用于与当今发展作比较，仅仅为唤起人们展示出更多的差异，最终把一切都建构成媒介化的信息。这种认知与文学创作的一般过程并不一致，因为文学仅仅是关于记忆的、宁静的回忆或沉思；而文学的记忆或沉思是远离世界的，它与拥抱世界的媒介潮流是不一致的。在塔比看来，无论从理论特点还是社会功用来看，媒介与文学之间都存有巨大的差异。因而，试图将文学批评彻底地全面地媒介化，或者说走向媒介批评，从理论发展的逻辑来讲是不可行的，甚至是危险的。

他认为，对文学批评而言，不存在影像化美国的认知图谱，而只有更多的认知事实。因此，文学批评所可能发挥的作用，不是探知世界状态的单一模型，也不是为人类规划某种乌托邦的理想，而是一种沉思世界的允诺。

最后，我们再总结一下塔比在《控制论转向：文学批评走向文化批评》一文中的基本观点和基本事实：首先，媒介化现实模糊了现实与虚构之间的界限，同时也导致文学批评社会功能的现实调整；其次，处于调整中的文学批评呈现出某种向文化批评转换的趋向；复次，当前所采用的科幻小说、电脑朋客小说、实验文学等调整策略，在一定程度上仍然复归于媒介化的现实，且尚未找到理想化的途径或方法；再次，如何直面媒介化现实，同时又不放弃文学批评的批判性社会功能，是当下文学研究应该努力的方向；最后，文学批评既要跳出"表象式的认知模式"，又要抛弃"乌托邦式的主体想象"，最终要转向"沉思世界式的允诺或调停"。在这里，"沉思世界式的允诺或调停"包括两层内涵：其一，文学批评借助"沉思世界"而拒绝媒介批评的平面化、肤浅化，从而保留传统意义上文学批评的批判性和深刻性；其二，"允诺或调停"在一定意义上表明文学批评对传统"表象式的认知模式"以及"乌托邦式的主体想象"的抛弃，以一种近乎"道德"关怀的"间性"允诺或调停而进入到文化批评阶段。

二 理论内涵

有了对上下文语境的初步了解和宏观把握之后，接下来将进一步谈谈塔比所提出的"文学他性"的具体内涵。

塔比说："假如有一些，那么什么东西可以被忽略呢？如果批评在特定的文学他性（审美趣味的陌生化力量，文学乌托邦之一度可能的源泉）面前有所放弃的话，那么它将越来越经常地与媒介相遇，并跟随所选择的主题和安排而不断前行。"在这里，塔比将文学他性的含义界说为三个方面。那么，如何理解塔比所谓的"文学他性"的内涵呢？

正如前文所说，塔比一方面对媒介化现实给文学批评带来的重大影响有所焦虑，即为正日益丧失了工作对象或施展空间的文学批评的未来发展表现出焦虑；另一方面，又强调文学批评不能回避媒介化的现实。正是在这种语境下，他提出了"文学他性"命题。可见，塔比意在为媒介化现实下文学批评的未来发展寻求理论资源或发展思路。

塔比认为，反讽的、自嘲的、幽默的、游戏化的过程，在一定程度上重申了古老而又独特的文学后现代主义。其中游戏化、反讽式的立场已经被经典化、指派化，且被建构为公认的风格，而真正的媒介仍然不断地再生流通，批评即意味着不断建构、不断流通。在媒介的推动下，文学批评的任务变为将那些古已存有的后现代主义风格再度予以定型化、经典化。综上所述，塔比所谓的"文学他性"实际上源自传统的文学批评理论。换句话说，"文学他性"的内涵在传统的文学批评理论中早已存在，只不过很长时间内没被人们挖掘或重新阐释罢了。

现在，让我们回到塔比对"文学他性"这一命题本身的阐释上。

第一，文学他性是作为审美趣味的陌生化力量而呈现的。

"审美趣味"和"陌生化"这两个关键词，在传统的文学批评理论中早已有过充分的理论阐释。所不同的是，在塔比的表述中增加了"力量"的含义，即将传统思维中的"凝固态的"思维对象，转变为"流动性的"或"运动性的"思维对象，从而为该命题增添了新的理论内涵。而这一点，在塔比看来具有开拓文学批评崭新未来的重要意义。具体来说，就是它能为当下的文学批评提供一种全新的理论观念或研究方法，不仅能够使当下的文学批评走出理论困境，而且能够为文学批评的发展展现出更为广阔美好的前景。在塔比那里，文学他性不仅来自传统，而且颠覆传统，是一股存在于传统文学批评理论中的颠覆性力量。对此如何理解？即在文学艺术中有一种被称为"文学他性运动"，这种运动表现出一种颠覆性，是作为一股颠覆性力量而呈现的。[①] 并且，在一定程度上文学他性促使人类的审美趣味不断更新，造就了人类审美文化及审美趣味的多样性。在这里，审美趣味

---

① 在这里，"文学主体性"与"文学他性"并不是二元对立意义上的两个范畴，它们在哲学内涵上的关联，可以参见第三章第一节"主体中的他性"中的相关论述。

是"建构性力量"运行的结果，而"陌生化"① 则是一种与"建构性力量"相对应的"颠覆性力量"，文学他性就表现为这种力量。

第二，文学他性是文学乌托邦之可能性的现时源泉。

"文学乌托邦"的内涵有哪些？实际上，塔比在阐述科幻小说对媒介化现实的回应策略时就有所表述。此外，在评价马克思主义者弗·詹姆逊的理论观念时也涉及了"文学乌托邦"的理论内涵。在塔比看来，媒介技术的充分发展导致现实与虚构之界限的模糊，进而言之，建立在事实与虚构之区别基础上的文学批评的批判性功能也相应地面临严峻挑战。他认为，对科幻小说和乌托邦的关注，在一定程度上表明文学批评在媒介化语境下的自觉调整，即试图借助对"虚构"或"想象"的强调找回正逐渐消失的批判性感觉。显然，在塔比看来，科幻小说以及文学乌托邦具有传统文学批评的批判性内涵，代表了传统的文学批评观念。具体到"文学他性"的内涵来说，主要是指：可以作为文学批评追求文学乌托邦的一种现实资源，是文学批评摆脱当下困境的一种可能性手段。换句话说，文学批评对文学他性意义的挖掘和阐释，在一定程度上可以作为当下应对媒介化现实、走出自身困境的理论策略。文学他性除了自身是一种乌托邦理想之外，还与文学批评一道去共同追求或建构一种更高的乌托邦理想。在塔比那里，作为乌托邦理想的"文学他性"的内涵主要是指后者。

第三，文学他性与媒介批评相向而行。

正如前文所言，塔比的媒介批评在一定程度上是借助"自反性"而确证自身的，即将自身从杂多中分离出来，从而显现自身的独特性（或者说，体现自身的主体性）。具体过程则表现为：媒介对非信息化的现实进行排斥，以及对环境的复杂性进行有意削减。换言之，媒介批评的操作过程，可简单地表述为以信息化为标准进行化繁为简的主体建构过程。其中，信息充当了媒介批评的"真理性"标准。不仅如此，媒介批评在社会功用性上也表现出独特性，即它不是充当知识储备的手段，并不服务于知识储备基础上的文化记忆，并不追求感受的深刻性，它所追求的是通过撤除对过

---

① 这里的"陌生化"与俄国形式主义批评家什克洛夫斯基所言的"陌生化"在概念的外延上有区别，它不仅仅指语言和文本中的陌生化问题，更拓进到更为广阔的社会文化历史领域，是作为一种动力源而呈现的。

去的记忆而重新释放新的能量。在媒介批评中，过去记忆的社会功用性已经转变为当今发展的对照物，目的是唤起人们对差异性的关注。相对而言，文学批评的理论旨趣与媒介批评的理论路向存有较大的差异性，尽管它们之间也有密切的内在联系。塔比认为，文学批评应该有自身独特的理论旨趣，不能放弃批判性传统，对媒介化现实影响下的文学批评的未来发展来说，不能一味地倒向媒介批评，尽管它不能回避媒介化现实对其的重大影响。总之，较之于媒介批评"化繁为简""追求差异性"的理论旨趣而言，文学批评则导向"记忆或沉思"，走向"意义的深刻"。因此，一味地推动文学批评走向媒介批评是不可行的，甚至是危险的，尽管当下的文学批评在很多方面呈现出不同程度的媒介批评的特点。

那么，如何理解文学他性与媒介批评相向而行呢？

在塔比看来，"文学他性"概念的提出，本身就是文学批评为了应对媒介批评的强势而提出的理论策略。基于此，文学他性在理论上就必然兼有文学批评与媒介批评的某些共同点。但是，文学他性坚守文学乌托邦的终极理想最终还是要复归到文学批评，也正是在这种意义上，文学他性与媒介批评相向而行。

三 启示

塔比对"文学他性"内涵的阐释，无疑是非常有启发性的。

他从"流动性的""运动性的"视角把握文学活动，界定"文学他性"，在观念和方法上均具有很强的借鉴意义。在一定程度上，他打破了传统文学研究的观念和方法，尤其是文学本质研究的思维定势，开拓了文学研究（包括文学本质研究）的新维度。可以说，自从有了"流动性的""运动性的"研究思路，传统的"同一性的""凝固态的"文学本质观受到了严重的消解；与此同时，多样性的、多变的后现代文学观开始走向前台。这在一定程度上改变了单一性、统一化、同一性的文学本质研究的现状，显示出文学本质研究的理论进步和时代发展。此外，塔比从审美趣味的角度介入对文学他性内涵的阐释，体现了他坚守文学本位的理论立场，在当下文学和文学研究日益边缘化的现实语境中，其理论价值和现实意义尤为突出。

在笔者看来，塔比找到了文学他性与审美趣味之间的理论联系，也就是说，从审美趣味的理论视角可以侧面界定文学他性在文学活动中的呈现形态。具体来说，审美趣味的生成与更新体现出作为陌生化力量的文学他性的重大作用，这无疑具有很强的创新性。但是，塔比对审美趣味发生变化的内在根源却缺乏深入探讨，即没有进一步深入到对审美趣味和文学他性内在本质的揭示之上。笔者认为，审美趣味的内在本质体现为主体本质，也就是说，审美主体借助审美趣味的建构而不断地确证自身。正如第三章第一节"主体中的他性"所言，主体的自我确认，无论从自我意识的形成，还是从认识发生的过程，抑或从心物镜像的分析而言，都体现了他性维度。基于此，审美主体自我建构的过程实际上也是审美主体不断排斥或同化他者的过程，其间他性的内在作用是审美主体建构所不可或缺的一个重要组成部分。因此，从审美主体的角度梳理和分析审美趣味的生成与变更，在一定程度上可以揭示与之相行的文学他性的本质内涵和理论意义。本书第四章第二节阐释的文论范式的建构，其实质是文论主体的建构，是要借助对文论主体建构的阐释从哲学层面揭示文论主体建构的他性内涵，在一定意义上说也就是阐释文学他性的内在生成与确立。

在"陌生化"问题上，塔比跳出俄国形式主义批评家什克洛夫斯基的文学语言和文学文本的域限，大大拓展了"陌生化"的适用范围，为文学他性理论研究奠定了基础。但是，塔比所言的"陌生化"，在笔者看来，仅仅停留于对"陌生化"理论形态的描述，而未触及内在本质。笔者认为，"陌生化"在理论形态上表现为"颠覆性的力量"，其内在本质则是充当事物发展的内在动力源。具体而言，作为"陌生化力量"的文学他性，在文学主体（或审美主体）自我建构的过程中不仅是作为主体建构之不可或缺的组成部分，而且是作为主体建构不断更新变化的内在动力，且这种内在动力始终贯穿文学主体、文论主体、文论范式主体生成、确立和变更的全过程。此外，作为内在动力源的文学他性，在推动主体不断发生变化的同时还具有主体同一性、主体理论、主体范式理论（或者说审美趣味、审美范式、美学学科等）的潜质，内在地充当上述主体的免疫性力量，并不断积蓄能量，等待新一轮"爆发性"颠覆。

第二节 文论范式的主体本质

在论述文论范式与文学他性的关系之前，有必要先行交代文论范式与文学主体的关系，因为文学他性的本质与文学主体的运动是分不开的，而且文论范式的生成与确立，在某种程度上是文学主体运演的理论结果。① 同时，在阐释文论范式与文学主体的关系之前，还有必要交代文学理论与文学主体的关系。因为文学理论话语间的张力互动是导致文论范式出现的基本前提，② 而文学理论的建构更直接地与文学主体的运动密切相关。③ 基于此，本节的叙述顺序是：先简要论述文学理论与文学主体的关系，进而论述文论范式与文学主体关系，最后论述文论范式与文学他性的关系。

关于文学理论与文学主体之间的关系，简单地讲，文学理论是文学主体的运动结果。文学主体的运动，就其所承载的内容来讲，表现为文学不断确证自身，不断寻求和框定文学区分别于其他意识形式而表现出来的独特性；就其运动方式来讲，表现为不断将自身的独特性予以结构化、形式化或系统化，并最终形成文学理论的话语形态，这是其一。④ 其二，作为主体活动的文学运动，其确证自身的过程也就是为文学下定义的过程，或者说是文学主体的本质化运动，且这种运动在一定程度上表现为文学理论形

---

① 文论范式是文学本质论话语形态的集中表现。文学主体的运动尽管表面上呈现为寻求文学自身的独特性，即不断地确证文学自身的身份，但从根本上来说，文学主体的运动就是文学的本质化运动，就是内容层面文学主体身份的自我认同。基于此，我认为，文论范式的形成与确立归根到底是文学主体运动（即文学主体身份的自我认同）的理论结果。关于这一点，后面还将涉及。

② 文论范式的形成是以多样化的文论话语为基础的，没有多样化的文论话语，就没有文论范式的生成与确立。换句话说，文学理论形态的多样性为文论话语格局的形成奠定了基础。然而，文论话语格局的出现并不意味着文论范式的形成。不同文论话语在话语格局中的理论地位和作用都是不同的。根据库恩的范式理论，文论范式的形成，在一定意义上就是文论话语中心或话语权威的形成，而且，文论范式的结构力和同一性较之于一般性的文论话语要表现得更为强烈。

③ 较之于文论范式，文学理论与文学主体间的关系更为直接。在我看来，文学主体确证自身的过程，是经由文学主体的自我认同到文学主体的本质化再到文学理论话语的生成，最后才是文论范式的生成与确立。

④ 文学主体确证自身的内容与方式是多样的，表现为内容上的独特性以及方式上的结构化、形式化和系统化。就内容上的独特性而言，文学的社会属性、创作属性、文本属性、阅读属性等，都是文学确证自身的内容维度。就方式上的结构化、形式化和系统化而言，文学确证自身的方式不仅要为文学下定义，即界定文学之所以为文学的独特性，还要对构成上述独特性的不同要素及其他相关问题进行分析、论证、整理、综合等，并在此基础上逐步形成稳定的、整体的、同一化的理论形态。例如俄国形式主义文论，不仅提出了"文学性"概念，而且围绕"文学性"这一概念建构了文学活动的许多内容。

态的生成与确立。其三，在文学主体的本质化过程中，结构化和系统化的努力也会相伴而行，而且其效果还会反映到文学理论结构力的强弱（或者说同一性的强弱）上，文学理论结构力的强弱根本上还是文学主体性的强弱。换句话说，文学理论的同一性越强（或者说整体性越强、理论的结构力越强），则其所反映的文学主体性也就越强。[①] 基于此，文学理论形态的生成与确立在一定意义上是文学主体运动的结果。

文论范式与文学主体的关联，相对于文学理论与文学主体的关联而言显得较为间接，因为需要经过文学理论这一中间形态才能实现。文论范式是文论话语的集中形式，它并不等于一般性的文论话语。一般性的文论话语是指在文论话语格局中不占据中心地位且影响不够大的话语形态；而文论范式则是指占据文论话语格局中心地位的理论话语形态。尽管二者都是以理论话语的形态出现，但是文论范式的理论结构力远比一般性文论话语要强烈得多。不仅如此，在特定历史时期，文学理论的百花园里存有多种不同的文论话语，它们在整个话语格局中所处的地位以及所扮演的角色是不同的。话语的多样性是特定时期文论话语格局的基本特征，这是其一。其二，特定历史时期内多样性的文论话语不一定必然形成某种文论范式，因为文论范式的形成在一定程度上是不同文论话语相互作用并不断运动的结果。这些话语相互作用和运动的结果，有时呈现为前范式状态，有时呈现为范式状态，有时还会呈现为后范式状态（具体内容请参见库恩的范式理论）。其三，特定时期的文论范式通常表现为文论话语中心的产生，它拥有一个强大的话语共同体，并广泛地影响到其他理论话语的生成与建构。

与文学理论关系紧密的文学主体，与文论范式也存有紧密关系，甚至在一定程度上文论范式也是文学主体不断运动的结果。因为文论范式的生成与确立无论在内容还是方式上，与文学理论的生成与确立并无二致。[②] 因此，可以将文论范式的生成与确立归结为文学主体运动的结果。

---

① 引入文学理论结构力或同一性这一话题，目的在于反映：在文学理论中文学主体性越强，则推导到文学理论上的文学他者的破坏力越强。笔者希望，有关文学理论形成的论述能为后续的"文论范式的主体转换"这一论述做铺垫。因为文论范式的确立，在理论的结构力和同一性上远比一般性的文论话语要强得多，因而，文学他者的破坏力也更大。

② 注意：这里所说的"并无二致"，指的是内容构成与运动方式上无差别，但并未否定前文所讲的文学理论与文论范式在结构力、话语地位方面的差别。

　　既然有了上述文学理论与文学主体的关系以及文论范式与文学主体的关系等相关认识准备，接下来将借助"文学主体中的他性"这一理论前提，进一步揭示文学理论和文论范式与文学他性间的理论联系。

　　为什么要揭示这种理论联系？因为在文学理论和文论范式不断生成、确立和更新的过程中，存有一个内在的动力系统，① 即文学活动中动力系统发生作用而导致文学理论和文论范式不断变化和更新，这是其一。其二，正如前文所说，文学理论和文论范式根本上是文学主体运动的必然结果，因此，文学主体的自觉力量自然是上述动力系统的重要组成部分。其三，除了文学主体的动力维度外，文学他性也是动力系统中的重要力量。因为文学主体的本质化过程乃至文论范式的确立过程，也是排斥或同化文学他性的过程。没有文学他性就没有文学主体，文学主体的运动与文学他性的运动是同一运动过程的两个不同方面。换句话说，文学主体性与文学他性的张力互动，共同推动文学理论和文论范式不断生成、确立和更新。所以，从内在动力系统角度能够揭示文学他性在文学理论和文论范式变化更新过程中的作用机制，它对于阐释文学他性的理论内涵意义重大。

　　根据"文学主体中的他性"这一理论前提，在作为文学主体运动之结果的文学理论和文论范式的形成和确立过程中，文学主体的力量是建构的、显性的。因为文学主体的本质化就表现为文学理论和文论范式的生成与确立，在某种程度上，文学理论和文论范式的本质就是文学主体的本质。不仅如此，文学他性的力量也始终伴随着文学理论和文论范式的生成与确立，因为文学主体的本质化过程是一个误将他者作为自身的体认过程，这种误认也会随着文学主体的力量而进入文学理论和文论范式的建构中。在文学理论和文论范式的生成与确立过程中，文学他性的力量与文学主体力量的呈现方式有所不同，它是破坏性的、隐性的。

　　进而言之，文学他性的破坏力和隐性特征会随文学理论和文论范式结构力的强弱而有所变化。当结构力较弱，即文学理论或文论范式的同一性和整体性不够强烈时，文学他性是作为隐性的免疫性力量暂时处于潜伏的

---

① 这里所谓的"内在的动力系统"，是指来自理论内部的动力构成了内因动力系统，它是相对于外因动力系统而言的，不是从理论之外的广阔社会历史文化中寻找动力根源。

状态；而当结构力足够强时，文学他性就会走到前台，并形成强大的破坏力和颠覆性。换言之，文学他性的出场意味着文学理论或文论范式困境的到来，文学理论革命随即开始。

从文学理论和文论范式生成、确立和更新的动力系统来讲，除了文学主体自身自觉的努力外，文学他性的力量也是上述理论话语确立和变化的动力根源。

一　文学他性在文论范式转换中的理论意义

从文论范式转换的角度梳理和阐释文学发展史的理论与实践，在文学研究中可谓非常普遍，比如英国当代文学理论家特里·伊格尔顿（Terry Ea-gleton）的著作《文学理论导论》，德国接受美学创始人之一 H. R. 姚斯的文章《文学学范式的改变》，以及我国学者金元浦先生在《文学解释学》一书中的论述，等等。然而，我们在梳理 20 世纪西方文论史的理论范式时发现，相关理论阐释似乎都从美国科学哲学家、历史学家托马斯·库恩的科学范式理论中汲取了营养。

库恩在《科学革命的结构》和《必要的张力：科学的传统和变革论文选》两本著作中，详细阐释了著名的"范式转换"（Paradigm Shift）理论。① 他认为，任何一种常规科学都是一种范式，"这是任何一个科学部门达到成熟的标志"。库恩所说的"范式"，是指特定的科学共同体从事某一类科学活动所共同掌握并必须遵守的一般原理、模型和范例。它包括四方面要素。（1）在一定时期内科学共同体"看问题的方式"，包括思维原则、方法论和价值观。（2）科学共同体一致接受的某一专业学科的基本理论，以及取得的重大科学成就，包括可以进行逻辑和数学演算的符号概念系统。不同的学科部门都有自己的范式，同一学科在发展的不同阶段也会有不同的范式。（3）科学共同体拥有的仪器设备和操作运演方式。（4）每一范式均拥有自己的范例，这些范例是根据公认的科学成就做出的具体的典型题解。每一

---

① 〔美〕托马斯·库恩：《科学革命的结构》，金吾伦、胡新和译，北京大学出版社，2003，第 21～31、40～47 页；〔美〕托马斯·库恩：《必要的张力：科学的传统和变革论文选》，范岱年、纪树立等译，北京大学出版社，2004，第 287 页。

位科学共同体成员必须通过范例的学习才能掌握范式，学会解决同类问题的方法。① 在库恩看来，范式的形成具有几项标志性要素，包括：形式化的原则、方法和价值观念，典型案例以及业已形成了的理论共同体等。根据这几项指标，他进一步将科学的发展划分为前科学阶段、科学发展的成熟阶段（即常规科学阶段，科学范式的确立阶段）和科学革命阶段，并指出科学话语在形态上有前范式、范式和后范式等发展变化。在笔者看来，库恩的范式理论本质上是科学社会学的理论成果，这一点我们可以从库恩范式理论的话语建构中见出。从库恩范式理论的研究对象、研究方式以及理论话语的表现形态等方面看，它们都体现了科学社会学的研究思路。具体来讲，库恩全面阐释了科学范式转型过程中所涉及的社会历史状况，以及科学话语的整体格局、内容构成、呈现状态、形成标志等，可谓从科学话语所赖以存在的社会语境角度全面展示了科学话语发展的具体状况。显然，库恩的范式理论主要是针对科学建构过程中的社会学问题而言的。同样，他的范式理论也随科学主义思潮的形成而深刻影响了人文社会科学的研究方法，在一定程度上还推进了人文科学中范式理论的建构和运用。伊格尔顿和姚斯有关文学范式转换的论述，在一定程度上与库恩的范式理论的影响是分不开的。

　　伊格尔顿在《文学理论导论》一书中将 20 世纪西方文论的发展历程概括为：从浪漫主义和 19 世纪文学专注于作者的理论范式，经由俄国形式主义、英美新批评和法国结构主义专注于文本的理论范式，向接受美学和读者反应批评专注于读者的理论范式转变。② 此外，德国接受美学的创始人之一 H. R. 姚斯在《文学学范式的改变》一文中也秉持了与伊格尔顿相似的理论观点。金元浦先生在《文学解释学》和《"间性"的凸现》③ 两本著作中同样强调了文学范式的上述变化。在笔者看来，金先生有关文学范式转换的理论论述不仅受到库恩科学范式理论的方法论启示，而且融合了伽达默尔的哲学解释学、姚斯的文学解释学以及巴赫金的对话理论等，最终指

---

① 参见金元浦《文学解释学》，东北师范大学出版社，1998，第 31 页。

② 〔英〕特里·伊格尔顿：《文学理论导论》（英文第 2 版），外语教学与研究出版社、布莱克韦尔出版社，2004，第 68～69 页。

③ 金元浦：《文学解释学》，东北师范大学出版社，1998，第 274～306 页；《"间性"的凸现》，中国大百科全书出版社，2002，第 36～102 页。

向当下文论话语的多元共生，以及建立在话语共生基础上的文论建构之对话与交流。用金先生的术语来讲，就是"间性的凸现"。①

笔者认为，库恩的理论只揭示了科学范式转换的外部原因，即科学话语之外的发展动力问题，而对于科学发展的内在原因缺乏应有的关注，即没有从科学话语本身揭示科学发展的内在根源，没有揭示科学话语变化的动力系统。② 伊格尔顿、姚斯和金元浦先生的阐释均有着各自的理论立场和理论目标，却并没有揭示文论范式转换的内在根源，即对推动文论范式变化的内在动力缺乏应有的关注。原因在于：长期以来，文论话语主要专注于作为主体的文论的建构，仅从主体文论建构的视角揭示文论发展变化的动力根源；而这种理论研究的思路在一定程度上严重忽视了他者和文学他者维度，因而，其结论在一定程度上也就具有局限。基于此，本书结合主体的他性本质以及文学主体性与文学他性互动张力的理论，重新梳理和阐释 20 世纪西方文论范式的发展变化，以揭示他性和文学他性在范式和文论范式转换中作为内在推动力所发挥的重要作用，从而为文论发展史的研究和阐释提供了一个全新的理论视角。

本书认为，推动文学范式转换的内在动力，源自文学主体性与文学他性的张力互动。20 世纪西方文论范式的理论形态在一定意义上就表现为文论主体范式的建构，其间所始终存有的文学他性的张力互动，便成为推动文论话语由一种主体范式向另一种主体范式转换的内在动力，并最终促使主体范式破灭而走向后现代主体范式的理论建构。而当下文论范式的现实状态，一定程度上已表现出主体范式向后主体范式发展变化的过渡性阶段特征，且始终存在其间的文学他性力量不应被忽视。

二　文论范式的主体转换

根据主体自身属性的差异，我们可以将主体分为主体和准主体。其中，

---

① 金元浦：《"间性"的凸现》，中国大百科全书出版社，2002，第 3~9 页。
② 当然，这里并不是求全责备地批判库恩的科学范式理论，也不是否定库恩理论的科学性、合理性及其对当代科学研究的巨大影响，而是借助对该理论的历史分析，并结合当前文学研究的现实状况，为推动对文学范式问题认识的深化以及服务于当下文学话语理论的建构而引入新的理论阐释视角或方法。

主体即我们通常所说的行动者，是在行动中能自由活动，独立观测、欣赏、评价、判断和思考的人，或者说是具有主体性的人；而准主体是指被赋予了人之属性的某些事物或对象。准主体具有两方面的内涵：一方面，指不具有人之属性的事物或对象；另一方面，又用来指那些可以像主体那样自由行动，独立观测、欣赏、评价、判断和思考的人。当然，在赋予准主体以主体之属性的活动中，实施"赋予"活动的从根本而言仍然是主体。实际上，主体是主体行为或活动的第一动力。同时，根据主体数量的多寡，我们还可以将主体分为单个主体与群体主体，其中，群体主体又可以细分为地域主体、民族主体、种族主体、性别主体、宗教主体、文化主体等。

根据上述分类，笔者认为，文学活动中同样也存在主体与准主体、单个主体与群体主体。具体来说，文学活动中的主体，既包括作家主体、读者主体，还包括批评家主体和研究者主体等；而文学活动中的准主体可分为语言主体、文本主体、社会主体、历史主体、文化主体等。在此有必要强调：上述分类并没有绝对的界限，更不是主体分类的全部。① 之所以要作如此区分。原因有二。其一，西方文论和批评中确实存有主体与准主体、单个主体与群体主体问题，而且西方文论主题（或者说文论范式）的当代转换，从某种角度来说是主体向准主体、单个主体向群体主体的主题转换。基于此，从主体区分角度切入对文学主体问题的讨论，不仅具有内容的契合性，而且具有方法的有效性。其二，文论主题之由主体向准主体、单个主体向群体主体的时代转换，一方面表明文学主体问题的深化，另一方面也预示了文学主体的消亡或文学主体范式的理论终结。② 然而，无论主体问题的深化，还是文论主体范式的消亡或终结，均预示了文学他性的生成与出场。因为文学主体的理论建构（可归结为文论主体的建构，还可以表现

---

① 实际上，依据不同的标准会有不同的分类结果，不同的分类结果之间还会因分类标准不同而存有分类内容上的交错。

② 余虹先生在《文学的终结和文学性的蔓延——兼谈后现代文学研究的任务》（《文艺研究》2002 年第 6 期）一文中指出了后现代总体文学状况的双重性，即文学的终结与文学性统治并存，以及前者对后者的掩盖。余先生所谓的文学的终结，就我的理解而言，是指那种作为独立自足主体（即具有同一性的主体）的文学之终结，而实际上主体破灭后文学性的成分却始终存在，并有不断蔓延之势。基于此，我认为，后现代文学研究所面对的问题已不再是文学主体的同一性问题，文学主体的破灭带来的是文学他性的呈现。而在某种程度上，"文学他性的呈现"就表现为文学性的蔓延。

为文论主体范式的形成），在本质上均是以排斥或同化文学他性而实现的。与此同时，文学他性对文学主体性也进行反排斥或反同化。文学主体性与文学他性之间的张力运动，一方面导致文学主体同一性理论（即主体性的文论或主体文论范式）之困境，即文学主体理论建构的破灭；另一方面使文学他性走到前台。

综上所述，如果从主体发展的角度看，则文学理论与批评的发展过程就是文学主体走向独立、走向理论范式建构、走向主体范式破灭的发展过程；如果从他性角度来看，则文学理论与批评的发展过程就是文学他性显现，以及文学他性理论生成与确立的过程。

从文学主体的理论建构，或者说从文论主体的范式来讲，20 世纪西方文艺理论与批评走过了社会主体范式（或历史主体范式、文化主体范式）→作者主体范式→文本主体范式（或语言主体范式）→读者主体范式→社会主体范式（或历史主体范式、文化主体范式）的发展历程。其中，社会主体范式表现为阐释文学的意义主要是从文学之外的社会历史中寻找答案，或者说，文学的意义主要体现为文学的社会本质、社会功用和社会价值等。主要形态是现实主义文艺理论与批评，包括批判现实主义、社会主义现实主义、反映论、意识形态说等。作者主体范式主要以"作者的意图等于文学的意义"这一命题为理论前提，以对作者的生活阅历、思想变化、创作过程的挖掘作为文学主体理论的建构，这种理论范式的形态主要表现为传记式、考证式文学理论与批评。文本主体范式主要基于"文学的意义来自于文学文本"这一认识前提，即从文本自身的结构、内涵、方式中揭示文学的意义，它反对远离文学文本而追求或挖掘文学的意义，其形态主要包括俄国形式主义、英美新批评、法国结构主义等。读者主体范式主要强调读者在文学意义生成和阐释中的重要地位（甚至是根本地位），其形态主要包括接受美学、读者反应批评、解释学美学等。

三　主体范式的失范与后主体范式的生成

20 世纪 60 年代以后，西方文论范式又发生了新的变化，即在一个更高的层面上回归社会主体范式（或历史主体范式、文化主体范式）。表现为：其一，主体概念的特点已经由原来的同一性而转变为不确定性和不稳定性；

其二，它的社会、历史和文化的内涵，远比此前的社会学批评广泛得多，已经拓进到地域、民族、种族、性别、宗教等几乎所有层面；其三，理论形态呈多学科、跨学科、超学科的后现代特征。这一阶段我们可称为文论主体范式的终结，因为同一性的文学主体已经不复存在，理论已经走向后理论，不稳定性和不确定性成为后主体范式的理论特色。

从文论主体范式的破灭来讲，文学理论与批评史经历了哲学层面的尼采之"上帝死了"→米歇尔·福柯的"人死了"→罗兰·巴尔特的"作者死了"→J. 希利斯·米勒的"文学终结论"的发展历程。其中，尼采的"上帝死了"宣告了哲学中同一性主体范式的终结，其终结是全面的、彻底的，不仅包括感性主体范式如浪漫主义的文学主体观的终结，也包括理性主体范式如康德、黑格尔的文学主体观的终结。福柯的"人死了"沿承尼采的"上帝死了"的理论内涵，将上帝的内涵从"大写的人"拉向"小写的人"。巴尔特的"作者死了"在一定意义上表明作者中心地位的丧失，读者在文学阐述中地位上升。米勒的"文学终结论"，对电信时代的文学及文学研究的未来表示出深深的担忧。

通过对文论主体范式的考察，以及文学主体理论的死亡或终结，一方面揭示了同一性的文论主体范式的死亡或终结，另一方面也预示了文学他性理论的生成与出场。文学他性是文学理论和文论范式不断生成、确立与更新的基本力量。从文学他性之力量这一视角梳理和阐释 20 世纪西方文论范式不断变化的理论根源，[①] 揭示文学他性的内涵，可以为文学他性的理论阐释提供文论发展史上的依据。

第三节　文论范式的主体建构

正如前文所说，文论范式是反映文学理论集中性的理论形态，其理论结构力比一般性文学理论话语要强烈得多。所以，为了充分展现文学他性力量的理论内涵，本节主要选取文论范式作为分析对象，从文论发展史视

---

① 本章主要选取 20 世纪西方文论的发展史为梳理和阐释的对象，同时也会涉及部分 20 世纪以前以及 21 世纪的文论话语和理论范式。

角论述文学他性动力的理论内涵。

文论范式中文学他性力量的发挥表现在两个层面。第一个层面是就某一文论范式的建构而言的，即从横向层面揭示文学他性的动力系统，如在文论的社会范式建构（还包括作者范式、文本范式以及读者范式的建构等）中发掘文学他性的动力根源；第二个层面是纵向层面，即某种文论范式向另一种文论范式发生变更——如社会范式向作者范式变更，作者范式向文本范式变更，文本范式向读者范式变更——过程中文学他性的动力系统问题。

文论主体范式的同一性追求，以及由一种主体范式向另一种主体范式的发展变化，其间的动力系统来自文学他性。就文论主体范式的同一性追求来讲，文论主体的建构是以排斥和同化文学他性为代价而实现的。也就是说，如果文论主体不对文学他性进行排斥或同化的话，那么就难以形成同一性的理论话语，就难以以自身的独特性而区别于其他理论范式。与此同时，被文论主体排斥或同化的文学他性，也会对文论主体的同一性建构进行反排斥或反同化。于是，文论主体性与文学他性之间的张力互动便告形成，文学他性成为文论主体范式形成必不可少的条件。同时，当在文论主体范式的建构中结构力达到一定程度时，就必然引起文学他性的显现，而文学他性的显现，在实践中也就预示了文论主体范式的变更。作为动力系统的文学他性，在文学主体和文论主体的活动中无处不在。换个角度来说，任何文学主体和文论主体的建构都离不开文学他性的参与。而文学他性的显现，则标志着文学主体或文论主体范式的危机，文学理论的革命即将到来。法国哲学家德里达在《没有启示，不是现在》一文中曾说："文学和批评不可言及他物，它们没有终极的所指，为了同化那些不可同化的全然他者（unassimilable wholly other），它们唯独能做的就是小心谨慎地使它们的言说策略多样化……文学仅能言及这些，以推迟同全然他者的相遇。"[1]显然，在德里达看来，文学理论与批评的任务就是找出多样化的叙述策略来，尽量回避同一化的结构话语，最终推迟与他者的相遇，因为他者的出

---

[1]　Imre Salusinszky, *Criticism in Society: Interviews with Jacques Derrida, Northrop Frye, Harold Bloom, Geoffrey Hartman, Frank Kermode, Edward Said, Barbara Johnson, Frank Lentricchia and J. Hillis Miller* (New York and London: Methuen, 1987), p. 21.

场必将对文学理论与批评带来毁灭性后果。与此同时，德里达认为，他者的出场是迟早的事，多样化的叙述策略只是为了推迟这个时间而已。

此外，在文学主体范式的建构中，文学意义之先定存在似乎是理论界的共识。倘若没有这一前提，在某些人看来，文学活动包括文学研究和文学批评，其价值和意义将无从说起。至于上述先在的文学意义是确定的还是移动的、是单一的还是多维的、是可以言说的还是不可言说的、是部分可以言说的还是全部可以言说的，对这些问题的回答，不同理论家有着不同的回答，因而也存有不同的文学主体范式。

文学主体范式的建构也是围绕文学意义问题展开的。其中，意义的哲学本体，意义来自哪里、如何呈现、如何被阐释，阐释主体与意义自身的关系，意义阐释的有效性，意义及其阐释的社会价值和意义等，构成了主体范式问题的主要内容。在社会主体范式的建构中，文学意义是通过社会本质、社会功用和社会价值而呈现的。因此，文学意义的呈现方式就表现为社会本质的呈现方式，而对文学社会本质的阐释，也就等于对文学意义之阐释。换句话说，追寻和阐释文学的社会本质，在一定程度上就代表了文学社会主体范式的建构。

一　社会文论范式的主体建构

英国当代文学理论家拉曼·塞尔登说："一种有能力的批评实践似乎总是以集中探讨创作/阅读过程中的一个特别的方面以便形成某些基本的理论假设而开场的。批评理论中这种一面倒的情形向我们暗示，想要形成一种完整的、面面俱到的、满足各种批评实践的理论模式是绝对不可能的。"[①]在笔者看来，塞尔登的话包含以下几层意思。第一，批评实践的具体开展，都会以一些基本的理论假设作为起点，且这些理论假设不容否决，不仅文学批评实践如此，而且大多数理论话语的生成和展开都离不开基本的理论假设或逻辑起点，如康德的物自体、黑格尔的绝对理念、海德格尔的存在、柏格森的绵延等。第二，批评实践之成果的取得，在某种意义上得益于批

---

① 〔英〕拉曼·塞尔登编《文学批评理论——从柏拉图到现在》，刘象愚、陈永国等译，北京大学出版社，2000，第2页。

评主体对文学活动中某一方面的集中关注。换句话说，集中关注文学创作或阅读某一特别方面的批评实践，是允许的，也是可行的，并且是能够取得成效的。然而，这里还有一个前提，即不对其他批评实践的可能性和合法性进行排斥。基于此，用整体观的方式指责专门化的批评实践的做法是无效的，也是没有意义的，因为理论评价的有效性是指深入评价对象本身，并就评价对象本身的得失进行评判，而不是借助外来的某种观念或方法对评价对象责备求全。再者，理论评价要表现出不同理论的独特性，即所谓尺有所短、寸有所长，趋优而避劣才是理论评价所要秉持的立场。以上关于理论立场和评价态度的言说，无论对文学主体理论的分析，还是对文学他性理论的建构，都有积极的参照意义。韦勒克和沃伦的《文学理论》一书中外部研究和内部研究的区分，以及 M. H. 艾布拉姆斯有关文学活动四要素的界说，① 在一定程度上为文学研究的深入开展和理论创新提供了新思路。

同样，在文论范式的社会主体建构中也反映了塞尔登所言的那种情况，即专注于文学的社会本质、社会价值和社会功能的阐释与建构，② 而对文学其他方面缺乏应有的关注。由于篇幅的限制，这里只选取文学社会学理论作为分析对象，旨在揭示其社会主体范式建构的过程和核心问题。

> 文学社会学的特点，在于建立并描述社会与文学作品之间的关系。社会存在于作品之前，作家受社会的制约，反映社会，描写社会，力图改造社会；社会存在于作品之中，我们从作品中可以看到社会的影子，看到关于社会的文字；社会还存在于作品之后，因为还存在着阅读社会学和读者社会学，从统计研究到接受理论，它们都可以产生新的文学现象。③

---

① 参见〔美〕韦勒克、沃伦《文学理论》，刘象愚、邢培明、陈圣生、李哲明译，三联书店，1984，第65、145页；〔美〕M. H. 艾布拉姆斯《镜与灯——浪漫主义文论及批评传统》，郦稚牛、张照进、童庆生译，王宁校，北京大学出版社，1989，第5~6页。
② 这里所说的文论范式的社会主体建构的理论形态主要是文艺社会学，请见周平远《文艺社会学史纲——中国20世纪文艺学主流形态研究》，中国大百科全书出版社，2005，第2页。
③ 〔法〕让-伊夫·塔迪埃：《20世纪的文学批评》，史忠义译，百花文艺出版社，1998，第174页。

在塔迪埃看来，文学社会主体理论的建构，不仅揭示出作家对社会语境的现实依赖性，而且表明了作品社会内容的不可或缺性，还显示了阅读社会功用的不可逆性。可以说，与文学活动相关的一切活动，在社会主体的统制下，都被纳入文学社会主体理论的框架或视域；与此同时，文学社会主体的包容性和广博性在一定意义上为文学社会学的理论建构提供了广阔的发展空间。

文学社会主体理论的建构，主要表现为由社会本质论转向社会功用论，进而抵达社会价值论。文学活动，包括作家的创作、读者的阅读、文本的意义以及批评家的任务等，都是围绕社会本质、社会功用和社会价值等问题而具体展开的。

（一）朗松：作为文化史之一部分的文学

法国著名文论家居斯塔夫·朗松在 1904 年作《文学史与社会学》的演讲时指出："任何文学作品都是一个社会现象。这是个人的行为，但这是个人的社会行为。""文学史中最重要的那些问题是社会学问题，我们大部分工作都或者以社会学为基础，或者得出社会学的结论。我们要干什么？我们要解释作品。不把个人的行为化为社会行为，不把作品和人放在社会的序列中，我们怎能把作品解释清楚？"[1] 在朗松看来，文学活动是个人行为，表现时代的社会本质，并且集中地通过社会学反映出来。文学批评和理论的任务，自然是在文学作品中挖掘和发现社会学问题，从而揭示社会现象的社会本质。

朗松还说："文学史是文化史的一部分。法国文学是法兰西民族生活的一个方面：它把思想和感情丰富多彩的漫长的发展过程全部记载下来——这个过程或者延伸到社会政治事件中，或者沉淀于社会典章制度之内；此外，它还把未能在行为世界中实现的苦痛或梦想的秘密的内心生活全都记录下来。"[2] 显然，朗松的文学理论与批评观，不只面对文学作品

---

① 〔美〕昂利·拜尔：《方法、批评及文学史——朗松文论选》，徐继曾译，中国社会科学出版社，1992，第 38~63 页。

② 〔美〕昂利·拜尔：《方法、批评及文学史——朗松文论选》，徐继曾译，中国社会科学出版社，1992，第 3 页。

中的社会本质问题，还将文学史与文化史的具体过程或机制与民族的情感和体验结合起来。在朗松的文学理论和批评观中，文学的本质是记载社会。

（二）卢卡契：小说形式是破碎世界的反映

西方马克思主义创始人、著名社会政治活动家匈牙利人乔治·卢卡契，在其批评性论著《小说理论》一书中强调："小说形式是破碎世界的反映。"[1] 他认为，文学的演变与社会的进化紧密相关，文学的结构与历史的和哲学的辩证阶段相联系。卢卡契在对历史发展进程中各个社会进行了全景式的概括后认为，当生活的意义受到质疑时，小说代替了史诗；散文体于是取代了英雄史诗，诗则演变为抒情诗。[2]

卢卡契在论及反法西斯的人道主义历史小说时说："所有这些作家都在塑造人民命运的形象。它们跟上一阶段的资产阶级历史小说之根本区别正在于，它们断绝了使历史闲居起来的倾向，断绝了使它在同样是奇妙的、怪癖的变态心理学的基础上变成一种五光十色的英国情调的倾向。由于把这些历史小说所表现的中心命运从开始起就在社会上和人性上跟人民的命运深深地联结起来，在内容上就产生了一种走向古典历史小说的问题提法的方向去的重要运动。"[3] 在这里，卢卡契将历史小说风格与阶级（或集团）的社会心理、价值取向以及审美趣味联系起来，为文学艺术的社会主体范式的建构提供了新的向度。

1960 年，卢卡契在其代表作《历史小说》一书的序言中，提到了自己的研究思路和方法，即"探索经济和社会发展与世界观以及由世界观所产生的艺术形式之间的相互作用"。[4] 可见，卢卡契的文艺社会学理论的建构

---

[1] 转引自〔法〕让-伊夫·塔迪埃《20 世纪的文学批评》，史忠义译，百花文艺出版社，1998，第 175 页。

[2] 转引自〔法〕让-伊夫·塔迪埃《20 世纪的文学批评》，史忠义译，百花文艺出版社，1998，第 176 页。

[3] 〔匈牙利〕卢卡契：《人民性和真实的历史精神》，《卢卡契文学论文集》（第 1 卷），中国社会科学出版社，1980，第 124 页。

[4] 转引自〔法〕让-伊夫·塔迪埃《20 世纪的文学批评》，史忠义译，百花文艺出版社，1998，第 179 页。

体现了鲜明的文学社会主体建构的特色。他不仅认为文学的本质在于社会本质，文学的变化源于社会的变化，而且指出作家的任务"在于紧紧抓住他们时代的重大问题，无情地再现社会现实的真正本质"，而批评家的任务在于从小说人物和情节中重新发现"影响社会革命的伟大力量"。他说，历史小说应当艺术地再现历史真实；作家"具体的阶级地位"及"在此基础上可以接受的正确内容"，决定了作家认识事物的"正确"观念。"作家与批评家"的分离是资本主义发展的产物，资本主义"把作家和批评家同时推入专业人员队伍的狭小圈子里，剥夺了他们关心人类利益、社会整体、政治斗争和艺术概括的全局观念和具体意识，而全局观念及其具体意识正是文艺复兴、启蒙时代和所有民主革命的准备阶段的文学的共同特征"。文学作品表现过去社会的一个阶段，在现实生活中发挥作用，并引导我们走向未来。① 在卢卡契那里，社会主体的建构几乎囊括了文学活动的所有方面，这也揭示出文论的社会主体性。

（三）戈德曼：文学和哲学是世界观的不同表达方式

法国发生学结构主义创始人吕西安·戈德曼，在文学研究方法上不同于卢卡契的全景式考察。他在《文学上的辩证唯物主义和历史唯物主义》一文中总结："历史唯物主义在文学研究领域的基本观点，认为文学和哲学是世界观的不同的表达方式，世界观不是孤立的个人现象，而是社会现象。"② 较之于卢卡契，戈德曼在社会主体理论的建构中更进一步，即从社会本质的内容拓展到文学研究的方法论。戈德曼认为，在探索作品与同时代的社会阶级的关系之前，首先应该"理解作品自身的内容"。具体的方法是：先确定作品的内在结构，然后寻找其与同时代的文化结构、社会结构、政治结构和经济结构的相似性以及有意义的关系。③ 在戈德曼那里，作品自身的内容，即作品的内在结构，具有"美学价值"，即批评家从"内在的美

---

① 〔法〕让-伊夫·塔迪埃：《20世纪的文学批评》，史忠义译，百花文艺出版社，1998，第178~179、181、183~184页。

② 转引自〔法〕让-伊夫·塔迪埃：《20世纪的文学批评》，史忠义译，百花文艺出版社，1998，第185页。

③ 〔法〕让-伊夫·塔迪埃：《20世纪的文学批评》，史忠义译，百花文艺出版社，1998，第185~186、188页。

学分析"中分离出"作品的客观意义",然后将其与"当时的经济的、社会的和文化的因素联系起来"。[①] 可见,戈德曼的社会主体理论中加入了文学的审美内涵,尽管其文论的核心仍集中于作为世界观而变现出来的社会本质论,而这一批评思路与俄国马克思主义理论家普列汉诺夫的批评步骤有很大的不同。普列汉诺夫曾在《二十年间》第三版序言中把文学批评分成两个步骤,即先把作品的思想从艺术语言翻译成社会学语言,寻找文艺现象的社会学等价物,然后才评价作品的艺术价值。[②] 在普列汉诺夫那里,文学批评的任务就是挖掘和阐释作品中所体现出来的社会本质,而对艺术价值的阐释在具体的操作中常常被忽视或淹没,在一定程度上导致文艺学中庸俗社会学的出现。

实际上,社会主体理论建构的内容非常广泛,不仅鲜明地凸显了文论的社会主体建构,而且为文论的文本主体和读者主体的建构提供了过渡和可能。

二　作者文论范式的主体建构

在社会主体文论的建构中,关于作者世界观内容的阐释在某种程度上预示了作者主体理论建构时代的到来。卢卡契在论述现实主义小说时指出,小说人物并非按照作者的个人意愿,而是按照"他们的社会存在及其心理存在的内在的辩证关系"而发展的。卢卡契认为,作家的思想构成世界观的表面内容,而世界观的深层结构里包容着时代的重大问题和人民的痛苦,它们通过人物表现出来。[③]

尽管在卢卡契那里,社会主体问题与作者主体问题并未完全分离开,且社会主体仍然是主体理论的核心问题,但是其间所蕴含的作者主体思想为作者主体理论的建构提供了理论思路。

---

① 〔法〕让－伊夫·塔迪埃:《20世纪的文学批评》,史忠义译,百花文艺出版社,1998,第186页。

② 〔俄〕普列汉诺夫:《论文集〈二十年间〉第三版序》,《鲁迅译文集》(第6卷),人民文学出版社,1958,第592页。

③ 〔法〕让－伊夫·塔迪埃《20世纪的文学批评》,史忠义译,百花文艺出版社,1998,第178页。

在社会主体理论中，作者是社会中的作者，承载有社会本质和社会功用，是社会价值实践的途径。尽管作者在社会主体理论中是社会本质、社会价值实现或呈现的构成物或作用机制，但是其能动作用在社会主体理论的构成中仍然具有非常重要的地位，它为文学理论由社会主体向作者主体变化提供了可能和途径。

作者主体理论的建构，其前提是作品意义的"作者赋予说"。在广阔的社会意义中，人们寻找和发现作品的意义无从实现，最后才回到现实，即作品是作者的创造物，作者的意义自然就是作品的意义，于是社会意义开始转向作者意义，即社会主体转向作者主体。金元浦先生指出，作者创造作品意义的观念，是西方传统文论一直以来的基本观念，且以"作者原意＝作品意义＝读者发掘的意义"为理论前提。作者意义的"作者赋予说"，在主体论建构方面集中地体现在传记式批评和考证式批评中。

自19世纪末开始，以记述作者生平事迹为主的传记批评一度成为文学批评的主流。批评家沉湎于对作家个人经历的追踪、调查，搜集有关作家生平的大量资料、文献，用以考据、印证作家的创作意图、人物的原型和事件的本貌，特别是针对作家自述的创作动机，更有权威性的特权。①

（一）朗松和吕德莱：渊源批评

在谈及作者主体理论的建构时，我们需要再次提到法国著名文论家居斯塔夫·朗松，他的"渊源批评"是作者主体理论建构的一个典范，具体包括传记式批评和考据式文学批评两部分。

在朗松看来，全面分析作家的草稿、初稿和手稿等资料的意义在于："我们从中看到了艺术家的全部努力，从中追踪了艺术家艰辛的创作历程，他的探索、困惑和逐渐理清思路的缓慢过程……我尤其希望展示这种辛勤劳动的内容和努力的方向。从这一考察中，我们可以了解作家的天才和趣味的一些迹象……艺术家的气质和顾忌的一些迹象。"② 朗松的"渊源批评"主要分为三个步骤。第一个步骤是对手稿的分析。在对法国小说家贝纳

---

① 金元浦：《"间性"的凸现》，中国大百科全书出版社，2002，第36～37、43页。
② 转引自〔法〕让-伊夫·塔迪埃《20世纪的文学批评》，史忠义译，百花文艺出版社，1998，第307页。

丹·德·圣比埃手稿的分析研究中，他认为，第一稿是"混乱的""夸张、松散、晦涩难懂""谈不上自然流畅"，因而"人物塑造不可能一挥而就"，"比喻对人物形象有负面影响"，"这份初稿显得杂乱无章"。第二个步骤是列举文献的不同版本，以见出版本之间的变化。在这一阶段，主要为读者大段地引用小说中的文字，并且把不同稿本全部列入注释之中，详细描述文字的变化过程。第三个步骤是寻求创作的方向和主导力量，总结定稿中哪些特征是原始的，哪些特征是后来增加的。① 朗松的"渊源批评"，主要是通过对艺术家手稿的考察和分析，发现艺术家真正的创作意图，还原艺术家的原意。

除了朗松的"渊源批评"理论外，英国牛津大学教授居斯塔夫·吕德莱在《文学批评与文学史的技巧》一书中也介绍了批评版本和渊源批评的方法。他认为："文学作品在付梓前经历了从创作灵感的产生到定稿等若干阶段。渊源批评的目的就是要揭示作品产生的精神历程以及这一历程的规律……确定作家们的精神机制的演变过程，观察其思维活动和处于活动状态中的创作手法。"② 可见，"渊源批评"无论从研究内容、研究方法还是步骤来说，都强烈地体现了作者主体建构的理论特色。

后来，"渊源批评"开始区分为外部批评和内部批评。

吕德莱认为，外部批评主要是收集作家及其朋友们的见证物，分析他们的往来信件，主要关注作品的源泉。而内部批评从熟悉手稿开始，因为手稿保证了文本的智慧，从初稿及以后的润色中可以辨别出稳定的发展方向，通过初稿及修改稿可以了解艺术家的意识走向和潜意识走向。此外，草稿越多、涂抹得越厉害，价值越高，可以帮助确定作品整体及各个部分的创作日期。③ 显然，渊源批评的内在发展，内部批评和外部批评的区分，开始具有由作家主体向文本主体转向的苗头。

---

① 〔法〕让-伊夫·塔迪埃：《20世纪的文学批评》，史忠义译，百花文艺出版社，1998，第307~308页。

② 〔法〕让-伊夫·塔迪埃：《20世纪的文学批评》，史忠义译，百花文艺出版社，1998，第309页。

③ 〔法〕让-伊夫·塔迪埃：《20世纪的文学批评》，史忠义译，百花文艺出版社，1998，第309页。

（二）奥迪亚：传记批评

法国批评家皮埃尔·奥迪亚的传记批评也可以分为三个步骤。第一个步骤是打开已经装订成册的作品，模仿创作过程，重新架构和体验一定时期作家的精神生活，实现批评家和作家的真正同一。奥迪亚认为，创作之初，存在着发现、概念、意象和激情等，它们是推动衍生的原动力，人们只能通过创作日记、书信和各种版本来捕捉它们。工作日记可以显示作者思想的发展历程，而不同版本则不断地充实思想内容。奥迪亚从外部批评视角解剖作家的思想。第二个步骤是恢复、描述或解释作品的提纲。奥迪亚认为，无论何时何地，批评家绝不能虚构作家的构思提纲，如果作家曾经有过提纲，则批评的责任就只是描述这份提纲。第三个步骤是分析风格的形成过程，实际上就是手稿研究，主要辨明手稿的真伪、日期和写作顺序，研究字迹、修改部分和不同稿本。奥迪亚认为，手稿清晰还是潦草、行距、字迹是否倾斜、评论是采用旁注形式还是脚注形式、书写速度等字面状况，可以提供作家活动方式方面的信息。修改部分、不同稿本可以揭示作家思想的发展。[1] 塔迪埃甚至认为，"批评家要从草稿中抽取所有象征，如有条不紊的工作态度或乱作一团的稿纸、速度、书法、作家在自己手稿上的批注、包括作家为自己规定的约法三章等，以期再现创作中的作家"。[2]

从塔迪埃的梳理和阐释中可以见出，作为作者主体建构的理论形态，渊源批评集中体现了作者意义中心的主体思想。

在创作领域，华兹华斯在《〈抒情歌谣集〉一八〇〇年版序言》中提出了"诗是强烈情感的自然流露"[3]，从主体性张扬的角度将作者主体理论发挥到了极致。文化批评家卡瑟琳·贝尔塞甚至认为，在浪漫主义和后浪漫主义诗歌中，从华兹华斯到维多利亚时期的艾略特和叶芝，主体性是中心

---

[1] 〔法〕让－伊夫·塔迪埃：《20世纪的文学批评》，史忠义译，百花文艺出版社，1998，第311～314页。

[2] 〔法〕让－伊夫·塔迪埃：《20世纪的文学批评》，史忠义译，百花文艺出版社，1998，第318页。

[3] 〔英〕华兹华斯：《〈抒情歌谣集〉一八〇〇年版序言》，曹葆华译，见伍蠡甫、胡经之主编《西方文艺理论名著选编》（中卷），北京大学出版社，2000，第54页。

话题。它开拓诗人的自我，作为诗人自我的意识，反抗外部现实对诗人的限制。①

德国海德堡大学教授、20世纪著名的文学批评家弗雷德里克·贡道尔夫，在莎士比亚和歌德研究中借助作品而考察了创作者这一统一体。贡道尔夫认为，作者是运动和形式、精神和身体的统一体，因此，仅仅研究传记显然是不够的，"艺术家的全部生涯都生存于一部艺术作品之中"。他认为，应"将作品作为整体研究提出问题，即作品似乎具有自己的发展过程、具有自己的历史和多样性。"② 在这里，贡道尔夫一方面拓展了作者主体建构的理论论域，另一方面也预示了作者主体范式的建构已经出现文本主体建构的萌芽或倾向。

正如前文所说，作者主体理论的形成和确立，是基于"作者赋予意义"的理论假设。然而，当该假设面临来自理论之外其他假设的挑战和威胁时，也就是作者主体理论走向衰落之时。

三　文本文论范式的主体建构

从内在发展的动力而言，文论的文本主体建构，主要是作者主体理论的困境以及文学主体自身寻求新的理论突破等原因导致的结果。与此同时，20世纪初的语言学转向也为文论的文本主体理论的建构提供了现实条件。如果就纯文学观念来讲，文本主体的建构在一定意义上是文论的主体性建构的集中体现，"文学性"和"文学本体论"等命题的提出鲜明地显示出上述倾向，即文论的主体建构围绕文学文本的特殊性展开。

正如前文所说，作者主体理论的建构遵循"作者原意＝作品意义＝读者发掘的意义"的潜在原则。然而，当这一公式受到质疑或颠覆时，作者原意说的破裂在某种程度上就预示了文本意义说和读者阐释意义说的出场。在作者原意与语言表达的不一致性被人们发现时，语言和文本的意义在某种程度上就取得了相对独立的地位。文本意义从作者原意中分离出来，一

---

① Catherine Belsey, *Critical Practice* (London: Routledge, 1980), p. 63.
② 〔法〕让－伊夫·塔迪埃：《20世纪的文学批评》，史忠义译，百花文艺出版社，1998，第40～41页。

方面宣告了作者原意说的破裂，另一方面开启了文本理论的主体建构，于是，文本逐渐取代作者而成为理论和批评关注的焦点。

在具体的批评实践中，以俄国形式主义、英美"新批评"和法国结构主义为代表的批评流派，极力反对从作者及其时代中寻找作品的意义，而主张意义就存在于作品中。新批评理论家的斩断"意图谬误"和"感受谬误"以及回归"文学性"的主张，鲜明地体现了文本主体理论建构的努力。

（一）退特：文学语言与科学语言的区别

美国批评家、诗人、新批评派的重要代表人物艾伦·退特，1941 年在《作为知识的文学》一文中认为，文学与科学除了语言表达上的差异外，在认识价值上并无差别。退特的上述观点为追求科学化的诗学和文论提供了方法上的明确性和内容上的独特性，从而为文论的文本主体范式的建构打下理论基础。

退特认为，"诗的'兴趣'价值是一种认识价值。在诗里面我们得到的是关于一个完整的客体的知识，这便足够了"。[①] 在退特看来，诗的价值不是感性的，而是认知性的。过去的诗辩只是抵抗科学的压力，而新批评派证明诗并不与科学相对抗，它只不过是在进行与科学完全不同的工作罢了。由此，批评的科学化倾向与诗歌自身的独特性在新批评理论中达到同一：一方面，新批评的理论目标是系统科学地阐明诗歌的独特性；另一方面，诗歌语言的独特性又表现出与科学文体的本质区别。总之，新批评理论观照下的诗辩，是一种既与科学相联系又与科学相区别的理论话语。

在阐述诗歌语言的独特性时，退特主要介绍了美国哲学家查尔斯·威廉·莫里斯的符号学理论。在莫里斯的研究结论中，科学文体使用语言的语义面，美学文体（文学）使用句法面，而技术文体则使用语用面。[②] 退特还引用瑞恰慈的话说：

---

① 〔美〕艾伦·退特：《作为知识的文学》，王竞、徐乔奇译，赵毅衡编选《"新批评"文集》，百花文艺出版社，2001，第 174 页。
② 若想有进一步的了解，可参见《指号、语言和行为》（载〔美〕查尔斯·威廉·莫里斯《指号、语言和行为》，罗兰、周易译，上海人民出版社，1989）一文中的相关阐述。

"诗的优点是，它能防止我们把我们的观点误解成事物或我们自己。诗是语言表达的最完整的形式"。它不是可证实科学的领域，也不是我们自己的投射（表达）。然而它是完整的。而正因为它是完整的知识，我想我们不妨要求它具有一种独特的责任，偶尔也应看到它具有同样独特的无责任。它在富有想象力的伟大作品中达到完整的状态，并不是实证主义科学所追求的那种实验完整的状态。实证主义科学的责任在于证实那些有限的技术。科学的完整是一种抽象，包括专门化了的方法之间的合作的完美的典型。①

这段话进一步论述了诗歌语言与科学语言在表述方式和表达效果上的差异。总之，退特从"作为知识的文学"这一理论视角，即从诗歌语言的独特性以及新批评理论方法的科学性等方面建构了文论的文本主体范式。

（二）兰色姆："本体论批评"

"新批评"派的重要代表人物、美国著名文论家、诗人约翰·克娄·兰色姆1941年在《征求本体论批评家》一文中说："一首诗朝我们面前一摆，就能立即使我们心悦诚服地看到它不同于一篇散文……这一差异不是道德伦理……也不是诗歌的多情、敏感或'感情发泄'……要说差异，诗歌的结构倒是很有希望算作一种……总结到一处，我们可以说，诗歌是大量局部组织连缀起来的一种松散的逻辑结构。"② 在兰色姆看来，阐释诗歌与散文的差异，揭示诗歌内部结构与科学逻辑结构之间的不同，这些都是批评家的首要任务。换句话说，诗歌之所以为诗歌，是因为它表现出不同于道德伦理、情绪情感和科学散文的独特性。可见，兰色姆的诗歌与散文的区分，较之于退特的诗歌与科学的区分，在诗学理论上显得更进了一步。

兰色姆说："我觉得在诗歌中有一种对逻辑论证这一传统的革命性反叛，我们必须为它提供一个大胆而确切的指称……我认为，诗歌的特点是

---

① 〔美〕艾伦·退特：《作为知识的文学》，王竞、徐乔奇译，赵毅衡编选《"新批评"文集》，百花文艺出版社，2001，第173～174页。

② 〔美〕约翰·克娄·兰色姆：《征求本体论批评家》，张廷琛译，赵毅衡编选《"新批评"文集》，百花文艺出版社，2001，第81～82页。

一种本体的格的问题。它所处理的是存在的条理，是客观事物的层次，这些东西是无法用科学论文来处理的……诗歌旨在恢复我们通过自己的感觉和记忆淡淡地了解的那个复杂难制的世界。就此而言，这种知识从根本上或本体上是特殊的知识。"① 在这里，兰色姆并没有背叛新批评的科学化追求，而只是在理论科学化之外寻求理论对象不同于科学的内涵特性。实际上，新批评的理论目标是系统地阐释诗歌的独特性，使诗歌从本质、形态、作用等各方面均严格地区别于散文、道德、科学等。而相对于科学散文那种紧凑而又缜密的逻辑论证来说，诗歌的结构显得较为松散而破碎，并且这种结构似乎构成对科学散文那种逻辑结构的天然反叛。换句话说，诗歌的结构与科学散文的结构在思维层面上似乎张力互动地共存。它们各自对应着适合自己的不同领域或世界。诗歌从结构上来说是客观的，且这种客观不同于科学论文般的客观，因为诗歌的客观所应对的是科学论文无法应对的层面，不同于科学所应对的世界，且诗歌是借助感觉和记忆来应对客观的。

兰色姆所反复强调的诗歌的独特性，用他的术语来说就是"本体论的法则"。

> 把语义特性与语音特性结合而为美妙的诗歌语言，似乎也就产生了一种极其高妙的"相称"、和谐或者妥帖，甚至一种耐久的稳定性……它赖以结合的法则……应该说是一种本体论的法则：这两种特性不应当是同一的或相似的，不应当同性；它们应当不同，不相似，应当异性。这是现实世界的普遍法则，现实的事物，无论是哪一种类，无不是依据这一原理组合起来的。②

兰色姆所谓的"本体论的法则"，实际上是存在于诗歌世界中的一种普遍法则。后来，兰色姆又在《纯属思考推理的文学批评》一文中提出"肌

---

① 〔美〕约翰·克娄·兰色姆：《征求本体论批评家》，张廷琛译，赵毅衡编选《"新批评"文集》，百花文艺出版社，2001，第82页。
② 〔美〕约翰·克娄·兰色姆：《征求本体论批评家》，张廷琛译，赵毅衡编选《"新批评"文集》，百花文艺出版社，2001，第84页。

质论"命题，以具体说明他这一法则。①

　　与退特不同的是，兰色姆更为注重形而上的思考，这一点从他用哲学的"本体论"问题阐述诗歌理论就可以知晓。退特和兰色姆在诗歌与科学、诗歌与散文的区分上，为文本主体范式的进一步建构打下了基础。

（三）什克洛夫斯基："陌生化"手法

　　俄国形式主义理论家、诗歌语言研究会的创始人之一维克托·什克洛夫斯基在《作为手法的艺术》一文中指出："诗歌流派的全部工作在于，积累和阐明语言材料，包括与其说是形象的创造，不如说是形象的配置、加工的新手法。形象是现成的，而在诗歌中，对形象的回忆要多于用形象来思维。"② 什克洛夫斯基借助对"艺术就是用形象来思维"的分析，阐释了诗歌研究对语言研究的关注、对语言内部要素的关注，从而避免了"形象思维论"带来的内容与形式的二元分裂问题。

　　　　艺术的目的是使你对事物的感觉如同你所见的视象那样，而不是如同你所认知的那样；艺术的手法是事物的"反常化"（остранение）手法（英文是 Defamiliarization，中文也有译为"陌生化""奇特化"的，而本书倾向于使用"陌生化"——笔者注），是复杂化形式的手法，它增加了感受的难度和时延，既然艺术中的领悟过程是以自身为目的的，它就理应延长；艺术是一种体验事物之创造的方式，而被创造物在艺术中已无足轻重。③

　　在什克洛夫斯基看来，艺术的认同区别于科学的认知，其竭力追求的表达效果是"陌生化"。通过某些复杂化的表现手法增强感受的难度系数，从而增强感受的强度，以收到感受停留和感受深刻的艺术效果。

---

① 〔美〕约翰·克娄·兰色姆：《纯属思考推理的文学批评》，张廷琛译，赵毅衡编选《"新批评"文集》，百花文艺出版社，2001，第107～108页。

② 〔俄〕维克托·什克洛夫斯基：《作为手法的艺术》，方珊译，张惠军校，〔俄〕维克托·什克洛夫斯基等著《俄国形式主义文论选》，方珊等译，三联书店，1989，第3页。

③ 〔俄〕维克托·什克洛夫斯基：《作为手法的艺术》，方珊译，张惠军校，〔俄〕维克托·什克洛夫斯基等著《俄国形式主义文论选》，方珊等译，三联书店，1989，第6页。

在谈及为什么要"陌生化"时，什克洛夫斯基说："经过数次感受过的事物，人们便开始用认知来接受：事物摆在我们面前，我们知道它，但对它却视而不见。因此，关于它，我们说不出什么来。使事物摆脱知觉的机械性，在艺术中是通过各种方法实现的。"在论及"陌生化"手法时，什克洛夫斯基以列夫·托尔斯泰为例："他不用事物名称来指称事物，而是象描述第一次看到的事物那样去加以描述，就象是初次发生的事情，同时，他在描述事物时所使用的名称，不是该事物中已通用的那部分的名称，而是象称呼其它事物中相应部分那样来称呼。"① 可见，"陌生化"手法是相对于认知的"机械性"（也可以称为认知的"自动化"）而言的，在一定程度上，它是通过扭曲和偏转语言中能指与所指之间的关系而收到陌生化的表达效果，从而增强艺术表现力。同时，"陌生化"问题的提出，为俄国形式主义对诗歌语言与日常语言及科学语言的区分奠定了理论基础。

什克洛夫斯基说："我个人认为，凡是有形象的地方。几乎都存在反常化手法……形象的目的不是使其意义接近于我们的理解，而是造成一种对客体的特殊感受，创造对客体的'视象'，而不是对它的认知。"② 基于此，他认为：

　　研究诗歌语言，在语音和词汇构成、在措辞和由词组成的表义结构的特性方面考察诗歌语言，无论在哪个方面，我们都可发现艺术的特征，即它是专为使感受摆脱机械性而创造的，艺术中的视象是创造者有意为之的，它的"艺术的"创造，目的就是为了使感受在其身上延长，以尽可能地达到高度的力量和长度，同时一部作品不是在其空间性上，而是在其连续性上被感受的。"诗歌语言"就是为了满足这些条件……所以，我们便得出诗的这样一个定义，即诗就是受阻的、扭曲的言语。诗歌语即言语－结构，而散文即普通语言：节约的、轻快

---

① 〔俄〕维克托·什克洛夫斯基：《作为手法的艺术》，方珊译，张惠军校，〔俄〕维克托·什克洛夫斯基等著《俄国形式主义文论选》，方珊等译，三联书店，1989，第6页。
② 〔俄〕维克托·什克洛夫斯基：《作为手法的艺术》，方珊译，张惠军校，〔俄〕维克托·什克洛夫斯基等著《俄国形式主义文论选》，方珊等译，三联书店，1989，第7页。

的、正确的——规范的、平易语言类型的仙女。①

如果说什克洛夫斯基从语言"陌生化"视角界定了文学语言与日常语言和科学语言的区别的话，那么威廉·K. 维姆萨特和蒙罗·C. 比尔兹利则从"意图谬见"（Intentional Fallacy）和"感受谬见"（Affective Fallacy）的形式主义方法论视角斩断了文学与作家、文学与读者间的联系，从而进一步推进文本主体范式的建构。

（四）维姆萨特和比尔兹利："意图谬见"和"感受谬见"

在《"新批评"文集》的编选者赵毅衡先生看来，"新批评派在其独特的文学理论指导下产生的方法论是绝对的文本中心形式主义方法论。这种批评，文论史上称做'客观主义'批评，而兰色姆称做'本体论批评'。在新批评之前，没有一个文论派别提出过如此绝对的、只在作品中分析其意义的要求：据新批评派的意见，在作品与作者、读者的复杂关系中，读者不必考虑，因为作品意义不以读者为转移；作者也不必考虑，因为如果创作动机或自我意识已在作品中实现，那么研究作品即可"。② 而体现这一观点的代表作就是维姆萨特和比尔兹利合写的《意图谬见》和《感受谬见》。

他们认为："就衡量一部文学作品成功与否来说，作者的构思或意图既不是一个适用的标准，也不是一个理想的标准。而且在我们看来，这一原则深刻触及到历来各不相同的批评观念之间某些分歧中的要害问题的原则……它要求对灵感、真实性、生平传记、文学史、作者学识以及当时的诗坛倾向等都有许多具体而精确的了解。在文学批评中，凡棘手的问题，鲜有不是因批评家的研究在其中受到作者'意图'的限制而产生的……所谓意图就是作者内心的构思或计划。意图同作者对自己作品的态度、他的看法、他动笔的始因等有着显著的关联。"③ 维氏和比氏新批评观念的

---

① 〔俄〕维克托·什克洛夫斯基：《作为手法的艺术》，方珊译，张惠军校，〔俄〕维克托·什克洛夫斯基等著《俄国形式主义文论选》，方珊等译，三联书店，1989，第8~9页。
② 赵毅衡编选《"新批评"文集》，百花文艺出版社，2001，第232页。
③ 威廉·K. 维姆萨特、蒙罗·C. 比尔兹利：《意图谬见》，罗少丹译，赵毅衡编选《"新批评"文集》，百花文艺出版社，2001，第234页。

建构是从批判社会主体和作者主体理论开始的，其起点就是全面清理批评中因作者"意图"问题而受到的不良影响。二人认为："强调作者在构思方面的匠心就是诗的成因还并不就等于是承认了构思或意图即是批评家衡量诗人作品价值的标准……对诗人的目必须是在创作过程中来下判断，也就是说，要凭诗本身的艺术来判断……诗就是存在，自足的存在而已。"① 可见，"意图谬见"命题的提出，为诗的本体阐释提供了理论建构的基础。

在《感受谬见》一文中，维姆萨特和比尔兹利认为："意图谬见在于将诗和诗的产生过程相混淆，这是哲学家们称为'起源谬见'（Genetic Fallacy）的一种特例，其始是从写诗的心理原因中推演批评标准，其终则是传记式批评和相对主义。感受谬见则在于将诗和诗的结果相混淆，也就是诗是什么和它所产生的效果。这是认识论上怀疑主义的一种特例，虽然在提法上仿佛比各种形式的全面怀疑有更充分的论据。其始是从诗的心理效果推衍出批评标准，其终则是印象主义和相对主义。不论是意图谬见还是感受谬见，这种似是而非的理论，结果都会使诗本身作为批评判断的具体对象趋于消失。"②

综上，他们认为，"意图谬见"会导致批评走向传记式批评和相对主义，而"感受谬见"则会使批评走向印象主义和相对主义。无论传记式批评、印象主义还是相对主义，都脱离文学本身，它们混淆了诗与写诗的过程、诗与诗的结果，"使人离开了批评，离开了诗歌本身"。③ 基于此，他们的结论是：只有斩断"意图谬见"和"感受谬见"，才能使批评回归本位。

除了文本主体范式的建构努力外，新批评派理论家还非常注意诗歌语言研究，并取得了文本分析方面的巨大成绩，如 I. A. 瑞恰慈的"语境"，④

---

① 〔俄〕维克托·什克洛夫斯基：《作为手法的艺术》，方珊译，张惠军校，〔俄〕维克托·什克洛夫斯基等著《俄国形式主义文论选》，方珊等译，三联书店，1989，第 234~235 页。
② 威廉·K. 维姆萨特、蒙罗·C. 比尔兹利：《感受谬见》，黄宏熙译，赵毅衡编选《"新批评"文集》，百花文艺出版社，2001，第 257 页。
③ 威廉·K. 维姆萨特、蒙罗·C. 比尔兹利：《感受谬见》，黄宏熙译，赵毅衡编选《"新批评"文集》，百花文艺出版社，2001，第 257 页。
④ I. A. 瑞恰慈：《论述的目的和语境的种类》，章祖德译，赵毅衡编选《"新批评"文集》，百花文艺出版社，2001，第 325~342 页。

威廉·燕卜荪的"含混"，[①] 克利安思·布鲁克斯的"悖论"和"反讽"，[②] 威廉·K. 维姆萨特的"象征"和"隐喻"[③] 等。

　　总之，文本主体范式的建构均是围绕语言及诗歌语言的独特性而展开的，不仅有退特、兰色姆、什克洛夫斯基、维姆萨特和比尔兹利等人的理论建构，而且有瑞恰慈、燕卜荪、布鲁克斯等人的文本分析实践。理论和实践的双重建构，最终形成了文论语言主体和文本主体范式。

四　读者文论范式的主体建构

（一）萨丕尔："文学的不可转译性"——语言本体的外凸

　　美国语言学家、人类学家爱德华·萨丕尔，在论及语言与文学的关系时说："对我们来说，语言不只是思想交流的系统而已。它是一件看不见的外衣，披挂在我们的精神之上，预先决定了精神的一切符号的表达形式。当这种表达非常有意思的时候，我们就管它叫文学。"[④] 与此同时，他还说："我不能在这里确定地说哪样的表达才'有意思'到足以叫做艺术或文学。再说，我也不确实知道。只能说文学就是文学。"[⑤] 在萨丕尔看来，文学是不确切的事物，我们对文学的认识在某种程度上只能借助文学语言这个媒介方能实现，而确切地追求文学本质的努力是难有结果的。

　　在笔者看来，语言从根本上来说就是一种工具，它有时是有形的，有时又是无形的。当语言工具的运用达到"有意思"的程度时，则称其为文学。当然，这里的"有意思"可能指作为语言对象的精神内涵本身的"有

---

① 威廉·燕卜荪：《含混七型》，麦任曾、张其春译，赵毅衡编选《"新批评"文集》，百花文艺出版社，2001，第 344～352 页。

② 克利安思·布鲁克斯：《悖论语言》，赵毅衡译，赵毅衡编选《"新批评"文集》，百花文艺出版社，2001，第 354～375 页；克利安思·布鲁克斯：《反讽——一种结构原则》，袁可嘉译，赵毅衡编选《"新批评"文集》，百花文艺出版社，2001，第 377～395 页。

③ 威廉·K. 维姆萨特：《象征与隐喻》，杨德友译，赵毅衡编选《"新批评"文集》，百花文艺出版社，2001，第 397～406 页。

④ 〔美〕爱德华·萨丕尔：《语言论》，陆卓元译，陆志韦校订，商务印书馆，2002，第 198 页。

⑤ 〔美〕爱德华·萨丕尔：《语言论》，陆卓元译，陆志韦校订，商务印书馆，2002，第 198 页。

意思"，还可能指作为表达工具的语言自身的"有意思"。基于此，分析文学中"有意思"的成分，不仅要从文学所承载的精神内涵来说，而且要从作为表达工具的语言来说。然而，我们当前的文论话语的建构，往往片面强调其中一部分，甚至在强调一部分的同时又否定、排斥或同化另一部分，由此，不仅带来理论话语的困境，也导致理论他性的呈现。

萨丕尔还认为："用一种语言的形式和质料形成的文学，总带着它的模子的色彩和线条。文学艺术家可能从不感觉到这个模子怎样阻碍了他，或是用别的方式引导了他。可是一把他的作品翻译成别的语言，原来的模子的性质就立刻显现出来了。文学家的一切表达效果都是通过他自己的语言的形式'天赋'筹划过来的，或者直觉地体会到的；不能不受损失地或不加修改地搬过来。所以，克罗齐（Benedetto Croce）是完全正确的，他说文学作品从来不能翻译。"① 在萨丕尔看来，文学作品的不可翻译性，原因在于语言间的不同习惯、方式或模型会导致不可通约；而文学作品的成功之处在一定程度上又表现为语言上述特性的充分发挥，双重困难导致不可翻译情形的出现。对于精神内涵本身所导致的文学的"有意思"，萨丕尔未作评述。可是，当解释当前大量已翻译的文学作品之现实问题时，他却提出了语言转译的两个层次的划分问题，即语言中存有可转译和不可转译成分。反映到文学作品中就表现为："一般的、非语言的艺术，可以转移到另一种语言媒介而不受损失"，"特殊的语言艺术，不能转移"。② 基于此，萨丕尔认为，根据媒介的性质，文学语言可以分为潜在内容——我们的经验的直觉记录，以及某种语言的特殊构造——记录语言的特殊方式。前者不能被翻译，而后者可以翻译而不至于损失过大。③ 由此可见，在文学作品的翻译问题上，萨丕尔的理论导致语言内涵的分裂，即将语言分为直觉记录的内容和特殊构造的内容两部分。其中，直觉内容部分一定程度上为读者或译者发挥主观能动性提供了潜在的可能。

---

① 〔美〕爱德华·萨丕尔：《语言论》，陆卓元译，陆志韦校订，商务印书馆，2002，第199页。

② 〔美〕爱德华·萨丕尔：《语言论》，陆卓元译，陆志韦校订，商务印书馆，2002，第199页。

③ 〔美〕爱德华·萨丕尔：《语言论》，陆卓元译，陆志韦校订，商务印书馆，2002，第199～200页。

科学的真理不是个人的，根本不会被表达它的特殊的语言媒介所沾染……所以，科学表达的正当媒介是一般化了的语言，这种语言可以说是符号语言的代数，而一切已知语言都是它的翻译……文学的表达是个人的、具体的，但是这并不意味着它的意义是和它的媒介的偶然性质完全束缚在一起的。譬如说，真正深入的符号作用并不依靠和特种语言的辞句相结合，而是稳固地建筑在一切语言表达的直觉的基础上……在这个更深的平面上，思维关系没有特别的语言服装；它的节奏是自由的，完全不是束缚在艺术家的语言的传统节奏上的。①

萨丕尔阐释了科学语言的可转译性和文学作品的不可翻译性，即从语言的特性中寻得了不可翻译的内在原因。萨丕尔认为，莎士比亚和海涅的作品将"直觉的绝对艺术和语言媒介内在的特殊艺术完美地综合起来了，这是他们个性的'直觉'的表现"。②

在论及语言自身的审美要素时，萨丕尔指出："每一种语言本身都是一种集体的表达艺术。其中隐藏着一些审美因素——语音的、节奏的、象征的、形态的——是不能和任何别的语言全部共有的。这些因素有时把自己的力量融合于上文所说的不知道的绝对语言……有时组成一种独自的、技术性的艺术织物，把一种语言内在的艺术提净了或升华了。"③ 可见，语言自身的特殊性，在不同的艺术运用中会有所区别，这在某种程度上还是造成不同艺术家艺术风格差异的一个重要原因。在进一步阐释文学的语言风格时，萨丕尔认为："只要风格指的是构词和次序方面的技术问题，它的主要特点就是由语言本身所赋与的，是无可逃避的，就象诗的一般音响效果是由语言的声音和自然重音赋与的。风格上的这些基本要素，艺术家几乎不会感觉到，所以不会牵制他的表达上的个性。它们不过是指出了最适合于语言习性的风格发展的途径。真正伟大的风格绝对不会严重违反语言的

---

① 〔美〕爱德华·萨丕尔：《语言论》，陆卓元译，陆志韦校订，商务印书馆，2002，第200页。

② 〔美〕爱德华·萨丕尔：《语言论》，陆卓元译，陆志韦校订，商务印书馆，2002，第201页。

③ 〔美〕爱德华·萨丕尔：《语言论》，陆卓元译，陆志韦校订，商务印书馆，2002，第201页。

基本形式格局。它不仅把它们组织起来，并且在它们上面建立起来。"① 在萨丕尔看来，文学语言的最高境界是对内在风格的自然掌握，是自然流露出来的。

最后，萨丕尔说道："如果没有文学艺术家出现，那主要不是因为这语言是薄弱的工具，而是因为这个民族的文化不利于产生追求实在有个性的言辞表达的人格。"② 这也就是说，伟大的文学艺术家的出现，如果不能在语言表达上寻找到根源的话，那么必然源于民族的文化精神，以及反映在民族文化精神中的人格或个性等方面。

实际上，萨丕尔的语言论受克罗齐的直觉主义哲学思想影响较深，主要表现在两个方面：从精神文化的内涵来讲，文学是集体直觉的产物；从文学表达的语言特性来讲，文学语言是民族语言在文学中的直觉体现。

可见，萨丕尔的文学语言观对直觉问题的追寻和阐释，与英美新批评派对"陌生化"和"文学性"问题的探讨有着很大的不同。

（二）施莱尔马赫和布莱："原意溢出说"和"意识批评"——社会主体与作者主体的外凸

德国解释学的鼻祖施莱尔马赫，在追寻作者原意的过程中发现了意义的不确定性，以及意义溢出作者原意的现象。这一理论发现，为打破作者原意的理论假设，推动文本主体和读者主体的理论建构埋下了伏笔。

在施莱尔马赫看来，读者对作品的理解，就是由读者理解作品时的心态向作者创作时的心态复原的心理转移。读者解释的对象，就是作者创作作品时的心理状态或心理境界。读者只有尽可能地摆脱或超越自己此时此地理解作品的个人心理状态及全部心理积淀，以空壳状态进入作者构思时的心理状态，才能客观地把握作品的意义。③ 显然，施莱尔马赫通过读者对作者原意的心理复原而建构了作者中心的主体理论。其中，意义是确定

---

① 〔美〕爱德华·萨丕尔：《语言论》，陆卓元译，陆志韦校订，商务印书馆，2002，第203页。

② 〔美〕爱德华·萨丕尔：《语言论》，陆卓元译，陆志韦校订，商务印书馆，2002，第206页。

③ 参见金元浦《"间性"的凸现》，中国大百科全书出版社，2002，第37页。

的、不变的，意义理论的假设仍然是作者的原意确切地体现在作品之中。然而，施莱尔马赫在追寻作者原意的过程中发现了许多可变因素：其一，作者原意的时过境迁直接影响到读者解读的心态复原；其二，语言表达的复杂性导致作者原意与作者表达的不一致性；其三，读者的能动作用必不可少。为解决上述问题，施莱尔马赫在作者意义中心基础上引入了一些新的理论成分：第一，将作者原意分为体现在文本中的确切含义和需要经过读者心理复原的不确定意义两部分；第二，尽管施莱尔马赫的解释学理论体现的是作者中心的主体建构，但是相对于心境早已久远的作者原意而言，作为作者之创造物的作品文本的意义具有更为权威的理论地位，其意义也具有相对确定性。解释学理论的这一推演，在一定程度上促成作者原意向文本原意的转换；与此同时，还增加了由于语言之难以驾驭而衍生出来的文本意义的不确定性，即文本意义是追寻作者原意的主要途径。可见，施莱尔马赫所阐释的意义理论还是坚持作者主体意义的理论建构。

施莱尔马赫的作者主体理论的建构表现为：其一，存有作者的原意，且作者的原意是确定的，等待人们去发现；其二，作者原意能够确切地体现在作品的文本中，文本的意义代表着作者的原意；其三，作者原意的复现需要借助空壳状态下读者的心理复原才能实现。然而，当作者原意说遭遇意义与表达的不一致、语言表达的不确定性、无意识意义的呈现，以及复原作者原意的条件限制等困难时，施莱尔马赫提出了作者原意的二分说，即文本中的确切意义和需要经过读者心理复原的不确定意义两部分。

施莱尔马赫主要是从心理学视角切入对作者原意的追寻。他的解释学理论的核心仍是作者原意说；然而，他在挖掘作者原意的方式上却是借助读者心理"趋同"而实现的。这一借道读者而阐释意义的思路，在一定程度上与日内瓦学派中的"意识批评"（或者叫"心理批评"）有理论上的相似性，尽管日内瓦学派的理论旨趣主要是指向文本。日内瓦学派的著名批评家、比利时人乔治·布莱，在《批评意识》一书中详细论述了心理批评的实现途径。

布莱认为："文学的本质，即自由的语言、不受阻碍全面运用其力量的语言的本质，是不理会任何客观的现实、任何确实的事物以及任何被证实的事实的……文学的最大益处是使我确信，它把我从我通常总是在意识及其对象之间所感到的那种不相容感中解脱出来。"① 在布莱看来，阅读之前的作品是一种"无生命的在场"，它们等待着读者，"等着有人来把它们从其物质性和静止性中解脱出来"。② 而当打开书本的时候，"我看见有大量的语词、形象、观念出来。我的思想将它们抓住。我意识到我抓在手里的不再是一个简单的物了，甚至不是一个单纯地活着的人，而是一个有理智有意识的人：他人的意识，与我自动地设想也存在于我们遇见的一切人中的那个意识并无区别；但是，在这一特别的情况下，他人的意识对我是开放的，并使我能将目光直射入它的内部，甚至使我（这真是闻所未闻的特权）能够想他之所想，感它之所感"。③ 这段话有如下含义：第一，阅读活动之前的作品存在是一种现象学的存在，是与主体意识无关的潜在的、多样的可能性，它等待主体的作用或推动，从而实现新意义的产生；第二，阅读行为是为现象学般的作品存在赋予主体般的意识，使作品也具有像读者或批评家们那样的主体性；第三，被赋予或被唤醒的作品主体性，在某种程度上打破了自我主体的封闭性，既是对自我主体意识的拓展，又是自我主体意识实现与他人主体意识交流或同一的前提；第四，在作品主体性呈现的同时，作品的物性被消隐，自我主体与他人主体完全沉浸在心灵交汇或精神贯注的状态之中。

布莱认为，阅读时，"大部分时间里，是我在思想，我从可能来自别处的思想中认出我自己，但是我在思考这些思想的时候，正是我承担着这些思想……由于他人的思想对我个人的这种奇怪的入侵，我成了非我的思想的主体了。我的意识像一个非我的意识那样行事"④。而"阅读恰恰是一种让出位置的方式，不仅仅是让位于一大堆词语、形象和陌生的观念，而且还让位于它们所由产生并受其荫护的那个陌生本源本身"⑤。可见，布莱所谓的阅读，在一定意义上是阅读主体以空壳状态进入到文本之中，与文本中传达的深层意识实现心神交汇。

---

① 〔比利时〕乔治·布莱：《批评意识》，郭宏安译，广西师范大学出版社，2002，第240页。
② 〔比利时〕乔治·布莱：《批评意识》，郭宏安译，广西师范大学出版社，2002，第237页。
③ 〔比利时〕乔治·布莱：《批评意识》，郭宏安译，广西师范大学出版社，2002，第239页。
④ 〔比利时〕乔治·布莱：《批评意识》，郭宏安译，广西师范大学出版社，2002，第241页。
⑤ 〔比利时〕乔治·布莱：《批评意识》，郭宏安译，广西师范大学出版社，2002，第242页。

　　这里所说的理解不是一种从不知到知、从陌生到熟悉、从外到内的运动。毋宁说这是一种与回忆相似的现象，精神的物通过这种现象直接从意识的昏暗的深处上升，大白于天下。另一方面，——这里并无矛盾阅读意味着某种类似我对自我具有的那种恒定的统觉的东西，我通过这种统觉一下子把我想的东西理解为被一个主体所想的东西（就阅读而言，这主体不是我，但在其余情况下，这主体是我）。……因此，阅读是这样一种行为，通过它，我称之为我的那个主体本源在并不终止其活动的情况下发生了变化，变得严格地说我无权再将其视为我了。我被借给另一个人，这另一个人在我心中思想、感觉、痛苦、骚动。①

　　可见，布莱所谓的阅读是一种"自我"换位为"他者"的交互接触过程。其间，深层的精神意识借助回忆而凸显出来，用布莱自己的话来说就是："作品在我身上体验着自己。在某种意义上，它甚至在我身上思考着自己，申明着自己……从我被阅读'控制'那个时刻起，我就和我努力加以界定的那个人共用我的意识，那个人是隐藏在作品深处的有意识的主体。"②最后，布莱认为，"这个感到惊奇的意识就是批评意识：读者意识，这样一个人的意识，即他必须把发生在另一个人的意识中的某种东西当作自己的来加以体会"。③布莱的意识批评理论，在一定程度上凸显了读者本体的地位。在《读者反应批评》一书中曾收入布莱的《文学批评与内在感受》一文，④这在一定程度上也说明布莱的意识批评代表了读者反应批评的理论实绩。

　　20世纪60年代以来，国际风云变幻，文本独立性研究和形式主义文论由于无法回答人们所关注的文学的社会功能和社会效果等现实问题而逐渐走向衰落，再加上信息技术的发达以及人们交往的增多，文学理论的重

① 〔比利时〕乔治·布莱：《批评意识》，郭宏安译，广西师范大学出版社，2002，第243页。
② 〔比利时〕乔治·布莱：《批评意识》，郭宏安译，广西师范大学出版社，2002，第245页。
③ 〔比利时〕乔治·布莱：《批评意识》，郭宏安译，广西师范大学出版社，2002，第246页。
④ 〔法〕乔治·布莱《文学批评与内在感受》，鹿金译，中国艺术研究院马克思主义文艺理论研究所外国文艺理论研究资料丛书编委会编《读者反应批评》，文化艺术出版社，1989，第82~92页。

点开始转向文学接受和文学影响问题。在此基础上，以读者主体为核心的文论建构——接受理论、接受美学和接受研究（包括读者反应批评）开始走入人们的视线。在读者主体范式的文论建构中，以姚斯和伊瑟尔等为代表的接受美学，以及以沃克·吉布森、热拉尔·普兰斯、斯坦利·费什等为代表的读者反应批评，在一定程度上代表了读者主体范式文论的实绩。

德国接受美学的创始人之一姚斯建构接受理论的逻辑起点主要是从阐释文本的历史本质开始的，即借助于对文学史的重新建构而消解过去的文学史研究的结构方式和内容安排。这一理论思路，在实践中为打破文本中心、意义确定、读者无涉等文论观念起到了非常重大的作用。

姚斯在《文学是作为向文学理论的挑战》一文中认为，导致当时文学史面临困境的原因有："文学史仅仅依据总的趋势、类型以及各种属性来安排材料，搞一个编年史一类的事实堆积；在这个成规之下，研究编年系列中的文学史；作为一种附带的形式，作者及其作品的评价在文学史中一带而过……根据伟大作家的年表，直线型地排列材料，遵照'生平与作品'的模式予以评价。这里，次要的作家被忽略了（他们被安置于间缺之中），而流派的发展也被肢解了。"① 他认为，传统的文学史观严重地忽视了文学接受的理论维度，继而使自己走向"一条日趋衰落的历程"，课程表上文学史的消失，学术研究中"手册、百科全书形式的研究科目集成，以及作为所谓的《出版家大全》的最近的分支的'系列阐释集'，已把文学史作为不严肃的、自以为是的学科放逐了"。②

姚斯认为，"对文学作品的质量和等级既不从其渊源上的传记、生平或历史条件上去把握，也不从某一单独类型发展的先后连续性出发，而是相反，从影响、接受以及身后的名声的准则来确定"。③ 姚斯借助对传统文学

---

① 〔德〕H. R. 姚斯、〔美〕R. C. 霍拉勃：《接受美学与接受理论》，周宁、金元浦译，辽宁人民出版社，1987，第 5 页。
② 〔德〕H. R. 姚斯、〔美〕R. C. 霍拉勃：《接受美学与接受理论》，周宁、金元浦译，辽宁人民出版社，1987，第 3 ~ 4 页。
③ 〔德〕H. R. 姚斯、〔美〕R. C. 霍拉勃：《接受美学与接受理论》，周宁、金元浦译，辽宁人民出版社，1987，第 6 页。

史观念的批判以及对传统的文学作品评价标准的质疑，为文学接受理论的出场打下基础。

美国杜克大学英文系教授斯坦利·费什在《读者反应批评：理论与实践》一书的序言中强调："一个有经验的实践者的阅读行为之所以行之有效，并不取决于'文本本身'，也不是由某一关于文本阅读的包罗万象的理论而决定的，而是取决于他现在所遵从或实践的传统，他在其参照因素及方向已经确立的某一点上所进行的对话，因此他所作出的选择范围会非常有限。"① 在费什看来，文学意义之源，既不在作者和文本，也不在读者，而在读者所遵循的社会传统。费什说：

> 对于"意义到底寓于何处，是在文本中，还是在读者中？"这样一个并不新鲜的问题，我们所能给予的回答是"在两者中都不存在"，因为无论文本或读者都是解释团体（Interpretative Communities）所具有的功能，解释团体既是文本的外形/特征，也使读者的行为能够被理解。这一老生常谈的问题假定存在着两种具有独立性的实体——文本和读者——它们争夺解释的主动权。解释团体这一概念取消了这一对所谓对手的独立性，并重新把他们置于能够赋予他们活力的团体/体制的语境/情势之中。其结果是，文学批评史不会成为一种旨在对某一稳固的文本进行精确阅读的发展史，而会成为一种由团体/体制所制约的参与者为把某一文本置于其观照视野之内而不断努力的历史。②

在笔者看来，费什"解释团体"这一概念的提出，不仅取消了文本或读者的独立性，而且中和了文本与读者的相互对立，它为文学的意义阐释经由读者解释的途径而进入更为广阔的社会历史和文化语境创造了条件。这一理论观念在一定意义上反映出，读者反应批评从理论阐释的内部开始走向社会历史和文化批评的发展倾向。

---

① 〔美〕斯坦利·费什：《读者反应批评：理论与实践》，文楚安译，中国社会科学出版社，1998，序言第 2 页。
② 〔美〕斯坦利·费什：《读者反应批评：理论与实践》，文楚安译，中国社会科学出版社，1998，第 3 页。

费什在《读者中的文学：感受文体学》一文中说："阅读是一种活动，是一件你正在做的事。谁也不会否认，阅读行为不能没有读者本人参与下进行——你难道能把舞蹈同舞蹈者分开吗？——但是非常奇怪的是，一旦在对阅读的最后结果（即意义或理解）作出分析性评述时，读者却总是被遗忘，或者被忽视。实际上，最近的文学史表明批评一直合法地排除了读者的参与。"① 在笔者看来，费什这段话的价值不在于肯定了读者在阅读活动中的巨大作用，或者揭示出当时文学理论与批评中读者被遗忘的现实；而在于他将阅读看作一种活动，实际上也就是将文学的意义视为"事件"，即在事件活动的语境中揭示文学的意义。而"意义及事件"的解说，使同一性的、确切无疑的文学意义观开始向事件性的（即活动性的）、游离不定的文学意义观转变。在这一理论的观照下，文本成为一种陈述的策略，而不是信息贮存的仓库。

费什的"阅读是一种活动"的论述，在某种意义上与 J. L. 奥斯汀在《如何以言行事》一书中所阐述的语言的述行句（Performatives）（也有人译为"施事句"）甚为相关。奥斯汀首先阐述了"描述性谬误"这一普遍现象，即不管什么句子都要进行一个真假值的追问，这实际上是将真假问题无限扩大化。奥斯汀认为，还有很多句子没有真假值问题，例如"我命令你开火！"这句，并没有描写或报道什么事实；说者在以言行事，即用词语发出下命令这个行为。② 奥斯汀的言语行为理论，实际上是从言语事件的角度解释言语活动的现实效果。这种付诸"行动"或"事件"的言语理论，在一定程度上对文学理论和批评产生了深层影响，美国解构主义批评家保罗·德·曼的阅读理论就受到很大影响。

美国批评家简·汤普金斯说："读者反应批评学派所持批评主张在概念上并不一致，这个术语是为了区分出一个研究领域，是指那些使用读者、阅读过程以及反应这类用语的批评家……读者的观念一旦出现，就为批评

---

① 〔美〕斯坦利·费什：《读者反应批评：理论与实践》，文楚安译，中国社会科学出版社，1998，第 132 页。

② 参见顾曰国的《导读》，J. L. 奥斯汀：《如何以言行事》（英文版），外语教学与研究出版社，2002，第 F24 页。Austin, J. L., *How to Do Things with Words*, edited by J. O. Urmson and Marina Sbisà (Oxford/New York: Oxford University Press, 1975), pp. 1 – 12.

家提供了创造一套新的分析工具的机会。"① 尽管读者反应批评学派中不同批评家有着不尽相同的理论观点，但是他们对读者主体、阅读过程以及阅读反应的关注却是共同的。由此可以说，读者反应批评学派在一定程度上代表了读者范式的主体文论的建构。

（三）吉布森："冒牌读者"

吉布森在《作者、说话者、读者和冒牌读者》一文中说：

> 在每一次文学体验中都有两种可以区别得出的读者。首先，是那个"真实的"人，膝上摊开一本书，他的性格象任何一个死去的诗人一样复杂，无法表达。其次，是那假想的读者——我把他叫做"冒牌读者"，他的面具和装束被上述那个人穿戴上了以便体验语言。冒牌读者是一种人工制品、听人支配，是从杂乱无章的日常感情中简化、抽象出来的。②

在吉布森看来，"真正的读者"是尚未进入阅读阶段的潜在读者，此时读者的思想、性格、观念、价值等一切内容，对于作品意义的理解而言都是一种无关的、潜在的未知数，即我们无从知道读者将会对文学意义产生怎样的影响。然而，产生影响又是必然的，至于具体的影响结果，则要等到真正进入阅读过程才能知晓。而当读者进入"冒牌读者"阶段时，即表明原先意义上的"真正的读者"（即潜在读者）已经转变为现实的读者，或者说是已经进入阅读过程的读者、正在与文本进行交流的读者。此时，"冒牌读者"实际上已经脱离"真正的读者"阶段外在于作品的各种内容和特性，而完全进入文本世界中，成为忘却社会文化语境的自足的个体。同时，"冒牌读者"还是真正的读者在文本阅读意义上的提升或抽象，因为"真正

---

① 〔美〕简·汤普金斯：《读者反应批评引论》，汤永宽译，中国艺术研究院马克思主义文艺理论研究所外国文艺理论研究资料丛书编委会编《读者反应批评》，文化艺术出版社，1989，第23、27页。

② 〔美〕沃克·吉布森：《作者、说话者、读者和冒牌读者》，何百华译，中国艺术研究院马克思主义文艺理论研究所外国文艺理论研究资料丛书编委会编《读者反应批评》，文化艺术出版社，1989，第50页。

的读者"与社会文化的观念或价值联系过于紧密,不利于基于文本内涵的文学意义的解读,而"冒牌读者"在一定程度上摆脱了上述束缚而真正进入文本内部。

吉布森说:"冒牌读者在广告和宣传这类用来诱惑别人的低级文学类型中可以最明显地看出来。我们抵制广告作者的种种恭维之词,拒绝成为他的语言引诱我们去充当的冒牌读者。我们作为冒牌读者和作为活动于真实世界中的真实的人,二者是大不相同的,承认这种悬殊的差别我们就会把钱放在口袋里不拿出来。"① 在这里,吉布森将文学体验和广告宣传体验在"冒牌读者"的建构上进行了类比,认为上述体验效果产生的关节点就在于"冒牌读者"的生成问题。也就是说,如果作者成功地在文本中建构出"冒牌读者"并产生作用的话,那么就意味着文学意义实现了,反之则失败了。

从吉布森引入"冒牌读者"概念看来,他似乎总想把读者引向文本,体现了文本主体建构的理论目标。实际上,"冒牌读者"概念对读者反应批评的发展具有非常重要的意义。我们可以从中见出读者在阅读效果上的重大作用,这在一定意义上为文本主体范式向读者主体范式建构的转变提供了强大的推动力。

正如汤普金斯所言,沃克·吉布森从形式主义学派的主张内演绎出读者反应批评。她说:"吉布森的论文并没有越出新批评派学说的范围。他的文学观点跟那些在他之后出现的注重读者作用的批评家的观点一样,是以文本为中心的。"② 汤普金斯认为:"吉布森根据一般公认的小说或戏剧中的人物与有血有肉的作家之间的区别用类推的方法提出冒牌读者的概念以与真正的读者相对应……吉布森的冒牌读者也纯然是文本性的,但是他把注意力从文本转移到文本所产生的效果上去。冒牌读者是为了小说得以持续而要求真正的读者扮演的一个角色……文本意指的冒牌读者使读者的经验

---

① 〔美〕沃克·吉布森:《作者、说话者、读者和冒牌读者》,何百华译,中国艺术研究院马克思主义文艺理论研究所外国文艺理论研究资料丛书编委会编《读者反应批评》,文化艺术出版社,1989,第50页。

② 〔美〕简·汤普金斯:《读者反应批评引论》,汤永宽译,中国艺术研究院马克思主义文艺理论研究所外国文艺理论研究资料丛书编委会编《读者反应批评》,文化艺术出版社,1989,第25页。

具体化，并确定这种经验的价值，使之成为批评所注意的一个目标。"① 可见，尽管吉布森的"冒牌读者"概念在总体上服务于文本主体范式的建构，但是其客观上为阅读效果之理论价值的凸显以及读者主体范式的建构提供了强大的理论支持。

此外，吉布森还说："所谓的坏书是指这样的书：我们在它的冒牌读者身上发现了我们不愿效法的人，拒绝戴上那样的面具，拒绝扮演那样的角色。"② 在这里，吉布森将"冒牌读者"是否愿意合作视为衡量文学作品成败的一项指标，认为阅读活动需要"冒牌读者"的中介串联，否则难以有效展开。不仅如此，"冒牌读者"在阅读活动中的参与程度，也是衡量作为阅读对象的文学作品价值高低、意义实现与否的重要指标。在一定意义上，"冒牌读者"是指读者在文本中所要模仿的对象，而这种对象能否在阅读过程中始终如一地贯彻下去，则要在真实的读者以及社会价值观念的验证下才能做出判断。因此，"冒牌读者"概念从本质上来说还是一种理论引子，即借助它而将阅读的效果问题勾连出来，从而对文论范式的文本主体向读者主体转换产生实际的影响。

（四）普兰斯："叙述接受者"

法国批评家热拉尔·普兰斯在《试论对叙述接受者的研究》一文中不仅提到"真实的读者"、"虚设的读者"和"理想的读者"，还提到"零度叙述接受者"和"叙述接受者"等不同类型的读者或叙述者，在读者文论范式的建构上又迈出重要的一步。

普兰斯认为："凡叙述——无论是口讲还是笔述，是叙述真事还是神话，是讲述故事还是描述一系列有连贯性的简单行动——不但必须以（至少一位）叙述者而且以（至少一位）叙述接受者为其先决条件。叙述接受者（narratee）即叙述者（narrator）与之对话的人。在虚构作品——故事、

---

① 〔美〕简·汤普金斯：《读者反应批评引论》，汤永宽译，中国艺术研究院马克思主义文艺理论研究所外国文艺理论研究资料丛书编委会编《读者反应批评》，文化艺术出版社，1989，第25~26页。

② 〔美〕沃克·吉布森：《作者、说话者、读者和冒牌读者》，何百华译，中国艺术研究院马克思主义文艺理论研究所外国文艺理论研究资料丛书编委会编《读者反应批评》，文化艺术出版社，1989，第55页。

史诗、小说等——的叙述中，叙述者是虚构之物，叙述接受者亦是如此。"①
普兰斯从叙述理论视角引入"叙述接受者"概念，在一定程度上也是对读者范式建构的一种尝试。在普兰斯看来，叙述接受者是叙述得以开展的必要条件，不可或缺。这种观点鲜明地肯定了作为叙述接受者的读者在叙述或阅读活动中的巨大作用，相对于维姆萨特和比尔兹利的"感受谬误"而言是一种理论上的巨大反拨。

> 虚构作品——无论是散文还是韵文——的读者决不可与叙述接受者混为一谈，前者是真实的人，后者是虚构之物。当然，有时读者和叙述接受者极为相似，但这只是例外现象，决不是常规。②

这里区分了读者与叙述接受者。在我看来，这种区分不仅为叙述接受者内涵的阐释提供了前提，还为读者类型的细化提供了可能。在此基础上，普兰斯进一步指出：

> 叙述接受者也不可与虚设的读者相混淆。所有作者，只要他是为他人而不是为自己写作，都是讲述自己的故事以作用于某一类型的读者。他依照自己对一般（或特别）的人的看法，并根据他认为他应尽的职责，赋予这类读者以某种特性、能力和爱好。这种虚设的读者与真实的读者有别：作家常常拥有一批他们不配有的读者。而且，这个虚设的读者也与叙述接受者截然不同……虚构的读者可能同叙述接受者极为相似，这当然又是一种例外情况。③

---

① 〔法〕热拉尔·普兰斯：《试论对叙述接受者的研究》，袁宪军译，中国艺术研究院马克思主义文艺理论研究所外国文艺理论研究资料丛书编委会编《读者反应批评》，文化艺术出版社，1989，第57页。

② 〔法〕热拉尔·普兰斯：《试论对叙述接受者的研究》，袁宪军译，中国艺术研究院马克思主义文艺理论研究所外国文艺理论研究资料丛书编委会编《读者反应批评》，文化艺术出版社，1989，第60页。

③ 〔法〕热拉尔·普兰斯：《试论对叙述接受者的研究》，袁宪军译，中国艺术研究院马克思主义文艺理论研究所外国文艺理论研究资料丛书编委会编《读者反应批评》，文化艺术出版社，1989，第60~61页。

普兰斯进一步将读者细分为"真实的读者"、"虚设的读者"以及"不配有的读者",并将这些类型与叙述接受者进行比较。实际上,普兰斯所谓的读者在一定意义上是作者在创作时以及创作中的预设,而阅读过程就是读者走向前台并与作者预设相验证的过程。

在指出叙述接受者与"虚构的读者"之间的区别后,普兰斯进一步阐述了叙述接受者与"理想的读者"之间的区别。

> 我们也不应把叙述接受者同理想的读者混为一谈,尽管两者颇为相近。对作者来说,理想的读者是一个准确理解并完全赞同他作品中最不足道之处以及他的微妙意图的人。对于批评家来说,按照某些批评家的说法,理想的读者或许是一个能在某一特定文本里发现无限文本并进行阐释的人。一方面,叙述者为之详细阐述并证明所述细节属实的叙述接受者,人数众多,我们不能认为他们就是小说家心目中的理想读者……另一方面,这些叙述接受者也太笨拙可笑,甚至不能解释文本中一组范围有限的文字。[①]

在他看来,理想的读者相对于作者的意图而言,体现的是细节的真实和情感的完全契合;但是,对批评家而言,其内涵就会发生变化,即理想的读者(即批评家)是那种能在有限的作品文本中,发现、挖掘或阐释出无限意义可能的读者。在我看来,发现、挖掘或阐释出的意义,既有可能与作家的意图相契合,又可能不符合作者的意图;既可能与作家的意图重合,又有可能溢出作家的意图范围。倘若就后一种情况而言,即坚持批评家是理想的读者的话,那么作为理想读者的批评家,其积极性和创造性就得到一定程度的发挥。换句话说,读者主体在阅读过程中的地位和作用就得到一定的肯定。而这一点,无疑对读者主体范式的建构意义重大。

基于叙述接受者与"虚构的读者"以及"理想的读者"之间的区别,普兰斯进一步提出了"零度叙述接受者"概念。

---

① 〔法〕热拉尔·普兰斯:《试论对叙述接受者的研究》,袁宪军译,中国艺术研究院马克思主义文艺理论研究所外国文艺理论研究资料丛书编委会编《读者反应批评》,文化艺术出版社,1989,第61页。

> 零度叙述接受者懂得叙述者的语言（langue）和语辞（langage [s]）……除了语言知识之外，零度叙述接受者还具有一定的推理能力，而这种能力是具有语言知识的自然结果……此外，零度叙述接受者具有良好的记忆力，至少能准确地记忆已被叙述的有关事件以及由此得出的结果。[①]

或许从这段引文中难以真正理解"零度叙述接受者"的确切含义，但是我们仍然可以见出普兰斯在读者主体范式建构中的理论思路。而这一点，对本书论述读者主体范式的建构以及范式建构过程中的理论结构力有很大的帮助。

除了吉布森的"冒牌读者"和普兰斯的"叙述接受者"之外，还有汤普金斯的"假想读者"（Hypothetical Reader）和"真实读者"（Real Reader）、法国批评家杰尔德·普兰斯的"叙述接受者"（Narratee）、德国批评家沃尔夫冈·伊瑟尔的"隐在读者"（Implied Reader）、美国批评家乔纳森·卡勒（Jonathan Culler）的"有能力的读者"、美国批评家斯坦利·费什的"有知识的读者"等读者形态，限于篇幅，这里不一一叙述。

正如前文所述，文学活动中的他性动力系统，不仅表现为推动一种主体范式向另一种主体范式发展变化，也表现为文论的主体范式为摆脱理论自身的困境而不断突围。就前一种情况而言，社会主体范式向作者主体范式、文本主体范式以及读者主体范式的演变，在一定程度上就是文论范式中他性动力作用的结果。就后一种情况而言，当突围后的另一种文论逐渐取得主体地位，并进而成为主体范式建构时，上述意义上的他性力量则又被掩盖了，逐渐变成主体化了的他性，逐渐失去颠覆性。

此外，就整个文论主体范式而言，他性动力系统的作用机制还表现为他性力量在主体范式变更中不断积聚，并在主体范式突围无路可走的时候终结主体文论的范式和话语。这一点，即哲学中同一性主体的破灭，在一定程度上意味着文论主体范式的破灭，其理论运动的直接结果是后现代文论话语的建构，也就是他性文论走到话语建构的前台。

---

① 〔法〕热拉尔·普兰斯：《试论对叙述接受者的研究》，袁宪军译，中国艺术研究院马克思主义文艺理论研究所外国文艺理论研究资料丛书编委会编《读者反应批评》，文化艺术出版社，1989，第61~62页。

第五章
文学批评对他性意义的解读

第一节　全然他者

米勒认为，"他者"概念的内涵是多样化的、变幻不定的，甚至是相互矛盾的。他引用德里达的话说："他者唤起（某物）出场，除了用多重的声音外什么都不发生。"①

为什么他者总是以多重的声音出场？

米勒认为，单一的声音总被限制在逻辑的、本体的范围内，它几乎被人化为"太一"或"上帝"。② 在米勒看来，他者对主体建构的颠覆或解构暗示了他者声音的出场以及他者声音的多重性，具体表现为：他者对单一性的主体逻辑或主体本体的反驳，对人化为"太一"或"上帝"观念的解构。

在谈及各式各样的他者概念时，米勒说："一方面，他者可以（想方设法地）以某种或另一种能够被同化、理解、调适和推定的方式而成为同者的另一个版本。另一方面，他者从根本上确确实实地成为他者。就后者的情形而言，他者不能转变成同者的某种版本。它不能被置于透明而被理解，从而被支配和控制。无论我们为了设置它付出什么努力，它均保持为不可撼动的他者。正如德里达所说：'每个他者都是全然他者。'"③ 米勒向我们

①　J. Hillis Miller, *Others* (Princeton and Oxford: Princeton University Press, 2001), p. 1.

②　J. Hillis Miller, *Others* (Princeton and Oxford: Princeton University Press, 2001), p. 273.

③　J. Hillis Miller, *Others* (Princeton and Oxford: Princeton University Press, 2001), p. 2.

展示了两种不同形态的"他者",即作为"同者"之另一版本的"他者",以及无法被同化的"全然他者"。在我看来,前一种"他者"主要指被置放到主体面前且能被主体作用的他者。换句话说,这种他者是能够被主体同化、理解、调适和推定的他者,是能够被主体的意识、思维、语言、理性、学科等范式描述的对象。而对于"全然他者"而言,它就是它。米勒说:"全然他者,以一种或另一种方式,面目可憎,呈现为幽灵般允诺的样子。每个他者都是已然的存有物,一个来自远古过去的亡灵,至今还一直预告或唤起或要求知道未来。"① 可见,"全然他者"是远离主体的存在物,不以主体的存在与否而发生转移。相对于主体而言,"全然他者"是一种主体的意识、思维、语言、理性、学科等范式无法描述的存在物,它确确实实地存在,且能够为主体所感知,却不能为主体所作用或描述。在这里,米勒所谓的"全然他者"与德里达的"整体性他者"具有内涵上的相关性和相似性。

米勒说:"假如每一个他者都是全然他者,那么,任何有关他者的观念都将导致悖论(paradoxes)、误用(catachreses)和矛盾(aporias)……假如死亡的他者是全然他者,则它不能成为存在的鲜明特征。假如死亡是某一不可能性之可能性的话,则言说任何与之相关的东西都是不可能的……他者不能借助于任何方式予以直接的思考,这一事实严禁人们对它的思考或言说,正如德里达的作品所展现的那样。"② 在米勒看来,"全然他者"是一种近似"死亡"的东西。对于死亡而言,一方面它与主体不可分离,另一方面又为主体所难以言说。而这种窘境,实际上形象地隐喻了"全然他者"的"死亡"特征。它在言说面前是一种不可能性之可能性。此时,他者的存在与对他者的言说形成矛盾。实际上,在我看来,它们并不矛盾,因为它们是处于不同层面的两个不同问题。之所以会形成表面上的矛盾,原因在于:我们的思维在把握它们的时候对它们进行了二元对立的主体建构,即在我们的观念中先定地存有"凡是存在之物皆是可以言说之物"的观念。在这里,米勒借助"全然他者"这一概念引出"意义与文字表述总

---

① J. Hillis Miller, *Others* (Princeton and Oxford: Princeton University Press, 2001), p. 2.

② J. Hillis Miller, *Others* (Princeton and Oxford: Princeton University Press, 2001), p. 260.

难以如愿"的话题，从而将"全然他者"观念引入文学的阅读和批评中。

那么，米勒所谓的"全然他者"在文学活动中是如何呈现的呢？

第二节　他性意义

米勒认为："对于拉康而言，无意识就是他者的话语，且文字总能抵达它所预期的目标；而对于德里达而言，文字从未如愿以偿。"[①] 在米勒看来，尽管拉康和德里达都导向他者且诉诸文字，但文字在他们通向他者之路的过程中所发挥的作用是大相径庭的。就拉康而言，无意识是他者理论的核心内涵，形成了前文所言的"心物镜像的他者"。而对于德里达而言，"文字从未如愿以偿"具体表现为"延异"，且这种延异最终导向他所谓的"整体性他者"，即米勒意义上的"全然他者"。在我看来，米勒从拉康和德里达的他者理论中汲取了营养，并"转向作为文学载体的文字"而阐发了"全然他者"的内涵。换个角度说，米勒诉诸对文学文本的"解构性"阅读和批评，在文学中展现"他者"——进入文学主体并成为文学主体属性的文学他性——的具体内涵。

在《亚里士多德的俄狄浦斯情结》一文中，米勒说："《俄狄浦斯王》似乎证实了弗雷德里希·施莱格尔在《论晦涩难解》中所说的一句奇特的拟人化名言：'词语对自身的理解要超出它们的使用者。'换个角度来看，赋予剧中词语以双重意义的或许是莫测难解的天神，即我所说的'他者'？难道阿波罗不是一位'多重逻辑'的天神吗？这位医治者和毁灭者的双重性可谓世人皆知。也许是阿波罗让俄狄浦斯不断说出偏离自己本意的话，但阿波罗有可能仅仅是人类完全无法理解的力量的拟人化。这体现了雅克·德里达所说的一句可怕的名言：'Tout autre est tout autre'，其主要意思是'任何他者都是全然他者'。"[②] 在这里，意义的双重性、主体的多重逻辑、能指与所指的不一致以及文字表述与理解的偏差等，都在一定程度上揭示了"全然他者"的存在形态。

---

① J. Hillis Miller, *Others* (Princeton and Oxford: Princeton University Press, 2001), p. 259.

② 〔美〕J. 希利斯·米勒：《解构叙事》，申丹译，北京大学出版社，2002，第17~18页。

　　米勒说："不要试图将全然他者限定为通常意义上的述行性言语行为（a performative speech act）。"① 在这里，他沿用英国语言学家 J. L. 奥斯汀在《如何以言行事》一书中阐述的"述行性言语行为"理论。在奥斯汀看来，存有一种没有真假值的句子，例如："我命令你们开火！"这样的句子没有描写或报道什么事实，说者在以言行事，用言辞"下命令"。凡是说话人说出以言行事的话语，都是述行性言语行为。② 米勒认为，奥斯汀的"言语行为"理论指向的是一种允诺、一种潜在的可能性，预示了一种有意义发展方向或行为方向的潜在可能性，方向性或可能性在其中占据重要地位。而这种语义或语言行为的方向性或可能性，在一定意义上就是某种主体建构的结果。

　　米勒认为："我们不能对他者说'你出来'。他者往往对我们说'你出来'，而我们只能回应另一句'你出来'……我们呼唤他者的出场，但他者是否会出场我们却不得而知。"③ 在米勒看来，相对于主体而言，"全然他者"具有绝对性，它不因主体的意志和行为变化而发生变化。但是，这并不等于说"全然他者"与主体毫无关联。实际上，颠覆存在于语言学中的主体性思维，也间接地为隐藏在语言背后的神秘他者的出场提供了机会。米勒说："语言学的游戏（the linguistic play）需要打破或颠覆语言学所现存的思维方式、言说方式和写作方式。实施这种颠覆的目的在于为隐藏在语言背后的神秘他者之出场而创造机会。"④ 可见，米勒从语言学的游戏中发现了文学他性的呈现。

第三节　言说文学他性

　　米勒说："让他者出场成为可能，所能做的一切就是诉诸德里达所言的'解构'之行动。而这种行动构成了开放的、反封闭的、不稳定的前封闭式

---

① J. Hillis Miller, *Others* (Princeton and Oxford：Princeton University Press, 2001), p. 272.

② Austin, J. L., *How to Do Things with Words*, edited by J. O. Urmson and Marina Sbisà (Oxford/New York：Oxford University Press, 1975), p. 6.

③ J. Hillis Miller, *Others* (Princeton and Oxford：Princeton University Press, 2001), p. 273.

④ J. Hillis Miller, *Others* (Princeton and Oxford：Princeton University Press, 2001), p. 273.

结构。"① 在米勒看来，解构是促使语言中的他性得以呈现的重要途径。同样，考察文学他性的呈现，就应该关注语言中的他性，正如德里达诉诸"文字学"一样。实际上，米勒所谓的语言他性的呈现与德里达的解构主义理论是一脉相承的。

德里达于 1981 年接受理查德·卡尼（Richard Kearney）采访时曾说，解构主义一直深切地关注语言的"他者"。② 他曾为有些批评家将他的作品视为"没有任何东西超越语言"以及"人们皆因禁于语言的牢笼"之宣言而感到大为吃惊。他认为，这些批评家的解读恰恰违背了他的原意。他说，解构主义不是排斥语言的指涉（reference），而是展现语言的复杂性，且这种复杂比传统语言理论所认定的还要复杂，具有更多问题。德里达认为，在"他者"面前，语言的指涉显得很不充分，他者既超越语言，又召唤语言，它不是语言术语所常用的某一"能指"（referent）。他认为，解构主义不是在虚无中封闭自身，而是朝他者开放。③ 可见，诉诸文字、解构存在于文字中稳定的指涉结构，进而颠覆文字中的二元结构，是语言他性以及建立在语言他性基础上的文学他性得以呈现的基本途径。

在言说语言他性以及文学他性问题上，米勒主张以间接的方式来实现，因为直接地言说"全然他者"是不可能的。他说："发现和创造（invention）他者是不可能的，因为它必定会成为对不可能的发现和创造，也就是说，用我们现有的方法，无论技术的还是法律的，甚至诗意的，都不可能做到。全然他者的发现将是无可计量的……全然他者光临之际，它超越了仍旧作为可算计的不可算计，超越了算计的实在程序，只有此时，它才是'真正的'发现和创造。"④

在具体的言说方式上，米勒诉诸词源学考察。

---

① J. Hillis Miller, *Others* (Princeton and Oxford: Princeton University Press, 2001), pp. 272 – 273.

② 实际上，德里达所言的"语言的他者"就是"语言他性"。因为无论就"大写他者"还是"小写他者"而言，它们都是超语言、超学科的存在，用"语言"去修饰他者显然会同它的结构发生矛盾。基于此，本书采用"语言他性"的说法，即进入主体范式内来言说他者、彰显他性。

③ J. Hillis Miller, *Others* (Princeton and Oxford: Princeton University Press, 2001), pp. 260 – 261.

④ J. Hillis Miller, *Others* (Princeton and Oxford: Princeton University Press, 2001), pp. 272.

无论如何，词源学探究的效果并非是使词语牢固地扎根入土，而是令其不稳定、有歧义、摇摆不定、不可测度。所有词源学都是错误的词源学，其一层意思是在词源链上总会有些弯曲或非连续性，其二是词源学经常未能发现一个词源，一个真正的起源的本义。假如词源链总是表示词的聚集（同时在运用它的所有地方），那么，该链就包含有返回自身的可能性。在这种返回中，它颠覆了自身的线性特性而变成了重复。没有这条线就没有重复，但正是重复惊扰、悬置或破坏了该线的线性特性，就像冬天柔和的晨曦在其一直向前的逻辑背后闪亮。①

例如，他在分析"通奸"一词时说："从辞源上说，通奸意为加入异质，即具有他者性质之物……'通奸'一词源于拉丁词根'ad'（朝向）加上'alter'（他者，不同），即'朝向他者'。"② 米勒通过词源学的探究颠覆了存在于语言中稳定的指涉结构，从"解构"中展现了语言他性的内涵。

米勒认为，文学他性的显现就是文学活动中的双重脱离：一方面，作为文学载体的语言脱离社会生活的实用语境；另一方面，强调文学远离语言表述的特性。在《间接引语与反讽》一文中，米勒说："文学赖以生存的基础是：可以让语言脱离其牢牢嵌入其中的社会或者个人生活语境，使它能够自由自在地作为小说发挥作用……我将文学界定为'使语言脱离其实用语境的可能性'，是为了强调没有任何语言本身就是文学或者不是文学。"③

瑞士神学家 H. 奥特，在《不可言说的言说》一书中认为，"不可言说的"东西具有三个特点："（1）它显然是真实的，而不是某种人们尽可以置之不理的非真实，因为它与人相关。（2）它显然是被经验到的，因为在人们之间产生了对不可言说的经验交流和理解。（3）它始终是特殊的，因为

---

① 〔美〕J. 希利斯·米勒：《阿里阿德涅的线：重复与叙述线索》，周汶译，见〔美〕J. 希利斯·米勒《重申解构主义》，郭英剑等译，中国社会科学出版社，1998，第145页。

② 〔美〕J. 希利斯·米勒：《解构叙事》，申丹译，北京大学出版社，2002，第26页。

③ 载〔美〕J. 希利斯·米勒《解构叙事》，申丹译，北京大学出版社，2002，第168页。

在人们之间对他们在象征上所体验的经验交流始终是一种特殊的交流，与象征的内涵相适应。"① 在奥特看来，尽管不可言说之物与人相关，且能够为人所经验到、感觉到，但是直接对它进行言说却是不可能的，因为它如同"象征"一般难以琢磨。基于此，奥特认为："一、我们只能以象征的方式言说上帝（象征'所说的多于它所说的东西'，这一点属于象征的本质）；二、我们只能以祈祷的方式（根本上原初地）言说上帝（在绝对的对话的表白行为中，我们通过祈祷将我们此在仿佛整个地呈示给上帝）。"② 神学对"上帝"的言说，在奥特看来借助象征和祈祷两种方式得以实现，且这两种方式分别以哲学分析和宣道语言形式展开，并体现为一个整体。

在谈及诗歌语言时，奥特说："诗其实无非是口语（所有定性语言的'元语言'），或口语在所谓'诗的自由'中的一种轻度变体，在诗中表现出我们的日常世界——即与可以清晰描述的事物进行恼人的交往的世界——怎样被不可说的真实渗透，而它们不可能像那些事物一样被清晰地描述。但是它们在象征中'赢得语言'。诗自身具有象征性，它就是象征。它运用那些完全能够清晰地描述日常世界的事物和进程的口语表达。但是它别具一格地使用这些词语。它如此使用它们，让它们引发不可说的真实。"③ 诗歌借助语言的象征将人们带向在日常世界无法体验到的新境界，在言说不可言说面前它是一条重要的实现途径。奥特的不可言说即表现为他性，在诗歌中表现为文学他性（或诗歌他性），它借助诗歌语言的象征性呈现。

基于此，言说诗歌中的文学他性就应该从言说诗歌语言的象征性开始，因为只有语言的象征性才能成就言说诗歌的不可言说。在这一点上，尽管米勒也诉诸语言而阐释和挖掘文学他性，但是，他眼中的语言是一种体现了二元对立模式的结构。阐释和挖掘文学他性，就是颠覆或解构存在于语言中的二元结构，使语言远离现实生活所指，又使文学远离语言，如此使文学他性走向纯然。

自从有了他者，主体面前就闪现出了光明！

---

①　〔瑞士〕H. 奥特：《不可言说的言说》，林克、赵勇译，三联书店，1994，第43页。
②　〔瑞士〕H. 奥特：《不可言说的言说》，林克、赵勇译，三联书店，1994，第30～31页。
③　〔瑞士〕H. 奥特：《不可言说的言说》，林克、赵勇译，三联书店，1994，第41页。

第六章

中国古代小说《红楼梦》中贾环的他性形象

在立意"使闺阁昭传"的《红楼梦》[①] 中，围绕贾府乃至更广阔的社会大背景，曹雪芹笔下的人物形形色色，其中男性角色虽略多于女性，却普遍给读者留下不佳印象。贾府中的老爷和公子哥儿们一味耽于享乐，不事生产，不思进取，已是一代不如一代。如贾宝玉外貌极好，性格却偏僻乖张，不乐读书，除了爱与女儿亲近，"只管安富尊荣""一心无挂碍"。贾蓉面目清秀，身材俊俏，却巧嘴滑舌，与父聚麀。贾蔷生得比贾蓉还风流俊俏，却整日"斗鸡走狗，赏花阅柳"。更有一个贾环，终日宿娼滥赌，无所不为。

贾环与宝玉同为贾政的儿子，一庶一嫡的身份首先就将两人放在了要被他人不断比较的处境中，两人自身的差异又把这种处境固定和深化了。

第一节 作为他者的贾环

纵然宝玉不是十全十美，贾环却一丝好也没有。如此优劣分明的两个人在同一个家庭中成长，贾环必然受到宝玉的遮蔽，成为与宝玉相对立的他者。

一 贾环形象

（一）他者表象

通观整部《红楼梦》，贾环一直处在和宝玉比较的阴影中，最直观的便

---

① 本章所引《红楼梦》为人民文学出版社 2010 年版，以下不一一注明。

是相貌、才学、行事等方面的对比，并且无一例外都是贾环相形见绌。

对宝玉的相貌描写首次出现在第三回林黛玉进贾府。先是黛玉远观："面若中秋之月，色如春晓之花，鬓若刀裁，眉如墨画，面如桃瓣，目若秋波。"再写宝玉换了身衣服出来，黛玉进一步细细观察他："越显得面如敷粉，唇若施脂；转盼多情，语言常笑。天然一段风韵，全在眉梢；平生万种情思，悉堆眼角。"如此浓墨重彩地描摹，留给读者极深的印象。

而对贾环的相貌描写却十分简单，两次透过他人视角只展现出大概形容。第二十三回贾政看面前两人，宝玉"神采飘逸，秀色夺人"，贾环"人物委琐，举止荒疏"。到了第一百一十五回甄宝玉进贾府，王夫人"回看贾兰，也是清秀超群的，虽不能像两个宝玉的形象，也还随得上。只有贾环粗夯，未免有偏爱之色"。第五十六回甄府家眷奉旨进京到贾家送礼请安，谈到"两个宝玉"模样相仿，贾母认为"大家子孩子们再养的娇嫩，除了脸上有残疾十分黑丑的，大概看去都是一样的齐整"，可见贾环长相非但不出众，连齐整都算不上，可谓相由心生。

从儿童到青年这样一个时间跨度内，贾环在相貌、气度上始终没往好的方向变化，而性格、做事上与宝玉相比就更加天差地别了。

就才学而论，宝玉虽不喜经济事务，视读书人为禄蠹，却也能诗擅文，且每每出奇对。而贾环虽曾努力上进，却"才思滞钝"，作诗"拘板庸涩"。

第十七回大观园试才题匾额，贾政因听说塾掌称赞宝玉专能对对联，还有些歪才情，便借游园题字之机考他。宝玉自有见解，任叫题字、对联都能立时作出。贾政虽嘴上严厉，心里也是满意的。等第二十二回贾环出场猜灯谜，有了前事的渲染，自然高下立见。元妃送出灯谜，宝钗"一见就猜着了"，宝玉、黛玉、湘云、探春也都解了，等晚上传话出来，就迎春、贾环没猜着。他们又各作灯谜，即使元妃没猜着的众人也说猜着了，并不较真人的脸面问题。作者却等颁赐完物品后斜生枝蔓，由太监转述说贾环的灯谜不通。贾环作的灯谜是："大哥有角只八个，二哥有角只两根。大哥只在床上坐，二哥爱在房上蹲。"宝玉和贾环相差不过两岁左右，此时宝钗将满十五，宝玉大致十二三岁，贾环也该有十岁多。宝玉在大观园题字时能引经据典，发出自己的议论，贾环却只能作如此直白俗气、毫无文饰的灯谜，诗礼之家子弟应有的基本素养竟无一星半点。此后再无关于贾环的读书情况介绍，直到第七十五回府内中秋赏月作诗，贾环"立挥一绝"。虽不见具体诗作，但从贾政看了"亦觉罕异"的反应可知算有了长进。第七十七回又从贾政口中点出宝玉虽读书不及环、兰，但题联、和诗的聪明却比他俩要强。作者在第七十八回进一步分析了环、兰与宝玉的差距：只在诗文举业一事上勉强高过宝玉，论杂学与才思却不如宝玉涉猎广泛、"空灵娟逸"。后一点通过第八十八回贾环对不来师父出的对子时，是宝玉帮了他得到体现。

行事做派上，宝玉率性自然、体贴周到、大度仗义，贾环却粗鲁愚笨、恶毒下作。

第二十五回，宝玉被贾环故意推落的油灯烫出一溜燎泡，王夫人又心疼又急，怕后日不知如何向贾母交代，宝玉便说就说是自己烫的，想将责任揽过来。第四十四回，平儿因凤姐和贾琏夫妻间的矛盾平白受委屈，宝玉宽慰她，既替哥嫂赔不是，又张罗她换衣洗脸，细致入微。第六十一回，作者通过凤姐的口说宝玉不管青红皂白爱兜揽事情，又耳根子软，什么事都应承，毫不顾及会给自己造成什么影响。而贾环嫉恨宝玉，就泼蜡油（第二十五回）、诬告（第三十三回）；不满妙玉，就不正眼瞧她，听闻妙玉可能被盗人杀害，觉得称愿（第一百一十七回）；怀恨凤姐，就设计卖巧姐（第一百一十八回）：种种行为都不是磊落的做派。

宝玉越是俊美、聪敏、宽厚，贾环越是丑陋、愚笨、下作。从创作角度看，宝玉是作者着意刻画的主要人物，他身上自带的主角光环无须读者刻意搜寻，闪光点随处可见。贾环却混在一众不成样的贾府爷们儿中，明里暗里只为凸显宝玉的形象。因而，若宝玉为中心，那么贾环就毋庸置疑地站在他者的位置上。宝玉身上的每个特质都成了投射在贾环身上的阴影，贾环自身的"亮度"不够，便只能被遮蔽，变成陪衬的他者。

这种陪衬还可以贾环的出场情况为佐证。贾环出场极晚（第二十回），在此之前，仅有两句话提到他："政公既有玉儿之后，其妾又生了一个，到不知其好歹"（第二回）；"从年内染病未痊，自有闲处调养，故亦无传"（第十八回）。而自第三回林黛玉进贾府，借由她（外来者）的观察向读者展现贾府面貌，揭开贾府内部人物活动画卷开始，宝玉基本都是在场的。作者通过日常活动凸显了宝玉的形象、性格特征，也将他的生活状态细致地展现在读者面前。与之相反，我们很少看到贾环的身影，更多书中只提及名字证明他的在场，甚至连侄媳秦可卿丧礼及长姐元春封妃省亲这样"烈火烹油"的大事都不在场。作者通过这种将次要人物放到背景中，无声地在场甚至缺席的设置，既避免了叙述的繁冗累赘，又将宝玉作为主体的中心地位与贾环作为他者的边缘处境，在静默中营造，在无言中显露，以至贾环每每出场便将这种矛盾与暗涌带到明面上来。

（二）他者矛盾聚焦

贾环作为陪衬的他者，和宝玉的差距在于个人资质，而与宝玉的矛盾根源则在社会身份。宝玉为正妻所出，贾环为妾室所育，嫡出与庶出的分别导致他者对主体的嫉恨，从而加深了两者的对立。

第二十回是贾环在全书中第一次正面出场。作者透过赶围棋一事揭开了贾环与宝玉的矛盾焦点，自此前面谈到的贾环经常缺席与静默地在场便有了明确的指向。

此时正值正月放年学，贾环到薛姨妈这边来玩，见宝钗三人赶围棋也要加入，宝钗便让他坐了一处。在宝钗应允之前，作者特地写了她向来把贾环和宝玉同等看待，不正暗示一直以来贾府中存在着对他俩区别对待之意？贾环接连输了几盘正着急，见轮到他掷骰子，一心想掷出个六翻盘，却只得个幺，便着急抓骰子拿钱说是六。莺儿喊"分明是个幺"，被宝钗制止，她"不敢则声"，却仍在"口内嘟囔"，并不避忌贾环，莺儿的表现足以说明贾环虽身为主子却不受尊重。试想，封建大家庭内部等级森严，宝钗如此重规矩，她的贴身丫鬟被她管束、受她影响，也当是知礼守礼的，却如此对待贾环，只能说贾环在丫鬟心中的分量也不过尔尔。更何况，莺儿话中直接将贾环的行为与先前宝玉和她们玩的情形作对比。那次宝玉输得多也没在意，剩下的钱让小丫头们抢了也就一笑，而贾环就因为几个钱耍赖，比较之下莺儿自然心内不服，瞧不上贾环的做派。贾环心中却也不好过，见莺儿说自己不如宝玉，便直言："我拿什么比宝玉呢。你们怕他，都和他好，都欺负我不是太太养的。"还哭了出来。"不是太太养的"意指非嫡出而是庶出，"你们"是人称代词复数，"都"是全部之意，按理本该对莺儿一个人回击，贾环如此说，明显是因为丫鬟的轻视触及他平日因为宝玉的存在而被冷落、被轻贱所累积起来的负面情绪。莺儿的态度实际上是周围人态度的一个缩影。直到此处宝玉还未和贾环碰面，作者却已经成功地通过莺儿的表现折射出贾环在日常生活中不可避免被拿来与宝玉作比较，受到宝玉的阴影遮蔽，不被关注的境况。接下来宝玉露面，贾环对宝玉的询问"不敢则声"。宝玉自在心中思量："况且我是正出，他是庶出，饶这样还有人背后谈论，还禁得辖治他了。"表明宝玉清楚并接受自己与贾环因身份差别带来的既定待遇，也意识到自己的嫡出身份给贾环带来压力。换句话说，宝玉知道并且默认自己的主体地位，虽然无意挤压、强占贾环的生存空间，却在无形中固定了贾环的他者地位，对他造成压抑。

如果说"我拿什么比宝玉呢"还只是小孩子因平日不平等待遇心里不服气而口无遮拦地表露自己的情绪，那么第二十五回则是矛盾激化到以极端行动泄愤的直观体现。

宝玉喜欢亲近女儿，常与丫鬟们笑闹，不分尊卑，丫鬟们也乐意与他说笑。这日酒后，他和彩霞说笑不被搭理，便强拉她的手缠她搭理，也是惯常反应。作者特别说明贾环本就被丫鬟们厌恶，而且向来对宝玉嫉恨，"每每暗中算计，只是不得下手"，暗示二人的矛盾对立一直存在，仇恨情绪也在不断发酵。贾环眼见唯一和他亲近的彩霞也被宝玉沾染，自然新仇旧恨涌上心头，于是装作失手将蜡灯推到宝玉脸上，这是他长期压抑的释放。作者仍然透过丫鬟们的态度来展现二人周围人际环境的不同。一个"恨"、一个"推"，从心理到行为上将贾环与宝玉两人间的矛盾爆发出来。这是贾环第一次针对宝玉的报复，是极度缺乏者对有富余者的嫉恨。到了第三十三回金钏儿投井，贾环乘机向贾政诬告宝玉辱母婢，致使宝玉遭毒打，进一步说明两人矛盾的不可调和。这种主体与他者的矛盾对立一直持续。

二　集体性的逼迫

贾环长期处于缺席和静默地在场状态，极少与宝玉有正面交锋，因此，被边缘化为他者的具体状况主要通过周围环境中其他人对他的态度、反应表现出来，而被众星拱月般簇拥着的宝玉的主体地位更加凸显。贾环始终被边缘化的局面，将主体对他者的压抑深化为自上而下的集体性逼迫。

（一）贾母的爱憎区隔

贾母是贾府中的大家长，宁荣二府都对这位老祖宗十分敬重。这种敬重一方面源于儒家的重孝传统，另一方面则因为大家庭制要求家长对家内成员必须有权威，成员对家长必须服从①，而后者明显更为重要。贾府老一辈只余这么个老太太在世，虽然贾府的管家之权已下放到王夫人、凤姐手中，贾母每日似乎只是和孙辈玩乐，但对这位老祖宗谁都不能小觑。"贾母的权不是表现在自己去干什么，而是表现在她喜欢什么，支持谁上。"② 因此，贾母的喜好影响整个贾府的氛围。

作者有两处关于贾母的好恶导致周围人态度变化的直接描写，由此便可知贾母的重要影响力，贾母疼爱与否对个人周遭待遇起决定作用。第一次是尤二姐进了贾府，贾母本喜尤二姐娇俏，听信秋桐谗言后便变了态度。"众人见贾母不喜，不免又往下践踏起来，弄得这尤二姐要死不能，要生不得。"（第六十九回）再一次是费婆子倚老卖老。还有一次是随着宁府被查抄，凤姐在外私放高利贷获利的事也被家人知晓了，王夫人等由此对她不喜，但"幸喜凤姐为贾母疼惜"（第一百零八回），因此仍得执掌管家之权。

贾母的态度更影响了个人的行事风格。面对贾母的威仪，众人小心侍奉，轻易不敢大声、鲁莽冲撞，就连王夫人因邢夫人替贾政纳鸳鸯的事受牵连被骂也不敢辩驳，而凤姐却能在贾母面前插科打诨。黛玉进贾府初见凤姐时诧异她的放诞，这当然是仗着贾母的疼爱。而贾琏本被凤姐辖制，在酒后气急追砍凤姐到贾母面前时，他"撒娇撒痴，涎言涎语的还只乱说"，如此张狂也是明仗着贾母的疼爱。

贾母的情感、态度、倾向又与是否知礼、守礼相关联。第五十六回，贾母和甄府四个老妈妈谈两个宝玉时有段关于礼数规矩的议论：

> 可知你我这样的人家的孩子们，凭他们有什么刁钻古怪的毛病儿，见了外人，必是要还出正经礼数来的。若他不还正经礼数，也断不容

---

① 李辰冬、寿鹏飞：《红楼梦研究两种》，知识产权出版社，2013，第64页。

② 胡文彬：《胡文彬谈红楼》，当代世界出版社，2006，第336页。

他刁钻去了。就是大人溺爱的，是他一则生的得人意，二则见人礼数竟比大人们行出来的不错，使人见了可爱可怜，背地里所以才纵他一点子。若一味他只管没里没外，不与大人争光，凭他生的怎样，也是该打死的。

第九十七回，黛玉因听说宝玉要和宝钗成婚急怒吐血，贾母知晓缘由后又有了一番规矩本分的议论：

> 孩子们从小儿在一处儿顽，好些是有的。如今大了懂的人事，就该要分别些，才是做女孩儿的本分，我才心里疼他。若是他心里有别的想头，成了什么人了呢！我可是白疼了他了。
>
> 咱们这种人家，别的事自然没有的，这心病也是断断不得的。林丫头若不是这个病呢，我凭着花多少钱都使得。若是这个病，不但治不好，我也没心肠了。

两处议论清晰地表达了贾母心中对个人的评判标准：知礼数、守本分，不丢大家族的面子，自然能得人疼。宝玉如此得贾母的心，生得好对个人情感偏好自然有先在的影响，但若没有他成长过程中展现出来的聪敏识礼，这种疼爱也不会长久。故哪怕宝玉不喜读世故文章，不愿作诗作文求取功名，贾母也在贾政面前偏帮着他。有这样一个哥哥在前，就连年纪更小失去父亲的贾兰也未多受贾母偏疼，自然也无法受贾母关注与重视。

因此，贾环受到的集体性逼迫主要缘于贾母的态度，她将宝玉与贾环明显分别开来。大到说亲问题，小到作诗好坏，贾母都是看重宝玉而漠视贾环的。贾母对宝玉的亲事极其在意，亲自把关想为他定个模样好、脾气周正的姑娘，心底也对黛玉、宝钗谁配宝玉有过思量。对贾环的亲事则从未上心，湘云出嫁回门来请安，谈起家中各人连连发生不好的事，提及贾环的亲事时只一句不耐烦的"谁有工夫提起他来"（第一百零八回）。在怡红院内赏海棠时，令宝玉、贾环、贾兰三人作诗志喜，贾母听后只说贾兰的好，贾环的不好（第九十四回）。这一锤定音式的评判，因为她"不大懂诗"而直指贾母是依据情感上的偏好作评判的，反映出她对贾环的不喜欢。

第八十八回中贾环为感谢宝玉帮他对对子，拿蝈蝈儿来孝敬宝玉。贾母听宝玉说了这事，评价说，那环儿小子"变着方法儿打点人"，"赶大了还不知是个什么东西呢"。贾母重规矩礼数，不喜这种殷勤献媚、使奸耍滑的行事风格，但也并非眼里不揉沙子。办事"打点"本是当时的社会风气，府上对宫里大太监的孝敬，贾珍为贾蓉捐官，贾芸、贾芹为求差事讨好凤姐，就连柳五儿的妈妈想送五儿到宝玉房中补缺，也是因"最小意殷勤"得芳官等的心意才达成。贾母此时不管事，从前这些事必是见多了的，本不会多在意，但是见贾环如此，便由此推想他长大后，说明在贾母心中贾环必是不成器的，与演说回为贾环定调的"不知好歹"相应。等贾环、贾兰也来给贾母请安，贾母问了贾兰被师父夸的事，直到鸳鸯过来请示摆饭，宝玉和贾环退下，作者也没写贾母有和贾环多说一句。贾母的态度使贾环与眼前的其乐融融隔绝。

种种态度表现都说明贾母不喜欢贾环，也不曾遮掩。贾母身边围绕着这么多人，个个眼明心亮，必然明白贾环的地位。于是在潜移默化中，贾府内自然形成了对贾环的集体性漠视和糟践，宝玉的主体地位更加凸显、更加稳固，而贾环只能被贾府主流生活圈边缘化。

（二）众人态度显象

前面说到，贾母旗帜鲜明地疼爱宝玉、厌恶贾环，而贾府内众人自然亦大多如此，与贾环有交集的人对他的评价大都带贬义色彩。试举几例：

> ……贾环听了，便伸着头瞧了一瞧，又闻得一股清香，便弯腰向靴桶内掏出一张纸来托着，笑说："好哥哥，给我一半儿。"宝玉只得要与他。……麝月便说："这会子且忙着问这个，不过是这屋里人一时短了。你不管拿些什么给他们，他们那里看得出来？快打发他们去了，咱们好吃饭。"芳官听了，便将些茉莉粉包了一包拿来。贾环见了，喜的就伸手来接。芳官便忙向炕上一掷。贾环只得向炕上拾了，揣在怀内，方作辞而去。（第六十回）

芳官是贾府买进的女伶，因为老太妃去世、戏班被解散遂留下作了宝玉的丫头。蕊官赠与芳官蔷薇硝,贾环见了向宝玉讨要,芳官在贾环伸手来接时却"忙向炕上一掷"。照常理来讲,两人递接东西时不论身份高低都应以手交接以示尊重,更何况贾环是少爷,芳官只是个下人。然而芳官却直接掷到炕上,不顾贾环已经伸过来的手,并且宝玉身边的大丫鬟麝月也直称"打发他们"。这说明人人都知道贾环不受待见,因而哪怕丫鬟也能随意欺侮他。而丫鬟们同宝玉相处时是不一样的,宝玉尊重她们,也愿做小伏低与之亲近,因而丫鬟虽行事、说话上看似不在意主仆的区别,但心底仍是对宝玉喜爱和敬重的。

> 王夫人便拉他在身旁坐下。他姊弟三人依旧坐下。王夫人摩挲着宝玉的脖项说道:"前儿的丸药都吃完了?"宝玉答道:"还有一丸。"王夫人道:"明儿再取十丸来,天天临睡的时候,叫袭人伏侍你吃了再睡。"(第二十三回)

> 正说着,只见贾环、贾兰小叔侄两个也来了,请过安,邢夫人便叫他两个椅子上坐了。贾环见宝玉同邢夫人坐在一个坐褥上,邢夫人又百般摩挲抚弄他,早已心中不自在了,坐不多时,便和贾兰使眼色儿要走。贾兰只得依他,一同起身告辞。宝玉见他们要走,自己也就起身,要一同回去。邢夫人笑道:"你且坐着,我还和你说话呢。"宝玉只得坐了。邢夫人向他两个道:"你们回去,各人替我问你们各人的母亲好。你们姑娘、姐姐、妹妹都在这里呢,闹的我头晕,今儿不留你们吃饭了。"(第二十四回)

将两段描写对比,邢、王二夫人的态度直露无遗。女性内心喜爱的情感表露通常体现在语言和动作的亲昵上,拉宝玉在身旁坐,不住摩挲他,言语上关心他,无不是心里爱极的表现。更何况还有贾环等在旁比较,他们被安排在有距离感的座位上,二位夫人也没和他们有更亲近细致的交流。因而,宝玉受到的对待越热情,贾环所受的冷遇就越深刻;宝玉作为主体越被亲近,贾环作为他者就越被排斥、挤压。

> 凤姐急的火星直爆,骂道:"真真那一世的对头冤家!你何苦来还

来使促狭！从前你妈要想害我，如今又来害妞儿。我和你几辈子的仇呢！"

丫头道："怪不得他不敢回来，躲了别处去了。这环哥儿明日还不知怎么样呢。"

赵姨娘便骂道："你这个下作种子！你为什么弄洒了人家的药，招的人家咒骂。我原叫你去问一声，不用进去。你偏进去，又不就走，还要虎头上捉虱子。你看我回了老爷，打你不打！"（第八十四回）

贾环打翻药锅子，凤姐和赵姨娘都骂他不安分闯祸，前者是素来不待见他，后者怪他弄出事来招人骂。凤姐说贾环是"燎毛的小冻猫子，只等有热灶火炕让他钻去罢"（第五十五回），和姐姐探春比更是"天悬地隔"，"令人难疼"，甚至这种厌恶已达到"要依我的性早撵出去了"的程度。而在赵姨娘看来，既然本就被人瞧不起，何必去给人糟践，不如躲远些，这既是对贾环的劝导，也是对自己处境的无奈。其实，赵姨娘与贾环一样，都是贾府内的他者，赵姨娘已经挨了这么多年，而贾环正遭受和她一样的排挤和贬斥。丫头说"明日还不知怎么样呢"，是在说贾环以后会更坏更不成样子，因此虽说是"不知好歹"，最终还是落在了"歹"上。

以上三例都是贾环收到的负面反馈。而第九十四回宝玉的玉不见了，作者透过找玉这件事将众人对贾环的态度作了个总体呈现，凸显对贾环的集体性逼迫。

这天上午大家相约去怡红院看花，宝玉本已在赏花，听说贾母要来，匆忙换下常服去迎接，没来得及挂上通灵宝玉。等贾母走后再换衣服时，发现本该在炕桌上的玉不见了。怡红院内外各处都混找了一遍，一天下来也没结果。李纨提议搜丫头们的身，探春却认为"必是有人使促狭"。

众人听说，又见环儿不在这里，昨儿是他满屋里乱跑，都疑到他身上，只是不肯说出来。探春又道："使促狭的只有环儿。你们叫个人去悄悄的叫了他来，背地里哄着他，叫他拿出来，然后吓着他，叫他不要声张，这就完了。"大家点头称是。

探春只说是有人故意捉弄人，众人就一致疑心到贾环身上，而后由探春言明就坐定了贾环的嫌疑。而用"背地里哄""吓"的方法对待自己的弟弟，是抓准了他的愚笨懦弱，也是深信他品行不好必与此事相关。

作者在前面安排了相似情节。第三十四回宝玉挨打，因为薛蟠平日就爱闹事，再加上他纠缠过琪官未果，而琪官却和宝玉交好，所以家里下人没有实据就认定是薛蟠让人告发宝玉和琪官厮混的事。宝钗劝薛蟠少胡闹胡逛、没个分寸，有事即使不是他干的，就连亲妹妹也会先疑心他。现在，众人不谋而合地疑心贾环，证明贾环平日给他们留下的印象糟糕。

> 平儿便笑着向环儿道："你二哥哥的玉丢了，你瞧见了没有？"贾环便急得紫涨了脸，瞪着眼说道："人家丢了东西，你怎么又叫我来查问，疑我。我是犯过案的贼么！"平儿见这样子，倒不敢再问，便又陪笑道："不是这么说，怕三爷要拿了去吓他们，所以白问问瞧见了没有，好叫他们找。"贾环道："他的玉在他身上，看见不看见该问他，怎么问我？捧着他的人多着咧！得了什么不来问我，丢了东西就来问我！"

"紫涨了脸""瞪着眼"表明贾环气急败坏。平日没人管他、搭理他，都捧着宝玉，这会儿丢了玉，众人的目光却落到他身上，如此明显的区别和不信任自然让贾环无法接受。"捧着他的人多着咧"，同薛蟠被冤枉时不满"为一个宝玉闹的这样天翻地覆的"，将宝玉的主体地位一再点出。不只一直受到压抑、逼迫的贾环，连后进贾府的"呆霸王"都体会到了。

从上述分析可知，贾环的生存环境对他造成了集体性逼迫。所有友善、亲近、关心、疼爱、袒护都为宝玉享有，除了有彩云关心规劝，连自己的亲生母亲都对贾环任意辱骂，发泄心中的不满与委屈。没有人单纯地看待他，连基本的家庭情感需求他也没法得到满足，自然愈加走入下流。

综上，我们首先看到贾环由于庶出身份而被先在地放到他者的位置上。同时，与宝玉的巨大差距坐实了他的他者地位，并由贾府自上而下的态度固定下来。因此，尽管贾环首先受到的是与宝玉对比的压抑，但更深层的却是整个贾府一致地将宝玉与贾环对立，形成集体性逼迫。

第二节 贾环身为他者的根源

宝玉与贾环的对立是由两者嫡庶身份的差异决定的，而这根源于封建宗法制度的等级秩序。统治者掌握话语霸权，依靠严格的等级秩序巩固自己的统治，从而使每个个体都成为格子中的"人"。

一 封建宗法制度

霍夫斯泰德指出，传统中国社会的稳定性是建立在人们不平等关系基础上的①。这种不平等是封建等级秩序的产物，主要包括政治地位的尊卑贵贱，家族系统的长幼老少。形成于西周的宗法制是依血缘亲疏关系划定贵族的等级地位，巩固贵族阶级的内部秩序，并一直为后来统治者沿用。

（一）儒家等级观

禹传位于启，变"公天下"为"家天下"，由此确立了血缘世袭，并用"礼"加以规范。到西周时，分封制的建立更是强化了血缘关系在政治制度中的建构作用。由此，统治阶级内部成员在政治地位上的高低贵贱主要由血缘关系上与周天子的亲疏远近决定，"王臣公"的政治等级关系同时也是"父对子，兄对弟"的血亲差序关系。血缘亲疏优势与政治地位等级优势结合在了一起。

受西周血亲等级与"亲亲尊尊"机制影响，儒家血亲等级观念尤为凸显由父子血缘生理差序形成的尊卑上下等级意蕴，并且将它和君尊臣卑等级意蕴融合，使之具有政治内涵。孔子提出的"君君、臣臣、父父、子子"，就是宗法制背景下父子差序与君臣尊卑的统一。两汉时，为了巩固和加强皇权，董仲舒将"君君、臣臣、父父、子子"发挥为"三纲"，肯定了君权、父权和夫权，并逐渐衍化成封建宗法等级制。程朱理学家更是把封建伦理纲常作为"理"的本体，将等级差别推向至尊、至卑的极致。

---

① Greet Hofstede and Gert Jan Hofstede, *Cultures and Organizations: Software of the Mind* (New York: Mc Graw Hill, 2005).

在《红楼梦》中等级制多有体现。元妃省亲时，就连贾母、贾政、王夫人都要向她行国礼，而亲弟弟宝玉无爵无禄不得元妃召见，也不能擅自入内相见。元妃是皇权的代表，表明封建社会的君臣关系高于血缘关系。邢夫人为贾赦讨鸳鸯，认为大家庭的人三妻四妾很正常，显示出夫妻之间丈夫享有特权，妻子要以丈夫的意志行事。宝玉在贾政面前像老鼠见到猫，贾蓉被贾珍命下人啐也一声不敢吭，表现出父亲的绝对权威。

可见，从儒家等级观衍化而来的封建等级秩序，使得人与人之间的血缘亲情被异化。在整个社会环境中，每个人都是皇权的顺民。血缘关系的比附使皇帝与百姓间冷冰冰的阶级关系"升华"为具有血亲情意的"父子关系"，统治者及下属官员对百姓的统治成为"天经地义"。然而，真正的血缘亲情却被严格的等级秩序凌驾而逐渐淡化，只剩下利益的纠缠。

（二）嫡尊庶卑

兄弟之间的等级关系指向由出生血统规定的嫡尊庶卑，这是西周分封制的核心。商朝后期，众王子争夺王位，于是从武乙开始就有了较严格的父死子继制度，并且在嫡妻制基础上有了嫡长子继位的规定。同理，男权社会允许三妻四妾，赋予了男性在与女性关系上的特权，又必然造成家庭内部管理和继承上的混乱。国家统治权继承制度运用到家庭管理当中，确定了家庭成员间的地位，明确了家庭财产等的继承。但是，因嫡尊庶卑制也生出了不少家庭悲剧。

贾府内嫡庶身份的不同，首先决定了月例银子的各异，如嫡妻王夫人每月二十两，赵姨娘、周姨娘仅二两；其次决定了丫头配备的差别，王夫人房中有四个月例一两的大丫头，就连宝玉房中都有晴雯等七个月例一吊钱的大丫头，还有佳蕙等八个月例五百钱的小丫头，而赵姨娘房中只有两个月例一吊钱的丫头（第三十六回中提到被减到五百钱，说明贾母对宝玉的偏爱）；再次决定了能否参与家庭活动，去宁府听戏、元春省亲、府内猜灯谜赏月作诗等，赵姨娘、周姨娘都不能参与。这些都说明在家庭内部嫡妻是正宗的主子，而妾不过比丫头地位高一点儿，生活待遇差别极大。

贾母骂赵姨娘"烂了舌头的混账老婆"（第二十五回），赵姨娘向探春抱怨："我这屋里熬油似的熬了这么大年纪，又有你和你兄弟，这会子连袭人都不如了，我还有什么脸？"（第五十五回），芳官说赵姨娘"梅香拜把子——都是奴几"（第六十回），以及周姨娘的物伤其类："做偏房侧室的下场头不过如此！况他还有儿子的，我将来死起来还不知怎样呢！"（第一百一十三回）这些都表明妾的低下地位和悲惨境遇。

庶子称嫡母为母亲，称生母为姨娘；他们的管教权在嫡母，而不在生母。贾环的表面待遇和宝玉是没有差别的，两人月银都是二两，贾政私下考虑为他俩安排侍妾时也是一视同仁的，凤姐也说，宝玉房内添了一两的大丫头，也要给贾环添上才公允。但是，越是这种表面的平等，越会凸显细微的不平等，越能暴露出嫡庶制度使家庭成员的血缘亲情被利益关系所取代，并与等级秩序相互作用，最终连家内下人都生着"体面眼""富贵心"，看人下菜碟。

中秋赏月，贾赦讲笑话意指贾母偏心，又连声称赞贾环的诗好，"不失咱们侯门的气概"，"将来这世袭的前程定跑不了你袭呢"（第七十五回）。贾赦自觉作为庶子与贾环同病相怜，因此借称赞贾环来抒发自己的不平。贾环有了宝玉的对比，这种不平自然更加明显。宝玉是贾母、王夫人等人的"心肝儿"，受百般疼爱。贾政要打死宝玉，以免他今后杀君弑父辱了门楣，王夫人便上前阻拦，要贾政先勒死她，以便母子做伴。贾母也说先打死她，更要和王夫人、宝玉回南京，大家干净。而贾环却常常被辱骂，王夫人说他是"黑心不知道理的下流种子"（第二十五回），凤姐说他是"慌脚鸡，上不得高台盘"（第二十五回），生父贾政也说他"人物委琐，举止荒疏"（第三十三回），生母赵姨娘更是一有气就撒在他身上，骂他是"没造化的种子，蛆心孽障"（第六十二回）。《红楼梦》中詈骂语很多，根据人物身份的不同有雅有俗，根据说话人情感的不同有戏谑、有嘲讽。贾环遭受的骂语却都是侮辱发泄性质的，用"鸡""蛆"来贬损他，用"下流""黑心"这种形容卑劣行为的词语来痛斥其违反传统道德的行径，都反映了说话人对贾环的轻贱。在他们看来，贾环不是具有独立意志的个人，而是嫡庶之争中的箭靶与威胁。而前面所述莺儿、麝月、芳官等一众丫鬟对贾环的厌恶，也正是嫡尊庶卑社会生态的反映。

在嫡庶制度下，贾环没有感受过脉脉亲情，只感受到剑拔弩张的矛盾争斗与憎恶。他最终同生母一样，采取卑劣下作的报复手段来回应。

除了贾环，贾府内迎春、探春、惜春也是庶出，在心理上同样有庶出身份带来的阴影，被制度规约放到了他者的位置上。在封建等级秩序束缚下，家庭内部的人际关系严酷冰冷如风刀霜剑，因而她们的个性、情感被苦苦压抑。

二　话语霸权

封建等级制度和观念，实质上是统治者话语霸权的体现。当权力受众基于服从是其责任的信念而自愿服从当权者的意志时，他们根本意识不到自己已经受到了压迫。在中国封建社会，将君臣关系比附为父子关系便是为了使接受这一观念的百姓都自觉接受皇权的统治，并以为君尽忠分忧为责任和荣耀。由此观之，君权、父权、夫权实际上是用自己的话语权来对社会、家庭进行规约，以达到理想状态。

福柯认为，"权力"是对人们的思想行为束缚和支配的意志操控力，它既包括有形的政治机构、法律条文等，又包括无形的意识形态、思想伦理、宗教观念等，而后者是真正约束人的意志权力①。权力通过"话语"来实现，话语实践中又暗含着权力的操纵，这便是"话语权"（对话语本身的控制）。统治阶级通过掌握各种话语形式和手段，直接或间接地控制被统治阶级的言语行为、意识形态和社会认知，并不断宣扬、灌输自己的意识形态和社会认知，从而强迫大众为统治阶级的利益和意识形态服务。

在中国封建社会，统治阶级对百姓意识形态的控制十分重视，清朝中期的"文字狱"更是这种控制的一种极致表现。另外，每个朝代的统治者都十分重视修史，一朝统治覆灭，新的朝代建立，需要对前朝经验教训进行总结，以为本朝统治的正当性粉饰，这是话语权掌控者巩固统治的必然考虑。乔治·奥威尔的政治讽喻小说《1984》就描写了话语权掌控者随时更改过去的文字记录或将过去的文字记录销毁的情节，使后来的人对历史的认识只能源于对话语的认知。因此，话语权成为每个有自由意志的人都想掌握的。

---

① 李燕霞：《论福柯"权力话语"下的经典译介与流变》，《北京航空航天大学学报》（社会科学版）2013 年第 1 期。

上文谈到封建等级制度的设计也是由统治者的话语权控制的，在国家范围内每个人都受到它的束缚和规约。因此，贾环的他者身份源于封建宗法制度仅是浅层原因，而根本上是统治阶级的"话语"塑造。统治阶级为了统治的需要将人作等级区分，用严苛的礼法"话语"固定下来并强制施为。这样一来，每个人都不再是自由的言说者，意见得不到自由表达，个性也得不到释放。

贾环在贾府内受到双重话语压抑。一方面，他是统治者话语塑造的庶子，先在地被定为卑贱的他者；另一方面，他又是家庭内部嫡系话语塑造的边缘人，始终被放在遭排斥和厌弃的位置上。因此，他的每次发声都是个性被压制、自我被遮蔽后的爆发。

三　宝玉的他性异质

嫡出身份赋予了宝玉强势主体地位，但是在封建社会文化环境中，宝玉身上仍然存在着与主流价值观相异的"他性"。宝玉的他性异质主要体现在两方面：一是赞美、尊重女性，讲究情而非淫，二是叛逃传统诗书举业的个人上进之路。

（一）女儿观

宝玉与贾府内男性所承袭的主流女性观念不同，体现出"情"与"欲"的对立。封建男权社会主流的女性观念是女卑男尊，女性作为男性的附属只能依附于男性，她们是男性发泄欲望和传宗接代的工具，并且受到"三从四德"这样的伦理道德规训束缚，而男性却享有三妻四妾的特权。

贾府爷儿们沉湎于酒色享乐，他们荒淫无度的行为表现出对女性的蔑视，任何女子在他们看来都不过是欲望的发泄对象，甚至是可以任意买卖的商品。他们对女性的"皮淫"[①] 正是深受主流话语浸淫的结果，致使自己也沦为受肉体欲望支配的俘虏。表现在以下几点。

一是极度好色，与女子的日常交往就是调情淫乐。贾赦儿孙满堂还整日在屋内和小妾们寻欢作乐，甚至只要见到"略平头正脸的，他就不放手

---

① 王庆杰：《谁为情种：〈红楼梦〉精神生态论》，中国书籍出版社，2012，第87页。

了";贾珍和儿媳秦可卿、妻妹尤二姐关系暧昧,甚至在父亲热孝中还带领子侄以习射为名聚赌嫖娼,不顾伦常孝道。贾蓉与父聚麀,既和姨娘尤二姐、尤三姐无耻调情,又和家中丫鬟勾搭,帮贾琏偷娶尤二姐也是抱着方便自己鬼混的心思。贾琏"只离了凤姐便要寻事",巧姐出天花要斋戒忌房事,他独在外书房睡两晚就"十分难熬",找清俊小厮出火不够,又垂涎多姑娘儿竟被勾得如"饥鼠"。贾环为贾母号丧时还在孝幔子内偷看来往的女人,眼睛"活猴儿似的"。贾瑞思淫凤姐,最终枉送了性命。贾芹明着按月去给水月庵送银钱,实际上却在内窝娼聚赌。

二是任意买卖女性。贾赦用八百两银子买回十七岁的嫣红收在屋内做妾,又将女儿迎春作为五千两欠账的抵偿物给了孙绍祖。贾环、贾芹与邢大舅等商议将巧姐卖给藩王做妾。

宝玉爱女儿却是出于对女性的尊重、爱护,并且尤为珍视她们身上的纯洁与青春活力(不同于男性沽名钓誉、争权夺势、尔虞我诈的陈腐与僵化),并不是出于对年轻美貌的皮囊与生理感官享受的贪淫。其与众不同的女儿观首先由冷子兴之口转述:"女儿是水作的骨肉,男人是泥作的骨肉。我见了女儿,我便清爽;见了男子,便觉浊臭逼人。"(第二回)此外,他还有"凡山川日月之精秀,只钟于女儿,须眉男子不过是些渣滓浊沫而已"(第二十回)的感悟,进而将女子分为"宝珠""死珠""鱼眼睛"(第五十九回),认为女子出嫁后便沾染了男子的浊气,妇女年龄越大,沾染的恶习就越多。司棋被逐时,宝玉恨恨道:"奇怪,奇怪,怎么这些人只一嫁了汉子,染了男人的气味,就这样混帐起来,比男人更可杀了"(第七十七回),表达了对周瑞家的等婆子仗势欺人、凶狠恶毒的愤恨与厌恶。迎春搬出大观园待嫁时,他失落感叹:"从今后这世上又少了五个清洁人了"(第七十九回),饱含了对现实逼迫、摧残年轻女子的无奈。

(二)禄蠹论

"禄蠹论"是他对读书人、圣贤书以及"诗文举业"之道等的看法。他把只知死读书、一心热衷功名的男人称为"禄蠹""国贼",把八股文看作"饵名钓禄之阶",说"除'明明德'外无书",贬斥程、朱理学的陈腐说教。不但背离了封建社会知识分子"学而优则仕"的晋身之途,还把"文死谏，武死战"的士大夫气节说成"死名死节"。

因有此种观念，宝玉极不喜读书，但是作为嫡子，身上自然背负着家族的荣耀，不读书上进必然不被认同。面对宝钗的劝导，他生气"好好的一个清净洁白女儿，也学的钓名沽誉，入了国贼禄鬼之流"（第三十六回）；面对湘云的劝诫，他反说"我这里仔细污了你知经济学问的"（第三十二回）。在宝玉看来，读书人追名逐利，"货于帝王家"，最是污浊不堪，而清白女儿沾染上这些世俗气即是自甘堕落，可见他的"禄蠹论"是与女儿观相应的，越喜爱女儿的洁净，必然越厌恶男人的浊臭。

宝玉对仕途经济没有兴趣，与"诗文举业"的主流观念相违背，就这一点来看，他也是他者。因此，宝玉身上的这一"他性"势必受到来自贾政所代表的主流话语的压制。宝玉对贾政的惧怕，除了父亲的威仪，主要因为贾政始终严厉逼迫他读书，动辄辱骂，极力要将自己的主体性强加到宝玉身上，达到光耀门楣的目的，以致父子间关系总是紧张扭曲的。

文中几次写到宝玉一听要见父亲，便紧张、焦虑、害怕，极不情愿。如"好似打了个焦雷，登时扫去兴头，脸上转了颜色……扭的好似扭股儿糖，杀死不敢去"，"一步挪不了三寸"（第二十三回）；"便如孙大圣听见了紧箍咒一般，登时四肢五内一齐皆不自在起来"（第七十三回）。足见贾政在读书一事上给他造成了极大压力。两人矛盾的大爆发在第三十三回，前有忠顺王府找宝玉要琪官，后有贾环诬告宝玉淫辱母婢，两件事加在一起使得贾政暴怒，"面如金纸"，一见宝玉"眼都红紫了"，先命令小厮们打，后来自己夺过来狠命地又打了十几下。

前述探讨他者的根源，表面上是封建宗法制度使个体对立，他者受到主体的压抑，但核心是权力话语主体对个体的塑造和规约，个体并不享有独立的自由意志，因而个体丧失了作为"人"的个性与价值，不能充分享有"人"的权利。哪怕是被赋予主体地位的宝玉，也因不与正统观念相符的"邪念"而痛苦压抑，"他性"不被认同。

第三节　贾环的应对策略

统治者依靠封建宗法制度巩固统治秩序，并将其作为社会主流的强势话语，所有身处其中的个人都被这一权力话语主体他者化了。贾环、探春、迎春、惜春虽同为贾府的庶出子女，同样受到社会权力话语的规约，却采取了不同的应对策略。

一　以恶意欺压代偿

在前面的分析中，我们看到贾环对于他者地位是不甘心接受的。哪里有压迫哪里就有反抗，贾环的反抗是通过欺压别人获得心理代偿。

长期受到压迫的人一旦得了机会，可能通过努力使唤、欺压将自己所受的压迫反馈到别人身上，以强化自己的主体意识。这是典型的奴性思维。在家庭中的特殊处境，使贾环虽有主子的身份，却也自然形成一种奴性。第二十五回中恰逢王子腾夫人寿诞，贾家几个姐妹、宝钗、宝玉都去了，王夫人瞧见贾环下学便命他来抄经。曹雪芹故意设计这样一个"恰巧"，说明并非王夫人对贾环高看，不过是屋里没人。可贾环却不知这里面的门道，只当是得了个好差事。他坐在王夫人炕上，拿腔作势地抄写，还不停使唤丫鬟倒茶、剪蜡花。这一连串动作将贾环小人得势的嘴脸描写得惟妙惟肖。因为他平日里被丫头们冷落厌恶，此时为王夫人做事便想借她的威势出气，以此满足被压抑的虚荣心，使心理得到暂时平衡。

而正因为思想中有奴性，贾环的反抗便带有了明显的邪恶和负面性质。泼蜡油泄愤、诬告宝玉"借刀杀人"，就是试图通过伤害宝玉来削弱他的主体性，从而使自己的主体意识上升。自己行事莽撞，想看牛黄却打翻了药锦子，不敢直面错误而跑掉，又被赵姨娘谩骂，因此赌咒明儿要了巧姐的命，是自觉如此小事竟被亲娘这般糟践而暴露出的恶意报复心态，即越是被压迫被轻贱越要加害。听说妙玉被杀暗喜，以及因凤姐待他刻薄要摆布巧姐出气，欲卖了巧姐，这种让弱小者受伤害满足自己的报复心理，也是因为被强势主体欺压无法反抗而选择的代偿。

二　任人拨弄

迎春在心理上"没有为自己设定什么升腾点"①，因而对自己的事也反

---

①　刘心武：《刘心武谈〈红楼梦〉》，人民文学出版社，2014，第347页。

应平淡，被人戏称为"二木头"。第二十二回，猜灯谜时独她与贾环没有猜对，迎春"自为顽笑小事，并不介意"。打牙牌时，她说错牌令被罚，坦然笑饮一口酒。邢岫烟与她同住，二两月银还要拿一两给父母，必然有需要用她的月银帮衬着的时候，她也不计较。乳母偷偷当掉攒珠累丝金凤当赌资，她知晓了也不过问，反劝说绣桔"省些事罢。宁可没有了，又何必生事"。生父贾赦为她和孙绍祖定亲，她内心也没有什么挣扎。

迎春并不是真对什么都不在意、没感觉。第七十三回中，乳母参与夜赌被查出来，迎春在座"也觉没意思"，回到自己的屋子仍"自觉无趣，心中不自在"。乳母子媳来找迎春为婆婆说情，迎春不允，不想再讨臊去。绣桔说迎春"脸软怕人恼"是极为准确的。因为迎春自知才能、学识有限，没能力改变什么，又害怕闹出事来给别人添堵，自然选择不作为。"怕人恼"中应当有身在贾府内没有血亲爱护的因素在。虽然迎春也是得贾母疼爱的孙女之一，但生母早逝，父兄不曾给她关心，邢夫人非她生母也不插手，她便只能沉默不发声。

迎春选择不作为也就放弃了自己的主体性，将自己放到他者的位置上任人摆布。邢夫人责怪迎春对自己的乳母没有辖制，她回说："我说他两次，他不听也无法。况且他是妈妈，只有他说我的，没有我说他的。""他是妈妈"正好暴露出迎春对自己定位的偏差。在封建等级社会中，乳母再受敬重也是下人，仍要受主子约束，主子感念乳母对她敬重，从而抬高她在下人中的地位，是主子给予的恩典；若乳母依仗而为所欲为，便不该也不能放任。宝玉不也因乳母李嬷嬷仗着老资格吃了他特意留下的豆腐皮包子和枫露茶而摔茶杯要撵乳母吗？王住儿媳妇敢颠倒事实说为迎春日常用度贴了钱，不也是看准迎春懦弱好摆弄吗？在悍仆面前，迎春反而成了被欺压的他者，而她却安于此种状态。

迎春抱持不干涉的放任态度，其实是避开矛盾以防带累自身。因此，平儿问迎春如何处置王住儿媳妇时，迎春回答："他们的不是，自作自受，我也不能讨情，我也不去苛责就是了。"司琪被逐，求迎春说情，迎春虽含泪不舍，也只说："我知道你干了什么大不是，我还十分说情留下，岂不连我也完了。""多少男人尚如此，何况我哉？"道出迎春不作为的淡然与无奈。

三　以锐意进取捍卫

与迎春不同，探春精明强干，深明庶出与女儿身这双重弱势身份对自己的影响。因而，她一方面态度明确坚定，"只管认得老爷太太"，"什么偏的庶的，我也不知道"（第二十七回）；另一方面，又竭力维护自己的主子身份，不让其他人轻易欺负。"我但凡是个男人，可以出得去，我必早走了，立一番事业"（第五十五回），是探春对自己胸怀抱负的明确表态。她和迎春都知道这世上男人大多荒淫无耻、庸碌无为，但她看重的是男人的身份，这是她自由施展抱负的前提。因此，探春身上表现出强烈的"反庶心理和期男意识"。

主子身份是探春唯一可以保护自己利益的凭依。她"顾盼神飞，文彩精华，见之忘俗"（第三回），一出场就展现出敏捷的思维、不凡的情怀意趣、缜密的理解与领悟，因而她能敏感地觉察到贾府内人与人"乌眼鸡似的"利益相争关系。在这样的环境下，她必然竭力维护主子身份。她为做鞋申辩："我该是做鞋的人么"，"谁敢管我不成"（第二十七回）？她不认舅舅赵国基："我舅舅年下才升了九省检点……环儿出去为什么赵国基又站起来，又跟他上学？"（第五十五回）她劝赵姨娘："何苦自己不尊重，大呋小喝失了体统？"（第六十回）她站出来为迎春受乳母及其子媳欺负抱不平，以及抄检大观园时她给王善保家的那响亮的一巴掌，都说明她尤其注重等级之分，因而绝不与下人沾亲带故，也不让下人因为其庶出身份而对自己不尊重，以此牢牢捍卫自己的地位和威势。

而探春能在贾府中得贾母、王夫人疼爱，强势维护自己的利益，是因为她自身的果敢坚毅、精明强干。她率先在大观园内组织诗社，在贾母因为贾赦要纳鸳鸯为妾骂王夫人时站出来为王夫人说话，她努力革除宿弊，开源节流，她敢于维护自己的丫头们并承担责任，这些通通显示出她的不凡见识与才干。

因此，探春的反抗他者策略是比较成功的。她通过自己的努力使权力主体看到她的不俗，从而获得他人对她个人价值的认同。

四　他者化

惜春也是贾府中的清醒者。她年纪虽小，却早已冷眼看清宁府内部的腌臜不堪。她自知"善恶生死，父子不能有所勖助"（第七十四回），因而隔绝所谓亲情；她感慨"一点半点儿都要认起真来，天下事那里有多少真的呢"（第八十二回），最终放弃了对污浊俗世的期望，选择常伴青灯古佛，远离俗世纷争。

她虽为庶出的他者，却极力保持自身的洁净，并为此与所有可能威胁到自己的人、事主动隔绝。她是通过他者化策略来强化自己的主体性的。在她看来，兄长贾珍等不过是会带累她的肮脏的他者。抄检大观园、杜绝宁国府集中体现了她的这种选择。

> 惜春道："嫂子（凤姐）别饶他这次方可。这里人多，若不拿一个人作法，那些大的听见了，又不之怎样呢。嫂子若饶他，我也不依。"
> 惜春道："……这些姊妹，独我的丫头这样没脸，我如何去见人。……嫂子（尤氏）来的恰好，快带了他去。或打，或杀，或卖，我一概不管。"
> 谁知惜春虽然年幼，却天生地一种百折不回的廉介孤独僻性，任人怎说，他只以为丢了他的体面，咬定牙断乎不肯。更又说的好："不但不要入画，如今我也大了，连我也不便往你们那边去了。况且近日我每每风闻得有人背地里议论什么多少不堪的闲话，我若再去，连我也编派上了。"
> 惜春冷笑道："……我只知道保得住我就够了，不管你们。从此以后，你们有事别累我。"
> 惜春道："……我清清白白的一个人，为什么教你们带累坏了我！"

（第七十四回）

首先，惜春极其在乎自己的脸面，正如探春绝不放弃主子的身份，可见在庶出他者身上通常有对某样东西的执着，并借此来强化自身的主体性。其次，她胆小怕事，无所适从，因而冷漠狠绝，对自认威胁到她体面的人和事一味隔绝逃避。再次，追求自身的洁净并不是她主动的选择，畏惧外人口中的闲言碎语实际上是由于自身弱势的他者地位，不得不借由主体的评价来塑造自己的主体性，故而极为在意他人眼中的自身形象。

作者之后又安排了贾府被盗一事对惜春的这种扭曲心理进行刻画。当贾政等扶灵离家，凤姐、惜春管理家事，却发生何三勾结外人盗取贾府财物的事情后，惜春极力怨怪自己运气不好，还将责任推给尤氏。在这里，她并不关心府内损失，也不想如何处理后事，只是哭、只是怕，一再强调没有脸面、无法见人。对她来说，没了脸面连活着都竟好似不能了。

惜春选择的他者化策略实质上是主体威压下自欺欺人的反抗。这种爱惜羽毛式的极为强烈的主体性意识是主体强加的，而她始终是他者。

通过以上分析，我们看到四人在面对他者处境时的不同抉择：贾环用恶意报复的方式得到心理补偿；迎春接受自己的他者地位，采取不作为的方式应对；探春竭力维护主子地位，向主体靠拢；惜春利用他者化来保持自己的纯洁性。不同反应取决于个人的性格能力，尽管探春貌似得到成功，但最终仍是封建制度、强势话语主体逼迫下的牺牲品，他者地位不会改变，也无法挣脱。

第七章

西方近代小说《套中人》中别里科夫的
他性形象

20 世纪初现象学创始人胡塞尔提出了"主体间性"（也称"交互主体性"）概念。他认为意识本身已经包含了意识的对象，先验自我这一原初的"本己性"领域相比于"陌生者"领域（即他人经验）是第一位的。也就是说，胡塞尔认为人都是从自己的先验认知出发来构建陌生世界，并用自己的价值体系来看待周围的世界。

> 在过去的文本中，强调"典型"性的形象问题，在"概括"、"提炼"、"加工"等过程中使其具有普遍性，显现了处处都在场的主体价值，将非"典型"的"他者"遮蔽在在场的"典型"背后，明显地感受到一种"典型"是作为主体在描述。①

在《套中人》② 中，布尔金是故事的叙述者，别里科夫所有的形象和特点都来自他的讲述，可以说布尔金是用自己的先验认知来构建别里科夫的世界。而以布尔金为代表的大多数城里人具有主体的行为规范和价值取向，因此别里科夫这个时时刻刻将自己装在套子里的另类形象无疑就成了主体对照下的"他者"。所以，无论是讲述者布尔金，还是别里科夫身边的其他人，都是在主体语境中从自己的文化世界出发来构造别里科夫的陌生世界。

---

① 李倍雷、赫云：《后现代语境下的"他者"文化形象》，《燕山大学学报》（哲学社会科学版）2009 年第 6 期。
② 〔俄〕契诃夫：《契诃夫小说全集》（第 10 卷），汝龙译，人民文学出版社，2016。

小说中处处彰显着主体的行为规范和价值取向。

第一节　别里科夫的他者身份显像分析

一　主体价值评判下可笑的他者

在小说中，别里科夫是作为布尔金和伊凡·伊凡内奇的谈资出场，作为全城人民的笑料离场的。这种谈资和笑料是以主体的价值取向为评判标准的，而在主体语境中，别里科夫无论存在还是死亡都非常可笑。

（一）以谈资的方式入场

在小说中，"套中人"别里科夫是这样出场的：兽医伊凡·伊凡内奇和中学教师布尔金一起在郊外的村庄打猎，由于耽误了一些时间，只好在村长普罗科菲家里的堆房过夜。两个人无意中看见黑暗中的一个影子，猜测是村长的妻子玛芙拉，于是就兴起聊起了玛芙拉，说她健康、聪明，却从来都没有走出过村子，一辈子守着炉灶。布尔金觉得玛芙拉这种人并不少见，性情内向，整天像蜗牛一样缩紧在自己的硬壳里，于是就顺势讲到自己的同事别里科夫。

别里科夫作为一种谈资，不仅帮助布尔金佐证玛芙拉这种人很多，还帮助伊凡·伊凡内奇和布尔金打发在农村堆房中的漫漫长夜。而这种谈资本身就是以主体性价值为评判标准的，别里科夫这种蜗牛式人物是不符合主体价值的，所以他从出场起就注定是一个在主体价值评判下可笑的他者。

（二）以笑料的方式离场

别里科夫的死可谓皆大欢喜。叙述者布尔金用如下语言来描绘别里科夫死后的情形：

> 这时候的他躺在棺材里，神情温和、安详，甚至也还有一丝的喜悦，好像暗自庆幸终于被装进了一个套子里，从此再也不必出来了似

的。真的！他实现了自己的理想！老天爷也仿佛不愿他离去一样，他出殡那天，天空一片阴沉，下着毛毛细雨。我们大家都穿上了套鞋，打着雨伞。

这无疑是极大的讽刺：生前一直闷闷不乐、唉声叹气的别里科夫，死后却神态温和而安详；平时大晴天都穿套鞋、撑雨伞的别里科夫，却让大家穿套鞋、打雨伞冒雨给他送葬。这种对比如此滑稽可笑。全城市民在他辖制下生活了十五年，他的死对大家来说不仅意味着快乐，还意味着自由。所以从墓园回来，大家都努力抑制内心的快活，故意露出忧郁谦虚的神态，自由得像小时候父母不在家可以在花园里跑上一两个钟头一样，灵魂都仿佛长出了翅膀。可以看出，别里科夫的死非但没让大家觉得有丝毫悲伤，反而让大家兴奋不已，甚至成了日后大家茶余饭后的谈资。

当布尔金把别里科夫的故事讲给伊凡·伊凡内奇听后，后者感慨万千，并发出"我不能再这样生活下去了"的感叹。而布尔金只是催促伊凡·伊凡内奇"快点睡，别乱扯"。这说明伊凡·伊凡内奇意识到故事中人物的特点与自身的相似性，而布尔金并没有意识到其中的关联性，只把别里科夫当作可笑的他者存在。[①]

二　主体外貌对比下丑陋的他者

我们常说"相由心生"，从一个人的服饰、神态和气质就能看出一个人的生活状态和精神状态，甚至可以说，一个人的外表是他整个灵魂的显现。所以我们仅从长相、神态、衣着、声音等外在条件就能发现，与别里科夫的丑陋古板、猥琐悲观相比，柯瓦连科是个高大帅气、阳光时尚的男人，而他的姐姐华连卡是个热情活泼、美丽奔放的女人。也正是在主体阳光帅气、美丽多情的映衬下，作为他者的别里科夫越发显得丑陋猥琐。

（一）别里科夫与柯瓦连科

关于别里科夫的外貌，小说中比较详细的描写有以下几处。

---

① 祖国颂：《〈套中人〉的叙事特点及其主题意义新探》，《俄罗斯文艺》2007 年第 3 期。

①他在太阳高照的天气里也会穿上套鞋，带着雨伞出门，而且一定会穿上暖和的棉大衣……他的脸也好像装在一个套子里，因为他的脸老是藏在竖起的高高的衣领里面。他常常戴着黑眼镜，穿着绒衣，耳朵还用棉花堵着……

②"啊，希腊语多么响亮，多么美妙啊！"他总是一副喜滋滋的表情……他也总是眯着眼睛，竖起一根手指头，念道："Anthropos！"

③后来，其他的老师不得已之下，只得向他那唉声叹气、他那垂头丧气、他那苍白的小脸蛋上的黑眼镜（他那张小脸活像黄鼠狼的脸）让步……

④早上醒来他还是闷闷不乐，脸色苍白……

而对柯瓦连科的外貌描写有以下几处。

①他有着高高的个子、黝黑的皮肤，手也挺大的，他的嗓音极好，是那种男低音，就像从桶子里发出来的一样：彭，彭，彭……

②又高又壮的柯瓦连科顺着大街大踏步地走着，他上身穿着一件绣花衬衫，一绺头发从帽子底下钻了出来，盖住了他的额头。他左手提着一捆书，右手拿着一根有结疤的粗手杖。

③有时候他也会哈哈大笑，笑得眼泪都流出来了，有时候他还会时而用男低音，时而用尖细的嗓音问我："你知道……"

在身高、长相方面，别里科夫长得像苍白的小老鼠（后文提到他佝偻矮小），而柯瓦连科又高又壮；在穿衣打扮上，别里科夫穿的是老气横秋的高领绒衣、棉大衣、套鞋，戴黑眼镜，而柯瓦连科则偏爱年轻时尚的绣花衬衫；从随身携带的物品看，别里科夫必备的是雨伞和各种套子，而柯瓦连科却直接拿着书在大街上走；在声音与话语方面，别里科夫只会唉声叹气，只在讲希腊语时才会自我陶醉地露出喜滋滋的表情，而柯瓦连科有着动听的声音，时常哈哈大笑。通过这些对比，两个不同的人物形象跃然纸上：一个古板丑陋，一个阳光帅气。

（二）别里科夫与华连卡

小说中华连卡的外貌是这样的：三十岁上下，已经不算年轻了，却长得高挑，身材匀称，弯弯的眉毛，红红的脸蛋，简直就是一枚蜜饯水果，处处招人喜爱。她性格活泼，做事时谈笑风生，高兴时哈哈大笑，还喜欢唱小俄罗斯的抒情歌曲。

小说中还有几处对比。

①在校长的命名日宴会上，华连卡与那些死气沉沉、不苟言笑甚至把这次赴宴看作应付公差的教师们形成了鲜明的对比："她就像从浪花里钻出来的阿佛洛狄忒，双手叉着腰，来回走动，笑着唱着，翩翩起舞……她饱含感情唱了一首《风在吹》，接着又唱了一支抒情歌曲，随后她又唱一支。"而当她想到用红甜菜和白菜熬的红甜菜汤，就手舞足蹈地说："太好吃了，太好吃了，简直好吃得要命！"

②校长太太为了撮合华连卡和别里科夫，特意在剧院里订了一个包厢，邀请他们来看戏。两人对比也十分明显：坐在包厢里面的华连卡扇着扇子，满脸红光，一副幸福的样子；而坐在她身旁的别里科夫却显得身材矮小，拱起的背脊看上去就好像刚被一把钳子从家里夹出来一样。

③别里科夫经常借机去拜访柯瓦连科，但只是坐下，一句话也不说。而华连卡就给他唱《风在吹》，或者用她那双黑眼睛充满爱意地看着他，要不然就突然扬声大笑。

④在收到捉弄的漫画后，别里科夫脸色发青、嘴唇发抖，而此时的华连卡却快活地骑着自行车，脸蛋红红的，一副兴高采烈的样子。见此情景的别里科夫脸色更是一会儿青一会儿白，呆呆站在那里瞧着布尔金。

⑤在送葬仪式上，别里科夫躺在棺材里，神情温和、安详，甚至也还有一丝喜悦，而华连卡却痛哭了好大一阵。

从这些描述我们可以看出，华连卡会唱歌跳舞，能勇敢表达态度，会大笑也会痛哭，敢于活出自己，可见华连卡不仅美丽、单纯、直爽，还热爱生活、追求自由、至情至性。反观别里科夫，在遇见华连卡之前，不仅在穿衣打扮上将自己层层裹住，为人处世也谨小慎微，用政府的公文将自己套住。有这样一个女人陪伴左右，他非但没有变得阳光美好，反而被衬托得更加佝偻猥琐。

三　主体行为对比下畸形的他者

别里科夫之所以沦为"他者"，不仅仅因为外表丑陋猥琐，更多的是由于他的行为方式，穿衣打扮、饮食起居等生活方式，以及与同事、佣人和爱人交往等为人处世方面。当他的行为与主体不一样时，或者说主体认为自己的行为是正常的话，别里科夫就会被视为畸形。

（一）畸形的生活方式

别里科夫的生活方式在主体看来无疑是畸形的。

首先，穿衣打扮上的畸形是显而易见的：在太阳高照的天气里穿棉衣、穿套鞋、带雨伞、戴墨镜，不仅把脸藏在高高竖起的衣领里，还要在耳朵里塞棉花……

其次，在以布尔金为代表的主体看来，别里科夫的饮食起居也尤为畸形。除了在外面用各种套子将自己套住，他在家里更有一大堆名目繁多的套子和禁忌：不仅用睡衣和睡帽把自己包裹得严严实实，还将房间里的窗和门锁死；不管房间多闷热，他一上床就用被子蒙上脑袋，战战兢兢地躺在被子下，不是担心小偷溜进来，就是担心阿法纳西来杀他。就算睡着了也通宵做噩梦。而早晨醒来后又闷闷不乐，满心害怕和厌恶着学校里的人。斋月不敢吃荤，又不想吃素，就吃既不是素食也不是荤菜的奶油煎鲈鱼；怕别人说他打女仆的主意，就雇用六十多岁的老头子做厨子……

（二）畸形的处世方式

如果说别里科夫在穿衣打扮和饮食起居等生活方式方面表现得很畸形，那他在与同事、佣人和爱人相处等为人处世方面就更加畸形了。

首先表现在去同事家拜访上。他打着"保持良好的同事关系"的旗号到同事家里，却一言不发地坐上一两个小时，然后又悄无声息地离开，实在让人匪夷所思，因此柯瓦连科还痛恨地给他取外号。

其次表现在与厨子的相处上。厨子阿法纳西可谓是离他最近的人，可是他回卧室一定要锁门锁窗，还时不时担心厨子会来杀他。而他也不关心厨子，厨子一个人在厨房喝酒，发出巨大的叹息声，他也不管不问。

再次表现在与爱人华连卡的相处上。人们常说爱是一切病症的良药，可是别里科夫谈恋爱的方式也同样畸形：他在桌子上放了华连卡的照片，并时常和布尔金谈论家庭和婚姻，还几乎每天都约华连卡出去散步，却没有求婚的迹象，经常担心华连卡婚后闹出什么乱子来。最后仅仅因为在他摔倒时华连卡哈哈大笑了几声，就单方面结束了恋爱关系。更为重要的是，与美丽热情的华连卡谈恋爱之后，别里科夫套子般的生活方式和性情竟然没有一丝改变，相反却像生了一场大病，缩得更深了。

由此可见，别里科夫除了把自己的身体装进套子，还把生活方式、处理同事和主仆关系的方式甚至恋爱方式都统统装进了套子里，从穿衣打扮、饮食起居到为人处世，处处显示出畸形的状态。

虽然小说里没有明写城里人的行为方式是怎样的，但通过别里科夫的"看不惯"和"告状"我们能知道个大概。比如政府批准成立戏剧小组、茶馆、阅览室，城里的太太们周六举办家庭戏剧会，说明人们的娱乐方式其实还是挺丰富的；发信、高声说话、有亲密的朋友、周济穷人、看书、教人读书写字等，说明城里人的生活方式也比较积极健康；同事参加祈祷仪式迟到，顽皮的中学生闹事，女学监陪军官玩，这些行为也都无可厚非；斋期教士们吃荤、打牌，从侧面说明并不是所有人都像别里科夫一样严格遵循政府的律令，也会有一些叛逆的行为；柯瓦连科穿花衬衫，和姐姐骑自行车，有时两人会为了一本书而在大街上争吵，说明柯瓦连科和华连卡非但不庸俗守旧，反而是两个不拘时俗、充满生活情趣的人。也因此，别里科夫的那些因循守旧、固步自封的行为被大家嘲笑、品头论足，他也成了主体行为对比下畸形的他者。

四　主体思想对比下保守偏激的他者

别里科夫种种畸形行为一定受某思想指导，这种思想在某种程度上是不同于主体的，也就是说在主体看来同样是畸形的。而这种畸形思想在别里科夫身上最明显的表现就是保守与偏激。

（一）保守的他者

一个思想保守的人，最大的特点就是活在过去、墨守成规，害怕一切新鲜事物，不敢越雷池半步。很不幸，别里科夫就是这样一个人。

说到活在过去，他经常陶醉在自己所教授的希腊语中，认为希腊语是最响亮与美妙的，从未觉得其古老而呆板；他还老是称赞过去的事物，甚至称赞那些根本不存在的东西，却指责现在的生活怎么怎么不好。而在墨守成规方面，就更甚了。只要政府的告示和报纸写着禁止做什么事情，他都记得一清二楚，身体力行；而官方批准或者允许做什么事时，他又觉得其中包含着某种隐隐约约、没有说透甚至让人起疑的成分。此外，同事参加祈祷式迟到、中学生闹事、女学监陪军官玩等与他毫不相干的事，他也担心违背了法令、脱离了常规，从而时常搞得自己心烦意乱。而更让人诧异的是，别里科夫迟迟不向华连卡求婚，原因竟是觉得华连卡和她的弟弟的思想和相处方式都很古怪，担心结婚以后惹出什么麻烦来。从这些小事就可以看出别里科夫活在过去，是多么的墨守成规！

别里科夫害怕新鲜事物，不敢越雷池半步。这一思想特点在华连卡姐弟骑自行车事件中表现得淋漓尽致。当他看见骑自行车的柯瓦连科和华连卡时，脸色一会儿青一会儿白，呆呆站在那里看着布尔金，过了好长时间才说："我真不敢相信我的眼睛，难道中学教师和女人也能骑自行车吗？这成什么体统了啊?!"别里科夫吓得心神不宁，生平第一次早退去拜访柯瓦连科。但柯瓦连科并不接受他的忠告，他为此说了这样一段话：

> 要是连教师都骑自行车，那你还能希望学生做出什么好事来呢？难道让他们都头朝下，拿头顶走路吗？既然政府还没有发出允许做这种事的通告，那我们就做不得。昨天你们姐弟真把我吓了一大跳！一看见你姐姐，我的眼前就变得一片漆黑。一个女人或者一个姑娘竟然在大街上骑自行车，这简直太可怕了！……你以前就穿着绣花衬衫出门，还经常拿着些书在大街上走来走去，现在又骑什么自行车，这一切都是不合传统的。

骑自行车、穿绣花衬衫、拿书在街上走，这种小事在别里科夫那里都成了禁忌，只是因为政府没有下通告，可见他已经将政府通告当作唯一准则了。他竟然把骑自行车比作学生拿头顶走路，可见他多么害怕和排斥新鲜事物。

（二）偏激的他者

契诃夫说过这样一句话："在生活里……一切都是掺混在一起的——深

刻的或浅薄的，伟大的与渺小的，可悲的和可笑的。"① 这句话用在别里科夫身上恰如其分。他保守，为了不受别人影响和伤害而时时把自己裹在套子里。他同样偏激，时不时就钻出套子伤人伤己，自尊心极强、心理防线极度脆弱、心胸极其狭窄。

从两件事中可以看出别里科夫的偏激。第一件是漫画事件。某个促狭鬼画了一幅捉弄别里科夫的漫画，大家收到后都被逗笑了。本来这只是一件生活中比较常见而有趣的事，可是别里科夫看到漫画后却气得脸色发青、嘴唇发抖，甚至恶狠狠地说："天下竟然有这么歹毒的坏人。"因为这张画，他的心情变得十分沉重，并决定到柯瓦连科那儿去减轻心理负担。他跟柯瓦连科抱怨："有一个不怀好意的家伙送给了我一张漫画，漫画里的人物是我和一个跟你与我关系密切的人，漫画十分可笑的，但是我要向你保证事跟我一点关系也没有……我为什么该让他这样的讥诮呢？我一向认为我在各方面的举动都称得上是正人君子的。"因为一张开玩笑的漫画，别里科夫的反应却如此过激，竟然用"歹毒的坏人"和"不怀好意的家伙"来形容画画的人，并觉得画画的人在"讥诮"他。在未来的小舅子面前跟画里的人物和内容撇清关系，甚至还把这事上升到"正人君子"高度，可见他非但没有一丝宽容和娱乐精神，反而用最坏的心去揣度别人，把什么都往最坏处想。我们常说一个人越是缺什么就越爱炫耀什么。同样，一个人越标榜自己、澄清自己，就越说明他内心的阴暗与虚伪。

另一件是摔下楼梯事件。在被柯瓦连科推下楼梯而正好被华连卡和另外两位太太看到后，别里科夫觉得这简直太可怕了，他情愿自己脖子或腿摔断了，也不愿别人看到他的惨相，更不愿成为别人取笑的对象。他觉得全城的人都会听说这件事，还可能会传到校长和督学的耳朵里，别人可能又会画一张漫画，到头来自己就只能辞职了……而此时华连卡毫无心机和毫无顾忌的笑声给了别里科夫致命的伤害，他回家就撕掉了华连卡的照片并从此一病不起。就这么一件小小糗事不仅结束了他们的婚事，还结束了别里科夫的生命。可见，别里科夫是一个自尊心极强、心理防线极度脆弱、心胸极其狭小的人，他爱面子胜过爱生命，受不得一点儿取笑。但凡是个

---

① 〔苏〕叶尔米洛夫：《契诃夫传》，张守慎译，人民文学出版社，1960。

正常人，有一点儿积极的思想、正确的价值观和胸襟，也不会这样轻易葬送自己的爱情和生命。

虽然小说没有具体写城里其他人的思想，但通过小说文本我们能了解一二。首先是柯瓦连科的思想。他在同事面前大胆痛斥学校风气和别里科夫的那些话语，并表示："再过一段时间我就要回到我的田庄去，我会在小河里捉捉虾，还可以教乌克兰的小孩子读读书。我一定要走的。"他不拘时俗地穿绣花衬衫、骑自行车，在大街上提着书跟姐姐大声吵架，不干涉姐姐的婚事，敢于拒绝别里科夫的"忠告"，敢于表达自己对别里科夫的厌恶，甚至敢于将别里科夫推下楼梯。由此可见，柯瓦连科就是那个浑浊压抑的社会环境里的一股清流，他是个追求真理、崇尚自由、反对保守、富有反抗精神的进步青年，与保守偏激的别里科夫形成了鲜明的对比。

华连卡的个性思想在小说中也略有体现。与别里科夫在爱情上保守和犹豫不决相比，华连卡可以说是个主动洒脱的女子。她并不介意跟别里科夫结婚，对别里科夫热情诚恳，别里科夫沉默地坐着时，她就给他唱歌或充满爱意地看着他。她爱唱歌，想起家乡的美食就手舞足蹈，连一个好天气都热情赞赏，还时常放声大笑。当她看见别里科夫摔下楼梯后，情不自禁地哈哈大笑起来。从这些细节中我们知道，与别里科夫的保守偏执、敏感多疑相比，华连卡单纯可爱、积极乐观，是个善良简单的人。

作为同事和邻居，布尔金对别里科夫了解甚深。他对别里科夫的穿衣打扮、饮食起居和为人处世都持否定态度。从他的角度看，别里科夫的思想极度畸形。同样，通过别里科夫的思想我们能从反面看出布尔金的思想。当看见华连卡姐弟骑自行车，别里科夫认为这不成体统时，而布尔金却平静地回应道："这怎么就不成体统了？骑自行车是一件很快乐的事啊！"而别里科夫对布尔金的回答同样震惊，以至于不愿意同他一起走，直接回家了。可见，布尔金的思想并不像别里科夫那样保守偏激。

在以柯瓦连科、华连卡和布尔金等为代表的主体的反衬下，别里科夫就是一个保守而偏激的"他者"。

五　主体交往对比下疏离的他者

别里科夫在交往中处于一种疏离的状态：他孑然一身，没有亲朋好友，无论在家里还是在外面都把自己严实地装在套子里，主动疏离主体，而主体们都厌恶他、疏远他。他在与主体格格不入的状态下被动地成了"他者"。此外，在主体之间较为融洽的相处状态下，别里科夫更显得游离在人群之外。

（一）孑然一身地主动疏离

别里科夫就像被造物主扔在这个世界上，孑然一身，固步自封。在小说的开头，布尔金用蜗牛来形容别里科夫这类性格内向的人，并说这种性格可能是隔代遗传或属人类退化现象。别里科夫本身的性格比较孤僻，不爱与人打交道，在生活中表现为：在外面，他用衣服、墨镜和套鞋等各种各样的套子把自己裹得严严实实，仿佛要与世隔绝一般；在家里，他把自己困在卧室、帐子和被子等封闭狭小的套子里，对门外的世界不闻不问；他害怕外界，对现实社会不满，总是沉浸在希腊语的美妙和过去的事物中；他讨厌学校和学生，与同事、上司关系不好，与学校的太太们关系也不好，更与柯瓦连科交恶；他与同在一个屋檐下的仆人也不亲近；与华连卡谈恋爱时总是沉默地坐着，因为恋人的几声大笑就单方面结束了恋爱关系；就算他主动与同事"保持良好关系"，也只是一言不发地坐上一两个小时，再一声不响地离开；参加聚会也总是例行公事般毫无生气；全城人都生活在他的辖制之下，对他怕而远之。他既无一个亲人，也没有一个好友，独自游离在主体之外，既不想影响别人，也不想被别人影响，既不想与主体交往，也不想与外部世界有过多的接触。可以说，他是在主动地、有意识地疏离人群，自愿做一个他者。

（二）格格不入地被动疏离

在别里科夫主动疏远主体的同时，主体也在不断地排挤他。比如邻居兼同事的布尔金早上不愿意跟他一起去上班，觉得跟他一起走路是件痛苦的事；别的同事对他也是又怕又讨厌，连校长也不例外；柯瓦连科更是对他深恶痛绝；厨子阿法纳西对他畸形的人格和生活方式只是叹叹气而已，即使别里科夫患重病，他也经常喝得神志不清；学校的太太们跟他认识了十五年，却没有一个人给他介绍女朋友，甚至没有人意识到他没有女朋友；

教士迫于他的压力不敢在斋期吃荤、打牌；全城人在他的辖制下变得什么都不敢做……可见，几乎没有人喜欢他，没有人愿意跟他亲近。不仅如此，大家还经常取笑他，不仅把他的穿衣打扮和生活习惯当作笑话传来传去，还把他和华连卡画成漫画传遍全城，他的死更是让大家兴奋不已。在主体语境中，别里科夫显得格格不入，是一个处处招人嫌弃的弱者，并在主体的排斥中被动地成为他者。

小说中没有详细描写别里科夫周围人（即"主体"）的交往状态，但仍有一些细节为我们提供了线索。如华连卡和别里科夫相识是在校长的生日宴会上，当大家决定要撮合二人后，校长太太在剧院里订了一个包厢给他们创造机会。连布尔金在家里举行小型晚会，太太们都要求别里科夫和华连卡参加。甚至在别里科夫死后，很多人参加了他的葬礼。可见，大家平时活动还是很丰富的，不仅互相参加生日宴、家庭晚会等，还经常去剧院看戏，这些其实就是人际交往，由此可以推测，主体间的交往还算融洽。此外，小说中提到别里科夫看见华连卡姐弟骑自行车是在去学校组织的郊游的路上，可见学校也经常组织教职员工参加野外活动。与别里科夫这类像蜗牛一样缩进自己内壳的独处相比，主体间可算是群居的了。

综上，别里科夫是主体价值取向下可笑的他者，是主体外貌对比下丑陋的他者，是主体行为对比下畸形的他者，是主体思想对比下偏激而保守的他者，更是主体交往对比下疏离的他者。

第二节　别里科夫的他者身份成因分析

后现代结构主义哲学家福柯在《规训与惩罚》中说："人类发展史显示，社会对于个人的控制逐渐有了一整套技术、方法、知识、描述、方案和数据，从而形成了一种权力的'微观物理学'。"[①]他还认为，主体性的形成某种程度上取决于特定历史时期的话语，这种话语实际上就是一种意识形态，也就是那个时期不断被重复的，与信仰、价值和范畴有关的言语或书写，它构成了主体看待世界的方式。与此同时，这些话语还能把信仰、

---

① 〔法〕福柯：《规训与惩罚》，杨远婴译，三联书店，1999，第 157 页。

价值和范畴或看待世界的特定方式强加给话语的参与者，从而对话语参与者的思想起到强制作用。

别里科夫作为一个教书育人、从事阳光下最光辉事业的小知识分子，却沦落为被学生、同事乃至全城人厌弃和孤立的"他者"，并最终在爱人的笑声中走向死亡。正如罗马不是一日建成的，别里科夫的"他者"身份与悲剧也不是某个单一原因造成的，一定是由"话语"以及当时俄国所特有的历史、宗教、政治环境和他的自身性格等多方面因素综合而成的。

一 根深蒂固的农奴制传统对人的他者化

俄国的农奴制传统源远流长，虽然亚历山大二世于 1861 年推行社会改革，废除了农奴制，但数百年的农奴制影响不仅仅体现在农奴身上，更是在整个俄罗斯民族身上都烙下了深深的印记，流淌在他们的血液里，成为他们性格甚至民族精神的一部分。

13 世纪中叶，俄罗斯发生了重大的社会转变，罗斯封邑王公势力不断衰落，而莫斯科公国的封建土地所有制逐步发展起来。当时，俄国境内的农民主要分为国有农民、宫廷农民和地主农民。国有农民受封建国家的剥削与压迫，担负着名目繁多的贡税和劳役；宫廷农民从属于宫廷，为沙皇服务；地主农民则既要为地主服劳役，又要向地主供奉产品。

1497 年，莫斯科大公国颁布了《伊凡三世法典》。法典规定，农民只有在尤里节前后一星期才能由一个主人转到另一个主人，并要求出走的农民必须事先向主人缴纳一定数额的"居住费"。这个法典标志着封建农奴制在俄国范围内确立。1550 年，伊凡四世重申 1497 年法典继续有效，并通过增加"居住费"的办法限制农民外出。1581 年，伊凡四世颁布"禁年令"，剥夺农民在尤里节前后的出走权。1592～1593 年，沙皇政府在全国实行土地和户口登记，凡在地主名下的农民便成为农奴，自由人只要替他人做工达 6 个月以上也沦为奴仆。1597 年，沙皇下诏规定地主有权追捕逃亡期未满五年的农民。1607 年，沙皇政府将追捕逃亡农民的期限延长至十五年。1649 年，沙皇政府又颁布了《法律大全》，宣布地主有权无限期追捕逃亡的农民，而农民的家庭、财产都归属于原来的地主。《法律大全》的颁布标志着俄国农奴制度最后确立。叶卡捷琳娜二世统治时期将农奴制推上顶峰：

她不仅赐给贵族近 80 万宫廷农民和国有农民，还授予地主刑罚苦役的权力。

（一）奴性思想对人的他者化

毫无疑问，农奴制最大的受害者是农奴，他们生活在社会的最底层，担负着最沉重的劳役和剥削，却连最基本的人生自由都没有。契诃夫在1897 年所著的小说《农民》中，暴露了农奴制中孕育的奴性思想在农民身上打下的深深烙印。茹科沃村的农民早出晚归辛勤劳作，仍过着食不果腹的生活，这个只有四十户人家的小村庄却欠下两千多卢布的债务。而从村长到警察局局长却只会催债，偿还不起债务的就被没收东西抵押。可是警察局局长并没有富裕到哪里去，他坐的也只是便宜的马车。村长一家更是极度贫困，同样也负债，但他却非常忠于职守，总是帮政府说话，并对自己的权力非常满意。当奥西普去找村长要因交不起税款而被没收的茶炊时，村长说："我没有这个权利，这得由县长官说了算。本月二十六日之前，你都可以到行政会议上作口头或者书面的申诉，申明你不满意的理由。"虽然奥西普根本没听懂他的意思，却心满意足地回家了。而当村民们谈起自家的公鸡被抓去抵债，却因没有喂养死掉了，绵羊被拉走途中闷死了等事情时，却不知道这一切该怪谁，只好把粮食歉收、受欺压和欠款等所有问题都怪到地方自治局头上，尽管他们并不知道地方自治局是做什么的。而除了怪罪地方自治局，他们不知道还要干什么。可见，虽然农奴制早已结束，农民已经有了自己的自治局，可自治局还是形如虚设，农民们并不知道它的用途，更不知道如何解决自己的困难。而同样处于底层的村长、警察局局长为了权力为虎作伥，农民们非但没有想过要反抗，反而在貌似很权威的话语下"心满意足"。可见，自身的奴性已经使农民欣然做奴隶了。有奴性思想的不只是农民，而是整个俄国国民。

在小说《套中人》的结尾，伊凡·伊凡内奇说了这样一段话：

> 你看这个世道，人们睁着眼睛做假，支棱着耳朵说假话，如果你大胆地包容了他们的虚伪，他们就会骂你傻瓜。你忍受委屈和侮辱，却不敢公开说一些正直的话，还不得不微笑着敷衍着别人，这样做的目的无非是为了能混一口饭，住一个角落，做个不值钱的小官儿罢了。

为了避免局势动荡影响自己的生计，小城的百姓们苟延残喘地生活着，丧失了做人的起码尊严和原则，只是一味地委曲求全、苟且偷安。这种奴性思想是当时人的通病，随时随处可见。因为怕被上司知道，别里科夫总把"千万别出什么乱子"挂在嘴边；因为怕被别里科夫知道，所以教士们斋期不吃荤、不打牌，城里的太太们周末不办晚会，全城人都不敢高声说话、不周济穷人……即使被别里科夫压得透不过气，大家还是忍着。所以，不仅仅别里科夫有奴性，全城、全国人都有。

（二）尊卑等级观念对人的他者化

漫长的农奴制不仅给俄罗斯人灌输了深入骨髓的奴性思想，也带来森严的等级观念和尊卑意识。在农奴制的压迫下，人们无条件地接受统治者颁布的纲常规约，并逐渐消解个体的尊严意识。1875年沙皇政府颁布了城市和贵族特权诏书，将国民主要分为贵族、僧侣、城市居民和农村居民四个等级，每个等级内又分若干层次。1722年彼得大帝颁布官秩表，规定了官吏的十四个品级，上层官吏大部分是拥有一千多名农奴的大农奴主，而办事员、笔录员等小职员则处于官秩表的最末尾。这种身份和官阶的等级观念随之根深蒂固地占据了人们的精神领域。在《小公务员之死》中，一个小公务员在看戏时不小心打了个喷嚏，然后发现坐在他前排的将军级文官在擦头和脖子，于是担心自己的唾沫溅到文官身上，他开始惴惴不安，心神不宁，最终被自己吓死了。在《胖子与瘦子》中，两个自幼交好的朋友在火车站相遇，嘘寒问暖，热泪盈眶。当瘦子知道好朋友胖子是三品文官时，立刻点头哈腰，矮了半截。《在钉子上》中的十二品文官生日当天却不敢回家，一次次把妻子拱手让与他人，只因为挂在钉子上的帽子的主人官位比他高。《变色龙》中奥楚蔑洛夫不断改变对狗的态度，是因为狗的主人不断改变。从中可以看出，当时俄国社会中人们把官衔和社会地位看得比感情和社会公平重要得多。在《套中人》中，别里科夫害怕不好的事情传到上司和当局耳朵里，连他和柯瓦连科的谈话还要报告给校长，无疑是因为校长、上司、当局等级比他高，比他更有权威。他在劝告柯瓦连科时说："如果你用这种口吻跟我讲话，我就无话可说了，但是，我请求你在我面前谈到上司的时候永远不要用这种口气说话，因为你应当尊敬当局才对。"可见，别里科夫这样一个时时刻刻要控制别人的人，也时时刻刻把等级和尊卑牢牢记在心里。

农奴制是造成别里科夫他者身份的一个重要原因。

二　沦为统治工具的教会对人的他者化

塞尔说："宗教是历史的钥匙。不理解其宗教，我们就无法理解一个社会的内在形态。不理解文化成就背后的宗教信仰，我们就不可能理解这些文化成就。任何时代，文化之最初的创造性成果都归功于宗教的激励并献身于宗教目标。"①

东正教的传入，不仅影响了俄罗斯的建筑、音乐、绘画等，还影响了整个俄罗斯的社会历史进程，更影响了一代又一代俄罗斯人的思想意识，成为俄罗斯民族性格中不可缺少的部分。

（一）"政教合一"对人的他者化

与其他宗教不同，东正教的教权是归附于皇权的。"教会和皇帝具有一种伟大的统一性，在同一个伟大的共同体之中，他们不可能相互分隔开来。"② 这种政教合一的特征顺应了封建君主专制的要求。而沙俄帝国是政教合一的国家：东正教依附于政治，受制于沙皇，沙皇政府通过东正教来控制舆论和人民的思想。"1721 年彼得大帝发布特令，取消东正教会对皇权的独立，废除牧首制，设立东正教事务管理局，局长由沙皇指派，使教会置于沙皇直属官吏的监督之下……这样，就使东正教会成为沙皇统治的有力精神支柱，使东正教会成为沙俄帝国机器的一个组成部分，使神职人员成为沙俄政府的附庸，使教会置于沙皇直接监控下。从此，沙皇被尊为俄国东正教的最高领导和东正教的最高保护者。"③ 更为可怕的是，沙皇政府还利用主教或神父在教徒忏悔时窃取情报，把神职人员变为耳目，从而使教会成为沙皇政府统治的工具。而广大劳动人民则一出生便耳濡目染地

---

① 〔德〕塞尔：《宗教与当代西方文化》，衣俊卿译，台北桂冠图书公司，1995，第 87 页。

② 〔英〕约·麦克曼勒斯主编《牛津基督教史》，张景龙等译，贵州人民出版社，1995，第 111 页。

③ 乐峰：《俄罗斯东正教的特点》，《世界宗教研究》2004 年第 3 期，第 110～111 页。

接受东正教的教义，在政教合一的社会环境中久而久之形成了忠君、忍耐、顺从的性格。所以，在皇权和东正教的双重影响下，别里科夫也自然而然地尊崇沙皇和教会的权威，忠君爱教，成了东正教和沙皇忠实的拥护者。这样一来，也就不难理解别里科夫唯官府的公告和文件是尊、总是害怕弄出乱子、怕偷听却又告密等行径。

（二）"救世"思想对人的他者化

东正教自诞生以来就将自身视为基督教的正统，声称能真正拯救世人。而从罗斯受洗后，俄罗斯人就认为俄罗斯民族是"神选的民族"，所以普遍具有"救世"的责任感与使命感，这种"救世"的思想在知识分子中体现得尤为明显。在俄罗斯，知识分子是一种比较特殊的人群，他们的出身比较复杂，刚开始大部分来自贵族中受过高等教育的阶层，后来越来越多的神父、小官吏甚至农民出身的平民也跻身于知识分子群体。"他们带有自己非常偏执的独特道德规范，带着自己必须严守的世界观，带有自己独特的风格习惯，甚至有特殊的身体印迹。"[1]"对于知识分子而言，其特征是无根基性，与所有阶层的日常生活、传统相脱离，然而，这种无根基性是俄罗斯式的。"[2] 知识分子的这些特征也体现在别里科夫身上：他偏执地生活在自己的套子里，严守着自己的生活方式和世界观，甚至恨不得其他人也同样接受他的生活习性和世界观。可以说，别里科夫是有"救世"思想的，他用自己的套子理论和生活方式来辖制身边的人乃至全城的人，无疑是不想让大家闹出什么乱子来，是在用他那极端而偏执的方式来拯救大家。尽管这种方式是那么让人反感和压抑。

三　沙皇政府暴虐统治对人的他者化

农奴制在俄罗斯民族身上打下了深刻的烙印，宗教则长期控制着人们的思想，而沙皇政府的高压政治不仅造成社会的风声鹤唳和人际关系的深刻瓦解，也造成人们精神世界的麻木和荒芜。列宁对契诃夫生活的年代做

---

① 王忠威：《东正教对俄罗斯民族性格的塑造》，黑龙江大学硕士学位论文，2010。
② 〔俄〕别尔嘉耶夫：《俄罗斯思想的宗教阐释》，邱运华等译，东方出版社，1998，第15页。

过这样的论述："1862—1904 年这一时期，俄国正处于这样的变革时代，这时旧的东西无可挽回地在大家眼前崩溃了，新的东西刚刚开始形成，而且形成这些新东西的社会力量，直到 1905 年才第一次在辽阔的全国范围内、在各种场合的群众性的公开活动中真正表现出来。"①

19 世纪末的俄国危机四伏。当时的俄国在政治上仍是封建专制国家，但在经济上却开始迅猛发展。资本主义经济的发展，一方面增加了资本的积累，推进了社会的进步，另一方面也加剧了阶级的分化，加速了封建制度的灭亡。而随着资本主义的发展，俄国工人阶级开始壮大，并逐渐觉醒，各种改革思潮风起云涌。工人、农民和一些知识分子纷纷进行反抗斗争，当时还出现了一些地下革命组织开展恐怖活动，企图通过刺杀沙皇和政要来改变现状。1881 年，沙皇亚历山大二世被刺杀身亡。同年，他的儿子亚历山大三世即位。吸取了父亲的经验教训，亚历山大三世一即位就颁布诏书，制定了一系列强化社会治安、加强君主专制的措施，并加大对罢工、游行等活动的惩罚力度，极力镇压各种改革运动。此外，他还公开豢养了大批警察和密探，查封进步书籍，迫害进步人士，控制言论自由。一时间，俄国密探遍野，警察密布，整个社会处于一种极其恐怖而压抑的氛围中。别里科夫就生活在最黑暗、最反动的这一历史时期。

（一）风声鹤唳的现实世界对人的他者化

沙皇政府高压而反动的统治，造成风声鹤唳、草木皆兵的社会氛围。在《套中人》中，柯瓦连科对这种高压统治下的社会环境进行了直接控诉："唉！诸位先生，我真可怜你们啊，你们怎么能生活在这种环境下呢？这里的空气让人喘不过气来，简直是糟透了！你们仔细看一看，你们还能称得上教师吗？这里还能被叫做学府吗？你们简直就是官僚，而这里也就可以被称做城市警察局，到处弥漫着警察岗亭中的那种酸臭气味……"在沙皇政府的高压下，原本神圣纯洁的学校变成了"警察局"，而原本教书育人的老师都变成了"官僚"，令人触目惊心！事实上，装在套子里的人不仅仅是别里科夫，所有人都被沙皇政府的高压统治牢牢套住，成了谨言慎行、循

---

① 《列宁全集》第 20 卷，人民出版社，2017，第 34~35 页。

规蹈矩的"套中人",以至于学校因为别里科夫的唉声叹气而把学生开除,受过高等教育的老师们却向别里科夫屈服。而别里科夫一边偷听告状,一边担心被人偷听告状。在《普里希别耶夫中士》^① 中,普里希别耶夫也到处偷听,还在法庭辩驳时说了这么一句话:"在男子中学当门卫的时候,只要一听到什么不当的言论,就往街上一瞅,看有宪兵没有。"可以看出,当时人们生活在偷听和被偷听、偷看与被偷看、街上到处是宪兵的环境中,沙皇专制的魔爪已经伸入百姓生活的方方面面,人们根本没有一点儿言论和行为自由。人们在这种环境中不敢言、不敢怒,潜移默化地成为沙皇统治的附庸,甚至不自觉地充当起沙皇政府的"爪牙"。

而这种高压的政治也导致人际关系的深刻瓦解。在《套中人》中,在主体相处较为和谐的表象下,很多细节揭露了当时人情社会的冷漠。比如,在别里科夫对华连卡表现出热情之前,大家竟然都没意识到他还单身。从这个细节可以看出,虽然大家都生活在别里科夫的控制中,表面上惧怕他,私下里取笑他,甚至会常常谈论他,但实际上大家并不关心他,对他是否喜欢女人、是否有女朋友、是否成家这种人生大事,至少在过去整整十五年中是不在意的。再比如,柯瓦连科对姐姐的婚事漠不关心。他甚至说:"这和我有关系吗?我是不喜欢干涉别人的事的,哪怕她跟毒蛇结婚,这也是她的自由。"姐弟之间的感情尚且如此淡漠,更何况一般人之间。

早在另一篇小说《苦恼》中,契诃夫就已经把当时俄国社会人情的冷漠、人际关系的瓦解暴露无遗。一个老车夫的儿子突然死了,悲伤至极的他想找人倾诉,却没有人愿意倾听,他只好跟自己的老马倾诉衷肠。而在《醋栗》^② 中伊凡·伊凡内奇也感慨地说了这么一段话:

> 强者总是游手好闲、专横跋扈,弱者总是牛马不如、蒙昧无知,难以置信的贫困、伪善、拥挤、酗酒、堕落、谎言到处可见……然而,与此同时所有的家庭和街道却风平浪静,城里虽有五万居民之多,然而竟没有一个人敢于振臂高呼,勃然大怒。然而对于那些受苦难的人,

① 〔俄〕契诃夫:《契诃夫小说全集》(第4卷),汝龙译,人民文学出版社,2016。
② 〔俄〕契诃夫:《契诃夫小说全集》(第10卷),汝龙译,人民文学出版社,2016。

那些在幕后某些角落里悲哀生活的人，我们却充耳不闻，熟视无睹。一切都毫无声息，一切都平和安定……

通过这些描写可知，当时俄国的社会环境极度压抑，人际关系极度冷漠，人与人之间筑起高高的壁垒，强弱实力悬殊，弱者无人问津。这种社会环境使他者更加边缘化，处于更加不利的地位。

（二）麻木空洞的精神世界对人的他者化

面对沙皇政府的高压统治、风声鹤唳的社会现实，很多知识分子找不到出路，陷入一种迷茫而绝望的情绪中。契诃夫在 1892 年 1 月 25 日致好友阿·谢·苏沃林的信中写道："我们没有最近的目标，也没有遥远的目标，我们心中一无所有。我们没有政治活动，我们不相信革命，我们没有上帝，我们不怕幽灵。而我本人呢，我连死亡和双目失明也不怕。"[1]

《套中人》同样反映出那个时代的人们缺失信仰，没有目标，过着麻木而空洞的生活。如华连卡，她不仅生得美丽大方，而且家世也不错，只是年纪稍微大了些，就认为自己没有了挑来挑去的资本，跟什么样的人结婚都无所谓，即使是大家都讨厌的别里科夫她也能将就。为了能早点儿成家从弟弟那儿搬出去，她对别里科夫表现出极大的热情和爱意。而反观别里科夫，他虽然喜欢华连卡，对于结婚却再三考虑。一个大龄、猥琐而变态的男人，面对婚姻都能如此慎之又慎，而华连卡这样一个美丽活泼的女人，却对自己的幸福和婚姻如此草率，她的内心该是多么苍凉和绝望。又如城里人，当学校里的太太们发现可以撮合别里科夫和华连卡时，都变得活跃起来，仿佛突然找到了生活目标。可以试想此前大家的生活是什么样的。正如布尔金所言："我们内地人，平时都闲得无聊，什么不必要的蠢事都是可以做出来的。而那些有必要去做的事，大家反而不去做了。"大家住在空气污浊、交通拥挤的城市里，写一些无聊的文章，说一些言不由衷的话，碌碌无为，把生命消耗在一些无关紧要的人和事上。可见，信仰和目标的缺失使人们的精神世界一片荒芜，他们甘愿过着麻木而庸俗的

---

① 李辰民：《走进契诃夫的文学世界》，香港天马图书有限公司，2003，第 20 页。

生活。

在同样写于 1898 年的小说《约内奇》[①] 中，契诃夫如此写道：

> 斯塔尔采夫到过各种各样的家庭，见识过不同的人，可是他却和谁也不能接近。城里人的衣着谈吐、对人生的看法，甚至他们的模样都让他感到心烦。做人的经验让他逐渐明白了一些道理：当你和城里人一起吃吃喝喝或玩牌时，城里人还算得上平和、老实，甚至也不浑、不傻的。可是，只要他的话题一离开饮食，例如谈及一些政治或学术上的事，那他就不知所云，甚至信口雌黄了，显得既愚蠢又伤人，这时你真恨不得拂袖而去。……即便这样，城里的人还是什么事也不能干，绝对不能干，他们也不关心任何人、任何事，简直想不出能跟他们谈什么样的话题。所以斯塔尔采夫便回避城里人的谈话，他只埋头吃东西或者玩牌。

可见那个时代的俄国人生活多么枯燥无聊，思想多么愚昧浅薄，人与人之间多么冷漠和压抑。斯塔尔采夫就是在这种环境中从一个有志青年堕落成一个唯利是图、庸俗麻木的胖大叔的。

别里科夫也是生活在风声鹤唳的现实社会与荒芜空洞的精神世界中，没有生气，没有目标，行尸走肉般在他者的路上越走越远，最终走向毁灭。

四　自身性格缺陷对人的他者化

毫无疑问，除了农奴制对俄国人民身体和心灵的长期奴役，东正教对人们思想的控制，沙皇反动政府的高压统治，别里科夫自身的性格缺陷也是他沦为他者的重要原因。

试看自然界中的群居动物。狼、羚羊、野马等大型动物出去觅食的时候都是成群结队，攻击猎物时分工合作，遇到危险时共同对抗，于是有惊心动魄的"羚羊飞渡"。蚂蚁、蜜蜂等昆虫更是群居的杰出代表，它们齐心协力，共同觅食，一起生活，它们毫无私心、甘于奉献，于是有感人肺腑

---

① 〔俄〕契诃夫：《契诃夫小说全集》（第 10 卷），汝龙译，人民文学出版社，2016。

的"火海蚁球"。

与这些群居动物比起来，蜗牛这类把自己的身体深深藏在厚厚的壳里，走到哪儿就在哪儿安家的独居小动物和小昆虫显得有些孤独寂寥。但这种独居也是由其天性和生理属性造成的。

别里科夫成为主体之外的"他者"，部分是他自身的性格缺陷造成的。

（一）孤僻保守的利己性

从性格方面说，别里科夫被排挤、被边缘化，首先是因为他孤僻保守的利己性特征。

别里科夫非常孤僻。无论在家里还是在外面，总是用各种各样的套子把自己和别人隔离开来，不想打扰别人，也不想被别人打扰。他对现实生活不满，独自一人沉浸在过去的事物中。久而久之，他不愿接触别人，别人也不愿走近他，这使他没有朋友，邻居和佣人跟他都不亲，他的性格变得更加孤僻，人际关系也更加紧张。别里科夫还很保守。他只听官府的话，官府说不可以做什么他就坚决不做，而官府说可以做什么，他还是觉得不可以做。他害怕新鲜事物，看见华连卡和柯瓦连科在大街上骑自行车，竟吓得目瞪口呆，因为在他的观念里，老师和女人是不能骑自行车的。他还警告柯瓦连科不要穿花衬衫出门，不要拿书在大街上走来走去，因为这些都不合传统，政府没有允许这么做。此外，他还特别自私，因为怕学生闹出什么乱子传到上司的耳朵里，而不顾学生的前途把他们开除了；因为担心和华连卡结婚后惹出什么麻烦来，而不顾及华连卡的感受迟迟拖着不求婚。

别里科夫在某种程度上是主动地疏离主体，主动地做起了他者。

（二）狭隘专制的损他性

别里科夫被排挤、被边缘化，还因为他具有狭隘专制的损他性。

首先，别里科夫心胸很狭隘。看到捉弄他的漫画，气得脸色发青、嘴唇发抖，还咒骂画漫画的人。当柯瓦连科不接受他不要骑自行车的忠告后，他同样被气得脸色苍白。在柯瓦连科呵斥他是个爱告密的人时，他一阵心慌意乱，脸上露出恐怖的表情。而当摔下楼梯被华连卡取笑后，他没看华连卡做了什么，也没听华连卡说了什么，而是径直回家把华连卡的照片从桌上撤走，单方面结束了两人的感情。可见，别里科夫无论对促狭鬼还是对自己的爱人同样小肚鸡肠，没有半点儿肚量。

其次，别里科夫特别虚伪。他一方面怕学校和城里不好的事传到当局的耳朵里闹出什么乱子来，一方面却向当局偷偷告密；他一方面不准教士们斋月吃荤，一方面自己却吃奶油煎鲈鱼。他觉得自己在各方面都称得上"正人君子"，而实际上私底下无论从行为到思想都是个小人。

最后，别里科夫特别专制，具有极强的控制欲。他不仅是一只钻进自己壳内的蜗牛，还是只就算自己钻进壳里也要控制别人的蜗牛。他用压得别人透不过气的"套子"论调将全校师生、全城人牢牢控制在自己的辖制范围内。学生吵闹他看不惯，要管；太太们周末办晚会他看不惯，要管；柯瓦连科姐弟骑自行车他看不惯，要管；连柯瓦连科穿花衬衫他也要管……

别里科夫性格中的损他性，也是主体们痛恨他、排斥他的重要原因。换句话说，别里科夫的狭隘虚伪以及专制使他被主体所疏离，沦为他者。

综上，造成别里科夫他者身份的原因是多方面的，不仅有外部的历史、宗教、政治等因素，也有其自身的性格缺陷因素，这些原因杂糅在一起，造就了别里科夫这个典型的"套中人"。

第三节　对别里科夫他者身份的认同分析

马克思在《1844 年经济学哲学手稿》中指出："人对自身的任何关系，只有通过人对他人的关系才能得到实现和表现……人对自身的关系只有通过他对他人的关系，才成为对他来说是对象性的、现实的关系。"[1] "他者"关注的是与主体相对的那些被排挤、被压迫、被边缘化的弱势群体，是在主体视域下被忽略、被贬低的那部分人。近些年来，学界越来越多人将他者理论作为武器，用来追求种族、性别以及社会地位的公平、正义和平等，并呼吁给他者多一些理解与关怀，共同构建和谐社会。契诃夫笔下有众多他者形象，在当时的社会中，他者对待自身的态度不尽相同，对待主体的态度也因人而异，而主体对待他者的态度更是千差万别。本节主要分析的

---

① 〔德〕马克思：《1844 年经济学哲学手稿》，人民出版社，2018，第 207~208 页。

是他者身份的认同以及减少他者出场的策略问题。

一 他者对待自身的态度

在《套中人》中，他者对待自身的态度大致分为三种：两个"套中人"表现出的不自知；诸多他者表现出的不反抗；少数他者采取的不接受。

（一）不自知：两个"套中人"的表现

他者对自身沦为"他者"普遍是不自知的。他们有自己的一套论调，自我感觉非常正确，并试图用这套论调去辖制他人。在契诃夫的小说中还有一个"套中人"——普里希别耶夫。他和别里科夫一样，都觉得别人的行为不合规矩，只有自己这一套才是对的，所以不遗余力地充当社会的"清道夫"，企图把别人都控制在自己设定的"套子"中。别里科夫从未意识到自己是个招人嫌、被边缘化的"他者"，相反还嫌弃别人、嫌弃社会，并以辖制别人来巩固自己的地位，证明自己的存在。而普里希别耶夫非但不认为自己的行为不合规矩，反而觉得自己是最有权力和能力来管理社会事务的；非但不觉得自己过火的行为给别人造成了巨大的伤害和痛苦，反而觉得是在为对方好。甚至法官判他一个月监禁他都认为不可思议，觉得毫无法律依据可言；当他从审讯室出来的时候，看到农民聚在一起谈话，他发布命令要大家散开。别里科夫和普里希别耶夫自始至终都未察觉到自己是被主体排挤在外、格格不入的"他者"。

（二）不反抗：诸多他者对待自身的态度

契诃夫小说中的很多他者对于自己的他者身份是不反抗的。在小说《在钉子上》中，过命名日的斯特鲁奇科夫领着一大群小文官回家参加晚宴，却发现自家墙上的大钉子上挂着各种比他官职高的官帽，而自己的老婆一直在陪这些官员，而他只能一次次领着同事们去小酒馆喝茶，直到深夜那些官员都走了他才回家吃饭。士可杀不可辱，更何况拱手让出自己的妻子，可是他却一点儿反抗意识都没有，是个十足的被压迫的他者。

《第六病室》里的几个病人对于自己的他者身份都是安之若素、处之坦然的，他们没有进行反抗。连安德烈·叶菲梅奇在一开始也是不反抗的。当大家都觉得他患了病不再适合工作时，他辞掉了工作和朋友一起去旅行；别人霸占了他的职位，并让他从公寓搬出去，他也乖乖搬了出去；而工作二十年竟然没有养老金，也没有一次性津贴，他只是觉得委屈，并没有采取措施维护自己的合法权益。最后被关进六号病室，他也默默坐到了指定的床位，穿上了病号服，甚至觉得不管是长礼服、制服还是睡袍，反正都一样，六号病房和别洛娃的小屋没有丝毫区别，世间万物都荒诞无稽、空虚无谓。他说服自己：月亮上和监狱里并没有什么特别的东西，将来一切都会化作泥土，化作腐朽。从一个受人瞩目的医生到被关进六号病室，安德烈·叶菲梅奇并没有反抗，而是坦然接受了滑稽的安排。

在《农民》中，身患重病的尼古拉带着妻子和女儿回到老家，却成为原本已经贫困不堪的家里的重负，变为家人眼中的他者。母亲和弟媳用各种恶毒的词语骂他；家人也在内心深处希望他早点儿死去；他们甚至还当着尼古拉的面毫无顾忌地说"等尼古拉死了之后……"尼古拉虽然对这种贫穷、饥饿的生活痛恨不已，但不得不接受现实，不仅要接受母亲打骂自己及妻子、女儿，还要接受家人当着自己的面盼望自己早点儿死。他知道自己是家人眼中的他者，却并没有丝毫办法改变这种处境。

（三）不接受：少量他者对待自身的态度

契诃夫的小说中有少数人对于自己成为他者是不接受的，如《第六病室》[①] 里的伊凡·德米特里奇。刚开始被关进病房时，他整夜整夜不睡觉，常常使性子，搅得病人们都不得安宁，于是被转到六号病房。在第一次看到医生安德烈·叶菲梅奇时就愤怒得全身发抖，恶狠狠地盯着对方，并喊道："杀了他！杀了这个恶棍！不，杀死他还不够，把他扔进茅坑里淹死他！"他还质问医生为什么把自己关进六号病室，当得知是因为自己有病时，他说："没错，我是有病，可是有成百上千名的疯子都在自由地游荡，因为你们无知，因为你们无法把他们和健康人区别开来。"并要求医生快点儿将自己放出去。在与安德烈·叶菲梅奇的多次交谈中他据理力争，发表

---

① 〔俄〕契诃夫：《契诃夫小说全集》（第8卷），汝龙译，人民文学出版社，2016。

独特观点，一点儿都不把自己当"他者"。在尼基塔拒绝了他和安德烈·叶菲梅奇外出走走的要求后，伊凡·德米特里奇大喊大跳起来："他有什么权利不让我们出去？为什么他要把我们关在这里？法律里明明写着，未经审判谁也不可以被剥夺自由，这简直是暴虐！是恣意妄为！"在知道尼基塔不会放他们出去后，他继续说道："哦，天啊，难道这世界真的没有地狱吗？这些坏蛋难道会得到宽恕吗？公正在哪里？开门，你们这些坏东西，我快憋死了！我真的不要命了，你们这群杀人凶手！"可见，他并不接受他者身份。而安德烈·叶菲梅奇刚开始对自己的他者身份是不拒绝的，但后来慢慢开始觉醒并反抗。米哈伊尔·阿维里扬内奇和霍博托夫两人拜访他时，他愤怒地叫他俩都滚；当被关进六号病室时，他觉得其中有误会，自己应当去说明一下；到最后他觉得一定要从病室出去，于是砸门，被尼基塔暴打，被打后还想竭尽全力大叫一声，想尽快跑过去打死尼基塔、霍博托夫、总务主任和医生。这些都是他对自己他者身份的一种抗争。

二　他者对待主体的态度

他者对待主体的态度，从整体上说大致是一样的，但具体看还是有区别的。如别里科夫不仅害怕主体、讨厌主体，还压制主体，对主体很冷漠；而普里希别耶夫则是鄙视而折磨主体；六号病室的两个病人只是厌恶主体。

（一）害怕、讨厌、压制、冷漠：别里科夫对主体的态度

首先，别里科夫是害怕主体的。他把自己与外界隔绝起来，不想让外界影响他，因为现实生活总让他坐立不安，时时处处刺激他、惊吓他。同事参加祈祷仪式迟到了、顽皮的中学生闹事、女学生很晚还在陪军官玩等与他毫不相干的事也能让他心慌意乱，担心出什么乱子。他怕别人说他斋月吃荤，于是吃奶油煎鲈鱼；怕别人说他打女仆的主意，于是请了个老头；他躺在被子下也是战战兢兢的，不是怕小偷，就是怕阿法纳西会杀他，睡着了也是通宵做噩梦；他喜欢华连卡却不求婚，因为怕华联卡结婚后闹出什么乱子出来；连华连卡和柯瓦连科骑自行车也能吓得他脸色苍白、直打哆嗦；与柯瓦连科聊天担心有人偷听；从楼梯上摔下来，担心传到校长和督学的耳朵里，全城人会取笑他……

其次，他讨厌主体，并不喜欢主体世界，不然不会老是称赞过去的甚至不存在的东西；他老是数落青年人的种种行径。布尔金说他"满心地害怕与厌恶学校里的人"。他直到临死才露出温和、安详的神情。

再次，别里科夫对主体是非常冷漠的。彼得罗夫和叶果罗夫两个学生在学校比较调皮，别里科夫只因为怕他们闹出什么乱子来就不顾其前途将他们开除。而对于共处一室的厨子阿法纳西每天喝得醉醺醺，在厨房发出那么大的叹息声，别里科夫也只管自己躺着，不闻不问。而只是因为华连卡看见他摔下楼梯后滑稽的样子情不自禁大笑了两声，他回家就把华连卡的照片从桌子上撤走了。可见别里科夫内心只关注他自己，不仅对学生、佣人冷漠，对自己的恋人同样冷漠。

最后，别里科夫是压制主体的。他用他的唉声叹气、垂头丧气、苍白小脸蛋上的黑眼镜和"千万别出什么乱子"的论调，成功地征服了学校的学生、老师和校长；他用他的论调和告密成功地将全城人控制在自己的管辖之下，并辖制了长达十五年之久。此外，就连柯瓦连科骑自行车、穿花衬衫、拿书在大街上走路这种事他都要管，可见他的压制已经渗透到生活的方方面面。

（二）鄙视、折磨：普里希别耶夫中士对主体的态度

普里希别耶夫中士可以说是个自命不凡、自视甚高的"套中人"。他看不起村子里其他人，就因为自己是个退伍军人，而且还在华沙当过差，就觉得全村只有他一个人懂规矩，而其他人都是普通的庄稼汉，所以一切人都得听他的，甚至连警察都没有他明事理。

在压制主体方面，普里希别耶夫与别里科夫比起来真是有过之而无不及。他不准人们唱歌、点灯，甚至还用纸记下别人不好的行径，连半夜人家偷挤牛奶他都知道，可见他是个多么可怕的偷窥者和告密者。十五年中，全村人都被他折磨得快没法儿活了。

此外，小说《第六病室》里的伊凡·格罗莫夫和安德烈·叶菲梅奇，在最开始的时候一个是精神病人，一个是医生，却相谈甚欢。除了两人有一些共同的精神追求和艺术修养外，还因为两人都特别讨厌当时的社会和市民，觉得他们麻木不仁、庸俗不堪。格罗莫夫在还没患精神病之前就已经对城里的市民不屑一顾，对他们的生活感到厌恶和反感。而安德烈·叶

菲梅奇不仅讨厌医院肮脏、黑暗的环境，也讨厌医院的同事、城里的人，后来连最喜欢的朋友米哈伊尔·阿维里扬内奇也让他觉得庸俗不堪、难以忍受，更别说那些来给他治病的医生了。

三　主体对待他者的态度

主体对待他者的态度也各有不同。比如对待别里科夫，大部分城里人不仅害怕、讨厌、忍让他，还取笑他；柯瓦连科敢公然反抗他，而华连卡对他则热情而充满爱意。而对待一些其他他者，有冷漠也有热情，有欺压也有关心。

（一）主体对待"套中人"的态度

1. 害怕、讨厌、忍让、取笑：大多数城里人对别里科夫的态度

以教员布尔金为代表的大多数城里人对别里科夫的态度无疑是复杂的，既害怕又讨厌，既忍让又取笑。

首先大家都怕他，不仅学校里的同事和校长很怕他，全城人也都很怕他。因为怕他，老师们开除了二年级的彼得罗夫和四年级的叶果罗夫；因为怕他，那些头脑正经、极其正统、受过屠格涅夫和谢德林教育的教师乃至整个学校被他辖制了整整十五年；因为怕他，城里的太太不敢办家庭戏剧晚会，斋期教士不敢吃荤、不敢打牌。在别里科夫之流的影响下，全城人变得什么都怕了，不敢发言，不敢高声说话，不敢有亲密的朋友，不敢周济穷人，不敢看书，也不敢教人读书写字……

其次是讨厌。柯瓦连科多次公然抨击他；布尔金也讨厌他，觉得和他这样性情孤僻的人并排走是一件很痛苦的事。而大家几乎都忽略了别里科夫四十多岁还没有结婚这件事，就是因为大家讨厌他而从不关心他，似乎认为他本来就是个"多余的人"。① 甚至于别里科夫死后，大家觉得埋葬他是一件大快人心的事。

再次是忍让。虽然既害怕又讨厌别里科夫，但事实上大家都在忍让他，不然这些受过屠格涅夫和谢德林教育的正派人不可能会向他屈服，他也没

---

① 潘佳举：《〈套中人〉分析》，《中学语文》1979 年第 5 期。

有能力把整个学校乃至整个小城的人都装在套子里。由此可见，并没有人真正对他的辖制提出抗议，并且大家在某种程度上都在纵容他，导致无权无势的中学教员不用一兵一卒就把整个学校和整个县城操控在股掌之中。

讨厌他，又不得不迫于他的压力而处处忍让他，大家的反抗方式似乎就只剩取笑他了。在小说开头，布尔金跟伊万内奇聊起别里科夫时说："他的名气可大啦，您可能听说过他。他之所以出名，就是因为他在太阳高照的天气也会穿上套鞋，带着雨衣出门……"从布尔金的言辞可知大家都觉得别里科夫的怪异行为很可笑，而他名气很大可能就是因为大家茶余饭后都在谈论他，把他当作笑话一样传来传去。而当别里科夫从楼梯上摔下来，想的却是宁愿断脖子断腿也不愿意被大家看到，这除了他本身好面子之外，也有可能因为大家经常取笑他，所以他才会对这样一件小小的糗事反应如此过激。

2. 反抗：柯瓦连科对别里科夫的态度

柯瓦连科可以说是把对别里科夫的厌恶表现得最直截了当的一个。他不仅常常直接表达厌恶和愤怒之情，甚至因为痛恨别里科夫而诅咒其他同事："和他一起遭了瘟才好。"此外，他还给别里科夫取外号。而在别里科夫去拜访他时，他只是皱着眉头冷冷地说："你请坐吧！"对别里科夫提到的漫画事件，他一句话都没说，只是坐在那里生闷气。当别里科夫语重心长地劝他不要骑自行车时，他也毫不客气地回应："我姐姐和我骑自行车，是我们自己的事，这又关其他人什么事呢？谁爱管我的家事和私事，我就叫谁滚蛋！"当别里科夫要求他尊重当局时，他言辞激烈地说："请您躲开我，我是一个正直的人，我也不喜欢告密的人，更不愿意跟您这样的先生讲话。"当别里科夫说要把他们的谈话内容报告给校长时，柯瓦连科终于爆发了，他一把抓住别里科夫的衣领，猛地将他推下了楼梯。毫无疑问，柯瓦连科是一个正直向上的青年，有着先进的思想，他是第一个反抗别里科夫的人，也可以说是直接将别里科夫送进棺材的人。

3. 热情：华连卡对别里科夫的态度

对于这样一个生活在套子里，思想在套子里，还时不时要把别人装进套子里，无聊呆板却有着极强控制欲的别里科夫，热情活泼的华连卡非但没有排斥，反而满腔热情要嫁给他。就算别里科夫拜访她时一直沉默着，华连卡也不是给他唱《风在吹》，就是用她那双黑眼睛充满爱意地看着他。在别里科夫下葬那天，华连卡痛哭了好大一会儿。可以说，华连卡是第一个对别里科夫表现出热情与爱意的女人，她没有像其他人一样讨厌他、害怕他、排斥他，而是用自己的单纯与热情去对待他。相信别里科夫也因此第一次感受到爱与温情，进而动了要跟她结婚的念头。

（二）主体对待他者的其他态度

1. 冷漠和欺压

在《第六病室》中，生活在六号病室里的几个病人都是被主体冷漠地排斥在社会边缘，并被主体欺压的。就像文中说的，这个世界上喜欢访问疯人院的人并不多，病人们只有日复一日地跟病室的看门人尼基塔见面，而尼基塔对待病人的态度却十分冷漠而残暴。精神病人莫伊谢伊卡每次出门供人逗乐取笑乞讨来的食物和小钱都会被尼基塔搜刮走，还要被他咒骂或暴打一顿。尼基塔对瘫痪的农民竟也十分暴力和残忍，每次收拾床铺时都使尽全力狠狠揍他。而每次剃头匠来给大家剃头时，尼基塔也都要帮他"收拾"这几个病人，以至于病人们每次看到剃头匠都惶恐不安。而当医生安德烈·叶菲梅奇也被关进六号病室并捶门要求放他出去时，尼基塔粗暴地揍了他一顿，还暴打了伊凡·德米特里奇。通过这几个场景可以看出，主体对待他者是非常冷漠而残忍的。

在契诃夫的另一篇小说《跳来跳去的女人》里，女主人公奥莉加的丈夫戴莫夫也是个被忽视、被冷漠、被欺压的他者。奥莉加喜欢艺术，崇拜名人，所以她的朋友都是艺术圈的名流，而戴莫夫只是个小小的解剖师，所以她并不崇拜他，经常忽视他，而朋友们就算来家里聚会也完全忽略戴莫夫。奥莉加只把戴莫夫当作管家、劳动力和提款机，一点儿都不关心他，甚至还光明正大地出轨。最后，戴莫夫在绝望中以身试毒而死。

2. 同情和关怀

同样在《第六病室》里，在未沦落为"他者"之前，安德烈·叶菲梅奇可以说非常关心他者：在街上看到乞讨的莫伊谢伊卡会给他十戈比，看到莫伊谢伊卡被冻得通红的光脚和枯瘦的脚踝时会担心他感冒，并让尼基塔以自己的名义向总务主任申请发他一双靴子。第一次看望伊凡·德米特里奇时，德米特里奇对他并不友好，不仅骂他，还朝他吐唾沫。可安德烈·叶菲梅奇却十分温和，还不断安慰德米特里奇，并经常找他聊天。安德烈·叶菲梅奇甚至还认为格罗莫夫是城里屈指可数的既聪明又有趣的人，并不时跟他探讨一些深刻的哲学问题或告诉他外面发生的事。正因为常年与六号病室里的病人走得比较近，这个昔日被认为出色、有前途的医生被主体们认为患有精神病，从而被关进六号病室。可以说，安德烈·叶菲梅奇是用生命在同情和关怀这些可怜的他者。

在契诃夫另一篇小说《乞丐》中，一个乞丐在大街上招摇撞骗，不幸被律师斯科沃尔佐夫识破了。律师斥责了他，并将他带回家劈柴。而律师家的厨娘十分同情和理解他，甚至为他的处境痛哭流涕。正是厨娘的关怀，使乞丐幡然醒悟、走上正途。

四　减少他者出场的策略

那些沦为"他者"，被欺压、被排挤、被边缘化的弱势群体，由于长期得不到主体的关注和帮助，往往生活在黑暗中并以悲剧来结束自己的人生，别里科夫就是最好的例子。在现实条件下，要减少他者的出场，不仅需要政府的支持、社会的帮助，也需要他者自身的努力。

（一）政府机关：创建公平，加大扶持

一个繁荣富强的国家需要安定和谐的社会，一个安定和谐的社会需要无数团结友爱的社会公民，而团结友爱的社会公民必定生活在政清人和、天下为公的政治环境和公平公正、开放包容的社会环境中。作为国家、社会和公民的管理者与组织者，政府机关应该制定相应的政策去帮助那些被排挤、被压迫、被边缘化的弱势群体。

首先，应该在全社会范围内营造良好的舆论导向。可以通过网络、电视、报纸等多种媒体向社会公众传播他者信息，适当引导主体去关注他者，引导社会大众中积极且正面地对待他者。

其次，应在全社会范围内建立公平公正的竞争机制。无论在学习、工作还是生活上，他者都不应受到歧视和排挤，需要同主体一样获得尊重和认同。

最后，对于被边缘化的他者要加大扶持力度。在思想上，对他们进行教育，让他们对自身、对外界都树立正确的认知，从自我封闭中走出来，寻求与主体的融合。在生活上，给他们一些特殊的支援。如对贫穷的他者，可以采取贫困补助；对于孤立的他者，可以建立一些社团和活动中心；对于残弱的他者，可以在社会生活中为他们提供一些特殊的福利等。

（二）社会大众：包容友爱，共建和谐

要想减少他者的出场，不仅需要相关政策支持，更需要作为主体的社会大众给予他者以人道主义关怀。这种关怀不应仅出于怜悯和同情，还应该站在社会公平和正义的高度友善地对待弱势群体，给予其力所能及的帮助，包容那些不同于主体的声音及行为，追求主体与他者之间的融合。

首先，打破疏离，增进交流。在社会交往中，主体们需要树立正确的"他者"意识，打破和他者之间疏离的状态，增进与他者的沟通和了解，正确认识并处理自我与他者的关系。聆听他们的声音，了解他们的需求，和他们建立一种平等的关系。

其次，包容友爱，共建和谐。一个和谐的社会，一定是一个百家争鸣、百花齐放的包容社会。要与他者共建和谐，主体就需要有开放而包容的心态，接受差异性，也尊重他者的价值选择。此外，还需要友善地给予他者关怀，关注他们的生存状态和生命形式，使他们也能感受到社会的温暖。共建和谐，即用包容代替排斥，用友善代替压迫，用和谐代替对立，用爱代替悲剧。如《乞丐》中那个身无分文、无处栖身的乞丐最后变成拿着高薪的公职人员，是厨娘的同情与理解才使他决心洗心革面、重新做人。可见，爱的力量是无穷的。

（三）他者自身：完善自我，力求融合

要想摆脱他者身份，减少他者出场，也要靠他者的自身努力、韬光养晦、完善自我，最后实现完美逆袭，与主体融合。

首先，他者要树立正确的人生观与价值观，打破自我封闭，走向融合。别里科夫的人生悲剧就是因为没有正确的人生观与价值观作指导，所以才墨守成规、固步自封、害人害己，一步步被主体排挤，沦为"他者"。

其次，要敢于抗争。当不幸被主体压迫与排挤时，一定要敢于发出自己的声音，不能任人摆布、自甘堕落。要像《新娘》中的娜佳一样，敢于逃脱黑暗腐朽的生活和婚姻，追求自由独立的新生活。

最后，他者需要韬光养晦，完善自我。如《跳来跳去的女人》中的戴莫夫，刚开始时被妻子及妻子的朋友们忽视，他的妻子只关心名人、艺术、宴会以及他每个月给她的生活费，甚至当他通过了论文答辩而可能获得编外副教授职称时，她也只担心自己是否看戏会迟到。后来更是不在乎他的感受公然出轨，而戴莫夫就一直这样默默付出并努力工作。当他为科学献身后，同事们都夸赞他的伟大，而他的妻子也幡然醒悟：他才是她最应该去追求和崇拜的名人。可见，正是戴莫夫的韬光养晦才使他从一个被大家忽视的"他者"变成一个伟大的"名人"，完成了一次完美的逆袭。

综上，他者对待自身的态度主要有不自知、不反抗和不接受三种，对待主体的态度有害怕、讨厌和鄙视等多种；主体对待他者的态度也有排斥、压迫和同情等多种。而要减少他者出场，创建一个和谐的社会，不仅需要政府的扶持、社会主体的包容友爱，更需要他者自身的努力。

第八章

当代导演贾樟柯电影叙事的他性分析

为了更好地表现他者、凸显"他性"，贾樟柯在电影制作中打破了占主体地位的类型化叙事模式，这种叙事模式遵循"开端—发展—高潮—结局"的经典结构进程，在大量类型化的使用中逐渐显出疲态。贾樟柯一改传统叙事模式，采用非线性因果叙事结构、"直接面对"的声音叙事等策略，不仅真实地呈现了他者，更使电影在艺术上得以升华。贾樟柯的影像叙事方式，拉近了"我"与他者的距离，更构建了他者的主体性，最终指向的是"为他者"负责的宗旨。

第一节　非线性因果叙事结构

一　生活流与碎片化

贾樟柯的电影极具现实主义特色。在现实主义影片中，叙事和"生活"往往紧密相连，松散无精心编制结构的情节，没有明确的开端、高潮或结尾，似乎在任何时候都可以切入故事。"故事往往以生活中的某个切片（slice of life）出现，有如一段诗般的片段，而非干净利落的完整结构。现实本来就没有完整的结构，现实主义乃依样画葫芦，生命循环不已，即使电影演完，人生还得继续。"① 这种手法虽然反对戏剧性情节，但并不排斥故事性；虽然反对塑造典型化的人物性格，但会竭力表现人物的内心世界。

---

① 〔美〕路易斯·贾内梯：《认识电影》，北京联合出版公司，2017，第 302 页。

因此，生活流与碎片化的叙事结构往往受现实主义者的喜爱，成为他们表情达意的重要手段。贾樟柯善于发掘利用生活中的琐碎事件，展现小人物他者的生活状态及内在世界。这一方面源于他对电影叙事的深层认识，另一方面源于注重对"人"的观照。

例如《任逍遥》中，斌斌和小济没有什么正经工作，每日在外面四处游荡。他们的生活就像他们口中说的，"吃口饭混呗"。有一天忽然决定去抢银行，年少无知的他们拿着自制的恶劣炸弹走进银行，刚说完"抢劫"二字，便被银行的保安上前制服带去警察局。影片中的这两个主人公，只是小县城中的普通小混混，去抢劫银行也并非迫不得已。他们的行为毫无逻辑可言，支配他们的或许只是某种不稳定的"生命冲动"。构成影片叙事的也不是有因果关系的事件，而是一个个没有必然联系的事件。这种"反情节"的叙事安排，正是贾樟柯对"人"关注的结果。小济和斌斌的生活状态就是这样，想干就干，干完这个再干别的。贾樟柯没用带逻辑性、规律性的条条框框将二人控制起来，而是给予他们充分的自由，将他们无逻辑的生活画面流水般地展现出来。

碎片化的镜头语言用以展现生活流，指向他者的外在生活状态与内在心理情感。碎片化的镜头语言突破了线性时空顺序，在写实与写意之间转换自如，使现实与心理的交织成为可能。影片中人物的潜意识等主观心理层在碎片化的镜头语言中得以表现。在《三峡好人》中，韩三明跟拆迁工人们背着行囊辗转到另一个栖息地赚钱。镜头向右一转，在即将被拆的两幢高楼间，一个走钢丝的艺人手里握着长长的木棍，摇摇晃晃地行走在悬着的钢丝上。这一碎片化镜头的插入，巧妙地隐喻了韩三明的境况。为赎回妻子，他需要回到煤矿上赚钱。因为那里赚的钱多，但煤矿的工作又具有危险性。他对想跟他一同去的工友说："煤矿那活可是危险，我走的时候才死过两个陕西人，一年要死十几个人，早上下去，晚上还不知道能不能上来。"面对两难的选择，他决定回到矿上赚钱赎妻。他就像这个空中走钢丝的人，拿性命去赌生活。不少煤矿上的工人与三明想法一样，为赚更多的钱，为更美好的未来，选择跟三明一同回山西。他们都是行走在命运这一钢丝上的人，没有退路，前路坎坷。未来会怎样谁都不知道，能做的只是走好脚下的每一步。

二　多线交叉与板块化

自《世界》在国内公映，贾樟柯的导演身份正式得到认可，随后的几部故事片如《三峡好人》《二十四城记》《天注定》《山河故人》都在叙事方式上打破了一元化结构形式。这些影片无论从内容还是形式上，相较于之前都更加立体与多元。其实，早在"故乡三部曲"中贾樟柯就尝试过这种叙事模式。《站台》作为贾樟柯向青春致敬的影片，讲述了一代人的青春往事，呈现了一群年轻人的爱情与生活。它的叙事结构可以说是以崔明亮为主线而展开的"1＋n"叙事模式。影片中的人物都或多或少与崔明亮发生联系，虽然他们有着各自的生活，面对不同的境遇，但仍旧只是崔明亮这条主线外的分支。到了电影《世界》，这种叙事模式仍然是主导。

《世界》围绕几个来北京打工的年轻人展开。他们大多是北京"世界公园"里的舞蹈演员、保安，也有在"世界"外谋生的农民工、商人。但无论是"世界"内的安娜还是"世界"外的三赖、廖姐，他们都为小桃、太生这一主线服务。而在《世界》后的几部影片中，这种结构形式逐渐消解，代之以多元的结构组合。贾樟柯有意对影片进行板块化处理，在多线交叉的叙事进程中形成杂志式的段落拼接。

《三峡好人》围绕韩三明寻妻结婚与沈红寻夫离婚两条线展开。在影片中他们互不相识，叙事进程也各自开展，但丝毫不影响电影的连贯性与流畅性。贾樟柯有意将二人归置于同一空间中，看似毫无关联的两人又有着千丝万缕的联系。他们都踏入了奉节这个即将消失的地方，并面临"拿起"与"放下"的抉择，冥冥之中二人已有暗线的交叉。而飞碟这一意象的使用，直接点明了两线的交集。一个类似 UFO 的飞碟从空中一闪而过，跟随韩三明的目光，沈红出现在镜头的下一秒。两个素为谋面的人在奉节这个地方出现，共同讲述一段"寻找"的故事。

《二十四城记》讲述了一座国营军工厂的变迁，包括曾在军工厂工作的工人们退休后的现状，以及他们对往事的回忆。工厂的历史变迁，在四个虚构人物与五个真实人物的故事和采访中渐渐浮出水面。而原本平铺直叙的人物采访在多个板块的拼接与多条人物线索的交叉中有了节奏感，叙事结构也更为立体。

《天注定》讲述了四个城市中四个主人公的四段故事。它的叙事结构与《三峡好人》类似，但在人物线条的关系上贾樟柯处理得更加明显。第一个故事中的大海与第二个故事中的三儿，在洒满西红柿的公路上擦肩而过。后来，三儿在去外地的路上与第三个故事中小玉的情人坐上了同一辆车。而小玉的情人又是第四个故事中小辉最初的工厂老板。在故事的最后，被"释放"的小玉来到最初大海要投诉的工厂应聘，随着戏台上一声"你可知罪！"影片落下帷幕。贾樟柯利用四个板块的串联及人物线索的交错、穿插，将暴力事件背后隐藏的社会矛盾与根源展现得淋漓尽致。

第二节　"直接面对"的声音叙事

贾樟柯的电影并不仅仅呈现他者的存在状态，而是通过各种声音凸显其"他性"的本真。

一　还原现实的他者生存环境

自电影进入有声时代以来，声音不但没有像最初部分评论家们所担心的那样摧毁电影，反而成为电影艺术表意的重要手段。随着现代科技的不断进步，导演对声音的运用也日渐成熟。特别是在冲突性较强的戏剧电影中，通过音效的操控、音乐的调配等手段，声音元素被突出强化以营造气氛。但是，其中过多地加入了创作者的主观意象，且很多时候只是作为电影叙事的辅助工具而存在。原始粗糙的现实声音逐渐被加工美化的后期声音所替代，人物生存环境的原初性被人为修饰而难以显露真容。

面对声音被过度利用的现状，贾樟柯始终保持着对原始声音的尊重，不刻意打磨修饰，而是使其保持原汁原味的亲切感。如《小武》中有很多卡拉OK里的流行歌曲，《心雨》《霸王别姬》等歌曲一响起就将观众代入小武所处的那个年代。这些流行歌曲曾经传遍大街小巷，几乎是所有去卡拉OK的人的必点曲目，人们在歌曲中达到共鸣，共同找到一种奇特的归属感。同样，这些流行歌曲又是小武生存环境的写照，是那个年代社会情绪的一种反映。就像林旭东说的："《小武》里采用了不少流行歌曲，它们在影片里弥漫着一种非常怪异的痛楚感，一种在光怪陆离的流行文化包裹中的人性的凄婉和挣扎。"① 小武的悲剧命运便在这些流行歌曲的传唱中自然地完成了叙事上的情感过渡。

此外，大街上各种各样嘈杂的声音在贾樟柯的电影中也经常出现，三轮车、摩托车的噪声，摊位叫卖的喇叭声等。这些一天到晚日常出现的声音被贾樟柯记录到影片中，更增强了底层他者生存环境的现实性。"我的原始想法就是要让我的影片具有一定的文献性：不仅在视觉上要让人们看到，1997 年春天，发生在一个中国北方小县城里实实在在的景象，同时也要在听觉上完成这样一个记录。"② 人声、车声、高音喇叭、街头卡拉 OK 混杂、充斥在街头，在完成对人物生活环境描摹的同时，增强了叙事的时间感与层次性。每个场景里的声音不再是单一的表意符号，它们更加复杂与多元，相互交融，共同勾勒出一个年代的社会风貌。

二 运用真实的他者言说模式

电影作为一种文化传播媒介，对声音特别是对人物言说方式的关注是尤为突出的。新媒体日益发达的今天，电影受众也日益庞杂，为使更多人能尽情享受观影的快感，导演往往让影片中的人物用普通话叙事。为更好地呈现剧中人物的声音，在后期制作时会利用专业配音演员的表演加以润色。而方言因为只有部分群体能够听懂，几乎不被纳入导演的考虑范围。贾樟柯敢于打破电影叙事的常规，在影片中使用大量方言。贾樟柯的电影总是对小人物他者给予特殊关注，除了保留他们日常生活中听到的声音外，对于他们自身的语言体系也给予充分的尊重。因而，方言的使用也成为贾樟柯电影的一大叙事特色。

"故乡三部曲"是以其故乡汾阳为背景，人物说的都是山西话。《三峡好人》中因涉及山西与奉节两地，所以山西话和四川话共同构成了影片人物的语言主体。这种全片使用方言的叙事模式，与贾樟柯电影题材选择的人物身份有很大关系。为更加真实地再现底层社会的现状，贾樟柯通常选

---

① 贾樟柯：《贾想 I》，台海出版社，2017，第 61 页。
② 贾樟柯：《贾想 I》，台海出版社，2017，第 61 页。

用与角色身份相近的人扮演剧中角色。他们往往生活在社会的底层，没有受过专业的表演训练，文化程度也不高，最熟悉的语言便是自己常年说的方言。以方言方式讲述，不仅便于他们快速进入角色，而且使得电影的内在质感更贴近现实，从而增强影片叙事的真实性。

此外，方言也暗示了影片主人公的他者身份。随着经济的快速发展，人们之间的交易往来日益频繁，昔日囿于一地的局部方言不适于普遍快速的交往，于是普通话成为中国的通用语言，并被政府大力提倡。贾樟柯电影中的底层小人物大多来自农村或小城镇，当他们身处大城市时，方言便是他们作为外地人的标志。电影《世界》的背景是北京的"世界公园"，赵小桃是从山西某地来打工的舞蹈演员。影片开头，公园里广播着标准的普通话，而小桃正用流利的方言打着电话。贾樟柯通过人物方言的使用，开宗明义点明了小桃在繁华都市中的他者身份，为此后叙事的进一步推进埋下了伏笔。《山河故人》中的张晋生虽然在澳大利亚的海景房中度日，却与周围的环境扞格不入。他是经济浪潮下的幸运儿，通过承包煤矿、搞风投赚取了大量资金，后因国内严查腐败去了澳大利亚。虽然摇身一变成为有钱人，但作为土生土长的山西人，他始终摆脱不了自己的方言习惯。在遥远的异国他乡，说山西话的他早被划归到他者行列而遭受冷遇。贾樟柯一方面赋予剧中人物以充分的自由，让其使用日常语言诉说日常发生的事，表现出对他们的尊重；另一方面，以方言的言说模式推进叙事进程，呈现出他们在大城市中被疏离的他者处境。

第三节　"为他者"的叙事宗旨

列维纳斯阐明了为他者负责是主体应具备的伦理精神。贾樟柯的创作立场与列维纳斯关爱他者、尊重他性的伦理核心不谋而合。他的电影几乎都是讲述小人物他者的历史，这些人通常是社会主流文化中被忽略的存在。作为一名有责任感的文艺工作者，贾樟柯不畏惧与主流精英文化对立，充分展示出为他者负责的伦理精神。贾樟柯在影像叙事中对他者的充分展现，是实现其"为他者"的伦理诉求所不可或缺的途径。

一　面对他者

面对他者是展现他者的第一步。贾樟柯电影所表现出的反传统的叙事特征，不仅没有消减影片中人物他者的张力，反而更能拉近他者与"我"的距离，为"我"与他者的"面对面"提供了可能。这里，"我"即观影者。首先，贾樟柯通过生活流与碎片化的叙事手法，为他者的呈现创造了更加广阔的叙事空间。他者生活的点滴在镜头前慢慢展开，这些"灰头土脸"的现实不仅没有遭到遗弃，反而成为推进影片叙事时不可或缺的部分。如《小山回家》中小山在公交站牌等待霞子的场景，在长达几分钟的镜头里没有一句台词，都在呈现小山等人时的状态。他时而走动，时而蹲在地上，时而倚着墙抽烟，这些生活中常见、根本不会引人注意的片段却成为影片中重要的叙事元素。生活本身的质感在贾樟柯的镜头下无限蔓延，观众的现实经验不知不觉被调动起来。这种熟悉的现实感使观众与他者的情感联系变得紧密，心理距离也由此缩短。

其次，贾樟柯尽可能地避免叙事线索被限定在单一范围内，观众所见的并不只是发生在某一特定主人公身上的故事，而是群像式的他者生存状态。这种群像式的呈现，消解了单一线索中存在的偶然因素，再现了他者处境的真实性。而真实性的呈现在提升影片可信度的同时，更加深了观众对他者处境的认同。《二十四城记》中的下岗工人，既是工厂发展历史的见证者，也是参与者。影片讲述的虽是个人经历的生命故事，但串联在一起呈现的却是工厂的兴衰史。个人命运起伏转折的境况，也是那个年代工人命运起伏跌宕的历史缩影。

再次，面对他者，贾樟柯没有将导演的个人意志强加给他们。他所呈现的他者形象，与现实中的他者达到了高度的吻合。他关注他者，更尊重他者。这在他极具特色的声音叙事中体现得尤为明显。贾樟柯用"直接面对"的方式尽可能地保留了声音的原生态。影片中的方言及电视、广播、音响等声音，始终环绕在他者周围。多重声音相互交融，在增强叙事张力的同时也让观众深陷其中，更直观地感受他者的生活状态。贾樟柯这些独特叙事手法的使用看似粗糙，却使叙事内容更精确。他试图呈现的他者的生存状态也随叙事进程的演进得到真实的呈现，使他者与"我"的"面对面"成为可能。

二　回应他者

回应他者是"为他者"负责的关键所在。"列维纳斯指出'回应'（response）和'责任'（responsibility）的词根是相同的，'责任'一词从词源上是由'回应'一词演变而来的，因此'回应'这个词本身就蕴含着'责任'的意思在内。"① 贾樟柯在关注小人物他者的基础上，借用影像将一个个他者形象呈现于"我"面前，这使他本人对他者的"回应"更多了一份责任。在与他者"面对面"的过程中，他者的召唤赋予了贾樟柯的电影以伦理的责任，而在"回应"他者、承担责任的过程中，主体性得以生成。责任的主体性观念的建立，反映在影像中便是叙事策略的运用。特别是多线交叉与板块化的叙事结构，以多元、多样的他者形象消解或代替了绝对主角的个人形象，充分展现了影像中他者个体的差异性。影片中的人物不再是固化的典型，而具有了他异性。生活流与碎片化的叙事模式以及"直接面对"的声音叙事，则从内容与形式上对他者的他异性给予了充分的尊重。主体性在对他者承担责任与义务的过程中得以建构。

贾樟柯对他者的回应，也是对伦理精神的观照。人在本质上是"为他者"，而不仅仅是"为己者"，在他者的面貌呈现于"我"面前时，"我"必须做出回应，即意味着"我"要为他者担负起责任，"我"始终是为了他者而不求任何回报。正如他所言：

> 我们关注着身边的世界，体会着别人的痛苦，我们用对他们的关注表达关怀……我们将真诚地去体谅别人，从而在这个人心渐冷、信念失落的年代努力沟通人与人之间的思想。我们将把对于个体生命的尊重作为前提并且加以张扬。我们关注人的状况，进而关注社会的状况，我们还想文以载道，也想背负理想。②

---

① 孙庆斌：《为他者与主体的责任》，《江海学刊》2009 年第 4 期。
② 贾樟柯：《贾想 I》，台海出版社，2017，第 15～16 页。

贾樟柯对他者的回应是"为他者"的关键所在，更是其主体性建构的充分体现。在这回应、建构的过程中，主体性存在的伦理价值也最大化地得以实现。

第四节　他性影像的美学与现实意义

一　对民族记忆的追问与探寻

（一）记忆历史不再是官方的特权

现今，历史与影像的关系日益紧密，影像为记忆历史提供了媒介，历史记忆借影像得以留存。与传统的文字资料相比，影像资料更加直观与清晰，也能更多地保留历史的细节，培养人们的历史情感。但官方对民族历史的记忆往往以主流、精英为主，处于边缘地带的小人物难以进入官方视野，这是依附主流话语表达的局限与遗憾。而从私人角度出发观察社会、反映人们生存经验的个人书写弥补了这一遗憾。在这方面，贾樟柯走得更远。贾樟柯一直真诚地用影像画面记录社会变革中的中国现实，影像在富有艺术性的同时带有一定的文献价值。在他的影片中几乎不存在视觉机器的暴力，大量长镜头的注视弱化了其本人的在场，为人物的呈现留下了空间。

从《站台》经《小武》到《任逍遥》，贾樟柯的"故乡三部曲"呈现了1979~2000年中国小县城中人们的生活画卷。这种文献性的考量不仅表现在影片整体的基调上，而且在声音、噪音等细节的呈现上更是如此。他后来说："若干年后，人们看到1997年《小武》的时候，里面所有的声音、噪音，就是1997年中国的声音，它经得起考据——我有这样的考虑在里面。"[①] 贾樟柯以记录的眼光观察人物，用充满纪实性的镜头展现社会变革、时代变化中人的生存方式与生命体验。其中蕴含的生命价值与文化价值丝毫不亚于官方的记忆，且更加具有朴素的人情味儿。

也因此，贾樟柯的电影影像为中国民族记忆的追问与探寻带来另一种

---

① 贾樟柯：《贾想Ⅰ》，台海出版社，2017，第262~263页。

方式与途径，即个人影像的表达也能承载历史的记忆，记录历史不再只是官方的特权。官方历史外遗留的"个人"历史，正是贾樟柯所专注和表现的。他引罗兰·巴特的话说，"公共历史是一种不可经验的虚构，真实存在的只是无数（由个人存在测度的）小历史的鸣响和嘈杂的和声"①。电影作为一种存留记忆的方式和途径，承载着书写各自民族历史的使命，看似宏大的使命背后是每个导演自发的对社会和历史的观照与书写。

（二）充满民间记忆的本土文化

贾樟柯的电影流露出浓厚的故乡情结，这与其自身的生活经历有关。贾樟柯出生于汾阳县城，父亲因出身问题被下放到老家农村，这样一种成长背景给他带来巨大影响。但这也使较早踏入社会的贾樟柯有了丰厚的个人经验："比起我在学校里所受到的教育，我更庆幸的是，在自己早年的成长过程中，能有机会从一些生活在社会底层的普通人身上接触到一种深藏在中国民间的文化渊源。通过他们的待人接物的方式，我明白了一种处世的态度。"② 这些深藏在民间的文化渊源与处世态度，为其后来的影像创作提供了不可多得的经验与认知。他说："我想用电影去关心普通人，首先要尊重世俗生活。在缓慢的时光流程中，感觉每个平淡生命的喜悦或沉重。"③对世俗生活诗意的表达是贾樟柯影片中的重要美学成分，而世俗生活所承载的一段段民间记忆又丰富着影片的文化内涵。

贾樟柯早年的"故乡三部曲"立足于故乡汾阳，记录了中国20世纪80年代以来社会的现代化转型，以及转型中县城人们的生存状态。《站台》中"文工团""喇叭裤""邓丽君""霹雳舞"等名词的出现，开启了人们对80年代的青春记忆。改革开放后的社会变迁改变了人们的生活与认知，远方的希望与现实的焦灼成为这一时期县城年轻人内心的真实写照。《小武》呈现了1997年春天发生在汾阳小县城里实实在在的景象。写满拆迁标语的旧房、街头的卡拉OK、一天到晚的摩托车声等都带着那个年代的印记，《心雨》《霸王别姬》等流行音乐的广泛传唱更是那一时期文化的表达。《任逍

---

① 贾樟柯：《贾想Ⅱ》，台海出版社，2018，第60页。
② 贾樟柯：《贾想Ⅰ》，台海出版社，2017，第43页。
③ 贾樟柯：《贾想Ⅰ》，台海出版社，2017，第28页。

遥》中反法轮功、申奥成功等新闻里的历史记忆成为背景，失业工人子弟一度颓废、迷茫的生存境况成为时代的写照。

这些发生在故乡汾阳的故事，存有贾樟柯青春的记忆与经验。正是这些记忆与经验催生了他日后表达的欲望，"故乡三部曲"随之诞生。此后贾樟柯并没有被故乡汾阳束缚，自《世界》开始影片的视野逐渐走出故乡，三峡、"世界"等地开始出现，并通过影像展现有关它们的记忆。虽然影像呈现的空间发生了变化，影片也随贾樟柯的名声而走向国际化，但对于民间基层社会与个人生命经验的书写，贾樟柯依旧投以真诚的关注，充满民间记忆的本土文化始终是其忠爱与坚守的根基。

二　向平凡的"大多数"致敬

（一）直面苦难的勇气

贾樟柯从平视的视角出发，描绘了时代变迁中一个个普通人，他们处于社会的底层、边缘，经历着生活的沉重与苦难。但在一些主流商业电影中，"苦难"一词往往被裹以"传奇"的糖衣而加以雅化，似乎不经历大风大浪的人生不值得被表现，世俗社会的人、物也在虚构的影像中失去了原味。影片中的苦难成为英雄历劫路上的必备要素，以及通往"神话"的方式与途径，最终注定以英雄的传奇人生谢幕。这些影片带给人们一种感觉：那些看似不幸的经历在圆满结局的光晕中变得幸福，人们的心灵得到慰藉，获得片刻的欢愉。

这与贾樟柯影片中"灰头土脸"的现实形成鲜明对比。徐百柯在与贾樟柯对谈中提到："我一个同事的表述：贾樟柯拍的电影太真实了，真实得就和生活一样。可生活本身已经够灰头土脸的了，为什么我们进影院还要看那些灰暗的生活呢？电影不就是梦吗？"① 贾樟柯借刘恒的话回复："鲁迅文章里面无边的黑暗，照亮了我们的黑暗。"② 正是这一观念，使贾樟柯敢于面对复杂的社会现实，直视生活中的苦难，在平淡的世俗生活中凝视平

---

① 贾樟柯：《贾想 I》，台海出版社，2017，第 203～204 页。
② 贾樟柯：《贾想 I》，台海出版社，2017，第 204 页。

凡人的悲欢离合。《小山回家》中岁末年初行走在北京街道上的失业民工小山，《小武》中被铐在路边引发群众围观的"手艺人"小武，《站台》中辗转城乡各地演出的昔日文工团团员，《任逍遥》中抢劫银行被抓的斌斌与落荒而逃的小济，《世界》中渴望"出走"却被困于"世界"的北漂一族，《三峡好人》中寻妻再婚与寻夫离婚的韩三明与沈红，《二十四城记》中被迫下岗的工人群体，等等，他们是世俗社会中真实的存在，每个人身上都带有千万人的影子，面对坍塌和苦难，他们默默承受生命的重力。

贾樟柯破除了人们对生存处境的美好幻象，使观众认清真实的生存处境与复杂的现实面貌。他深知，现实的苦难不会因影片的结束而结束，当我们走出影院，现实中的幸与不幸仍旧在继续。因此，影像成为他最好的呈现方式，他不回避、不逃避，真诚而专注地将"灰头土脸"的现实呈现于荧幕之上，对荧幕前的观众来说，需要直面苦难的勇气。

（二）他者的尊严与感动

贾樟柯用影像直面现实苦难的勇气，源于对自然生命的热爱、对他者的尊重与感动。林沛理评价道："《三峡好人》给予平凡人以英雄的注目礼，成为这个大片横行的焦虑年代最美的亮点。"在这个两年内就要消失的奉节县城里，人人都在找寻一条"活路"。16岁的女孩站在江边，询问路过的外地人是否需要保姆；一个女人的丈夫打工把手搞断了，且得不到赔偿，妻子最终决定到广东打工；拆迁工人为了一天200元的工资，决定随韩三明到山西挖煤。这些三峡洪流下平凡的人们在痛苦挣扎下仍然没丧失生活的勇气，这种敢于抗争的执着值得所有人尊敬。而韩三明的寻妻过程，更体现出他者对命运的抗争。为了找回多年前离开的妻子，他孤身一人来到奉节，在得知此前的地址早已被水淹没后依旧没有放弃寻找。为了生计问题，韩三明一边干着拆迁工作，一边寻找妻子。在不懈的努力下，妻子终于有了下落，却需要他拿钱赎妻。面对多年未见的妻子，韩三明坚定而真诚，他毅然承诺一年以后带钱回来。他因不懈与坚守赢得了尊严，也因有了新的目标而不再迷茫。

这一副副值得尊敬的面孔，带给人们一份份真挚的感动。

　　不知从那天起，总有一些东西让我激动不已……生命在不知不觉中流逝，当他们走过时，我闻到了他们身上还有自己身上浓浓的汗味。在我们的气息融为一体的时候，我们就此达成沟通。不同面孔上承载着相同的际遇，我愿意看民工脸上灰尘蒙盖下的疙瘩，因为他们自然开放的青春不需要什么"呵护"。我愿意听他们吃饭时呼呼的口响，因为那是他们诚实的收获。①

　　镜头前的他者背后是平凡的大多数，面对生活的苦难，他们不矫情、不放弃，沉默而有尊严地扛起对抗命运的旗帜，让我们肃然起敬。

---

① 贾樟柯：《贾想Ⅰ》，台海出版社，2017，第 15 页。

参考文献

1. 中文部分

〔奥地利〕维特根斯坦:《逻辑哲学论》,郭英译,商务印书馆,1985。

〔比利时〕乔治·布莱:《批评意识》,郭宏安译,广西师范大学出版社,2002。

〔德〕F. 尼采:《查拉图斯特拉如是说》,巫静译,湖南文艺出版社,2006。

〔德〕F. 尼采:《快乐的科学》,黄明嘉译,漓江出版社,2000。

〔德〕H. R. 姚斯、〔美〕R. C. 霍拉勃:《接受美学与接受理论》,周宁、金元浦译,辽宁人民出版社,1987。

〔德〕H‐G·伽达默尔:《伽达默尔论黑格尔》,张志伟译,光明日报出版社,1992。

〔德〕J. M. 鲍亨斯基:《当代思维方法》,童世骏、邵春林、李福安译,上海人民出版社,1987。

〔德〕埃德蒙德·胡塞尔:《胡塞尔选集》,倪梁康选编,上海三联书店,1997。

〔德〕费希特:《人的使命》,梁志学、沈真译,商务印书馆,1982。

〔德〕黑格尔:《精神现象学》(上、下卷),贺麟、王玖兴译,商务印书馆,1983。

〔德〕康德:《任何一种能够作为科学出现的未来形而上学导论》,庞景仁译,商务印书馆,1995。

〔德〕马丁·布伯:《我与你》,陈维纲译,三联书店,1986。

〔德〕马丁·海德格尔:《海德格尔选集》(上、下卷),孙周兴选编,上海三联书店,1996。

〔德〕谢林:《先验唯心论体系》,梁志学、石泉译,商务印书馆,1977。

〔德〕伊曼纽尔·里维纳斯:《生存与生存者》,顾建光、张乐天译,浙江人民出版社,1987。

〔德〕尤尔根·哈贝马斯:《包容他者》,曹卫东译,上海人民出版社,2002。

〔俄〕巴赫金:《巴赫金全集》(第1卷),河北教育出版社,1998。

〔俄〕普列汉诺夫:《论文集〈二十年间〉第三版序》,《鲁迅译文集》(第6卷),人民文学出版社,1958。

〔俄〕维克托·什克洛夫斯基等:《俄国形式主义文论选》,方珊等译,三联书店,1989。

〔法〕埃马纽埃尔·勒维纳斯:《塔木德四讲》,关宝艳译,栾栋校,商务印书馆,2002。

〔法〕艾玛纽埃尔·勒维纳斯:《上帝·死亡和时间》,余中先译,三联书店,1997。

〔法〕德里达:《荣誉学位:这也太有趣了》,单继刚节译,《世界哲学》2005年第2期。

〔法〕德里达、〔德〕哈贝马斯:《论欧洲的复兴》,曹卫东译,《读书》2003年第7期。

〔法〕弗朗索瓦·于连:《圣人无意——或哲学的他者》,闫素伟译,商务印书馆,2004。

〔法〕米歇尔·福柯:《词与物——人文科学考古学》,莫伟民译,上海三联书店,2001。

〔法〕米歇尔·福柯:《知识考古学》,谢强、马月译,三联书店,2003。

〔法〕让-伊夫·塔迪埃:《20世纪的文学批评》,史忠义译,百花文艺出版社,1998。

〔法〕萨特:《他人就是地狱——萨特自由选择论集》,周煦良等译,陕西师范大学出版社,2003。

〔法〕雅克·德里达:《论文字学》,王堂家译,上海译文出版社,2005。

〔法〕雅克·拉康:《拉康选集》,褚孝泉译,上海三联书店,2001。

〔美〕J. 希利斯·米勒:《从主权与无条件性看德里达的"整体性他者"》,《清华大学学报》(哲学社会科学版)2005年第2期。

〔美〕J. 希利斯·米勒:《解构叙事》,申丹译,北京大学出版社,2002。

〔美〕J. 希利斯·米勒：《重申解构主义》，郭英剑等译，中国社会科学出版社，1998。

〔美〕J. 希利斯·米勒：《全球化对文学研究的影响》，《文学评论》1997 年第 4 期。

〔美〕J. 希利斯·米勒：《全球化时代文学研究还会继续存在吗?》，《文学评论》2001 年第 1 期。

〔美〕M. K. 穆尼茨：《当代分析哲学》，吴牟人、张汝伦、黄勇译，李步楼、贺绍甲校，复旦大学出版社，1986。

〔美〕M. H. 艾布拉姆斯：《镜与灯——浪漫主义文论及批评传统》，郦稚牛、张照进、童庆生译，王宁校，北京大学出版社，1989。

〔美〕艾尔伯特·鲍尔格曼：《跨越后现代的分界线》，孟庆时译，商务印书馆，2003。

〔美〕爱德华·萨丕尔：《语言论》，陆卓元译，陆志韦校订，商务印书馆，2002。

〔美〕昂利·拜尔：《方法、批评及文学史——朗松文论选》，徐继曾译，中国社会科学出版社，1992。

〔美〕伯纳德·巴伯：《科学与社会秩序》，顾昕、郏斌祥、赵雷进译，三联书店，1991。

〔美〕查尔斯·威廉·莫里斯：《指号、语言和行为》，罗兰、周易译，上海人民出版社，1989。

〔美〕弗莱德·R. 多尔迈：《主体性的黄昏》，万俊人等译，上海人民出版社，1992。

〔美〕弗雷德里克·詹姆逊：《文化转向》，胡亚敏等译，中国社会科学出版社，2000。

〔美〕雷·韦勒克、奥·沃伦：《文学理论》，刘象愚、邢培明、陈圣生、李哲明译，三联书店，1984。

〔美〕流心：《自我的他性——当代中国的自我谱系》，常姝译，上海人民出版社，2005。

〔美〕乔·奥·赫茨勒：《乌托邦思想史》，张兆麟等译，南木校，商务印书馆，1990。

〔美〕斯坦利·费什：《读者反应批评：理论与实践》，文楚安译，中国社会科学出版社，1998。

〔美〕托马斯·库恩：《必要的张力：科学的传统和变革论文选》，范岱年、纪树立等译，北京大学出版社，2004。

〔美〕托马斯·库恩：《科学革命的结构》，金吾伦、胡新和译，北京大学出版社，2003。

〔美〕詹明信：《晚期资本主义的文化逻辑》，张旭东编，陈清侨等译，三联书店、牛津大学出版社，1997。

〔瑞士〕H. 奥特：《不可言说的言说》，林克、赵勇译，三联书店，1994。

〔瑞士〕J. 皮亚杰、B. 英海尔德：《儿童心理学》，吴福元译，商务印书馆，1986。

〔瑞士〕让·皮亚杰：《发生认识论原理》，王宪钿等译，商务印书馆，1987。

中国社会科学院外国文学研究所外国文学研究资料丛刊编辑委员会编《卢卡契文学论文集》（一），中国社会科学出版社，1980。

〔英〕B. 罗素：《西方哲学史》，何兆武、李约瑟译，商务印书馆，1963。

〔英〕拉曼·塞尔登编《文学批评理论——从柏拉图到现在》，刘象愚、陈永国等译，北京大学出版社，2000。

〔英〕泰伦斯·霍克斯：《隐喻》，穆南译，杨毅校，北岳文艺出版社，1990。

〔英〕特里·伊格尔顿：《文学理论导论》（英文版），外语教学与研究出版社，2004。

〔英〕托马斯·莫尔：《乌托邦》，戴镏龄译，商务印书馆，2006。

陈爱敏：《饮食文化上的"他者"——当代华裔美国女作家的东方主义色彩》，《当代外国文学》2003 年第 3 期。

陈晓明：《神奇的他者：意指代码在中国电影叙事中的美学功能》，《当代电影》1998 年第 1 期。

程悦：《他者之城：张爱玲笔下的"香港传奇"》，《华文文学》2004 年第 1 期。

方珏：《"他者"和"绝对他者"——西蒙娜·德·波伏瓦"他者"概念之辨析》，《武汉大学学报》（哲学社会科学版）2005 年第 2 期。

方向红：《德里达：他者的耳朵》，《江苏社会科学》2004 年第 3 期。

盖生：《"文学终结论"疑析——兼论经典的文学写作价值的永恒性》，《文艺理论研究》2006 年第 2 期。

高磊：《应该终结的"文学终结论"》，《文艺争鸣》2006 年第 1 期。

葛金华：《浅论"他者"在克尔凯郭尔语境中的意义》，南京师范大学硕士学位论文，2004。

辜翔宇：《从"他者"到"勇士"——汤亭亭〈女勇士〉之解读》，四川师范大学硕士学位论文，2004。

胡大平：《他者：意识形态批判理论的一个新的支点？》，《江苏社会科学》2004 年第 3 期。

胡泓：《从他者到他们》，河南大学硕士学位论文，2003。

胡友笋：《"他者"的颠覆与自我主体的坍塌——〈手机〉与〈中国式离婚〉的婚姻危机反思》，《当代文坛》2005 年第 1 期。

黄庆：《虚无"镜像"中的"他者"》，四川大学硕士学位论文，2004。

黄玉顺：《中国传统的"他者"意识——古代汉语人称代词的分析》，《中国哲学史》2003 年第 2 期。

黄作：《从他人到"他者"——拉康与他人问题》，《哲学研究》2004 年第 9 期。

姜智芹：《欲望化他者：西方文学中的中国形象》，《国外文学》2004 年第 1 期。

金冠军：《解析大众媒介的他者定型——兼论传播中的"妖魔化"现象》，《现代传播》2004 年第 6 期。

金惠敏：《孔子思想与世界和平——以主体性和他者性而论》，《哲学研究》2002 年第 2 期。

金惠敏：《无限的他者——对列维纳斯一个核心概念的阅读》，《外国文学》2003 年第 3 期。

金元浦：《"间性"的凸现》，中国大百科全书出版社，2002。

金元浦：《当代文学艺术的边界的移动》，《河北学刊》2004 年第 4 期。

金元浦：《当代文艺学的"文化转向"》，《社会科学》2002 年第 3 期。

金元浦：《文学解释学》，东北师范大学出版社，1998。

金元浦：《重构一种陈述——关于当下文艺学的学科检讨》，《文艺研究》2005 年第 7 期。

孔明安：《"他者"的境界与"对抗"的世界——从拉康的"他者"到拉克

劳和墨菲的"社会对抗"》,《哲学动态》2005 年第 1 期。

赖大仁:《文学"终结论"与"距离说"——兼谈当前文学的危机》,《学术月刊》2005 年第 5 期。

赖大仁:《文学批评形态论》,作家出版社,2000。

赖大仁:《文学研究:终结还是再生?——米勒文学研究"终结论"解读》,《学习与探索》2005 年第 3 期。

赖大仁:《我们今天应该如何研究文学?——关于米勒近期的"文学研究"观念》,《文艺理论研究》2004 年第 5 期。

李建会、苏湛:《哈拉维及其"赛博格"神话》,《自然辩证法研究》2005 年第 3 期。

李新灿:《女性主义观照下的他者世界》,中国社会科学出版社,2001。

李衍柱:《文学理论:面对信息时代的幽灵——兼与 J. 希利斯·米勒先生商榷》,《文学评论》2002 年第 1 期。

李渝凤:《他者的形象:质疑好莱坞电影中的华人形象(1980—1999)》,广东外语外贸大学博士学位论文,2002 年。

林丰民:《〈一千零一夜〉中的东方形象与对他者的想象》,《外国文学研究》2004 年第 2 期。

林元富:《德拉诺船长和"他者"评麦尔维尔的中篇小说〈贝尼托·切雷诺〉》,《外国文学》2004 年第 2 期。

刘建华:《文本与他者:福克纳解读》(英文版),北京大学出版社,2002。

刘军平:《超越后现代的"他者":翻译研究的张力与活力》,《中国翻译》2004 年第 1 期。

刘俊:《"他者"的存在和"身份"的追寻——美国华文文学的一种解读》,《南京大学学报》(哲学·人文科学·社会科学版)2003 年第 5 期。

刘俐俐:《"书写他者"的困境和批评的失语——论毕淑敏文学创作及其现象》,《文艺争鸣》2000 年第 4 期。

刘英男:《"自我"与"他者"之鉴——儒家基督徒张赓思想论析》,上海师范大学硕士学位论文,2004。

吕伟民:《沉默的他者——康拉德小说中的异国形象》,《郑州大学学报》(哲学社会科学版)2005 年第 3 期。

罗宏：《"文学终结"论的中国解读》，《学术研究》2004 年第 10 期。

麻国庆：《走进他者的世界》，学苑出版社，2001。

马爱华：《边缘视角下的"他者"意义——谭恩美小说的"母亲"形象》
《世界华文文学论坛》2002 年第 3 期。

孟雷：《托尼·莫里森〈最蓝的眼睛〉中透视出的他者世界》，北京语言文化大学硕士学位论文，2003 年。

欧阳桢：《作为自我的他者——诗歌中的异同身份》，《文学评论》2000 年第 5 期。

彭保良：《迪斯尼电影中"他者身份"的再现》，广东外语外贸大学硕士学位论文，2005。

钱中文：《文艺学的合法性危机》，《暨南学报》（人文科学与社会科学版）2004 年第 2 期。

施战军：《让他者的声息切近我们的心灵生活——林白〈妇女闲聊录〉与今日文学的一种路向》，《当代作家评论》2005 年第 1 期。

宋罡：《他者的自我：〈蒙娜丽莎的微笑〉》，《当代电影》2004 年第 4 期。

宋明炜：《后殖民理论：谁是"他者"?》，《中国比较文学》2002 年第 4 期。

孙庆斌：《勒维纳斯与他者伦理学》，《北方论丛》2004 年第 5 期。

孙向晨：《莱维纳斯的"他者"思想及其对本体论的批判》，《复旦学报》（社会科学版）2000 年第 5 期。

孙向晨：《莱维纳斯的"他者"思想及其对本体论的批判》，《哲学动态》2001 年第 1 期。

孙旭辉：《在"他者"与"自者"之间》，郑州大学硕士学位论文，2003。

覃嫦：《作为"他者"的英雄：〈幸福终点站〉》，《当代电影》2005 年第 4 期。

唐明星：《在"他者"文化中寻求生存答案——〈女勇士〉、〈中国佬〉中对中国传统文化的运用》，《世界华文文学论坛》2005 年第 1 期。

陶东风：《移动的边界与文学理论的开放性》，《文学评论》2004 年第 6 期。

童庆炳：《全球化时代的文学和文学批评会消失吗？——与米勒先生对话》，《社会科学辑刊》2002 年第 1 期。

童庆炳：《文学独特审美场域与文学人口——与文学终结论者对话》，《文艺争鸣》2005年第3期。

童庆炳:《文艺学边界应当如何移动》,《河北学刊》2004年第4期。

王恒:《列维纳斯的他者:法国哲学的异质性理路》,《江苏社会科学》2004
　　年第3期。

王恒:《时间性:自身与他者——从胡塞尔、海德格尔到列维纳斯》,江苏
　　人民出版社,2006。

王宏维:《论他者与他者的哲学——兼评女性主义对主体与主体性哲学的批
　　判》,《江西社会科学》2004年第4期。

王岩:《论福柯后人道主义对尼采人学思想的超越——从"上帝之死"到
　　"人之死"》,《江海学刊》2002年第3期。

王永昌:《矛盾对立面是向"他者"转化》,《杭州大学学报》(哲学社会科
　　学版)1982年第1期。

卫岭:《从文学载体的变化看文学终结论》,《文艺争鸣》2006年第1期。

吴爱萍:《男权社会的"他者"——也谈〈台北人〉中的女性形象》,《华
　　文文学》2001年第1期。

吴桂辉:《自我与他者》,河南大学硕士学位论文,2005。

伍蠡甫、胡经之主编《西方文艺理论名著选编》(中卷),北京大学出版
　　社,2002。

夏欣迪:《20世纪30—70年代中国美术中的"他者"》,山东师范大学硕士
　　学位论文,2005。

夏雅仙:《他者的世界——康拉德作品中的女性》,浙江大学硕士学位论
　　文,2004。

肖锦龙:《米勒文学根基论的盲区和中国文论的世界意义》,《文艺理论研
　　究》2006年第5期。

谢昉:《留学生文学中"他者化"角色的文化学阐释》,《华文文学》2003
　　年第2期。

许丽萍:《为他者,人类的自救行为——对勒维纳斯他者伦理学的几点思
　　考》,《社会科学战线》2004年第5期。

许文荣:《挪用"他者"的言说策略——从殖民话语到后殖民话语的马华文
　　学》,《华文文学》2001年第2期。

杨大春：《他者与他性——一个问题的谱系》，《浙江学刊》2001 年第 2 期。

杨慧林：《从"差异"到"他者"——对海德格尔与德里达的神学读解》，《中国人民大学学报》2004 年第 4 期。

杨乃乔：《比较诗学与他者视域》，学苑出版社，2002。

杨青：《翻译理论中的自我和他者——全球化语境中的翻译理论本土性思考》，《外语研究》2003 年第 5 期。

杨晓林：《从"夷"到"他者"——中国文学中"异"的形象学分析》，广西师范大学硕士学位论文，2002。

易晓明：《作为关联物的他者——对〈喧哗与骚动〉的一种现象学解读》，《外国文学研究》2003 年第 2 期。

余虹：《文学的终结和文学性的蔓延——兼谈后现代文学研究的任务》，《文艺研究》2002 年第 6 期。

俞吾金：《究竟如何理解尼采的话"上帝死了"》，《哲学研究》2006 年第 9 期。

臧佩洪：《从时间到他者——论梅洛－庞蒂历史观的现象学逻辑》，《南京大学学报》（哲学、人文科学、社会科学版）2004 年第 1 期。

臧佩洪：《作为阴影的他者——梅洛－庞蒂他者理论的本体论意义》，《江苏社会科学》2004 年第 3 期。

张德明：《〈奥瑟罗〉：一个西方"他者"的建构》，《浙江大学学报》（人文社会科学版）2003 年第 1 期。

张国清：《如何挽救"他者事业"——福柯和伯林非理性哲学批判》，《复旦学报》（社会科学版）2004 年第 4 期。

张汝伦：《他者的镜像：西方哲学对现代中国哲学研究的影响》，《哲学研究》2005 年第 2 期。

张世英等：《康德的〈纯粹理性批判〉》，北京大学出版社，1987。

张晓夫：《女性：他者、物与中性人——我国大众传媒女性话语"失语症"浅析》，吉林大学硕士学位论文，2004。

张旭：《哲学与女性：他者的形象》，《浙江学刊》2005 年第 3 期。

张一兵：《大写他者的发生学逻辑》，《学海》2004 年第 4 期。

张一兵：《拉康：从主体际到大写的他者》，《江苏社会科学》2004 年第

3 期。

张一兵:《魔鬼他者:谁让你疯狂?——拉康哲学解读》,《人文杂志》2004
年第 5 期。

章立明:《他者的人类学及其本土化探讨》,《学术探索》2003 年第 8 期。

赵毅衡编选《"新批评"文集》,百花文艺出版社,2001。

中国艺术研究院马克思主义文艺理论研究所外国文艺理论研究资料丛书编
委会编《读者反应批评》,文化艺术出版社,1989。

周平远:《文艺社会学史纲——中国 20 世纪文艺学主流形态研究》,中国大
百科全书出版社,2005。

朱进东:《"他者"抑或"他人"——从莱维纳的"第一哲学"意义上看》,
《南京社会科学》2004 年第 6 期。

庄晴:《塑造他者:对列尼·史葛电影的后殖民主义研究》,广东外语外贸
大学硕士学位论文,2004。

2. 外文部分

Abbitt, Erica Stevens. "Androgyny and Otherness: Exploring the West through
the Japanese Performative Body." *Asian Theatre Journal.* 18 (2001): 249 –
56.

Allen, Graham. *Intertextuality.* London and New York: Routledge, 2002.

Austin, J. L. *How to Do Things with Words.* Edited by J. O. Urmson and Marina
Sbisà. Oxford/New York: Oxford University Press, 1975.

Balslev, Anindita Niyogi. *Cultural Otherness: Correspondence with Richard Rorly*,
2nd edn. . Atlanta: Scholars Press, 1999.

Barker, Lori A. "Surrealism," in Elizabeth Kowaleski-Wallace (ed.), *Encyclo-
pedia of Feminist Literary Theory.* New York & London: Garland Publishing
Inc. , 1997.

Bauerschmidt, Frederick Christian. "The Otherness of God." *South Atlantic
Quarlerly*, Spring 2001, Vol. 100, No. 2: 349 – 64.

Belsey, Catherine. *Critical Practice.* London: Routledge, 1980.

Bhabha, Homi K. "Signs Taken for Wonders," In Julie Rivkin and Michael Ryan (eds.), *Literary Theory: An Anthology*, *2nd edn.*. Blackwell Publishing, 2004.

Bishop-Sanchez, Kathryn. "Utopias of Otherness: Nationhood and Subjectivity in Portugal and Brazil," *Luso-Brazilian Review*41 (2004): 198 – 200.

Blier, Suzanne Preston. "Imaging Otherness in Ivory: African Portrayals of the Portuguese Ca 1492," *Art Bulletin*75 (1993) : 375 – 96.

Bowers, Terence. "Orentalism," in Elizabeth Kowaleski-Wallace (ed.), *Encyclopedia of Feminist Literary Theory*. New York & London: Garland Publishing Inc. , 1997, pp. 294 – 95.

Brown, Keith, and Theodossopoulos, Dimitrios. "Others' Others: Talking About Stereotypes and Constructions of Otherness in Southeast Europe," *History & Anthropology*15 (2004): 3 – 14.

Bruhn, Mark J. . "Margaret Atwood's Lucy Poem: The Postmodern Art of Otherness in 'Death by Landscape'," *European Romantic Review*15 (2004): 449 – 61.

Cixous, Helène and Catherine Clement. *The Newly Born Woman.* Translated by Betsy Wing. Minneapolis: University of Minnesota Press, 1986.

Coles, R. . "The Wild Patience of John Howard Yoder: 'Outsiders' and the 'Otherness of the Church'," *Modern Theology*18 (2002): 305 – 31.

Davis, Olga Idiss. "A Black Woman as Rhetorical Critic: Validating Self and Violating the Space of Otherness," *Women & Language*, Vol. 23, No. 1 (2000): 50 – 51.

de Man, Paul. *Blindness and Insight: Essay in the Rhetoric of Contemporary Criticism.* 2nd edition. Minneapolis: University of Minnesota Press, 1983.

Derrida, Jacques. *Who's Afraid of Philosophy? Right to Philosophy.* Edited by Werner Hamacher & David E. Wellbery. Stanford California: Stanford University Press, 2002.

Descartes, Rene. *Discourse on Method and Meditations.* Edited and translated by F. E. Sutcliffe. Harmondsworth: Penguin, 1968.

Dijstelberge, Paul. "Out of Otherness. " *Journal of the History of Science in Society*92 (2001): 232 – 33.

Donaldson, S. V. . "Recovering Otherness in the Golden Apples. " *American Lit-*

erature63 (1991): 489 – 96.

Engnell, Richard A.. "The Spiritual Potential of Otherness in Film: The Inter-
play of Scene and Narrative. " *Critical Studies in Mass Communication*12
(1995): 241 – 62.

Everly, Kathryn. "Angles on Otherness in Post-Franco Spain: The Fiction of
Cristina Fernandez Cubas. " *Symposium*58 (2004): 51 – 53.

Freud, Sigmund. *On Melapsychology: The Theory Psychology.* Edited by Angela
Fukuyama. Translated by James Strachey. Harmondsworth: Penguin, 1984:
55, 172.

Greenwald, Elissa. "Hawthorne and Judaism: Otherness and identity in The Mar-
ble Faun. " *Studies in the Novel*23 (1991): 128 – 38.

Guibal, Francis. "The Otherness of the Other-Otherwise: Tracing Jacques
Derrida. " *Parallax*10 (2004): 17 – 41.

Gunn, Giles. "American Literature and the Imagination of Otherness. " *Journal
of Religious Ethics*3 (1975): 193 – 215.

Hallam, Elizabeth and Brian V. Street. *Cultural Encounters: Representing Other-
ness.* London and New York: Routledge, 2000.

Haraway, Donna. *Simians, Cyborgs, and Women: The Reinvention of Nature.*
London: Free Association Books, 1991.

Havers, Grant. "Between Athens and Jerusalem: Western Otherness in the Thought
of Leo Strauss and Hannah Arendt. " *European Legacy*9 (2004): 19 – 29.

Hebdige, Dick. "Subculture: The Meaning of style. " In Julie Rivkin and Mi-
chael Ryan (eds.), *Literary Theory: An Anthology*, 2nd edn.. Malden:
Blackwell Publishing, 2004.

Hegel, Georg Wilhelm Friedrich. "The Phenomenology of Mind: Independence
and Dependence of Self-Consciousness: Lordship and Bondage. " In Hazard
Adams and Leroy Searle (eds.), *Critical Theory since Plato.* 3rd edn.. Edi-
ted by Hazard Adams and Leroy Searle. Thomson Wadsworth, 2005.

Henry-Waring, Millsom S.. "Moving beyond Otherness: Exploring the Polyvocal:
Subjectivities of African Caribbean Women across the United Kingdom. "

*Hecate*30 (2004): 31 –41.

Holm-Hudson, Kevin. "Apocalyptic Otherness: Black Music and Extraterrestrial Identity in the Music of Magma. *Popular Music & Society*26 (2003): 481 –95.

Hudabiunigg, Ingrid. "The Otherness of Eastern Europe. " *Journal of Multilingual & Multicultural Development*25 (2004): 369 –88.

Huggan, Graham. "Prizing 'Otherness': A short History of the Booker. " *Studies in the Novel*29 (1997): 412 –33.

Jameson, Fredric. *A Singular Modernity: Essay on the Ontology of the Present.* London: Verso, 2002.

Jarraway, David R. "Montage of an Otherness Deferred: Dreaming Subjectivity in Langston Hughes. " *American Literature* 68 (1996): 819 –47.

Jew, Victor. " 'Chinese Demons': The Violent Articulation of Chinese Otherness and Interracial sexuality in U. s. Midwest, 1885 – 1889. " *Journal of Social History* 37 (2003): 389 –410.

Johnson, Barbara. . "Writing. " In Julie Rivkin and Michael Ryan (eds.), *Literary Theory: An Anthology*, 2nd edn. Malden: Blackwell Publishing, 2004: 346 –47.

Johnson, R. E. "The Roots of Otherness: Russia's Turn of Century. Volume 1, Russia as a 'Developing Society'; Volume 2, Russia, 1905 – 1907: Revolution as a Moment of Truth. " *American Historical Review* 96 (1991): 1247 – 48.

Jukarainen, Pirjo. "These Things of Otherness and Difference" *European Legacy* 4 (1999): 88 –93.

Kapila, Shuchi. "Other. " in Elizabeth Kowaleski-Wallace (ed.), *Encyclopedia of Feminist Literary Theory.* New York & London: Garland Publishing Inc. , 1997: 296 –97.

Kaplan, Edward K. . "Marlin Buber and the Drama of Otherness: The Dynamics of Love, Art, and Faith. " *Judaism*27 (1978): 196 –206.

Keith, W. J. "Encounter with Otherness: Readings of David Jones. " *University of Toronto Quarterly* 50 (1981): 330 –35.

Lacan, Jacques. *Ecrits*: *A Selection*. Translated by Alan Sheridan. London: Routledge, 1977.

Laplanche, Jean. *Essays on Otherness*. London and New York: Routledge, 1999.

Latham, James. "Promoting Otherness in Films: Blackness and the Primitive in Early Hollywood Advertising Imagery. " *Velvet Light Trap*: *A Critical Journal of Film & Television* 50 (2002): 4 – 14.

Levinas, Emmanuel. "Ethics as First Philosophy. " in Sean Hand (ed.), *The Levinas Reader*, edited by Sean Hand. Cambridge, MA: Basil Blackwell, 1989, pp. 75 – 87.

Levinas, Emmanuel. "Marlin Buber and the Theory of Knowledge. " In *The Levinas Reader*, edited by Sean Hand. Basil Blackwell, 1989.

Levinas, Emmanuel. *Time and the Other*. Translated by Richard A. Cohen. Pennsylvania: Duquesne University Press, 1987.

Levinas, Emmanuel. "Time and the Other. " in Sean Hand (ed.), *The Levinas Reader*. Cambridge, MA: Basil Blackwell, 1989.

Lyotard, Jean-Francois. *The Inhuman*: *Reflections on Time*. Translated by Geoffrey Bennington and Rachel Bowlby. Cambridge: Polity Press, 1991.

Lyotard, Jean-Francois. *The Postmodern Condition*: *A Report on Knowledge*. Translated by Geoffrey Bennington and Brian Massumi. Manchester: Manchester University Press, 1984.

Malpas, Simon. *The Postmodern*. London and New York: Routledge, 2005.

Manning, Robert John Scheffler. "David Hume's Dialogues Concerning Natural Religion: Otherness in History and Text. " *Journal of Religion* 70 (1990): 589 – 605.

Quillan, Martin Mc. *Paul de Man*. London and New York: Routledge, 2001.

Mathewes, Charles T.. "Pluralism, Otherness, and the Augustinian Tradition. " *Modern Theology* 14 (1998): 83 – 112.

Mergen, Bernard. "Culture and the Ad. : Exploring Otherness in the World of Advertising by William M. O'Barr. " *American Studies International* 34 (1996): 106 – 107.

Hofmann, Michael. *Animadversions on Translation*. 2003.

Miller, J. Hillis. *On Literature*. London and New York: Routledge, 2002.

Miller, J. Hillis. *Others*. Princeton and Oxford: Princeton University Press, 2001.

Miller, J. Hillis. *The Ethics of Reading: Kanl, de Man, Eliot, Trollpe, James, and Benjamin*. New York: Columbia University Press, 1987.

Peters, John Durham. "Sharing of Thoughts or Recognizing Otherness? Reply to Logue and Miller. " *Critical Studies in Mass Communication*13 (1996): 373 – 80.

Pinn, Anthony B. "Stigma of Otherness. " *Christian Century*119 (2002): 36 – 37.

Rainwater, Catherine. "Comments on Course Syllabus: Identity and Otherness in Fiction. " *College Literature*21 (1994): 132 – 42.

Reis, Jose Eduardo. "Utopias of Otherness: Nationhood and Subjectivity in Portugal and Brazil. " *Utopian Studies*15 (2004): 193 – 99.

Salusinszky, Imre. *Criticism in Society: Interviews with Jacques Derrida, Northrop Frye, Harold Bloom, Geoffrey Hartman, Frank Kermode, Edward Said, Barbara Johnson, Frank Lentricchia and J. Hillis Miller*. New York and London: Methuen, 1987.

Sanders, Theresa. "The Otherness of God and the Bodies of Others. " *Journal of Religion*76 (1996): 572 – 87.

Santaolalla, Isabel O. "East is east and west is west? Otherness in Capra's the Bitter Tea of General Yen. " *Literature Film Quarterly*, 26 (1998): 67 – 75.

Schwab, Gabriele. T*he Mirror and the Killer-Oueen: Otherness in Literary Language*, Bloomington Indianapolis: Indiana University Press, 1996.

Simpson, J. A. and Weiner, E. S. C. (eds.) . *The Oxford English Dictionary*, 2nd edn. . Oxford: Clarendon Press, 1989.

Sim, Stuart (ed.) . *The Routledge Companion to Postmodernism*. London: Routledge, 2001.

Suruchi, Thapar-Bjorkert. "Negotiating Otherness: Dilemmas for A Non-Western Researcher in the Indian Sub-continent. " *Journal of Gender Studies*8 (1999): 57 – 69.

Tabbi, Joseph. The Cybernetic Turn: Literary into Cultural Criticism, In: the fall

2001 issue of the *Scandinavian Review of American Studies.*

Taylor, Susan B. "Postcolonialism. " in Elizabeth Kowaleski-Wallace (ed.), *Encyclopedia of Feminist Literary Theory.* New York& London: Garland Publishing Inc. (1997): 315.

Taylor, Victor E. and Charles E. Winquist (eds.), *Encyclopedia of Postmodernism.* London and New York: Routledge, 2001.

Wylie, Lesley. "Hearts of Darkness: The Celebration of Otherness in the Latin American No Vela Dela Selva. " *Romance Studies* 23 (2005): 105 – 16.

后　记

　　我要努力建构一种智慧，或者说营造一种吸纳智慧的状态，为人类、为民族、为国家、为集体，也为我个人。我愿终我一生的力量去追求她。她不是一种观念，因为一谈到观念，马上就会想起某种认识方式或思维方法，一种价值观，一系列概念、判断和推理所构成的逻辑演绎，还有无休止的争论、辩驳，一样东西压倒另一样东西，霸权的出现，压迫的产生，冲突和骚乱遍及我们的周围，等等。这里所谈的智慧，它与上述观念以及由它演进而来的相关现象有着根本的不同。在这种智慧中，一切都是平等的，没有凌驾或霸权，不作任何色彩上的判断，让事物自然地呈现，回归本然。她在一定程度上是作为纠偏而出现的，在旨趣上是反理性的或反本质的，甚至带有解构主义的某种含义。她主要是针对主体和理性的过度张扬而言的，但这并不意味着用她去取代本质和理性，因为这样会必然导致以一种偏颇取代另一种偏颇的恶性循环。

　　在思维与语言的对话中，我常常陷入言说的困境，因为观念的内涵与言说的方式，它们之间并不默契。为此，勉强的言说常常导致自相矛盾的、充满反讽的话语效果，就像人类"幼年时期"古希腊神话所传达的那种情形一样，是那样地难以参透，令人百思不得其解。这种情形就是本专著所要极力表达的"他性"状态——一种崭新的智慧状态。她与矛盾、反讽、同性恋、黑人、殖民、没有系统的系统、无可言状的言状、不可理解性等永无休止地纠缠着，致使一切都处在进行中。她没有所谓的发展，更没有历史。她充满了叛逆和颠覆，甚至使理性辩证法大师黑格尔以及存在主义哲学家克尔凯廓尔等人都无法应对。原因在于：她不仅终结了绝对理念之逻辑演绎的历史步伐，而且在根本上令人无从解读，使理性自信的人们望而却步，望洋兴叹。

我现在就处于这种"他性"的状态，以前一切的观念，在她的冲洗下所剩的就只有矛盾以及在现实面前的无力，尽管我奋力挣扎，但依然无济于事，甚至越陷越深。这种状态在哲学理性的视野中简直是灭顶之灾，但对于智慧而言，她却是一种本真，一种淡心寡欲、删除浮乏的对自然的回归。

我无法言说不可言说之物，但言说的不可逆性又促使我只能前行，于是，我的言说时常走向反面。为此，只能说，让智慧自然地呈现，或者张开自己的双臂，让智慧光临舍下，因为智慧是不能被把握的，更不能被占有，她只是让幸运的我偶尔地分有她，是智慧的闪亮让我一睹了她的芳颜。

这就是"他性"，让人惊喜又郁闷的"他性"，让人困顿又释然的"他性"！最后，我只能说，面对"他性"我毫无作为，所剩的只有等待，等待"他性"的临幸。但，又必须时刻提醒自己，这种临幸并不是做好准备就会有的，因为它会在不经意中突然来到，又会在不经意中消失得无影无踪，实在让人无言以对。是为感！

值此专著完成之际，我谨向所有为本专著付出过辛劳的领导、老师和同学，以及广大亲友和家人表示深深的谢意，是他们无私的爱给予了我继续探索的勇气和信心，使我在艰涩的思考与语言的对话中没有感到过厌倦和恐惧，我愿意带着他们的爱继续远行，去寻找更多的智慧。

在此，我要特别感谢赖大仁先生、金元浦先生、杨慧林先生、余虹先生、陆贵山先生、陈传才先生、程正民先生、高建平先生、刘俐俐先生、金惠敏先生、陶东风先生、肖鹰先生、李永强先生、周平远先生等，因为有了先生们的悉心指导、批评和帮助，才有了今天著作的出版，才有了写作本书的故事。我的研究生刘凤娇、黄慧瑜、王育涵、周媛媛还分别承担了第六章至第八章的研究和撰写任务以及英文校对工作，感谢感谢！还要特别感谢社会科学文献出版社的赵晶华女士，她创造性的工作为本书增添了靓色。

最后，我要把著作献给我的妻子吴超昭女士和我的儿子江西，愿他们平安、健康、快乐！

江马益

2020 年 8 月 22 日

于南昌江信花园

作者简介

江马益 南昌大学中文系教授、博士生导师，江西省文艺学会副会长。中国人民大学文艺学专业毕业，文学博士，曾到美国斯坦福大学比较文学系访学，在韩国又松大学任中国文学教授。先后主持完成国家社科基金项目、教育部人文社科项目、江西省教育科学规划重点项目等多项，科研成果荣获江西省优秀理论成果奖、江西高校人文社科优秀成果奖等。在《中国人民大学学报》、《文艺评论》和 *Wonkwang Journal of Humanlities* 等国内外刊物发表学术论文十余篇。

图书在版编目（CIP）数据

他性理论与文学他性研究／江马益著． -- 北京：
社会科学文献出版社，2020.10
（致远学术文丛）
ISBN 978 - 7 - 5201 - 7399 - 5

Ⅰ.①他…　Ⅱ.①江…　Ⅲ.①文学理论 - 理论研究
Ⅳ.①I0

中国版本图书馆 CIP 数据核字（2020）第 186845 号

致远学术文丛
他性理论与文学他性研究

著　　者／江马益

出 版 人／谢寿光
责任编辑／赵晶华

出　　版／社会科学文献出版社·当代世界出版分社（010）59367004
　　　　　地址：北京市北三环中路甲 29 号院华龙大厦　邮编：100029
　　　　　网址：www. ssap. com. cn
发　　行／市场营销中心（010）59367081　59367083
印　　装／三河市东方印刷有限公司

规　　格／开　本：787mm × 1092mm　1/16
　　　　　印　张：16.25　字　数：259 千字
版　　次／2020 年 10 月第 1 版　2020 年 10 月第 1 次印刷
书　　号／ISBN 978 - 7 - 5201 - 7399 - 5
定　　价／88.00 元